Iatros Verlag

Für meine Eltern, denen ich eine wunderschöne, behütete Kindheit verdanke, die mir viel Liebe und Respekt entgegengebracht haben, und die stets an mich glaubten.

Isabella Maria Kern

LI

Tote Mädchen
machen keinen Sex

Iatros Verlag

Bibliografische Information der Deutschen Bibliothek
Die Deutsche Bibliothek verzeichnet diese Publikation in der Deutschen
Nationalbibliografie; detaillierte bibliografische Angaben sind im Internet
über http://www.d-nb.de abrufbar.

Umschlag: Grafik Walter Celand, Wien
Herstellung: IATROS-Verlag & Services GmbH, Sonnefeld
Druck & Bindung: SDL, Berlin

ISBN 978-3-86963-227-8

1

Peter saß in seinem Wohnzimmer. Missmutig dämpfte er eine Zigarette aus. Er streckte die Zunge heraus und machte einen seltsamen, krächzenden Laut. Die Zunge fühlte sich belegt an, und es war ihm bewusst, dass er fürchterlich stank. Er stand auf und ging ins Badezimmer.

Sorgfältig strich er die Zahnpaste auf seine Zahnbürste, die den gesamten Bürstenkopf bedecken musste. Reichte sie über den Rand hinaus, wurde sie eliminiert, sah man freie Borsten, musste er mit der immer gleichen, hellgrünen Creme, die er in der Drogerie gleich um die Ecke erwarb, nachjustieren.

Während er penibel kreisend seine Zähne putzte, betrachtete er sich im Spiegel. Einen Augenblick hielt er inne und starrte sein Spiegelbild an. Wer war dieser Mann, dessen bohrendem Blick er nur schwer standhielt?

Peter unterbrach sein Zahnputzschema und spülte den Mund aus. Nachdem er sich den Mund abgewischt, das Handtuch wieder zusammengefaltet und an seinen üblichen Platz gelegt hatte, sah er sich noch einmal in den Spiegel.

Seine dunklen, etwas längeren Haare standen nach allen Richtungen. Man merkte, dass er sich von einer Seite auf die andere gewälzt hatte. Es war Freitagabend. Im Fernsehen war auch nichts gelaufen, was ihn interessiert hätte, weswegen er auf der Couch eingeschlafen war.

Peter machte seine rechte Hand nass und versuchte die Haare zu glätten. Mist! Rechts über dem Ohr ließ sich ein widerspenstiger Schopf nicht bändigen. Er nahm etwas mehr Wasser. Es klappte nicht. Peter fluchte.

Doch dann betrachtete er sich genauer. Seine Augenbrauen waren fast schwarz und ziemlich dicht, was ihm schon immer gefiel. Aber lieber hätte er blaue, anstelle von braunen Augen gehabt. Er fand blaue Augen zu dunklen Haaren sehr attraktiv. Hingegen braune Augen zu braunen Haaren hielt er für banal, langweilig.

Peter schnitt eine Grimasse. Es hätte eigentlich ein Lächeln daraus werden sollen, aber es wollte ihm nicht richtig gelingen.

Aber doch! Doch! Er war attraktiv!

Nur mit seinem Blick war etwas nicht in Ordnung. Irgendetwas störte ihn.

Der Ärger und die Unzufriedenheit, die er ständig mit sich herumschleppte, wirkten sich bereits auf seinen ganzen Habitus aus.

Alles regte ihn auf, er war von allem und jedem genervt.

Sein Blick fiel auf das zusammengefaltete Handtuch neben ihm im Regal. Es lag etwas schief. Wütend auf sich selbst, weil er es nicht ordentlich hineingelegt hatte, fluchte er erneut und rückte es gerade.

Dann verließ er das Bad. Sein Schopf Haare, rechts über dem Ohr, wippte vergnügt im Takt seiner Schritte.

Mittlerweile war es nach Mitternacht. Samstag! Und er wusste, dass er jetzt nicht mehr einschlafen konnte. Es war Wochenende! Alle Leute waren unterwegs und hatten Spaß!

Nur er nicht! Er saß in seinem selbst erschaffenen Gefängnis aus Wut und Frust. Sein bester Freund heiratete vor einem halben Jahr und nahm sich auch keine Zeit mehr für ihn, was ihn entsetzlich nervte.

Peter setzte sich auf die Couch und nahm die Fernbedienung in die Hand. Sein ganzes Leben lang hatte er sich auf niemanden verlassen können. Er merkte, wie sich die Wut in seinem Körper wie eine Welle aufbaute, um am höchsten Punkt zu brechen und sich mit voller Wucht über ihn zu ergießen.

Im Grunde war es doch jedem scheißegal wie es Peter ging!

Im Zorn, der nun endgültig Oberhand über seinen Gemütszustand genommen hatte, schleuderte er die Fernbedienung mit voller Wucht in das linke Eck der Couch.

Noch während sie sich dreimal überschlug, ehe sie zum Stillstand kam, schaltete sein Gehirn wieder auf Normalfunktion und er bereute, dass er seiner Wut freien Lauf gelassen hatte.

Gott sei Dank dämpfte der weiche Stoff den Aufprall. Wie konnte er nur so fahrlässig mit seinen Dingen umgehen! Das war normalerweise nicht seine Art. Er prüfte die Funktion der Fernbedienung, und stellte erleichtert fest, dass sie keinen Schaden genommen hatte.

Eine nackte Frau wand sich gerade stöhnend in den Armen ihres Liebhabers. Wütend starrte er auf den Bildschirm. Er war Mitte dreißig und hatte seit mehr als einem halben Jahr keinen Sex mehr gehabt. Angewidert schaute er dem Treiben der beiden zu.

Weiber! Er hasste sie.

Nein, er hasste sie nicht! Sein Blick wurde etwas sanfter. In Wahrheit versteckte sich seine Traurigkeit hinter dem Schutzschild der Wut. Warum klappte es nur bei ihm nicht?

Seine letzte Freundin war wortlos aus der Wohnung ausgezogen. Sie meinte, sie hielte seinen Ordnungswahn nichts aus.

Blödsinn!

Man konnte doch, bei Gott, etwas Disziplin und Ordnung verlangen!

Bei diesen Gedanken rückte er das Deckchen gerade, das in der Mitte des Glastisches lag.

Ihre Flucht vor ihm durch seinen Zwang zur Ordnung zu rechtfertigen, war nur eine blöde Ausrede!

Die Frau im Fernsehen begann lauter zu stöhnen. Peter fand, dass sie übertrieb. Er lehnte sich auf der Couch zurück und beobachtete ihre obszönen Bewegungen, was schließlich ein Ziehen in seinen Lenden verursachte.

Er überlegte einen Augenblick, ob er nicht doch noch in die Stadt gehen sollte. Irgend so eine Tussi würde schon mit ihm nach Hause kommen. Er schnaubte verächtlich, während er daran dachte, dass er vorher eine Unmenge an alkoholischen Getränken zu sich nehmen und auch den Mädels Drinks spendieren müsste. Er wäre gezwungen eine Menge Lügen zu erzählen und sinnlosen Smalltalk zu machen. Viel schwerer fiel es ihm aber, ein Lächeln vorzuspielen, oder gar guter Laune zu sein. Es würde nicht funktionieren. Das könnte er sich gleich ersparen.

Die Frau im Fernsehen nervte ihn zunehmend. Er fand, dass sie sich wie eine Nutte benahm, wobei er sich umgehend fragte, worin der Unterschied zwischen bezahltem Sex und einem Gratisfick bestand.

Peter stellte fest, dass er sich noch nie wirklich Gedanken darüber gemacht hatte.

Eine Nutte? Er überlegte. Es war scheißegal!

Warum eigentlich nicht?

Er stand auf und ging nervös im Zimmer auf und ab. Er war jung. Er war ein Mann. Er hatte bei den Frauen kein Glück, obwohl er ohne Zweifel sehr attraktiv war. Andere Männer trieben es auch mit Prostituierten. Nur kannte er niemanden persönlich. Aber andererseits? Hätte es ihm jemand erzählt? Auch er würde es keinem erzählen.

Peter ging zum Fenster und sah hinaus. Es war ruhig auf den Straßen. Unten ging ein Pärchen eng umschlungen vorbei.

Ungehalten zog er den Vorhang wieder zu und dachte nach.

Es fiel ihm auch sofort das Etablissement ein, an dem er fast täglich vorbeifuhr, und das wegen der auffällig bunten Fenster und der wunderschönen hölzernen Eingangstür, regelmäßig seine Aufmerksamkeit auf sich zog. Um dorthin zu kommen brauchte er nicht einmal das Auto, dieses Bordell würde er zu Fuß erreichen.

Peter ging ins Schlafzimmer und öffnete den Kleiderschrank. Er dachte an die alte Jacke, die er nie anzog, sich aber nicht überwinden konnte, sie in die Altkleidersammlung zu geben. Dazu suchte er eine abgetragene Strickhaube, schließlich war es noch kalt in den Nächten, und das fiel nicht auf. Er wollte auf keinen Fall erkannt werden. Peter nahm die Jacke aus dem Kasten. Den Kleiderbügel hängte er wieder zurück. Er fuhr noch einmal mit der Bürste über die Schuhe, ehe er sie anzog, steckte dreihundert Euro in seine Geldtasche und verließ die Wohnung. Er war aufgeregt, sehr aufgeregt. Er kam sich vor wie ein Abenteurer. Er war Christopher Columbus! Oder Magellan!

Ferdinand Magellan! Er begab sich auf Weltumseglung und stach heute zum ersten Mal in See!

An der Treppe unten angekommen war er plötzlich nicht mehr sicher, ob er die Wohnungstür abgeschlossen hatte. Peter fluchte und rannte die zwei Stockwerke wieder hinauf, immer zwei Stufen auf einmal nehmend. Er steckte den Schlüssel ins Schloss. Tatsächlich. Er hatte vergessen!

Also drehte er den Schlüssel wie üblich dreimal nach links, rückte mit dem Fuß den Fußabstreifer gerade, den er in der Hektik verschoben hatte, und rannte hastig die Treppen wieder hinunter.

Auf der Straße angekommen, überwältigte ihn ein merkwürdiges Gefühl. Er war sich jetzt nicht mehr so sicher, ob er das wirklich wollte. Magellan!

Seine Mutter verabscheute Freudenhäuser. Peter fiel ein, dass sie verhältnismäßig oft darüber geredet hatte. Er hegte den Verdacht, dass sein Vater diverse Etablissements des Öfteren besuchte, und was sein Vater konnte, das konnte er schon lange! Peter setzte sich entschlossen in Bewegung.

Nach knapp einer halben Stunde erreichte er die Gasse, in der das auffällige rote Licht über den Eingang dem Besucher oder Vorbeikommenden, verriet, was sich im Inneren befand.

Peter blieb zwei Häuser davor stehen. Er war unsicher, weil er nicht wusste, was ihn dort erwartete.

Eigentlich war ihm die Lust auf Sex vergangen und er fröstelte.

Was er in Wahrheit wollte, war, dass ihn jemand einfach in die Arme nahm. Peter schüttelte sich, so als wollte er diese absurden Gedanken loswerden. Nur nicht sentimental werden! Er wollte jetzt Sex. Jetzt!

Er atmete tief durch und ging entschlossen auf die prachtvoll gearbeitete Holztür zu. Eine kleine goldene Klingel befand sich links neben der schönen, kunstvoll gearbeiteten, dunkelbraunen Holztüre. Sie erinnerte ihn an Italien. In der Toskana hatte er ähnliche Haustüren bewundert. Peter läutete. Seine Nerven lagen blank, als sich kurz darauf eine freundliche Frauenstimme meldete: „Ja?"

Peter räusperte sich: „Hallo."

Mehr fiel ihm nicht ein.

„Kann ich Ihnen helfen?"

„Ja. Ich möchte bitte hinein." Logisch. Er verdrehte die Augen und kam sich blöd vor.

„Haben Sie einen bestimmten Damenwunsch?" fragte dieselbe Stimme in sanftem Tonfall.

„Nein. Ich bin neu hier", antwortete Peter naiv.

„Einen Moment bitte."

Es öffnete sich die schwere Tür, und knarrte ganz leise dabei.

Eine große, schlanke Dame in einem langen, schwarzen Mantel, der aus einem dünnen Stoff bestand und an den Ärmeln mit Spitzen besetzt war, lächelte ihn an. Darunter trug sie eine Korsage aus dunkelviolettem Satin, das fast unmerklich hervor blitzte.

Peter gab ihr die Hand. Er wusste nicht, ob das so üblich war. Aber sie reichte sie ihm ganz selbstverständlich. Peter wollte sich gerade vorstellen, da fiel ihm ein, dass es vielleicht klüger war, seinen richtigen Namen nicht zu erwähnen. Doch sie kam ihm zuvor.

„Ich bin Beatrice. Kommen Sie herein."

Sie zog ihn sanft an der Hand ins Innere und schloss hinter ihm die Tür.

„Du bist wirklich neu hier, nicht?"

Peter hatte das Gefühl, sie lachte ihn aus. Er sagte nichts.

Es war ziemlich dunkel. Beatrice nahm ihm die Jacke ab und führte ihn in einen großen Raum. In der Mitte befand sich eine Bar um die einige Pärchen saßen, die ihn nicht beachteten.

Ein dicker Mann fiel ihm besonders auf. Seine Pobacken, die von einer dünnen Leinenhose umspannt waren, ließen die Sitzfläche des Barhockers fast gänzlich verschwinden. Sein Gegenüber war eine bezaubernde junge Dame. Sie war hübsch und schlank. Sie war sogar sehr hübsch.

Die Hand des Dicken lag jetzt zwischen ihren nackten Schulterblättern. Ein großer protziger Ring steckte an seinem Wurstfinger, in der anderen Hand hielt er eine überdimensionale Zigarre. Auf seiner Stirn standen Schweißtropfen. Das sah Peter auch aus dieser Entfernung. Ein kalter Schauer lief ihm über den Rücken.

Doch die junge Dame ließ sich auch nichts anmerken, als der fette Kerl versuchte an ihrem Ohrläppchen zu knappern. Entweder sie war so abgebrüht oder es machte ihr wirklich nichts aus.

Peter wandte sich angeekelt ab.

Beatrice hatte in der Zwischenzeit die Jacke an die Garderobe gehängt.

Peter stand irgendwie verloren im Raum, und fragte sich, was er hier wollte.

Beatrice ließ ihn einfach stehen und verschwand hinter einer Tür. Peter überlegte, ob er abhauen sollte. Noch hatte er Gelegenheit dazu.

Aber das Unbekannte reizte ihn doch. Magellan!

Er sah sich genauer um. Ein ungutes Gefühl überkam ihn. Bei dieser Dunkelheit konnte man den Dreck nicht sehen, der sich hier bestimmt überall versteckte. Es roch stark nach Alkohol und Tabakrauch. Die Samtvorhänge an beiden Seiten der Tür, die in die Bar führte, waren wahrscheinlich schon ewig nicht mehr gewaschen worden. Sicher war alles voller Staub.

Peter rümpfte die Nase.

Beatrice kam mit einem jungen Mädchen an der Hand zurück. Sie wirkte etwas scheu, und man merkte, dass sie sich lieber hinter Beatrice versteckt hätte. Beatrice gab ihr ein Zeichen, Peter zu begrüßen.

Peter wusste nicht, ob das mit der Schüchternheit eine „Masche" war, oder ob sie vielleicht auch neu hier war.

Sie reichte ihm folgsam die Hand.

„Das ist Li", stellte sie Beatrice vor.

„Willkommen in unserem Haus", sagte Li etwas holprig.

Beatrice nickte zufrieden.

Peter blickte in die mandelförmigen brauen Augen des Mädchens. Er schätzte sie auf höchstens sechzehn.

„Von wo bist du?" fragte er sie.

Beatrice wurde nervös.

„Vietnam", sagte Li. „Ich freiwillig hier bin."

Beatrice stieß sie in die Seite. Wie konnte sie nur etwas so Blödes sagen.

Li schaute sie verständnislos an.

Peter tat, als würde er nicht merken, dass Beatrice etwas nicht behagte.

Sie standen sich noch immer unschlüssig gegenüber und Peter hatte keine Ahnung, was als Nächstes geschehen sollte. Li zog ihren dünnen, roten Mantel, der einen guten Kontrast zu ihren braunen, wunderschönen Mandelaugen darstellte, enger um sich.

Beatrice unterbrach, zu Peters Erleichterung, die peinliche Situation.

„Wollen Sie zuerst einen Drink, oder darf Ihnen Li gleich unsere Räumlichkeiten zeigen?" Beatrice lächelte vielsagend und machte eine Kopfbewegung in Richtung der Treppe, die ins Obergeschoß führte.

Sie sprach ihn wieder „per Sie" an.

„Ich möchte jetzt keinen Drink", sagte Peter und meinte es auch so. Er wollte weg von diesem fetten Typen an der Bar, und weg von Beatrice. Er wollte mit Li alleine sein.

Li deutete ihm an, ihr zu folgen. Er ging hinter ihr die Treppe hoch in den ersten Stock. Überall lagen rote, alte Teppichböden, die voller Flecken waren. Die Tapeten lösten sich teilweise an den Ecken. Nur die Wandleuchter waren wunderschön. Sie erinnerten Peter an Venedig.

Oben angekommen, öffnete Li gleich die erste Tür und ließ ihn eintreten.

Alles war aus rotem und rosafarbenem Plüsch. Peter überlegte, wie oft wohl hier alles gewaschen wurde. Er hatte nicht einmal Lust, sich auf das Bett zu setzen.

Li schloss die Tür. Er merkte, dass sie sehr nervös war.

„Magst du mit oder ohne Kondom?" fragte sie im Näherkommen, und wurde rot. Als er nicht antwortete, fuhr sie fort: „Ohne Kondom teurer."

Peter war verwirrt.

War es nicht verboten, ohne Schutz? Und überhaupt? Wie abtörnend war diese Frage! Der letzte Funken Lust war sowieso an der Eingangstüre verschwunden. Was tat er also hier?

Als er weiter schwieg, stieg sie von einem Bein aufs andere.

„Komm, setz dich", sagte sie, nahm ihn bei der Hand und führte ihn zum Bett.

Peter sah sie genauer an. Sie war sehr, sehr hübsch. Aber mit Sicherheit viel zu jung für diesen Job. Er hatte keine Ahnung, was er mit dieser Gewissheit anfangen sollte.

Peter setzte sich, aber nicht, ohne vorher den Platz zu inspizieren, an dem er sich niederließ.

„Ich weiß nicht. Für dich ist es bestimmt besser, wenn wir es mit Kondom machen."

Sie zuckte die Achseln. Ihr Gesichtsausdruck ließ keine Gefühle erahnen. Mann, war das schlimm! Er schämte sich.

Das Ambiente reizte ihn nicht, vor dem Bettzeug ekelte ihm und er fürchtete, sich strafbar zu machen, weil sie viel zu jung schien. Er hatte absolut keine Ahnung, wie er sich aus dieser Affäre ziehen konnte.

Wie schön wäre es daheim auf der Couch!

Dieser ganze Mist hier stresste ihn nur!

Li begann den Mantel langsam aufzuknöpfen. Er fand ihre Bewegungen einstudiert und gar nicht sexy.

Er nahm sie bei den Händen.

„Warte!"

Li wehrte sich nicht und wich seinem Blick nicht aus. In ihren Augen lag etwas Seltsames.

„Ich, ich möchte mich zuerst ein wenig mit dir unterhalten", stammelte er unsicher.

Li sah ihn erschrocken an.

„Polizei?" fragte sie und zog die Hände schnell weg.

Peter lächelte. „Nein, Li. Aber ich war noch nie in einem Freudenhaus, und das kommt mir alles ein wenig fremd vor."

Li stand noch immer wie erstarrt.

Ihre Arme baumelten wie leblos an ihr herab.

Peter griff nach ihrer Hand, die sie ihm wieder widerstandslos gab.

„Nein. Ich bin wirklich nicht von der Polizei. Du brauchst keine Angst zu haben."

Li deutete mit dem Finger der freien Hand an die Lippen, machte sich dann frei und lief zum CD-Player. Sie legte eine CD ein und schaltete die Musik ziemlich laut. Peter beobachtete all ihre geschmeidigen Bewegungen.

Dann setzte sie sich zu ihm auf die Bettkante. Sie schien ebenfalls keine Ahnung zu haben, was sie jetzt tun sollten. So saßen sie einen Augenblick steif nebeneinander, dann musste Peter lachen. Er fand diese Situation ziemlich grotesk.

„So habe ich mir meinen ersten Besuch nicht vorgestellt", lachte er, „aber du scheinst auch noch nicht viel Routine zu haben."

„Routine? Was ist das?" Sie sah ihn aus ihren Mandelaugen argwöhnisch an.

„Erfahrung. Wie lange machst du das schon?" wollte er wissen.

Li sah ihn fragend an.

„Wie lange arbeitest du hier?" Er fixierte ihre Augen.

Li sah sich erschocken um. Dann flüsterte sie ihm ins Ohr.

„Wände hier haben Ohren."

Jetzt schaute sie Peter fragend an.

Irgendetwas stimmte nicht.

Er flüsterte nun auch.

„Wie lange bist du hier?"

Li überlegte kurz: „Glaube, zwei Monate, oder so. Weiß nicht."

Peter wagte sich nun etwas weiter vor.

„Gefällt es dir hier?"

Li sah ihn an und sagte nichts.

„Magst du deine Arbeit?"

Li sah ihn an.

Peter sah sie an.

Li sagte nichts.

„Wie alt bist du?"

Li sagte nichts.

Peter wurde nervös. Er sah sie an. Ihre Mandelaugen hatten eine magische Wirkung auf ihn. Sie war wunderschön, doch in ihrem Blick lag soviel Traurigkeit, dass es schmerzte.

Eigentlich wollte er an diesem Abend seine Stimmung verbessern, deshalb war er ja hier. Doch es schien alles nur noch schlimmer zu werden. Warum war er bloß hierher gekommen?

Warum um alles in der Welt hatte er seine Couch verlassen?

Peter vergrub zuerst das Gesicht in seinen Händen, dann raufte er sich die Haare und versuchte es erneut:

„Wie alt bist du?"

„Bist du Polizei?" Sie wirkte schrecklich verängstigt und fixierte ihn, bereit, sofort die Flucht anzutreten.

Diese Augen hatten nur die Wahrheit verdient, alles andere war blanker Hohn.

Peter schüttelte langsam den Kopf, wie, um sie nicht zu verschrecken.

„Kann ich dir helfen, Li?"

Sie zuckte die Achseln.

„Wie alt bist du, Li? Weiß deine Familie, dass du hier bist?"

Lis Augen füllten sich mit Tränen. Sie schüttelte den Kopf.

„Warum bist du hier?"

Li sagte wieder nichts. Aber er spürte, dass sie vor irgendetwas fürchterliche Angst hatte.

„Hat dir jemand weh getan?"

Li senkte den Blick.

Noch einmal stellte er ihr dieselbe Frage:

„Hat dir jemand weh getan?"

Li zeigte auf die Innenseite beider Oberschenkel. Peter beugte sich etwas vor. Dann sah er die schrecklichen Narben, die sie mit Make-up zu vertuschen versuchte.

Er sah sie entsetzt an:

„Waren das Zigaretten? Wer tut so etwas?"

Li sagte nichts.

Peter fuhr sich nervös durch die Haare.

Was sollte er bloß tun?

Der Grund, warum er eigentlich hier war, schien ihm total irrelevant. Er hatte absolut keine Lust auf Sex.

Li merkte, dass er es gut mit ihr meinte. Sie legte ihren Kopf auf seine Schulter und fing an hin und her zu wippen. Sie summte ein Lied.

Peter war verwirrt.

Offensichtlich war auch sie nicht daran interessiert, ihn zum Sex zu animieren. Li tat ihm leid.

Das Gefühl, irgendetwas unternehmen zu müssen, drängte sich immer mehr in sein Bewusstsein.

Na toll! Jetzt hatte er sich ganz schön etwas eingebrockt. Eigentlich wollte er sich nur abreagieren und seinem Körper etwas Gutes tun.

Letztendlich hatte er ein Problem mehr.

Eine Weile saßen sie so auf der Bettkante. Keiner sagte etwas. Li summte noch immer. Sie kam ihm etwas apathisch vor.

Er überlegte fieberhaft, wie er mit dieser Situation umgehen sollte, in die er so unverhofft hineingeraten war.

Peter dachte an den schwitzigen, fetten Kerl an der Bar. Wut stieg in ihm auf. Er dachte daran, wie sich so einer über dieses zarte Mädchen hermachte. Er konnte sich nicht vorstellen, dass es den Mädchen mit solchen Typen nichts ausmachte. Er litt. Er schämte sich, dass er hier war.

„Li. Ich möchte dir helfen." Sein Blick verlor sich in ihren Mandelaugen.

Li sah ihn mit eben diesen, traurig an.

„Sie lassen mich nicht weg. Haben viel für Li bezahlt."

„Was ist mit deiner Familie? Wissen sie, wo du bist?"

„Meine Familie in Vietnam. Ich schicken Geld nach Hause. Viel Geld."

Li wirkte ein klein wenig stolz.

„Aber sie wissen nicht, wie du dir dein Geld verdienst?"

Li schüttelte heftig den Kopf.

„Nein. Ich beschmutze nicht Ehre von meiner Familie."

Peter verstand das nicht. Er konnte sich nicht vorstellen, dass es der Familie Ehre brachte, dass sie eine Nutte war. Oder meinte sie, dass sie nichts davon wussten.

„Soll ich dich da rausholen?"

Li sah ihn erschrocken an.

„Die werden Li töten. Ich kann nicht weg."

„Wenn ich die Polizei einschalte?"

Li starrte ihn nur an.

„Wie alt bist du wirklich?"

„Ich zähle fünfzehn", sagte sie kleinlaut.

„Möchtest du wieder nach Hause zu deiner Familie?"

Li nickte.

„Wie bist du hierher gekommen?"

„Waren viele Männer in meiner Stadt. Haben gesprochen von guter Arbeit, viel Lohn, gute Ausbildung. Meine Eltern haben mich geschickt. Haben viel Geld für mich bekommen. Aber meine Mutter viel geweint, weil ich weg."

Li schmiegte sich plötzlich an seine Brust und umarmte ihn. Sie fing laut an zu schluchzen.

Peter streichelte ihr über den Rücken.

Das hier war ein Kind.

Wer konnte so etwas nur tun?

Er hasste sie alle.

Wieder fiel ihm der schwitzende Dicke ein. Es wurde ihm übel, und auch seine Augen füllten sich mit Tränen.

Er schwor sich, ihr zu helfen.

Kein schwitzender Fettsack würde sich mehr über Li stürzen, und ihr die Seele rauben. Er wusste nicht wie, aber er würde ihr helfen. So wahr ihm Gott helfe!

2

Peter wusste nicht mehr, wie er nach Hause gekommen war. Er hatte die Haustüre aufgeschlossen und stand jetzt vor seiner Couch.

Er fühlte sich wie ein wildes Tier im Käfig und fing an, im Wohnzimmer auf und ab zu hasten.

Es war ihm unmöglich, jetzt ins Bett zu gehen und zu schlafen.

Zu sehr hatte ihn dieser Besuch im Freudenhaus aufgewühlt.

Freudenhaus! Pah! Dass er nicht lachte.

Irgendwie bereute er den Besuch, denn jetzt hatte er sich ein ordentliches Problem aufgehalst.

Peter musste etwas unternehmen!

Während er versuchte zu denken, wanderte er weiter auf und ab.

Ihm wollte einfach nichts einfallen.

Schließlich wusste er aus schlechten Krimis – aber auch aus Zeitungen – dass mit Menschen in diesem Milieu nicht zu spaßen war. Es sich mit ihnen anzulegen, war alles andere als schlau. Peter hatte Angst und hoffte, dass ihn keiner erkannt hatte.

Er konnte doch nicht einfach zur Polizei gehen und sagen, dass er in einem Puff eine Minderjährige gesehen hatte.

Freier waren vermutlich nicht die beliebtesten und vertrauenvollsten Leute, und schon gar keine Freunde der Polizei. Auch wenn er sich anonym meldete und darum bat, Li herauszuholen, war noch lange nicht gewährleistet, dass sie zu ihrer Familie in Vietnam zurückkehren konnte.

Er hatte keine Ahnung, ob er nicht selber in Schwierigkeiten geraten könnte. Wie sollte er das bloß anstellen?

Gegen sechs Uhr morgens fiel er in einen unruhigen Schlaf.

Um neun Uhr weckte ihn sein Telefon.

Sofort war er ganz wach, was ihn wunderte, da er wusste, dass er nur drei Stunden geschlafen hatte.

Es war seine Schwester.

Klara war für ihn seit jeher eine Nervensäge. Sie hatte eine schrille Stimme und rief ihn nur an, wenn sie etwas brauchte.

Er verdrehte die Augen und hob ab, da er sich sicher war, dass sie es ohnehin in drei Minuten erneut probieren würde, wenn er sich nicht meldete.

„Hallo." Er bemühte sich um eine neutrale Stimme.

„Hallo, Bruderherz", flötete sie ins Telefon.

Peter seufzte: „Was brauchst du?"

Klara, war das genaue Gegenteil von Peter, denn sie war klein, etwas mollig und eher blond. Außerdem hatte sie die blauen Augen, die sich Peter wünschte.

Sie war zwei Jahre jünger als er und es schien, als hätte sie die Sonnenseite des Lebens gepachtet. Alles was sie anpackte, gelang ihr auf Anhieb. Außerdem hatte sie ihre große Liebe geheiratet und hatte einen tollen Job. Ihre Kollegen schätzen sie sehr und Klara hatte so viele Freunde, dass man sie an beiden Händen nicht mehr zählen konnte.

Aus diesen Gründen war Peter oft eifersüchtig auf seine kleine Schwester, und er fand das Leben ungerecht.

Aber vielleicht lag es auch an ihrem Lächeln, an ihrem Charme und ihrer guter Laune, die sie ständig ausstrahlte.

Warum gelang ihr nur alles so gut? ging es Peter durch den Kopf, während er versuchte herauszubekommen, warum sie ihn angerufen hatte.

Mit gespielter Gekränktheit sagte sie:

„Aber ich ruf dich doch nicht nur an, wenn ich etwas brauche."

Peter wollte jetzt keine Spielchen spielen:

„Nun sag schon."

„Nein. Ich...", sie zögerte, „ich hatte ein komisches Gefühl. Wollte nur wissen, ob es dir gut geht."

„Ehrlich?" fragte er erstaunt.

„Ja. Ich hab schlecht geträumt. Dachte, du wärst in Schwierigkeiten." In ihrer Stimme lag tatsächlich so etwas wie Sorge.

Peter sagte nichts.

„Ist alles OK?"

Peter konnte nicht „Ja" sagen, wollte ihr aber auch nicht erzählen, in welchem Dilemma er steckte.

„Warum sagst du nichts?"

„Äh. Nein, nein. Es ist alles in Ordnung."

Es klang nicht sehr glaubwürdig.

Es entstand eine kurze, unangenehme Pause.

„Peter! Ich weiß, dass du mich noch nie für voll genommen hast, und dass du oft eifersüchtig auf mich bist. Aber ich möchte, dass du weißt, dass ich für dich da bin, wenn du mich brauchst. Ich... Ich würde alles für dich tun." Ihre Stimme klang ganz weich.

Peter saß mit offenem Mund da.

War es Zufall, dass sie genau heute anrief?

Hatte sie wirklich gemerkt, dass es ihm nicht gut ging?

Andererseits ging es ihm seit Jahren nicht gut. Er kam sich oft vor wie ein alter griesgrämiger Mann, der sein Leben schon fast hinter sich hatte, obwohl er erst sechsunddreißig Jahre alt war.

„Ich danke dir." Peter musste sogar lächeln. Er war gerührt.

„So etwas Schönes hab ich schon lange nicht mehr gehört", fügte er ehrlich hinzu, nachdem sie nichts sagte.

Klara lächelte auch. Aber sie lächelte sowieso fast immer.

3

Li lag zusammengekauert auf ihrem Bett und weinte.

Der schwitzende Fettsack, dessen schwerer Atem nach Alkohol und Zigarren stank, schloss gerade die Tür hinter sich und ließ sie alleine auf dem Bett zurück.

Li sprang auf und rannte zum Waschbecken. Sie musste sich übergeben. Dicke Tränen rannen über ihr hübsches Gesicht.

Sie hasste alles. Sie hasste sich, ihren Körper. Ihr Unterleib brannte. Sie war nicht bereit gewesen für einen Liebesdienst, doch das war dem Dicken egal. Mit Gewalt drang er in sie ein. Es hatte ihr schrecklich weh getan. Am linken Oberschenkel klebte etwas Blut, gemischt mit Sperma.

Li schrie auf. Hysterisch nahm sie ein Handtuch, machte es nass und fing an, unkoordiniert an ihrem Körper herumzuschrubben. Sie schluchzte, hielt sich am Waschbecken fest und sank dann zu Boden.

Plötzlich klopfte es an der Tür.

Erschrocken hob Li den Kopf. Sie antwortete nicht.

Dann hörte sie Beatrices Stimme.

„Li, neue Kundschaft ist da. Bist du schon fertig?"

Li erstarrte.

Sie saß nackt auf dem kalten Boden und erst jetzt merkte sie, wie sie zitterte.

Automatisch antwortete sie: „Zehn Minuten, bitte."

Sie rappelte sich auf und schaute in den Spiegel.

Eine wunderschöne junge Frau sah ihr in die Augen. Aber sie waren leer und traurig. Li hatte ihre Seele verloren.

4

Es war schon Mittag, als sich Peter auf den Weg machte, um zu dem Freudenhaus zu gehen, das er in der Nacht besucht hatte. Eine Gasse davor blieb er stehen. Was machte er bloß hier? Er konnte doch nicht einfach hineinmarschieren, Li bei der Hand nehmen, sagen, dass er sie jetzt mitnehmen und zu ihrer Familie zurückbringen wollte.

Die würden ihn gleich umbringen, oder zusammenschlagen.

Li ging ihm nicht aus dem Kopf. Sie war ein Kind.

Jemand musste ihr doch helfen!

Peter hatte sich noch nie wirklich um jemanden Sorgen gemacht. Seine Anteilnahme an anderer Menschen Problemen hielt sich in Grenzen. Er war eigentlich sein Leben lang ein egoistisches, penibles Arschloch gewesen. Warum jetzt? fragte er sich.

Doch er spürte instinktiv, dass er in diesem Fall rasch handeln musste. Er konnte mit dieser Verantwortung nicht weiterleben und im Moment war ihm alles andere egal.

Es war Samstagmittag. Er hatte keinen Hunger, keinen Durst. Seine Gedanken drehten sich nur um Li. Doch hier konnte er nichts tun. Er brauchte einen Plan. Nur welchen?

„Ich... ich werde immer für dich da sein, wenn du mich brauchst", hörte er plötzlich die Stimme seiner Schwester. Das hatte sie ihm heute früh gesagt. Mit diesen Worten hatte sie ihn geweckt. Aber warum eigentlich nicht?

Vielleicht hatte sie eine Idee.

Klara machte ihm erstaunt die Wohnungstür auf.

„Hallo, Bruderherz," sagte sie und trat zur Seite um ihn hereinzuassen.

Peter versuchte ein Lächeln, es gelang ihm aber nicht. Außerdem entmutigte ihn das strahlende Gesicht seiner Schwester. So fröhlich würde er nie aussehen können.

„Hi." Peter zog seine Schuhe aus und ging in die Wohnung.

Mit einem Ruck drehte er sich plötzlich um und sah zu seinen Schuhen zurück, die er unordentlich auf der Fußmatte stehen gelassen hatte. So etwas war ihm noch nie passiert.

Seit er aus der Pubertät war, hatte er für Ordnung gesorgt. Es war ihm wichtig, dass Schuhe parallel an dem für sie vorgesehenen Platz standen und das Mäntel und Jacken sofort auf Bügel aufgehängt werden mussten. Staub war ihm sowieso ein Gräuel. Alles musste geordnet und gestapelt sein. Alles in Reih und Glied. Wehe es war nicht so, dann fühlte er sich frustriert und zornig.

Er hielt es einfach nicht aus.

Als er aber jetzt auf die Schuhe zurücksah, war es ihm plötzlich egal. Er machte mit der Hand eine wegwerfende Bewegung, und schloss die Tür hinter sich. Klara machte ein erstauntes Gesicht. Doch sie sagte nichts.

Peter setzte sich an den Küchentisch.

Die Schuhe beschäftigten ihn noch immer, aber er fühlte sich auf seltsame Weise erleichtert. Es drängte sich ihm sogar ein Lächeln in sein Gesicht.

War es nicht scheißegal, wie diese blöden Schuhe standen?

Klara fiel diese Veränderung auf. Vorsichtig tastete sie sich an ihren Bruder heran. Sie wusste, dass sie ihn mit Glacéhandschuhen anfassen musste, um etwas von ihm zu erfahren.

Ein einziger falscher Satz von ihr konnte ihn sofort wieder in die Flucht schlagen, weshalb sie keine Bemerkung über seine Schuhe fallen ließ.

Peter saß unentschlossen da. Er wusste noch immer nicht, ob er ihr sein nächtliches Erlebnis erzählen sollte.

Er schaute sich um.

„Wo ist Theo?" fragte er.

„Theo macht heute Überstunden. Er hat einen ganz kniffeligen Fall an der Angel. Die Staatsanwaltschaft setzt ihm schwer zu. Nächste Woche ist eine wichtige Verhandlung. Er muss sich gut vorbereiten und ist wieder ins Büro gefahren. Ich möchte ihn am Nachmittag zu einem Spaziergang abholen. Vielleicht kann ich ihm auch helfen.

Aber Theo hat viel mehr Erfahrung als ich. Schließlich bin ich erst seit zwei Jahren in dieser Branche."

Theo betrieb gemeinsam mit einem Kollegen eine Anwaltskanzlei im ersten Wiener Gemeindebezirk. Klara, seine Frau, war auch ein Teil dieses Teams. Doch sie hatte von Anfang an nicht den Ehrgeiz, mehr als 40 Stunden im Büro zu sitzen. Klara verteidigte als Anwältin ihre Freizeit.

Peter nickte. Gott sei Dank.

Er konnte sich also seiner Schwester getrost anvertrauen. Sie waren alleine.

Klara spürte intuitiv, dass er etwas auf dem Herzen hatte. Abgesehen davon, hatte er sie niemals ohne Grund besucht. Ohne formelle Einladung zu einem Essen oder einer Familienfeier war er noch nie bei ihr erschienen.

„Magst du etwas trinken? Bier?"

Peter schüttelte den Kopf. Keinen Alkohol.

„Ein Glas Wasser bitte."

Auch das fand Klara seltsam. Er hatte sich verändert.

Sie holte einen großen Krug Wasser und zwei Gläser aus der Küche und stellte alles auf dem Tisch ab. Er goss sich ein und trank gierig.

„Hast du schon etwas gegessen?"

Peter schüttelte erneut den Kopf.

„Ich habe noch ein wenig Gemüsesuppe von gestern Abend. Magst du?"

Peter hörte auf seinen Bauch, der ihm zu verstehen gab, dass er schrecklichen Hunger hatte. Er nickte.

Klara stellte einen Teller Suppe in die Mikrowelle, nahm nach einer schier endlos erscheinenden Minute die Brühe heraus, und setzte sich mit dem Essen zu ihm.

„Möchtest du mir etwas erzählen?" Klara ging in die Offensive.

Peter schlürfte die Suppe. Er dachte nach. Wo anfangen?

Er sah Klara unverwandt an. Sie hatte eigentlich ein sehr liebes Gesicht. Ihre freundlichen blauen Augen gaben ihm Sicherheit. Ihre blonden Locken hatte sie mit einem Haarband nach hinten gebändigt. Sie hatte frührer ihre Haare nie besonders gemocht. Lieber hätte sie glatte Haare gehabt, wie ihre Freundinnen. Doch je älter sie wurde, desto mehr schätzte sie ihre Naturlocken. Eigentlich sah sie aus, wie ein Engel. Peter musste schmunzeln.

Sie war nicht besonders schlank, aber auch nicht dick. Und sie war eine der wenigen Frauen, die Peter kannte, die nicht ständig mit ihrer Figur haderten. Klara war rundum zufrieden.

Liebevoll sah sie ihn an und wartete.

Er hatte außer seiner Schwester sowieso niemanden, dem er sein Herz ausschütten konnte, stellte er bitter fest. Also holte er tief Luft.

„Klara. Du bist die Einzige, der ich es erzählen kann."

Wieder machte er eine Pause.

Klara wartete geduldig.

Nach etwa zehn Minuten war Klara in sein Dilemma eingeweiht. Sie hatte die ganze Zeit geschwiegen. Peter hatte dreimal betont, dass er Li nicht angegriffen hatte. Es war ihm wichtig, dass Klara nicht dachte, er hätte sich an dem Mädchen vergangen.

Als er zu Ende gesprochen hatte, sah er Klara gespannt an.

Nach Manie der Anwälte, formulierte Klara zuerst in ihrem Kopf die Worte, ehe sie sagte: „Wir müssen uns etwas einfallen lassen."

Peter war enttäuscht über diese Worte, denn er hatte ein Plädoyer seiner Anwaltsschwester erwartet. Doch diese schien im Moment auch nicht schlauer zu sein als er.

Sie saßen eine Weile schweigend nebeneinander in der Küche. Dann wurde Klara die Tragweite seiner Geschichte erst so richtig bewusst.

„Mein Gott. Das arme Ding. Was sie mitmachen muss. Ich kann mir das gar nicht vorstellen."

Peter dachte über ihre Worte nach, dann sprangen seine Gedanken weiter zu Beatrice.

„Diese Beatrice. Sie war ungefähr dreißig. Ich hatte aber nicht den Eindruck, dass sie unglücklich in ihrem Job ist. Meinst du, dass sie auch einmal so wie Li angefangen hat, oder meinst du, sie hat es freiwillig getan? Vielleicht hat sich auch sie nur ihrem Schicksal gefügt."

Klara zuckte die Schultern.

„Ich weiß nicht. Keine Ahnung. Bis jetzt hab ich mir aber auch keine Gedanken darüber gemacht. Ich dachte schon, dass es die Meisten freiwillig tun. Das ist ihr Job. Im Fernsehen hab ich einmal ein Interview mit einer Prostituierten verfolgt. Die sagte eindeutig, dass es ihr Traumjob wäre und dass sie sich keine andere Arbeit vorstellen könnte. Außerdem meinte sie, dass sie als Ärztin nicht soviel verdienen könnte."

Peter graute. Er musste immer wieder an den dicken Kerl denken. Wie viele Betrunkene und stinkende Typen mussten diese Mädchen über sich ergehen lassen. Unhygienische Männer, die ihre schwitzenden Leiber an ihnen rieben. Peter lief es kalt über den Rücken.

Es war demütigend. Er schämte sich, denn auch er war in der letzten Nacht bereit gewesen, eine Frau zu demütigen. Nur um sich an ihr abzureagieren.

Eigentlich suchte er Wärme und Zuneigung. Er wollte Liebe.

Klara kramte plötzlich in einer Schublade. Sie holte eine kleine Schachtel hervor. In dieser hatte sie feinsäuberlich hunderte von Visitenkarten gesammelt. Im Laufe der Zeit, und vor allem während ihres Studiums hatte sie eine Menge Menschen kennengelernt, wo sie glaubte, dass sie deren Hilfe irgendwann einmal in Anspruch nehmen könnte.

Klara wusste nicht genau, wonach sie suchte, aber sie hatte das Gefühl, diese kleine Schachtel könnte ihnen helfen.

„Moment!" rief sie, und hielt inne. „Theo hat doch Kontakt zum Wiener Polizeichef. Der könnte doch jemanden vorbeischicken, um das Mädchen herauszuholen."

„Und was passiert dann mit ihr?" wollte Peter wissen.

„Ich nehme an, dass sie in ihre Heimat zurückgeschickt wird", antwortete sie, wenig überzeugend.

„Wenn nicht?" fragte Peter kleinlaut.

„Kann ich mir nicht vorstellen." Klara schüttelte energisch ihre blonden Locken.

Peter dachte nach.

„Aber wenn du das Theo erzählst, dann weiß er genau, dass ich auch dort gewesen bin. Ich schäme mich dafür."

Peter schob, trotzig wie ein Kind, die Unterlippe nach vorne.

Klara überlegte.

„Das muss ich ihm ja gar nicht sagen."

„Und woher weißt du dann, dass eine fünfzehnjährige Vietnamesin in diesem Puff arbeitet?" Sein Blick hatte etwas Angewidertes.

Klara zuckte abermals gelassen mit den Achseln.

„Ein Bekannter hat es mir erzählt? Theo ist nicht neugierig. Wenn ich sage, dass ich es ihm nicht erzählen kann, dann akzeptiert er so etwas für gewöhnlich."

„Wenn sie sie aber verstecken?" Peter fühlte sich krank vor Sorge.

„Die Polizei ist normal nicht so blöd und geht mit Uniform hinein und fragt nach Li. Es wird schon einer ‚in Zivil' die Lage auskundschaften, denke ich", erwiderte Klara.

Peter war überhaupt nicht wohl in seiner Haut.

Er war nervös. Alles ging ihm zu langsam. Jede Minute zählte.

„Am Montag wird Theo Kontakt mit der Polizei aufnehmen. Der Staatsanwalt wird auch Bescheid wissen wollen. Ich sage ihnen, dass ich einen anonymen Anruf bekommen hätte, OK?"

Peter schüttelte den Kopf.

„Montag ist zu spät. Bitte ruf ihn gleich jetzt an."

Klara runzelte die Stirn.

„Du bist so nervös. Sie ist doch bestimmt schon seit Wochen oder Monaten dort. Auf einen Tag mehr oder weniger wird es wohl nicht ankommen."

„Doch!" Peter dachte wieder an den ekelhaften Fettsack. Keiner durfte ihr mehr weh tun.

Klara sah die Verzweiflung in Peters Augen.

Sie griff zu ihrem Handy und wählte die Nummer ihres Mannes.

„Theo, hallo Schatz. Ich brauche deine Hilfe."

5

Bevor das Samstagabendgeschäft so richtig begann, läutete ein gut gekleideter Herr an der goldenen Glocke des Freudenhauses. Es war schon dunkel und er musste eine Weile warten, ehe ihm Beatrice die Tür öffnete.

Sie war kreidebleich. Ihre Lippen schimmerten fast blau.

„Hallo, darf man eintreten", sagte der Herr und hob seinen Hut.

Beatrice zog ihren Mantel enger um sich und stellte sich dem Herrn in den Weg.

„Nein. Es ist heute geschlossen."

Der Herr stutze. Mit dem hatte er nicht gerechnet.

Er lächelte sie freundlich an, so als würde er einem Kind etwas erklären wollen.

„Aber gnädige Frau, die Nacht hat doch erst begonnen. Darf ich bitte eintreten?" fragte er noch einmal, höflich aber bestimmt.

Beatrice wollte ihm die Tür vor der Nase zuschlagen, da stellte er einen Fuß in die Tür.

Beatrice schrie kurz auf. Sie schien mit den Nerven völlig am Ende zu sein. Gegen den Mann hatte sie keine Chance.

„Aber ich habe ihnen doch gesagt, dass heute kein Betrieb ist. Wir haben geschlossen", stammelte sie.

„Ach. Und warum genau? Ist das nicht etwas seltsam?"

Jetzt war der Herr nicht mehr so freundlich. Er hängte seinen Hut auf die Garderobe. Beatrice schaute ihm machtlos zu.

Sie zitterte.

Oben hörte man einen Tumult. Der Herr hob den Kopf. Einige Leute schienen aufgeregt Möbel herumzuschieben. Irgendetwas war faul.

Der Herr griff in den Mantel und drückte unauffällig auf einen kleinen Knopf, den ihm seine Kollegen eingebaut hatten.

Er schob Beatrice zur Seite, die sich auch nicht dagegen wehrte und begann die Treppe nach oben zu gehen, zuerst langsam, die letzten Stufen lief er hinauf. Er war auf alles gefasst.

6

Peter sah auf die Uhr. Fünf vor neun.

Er war wieder alleine zuhause. Sollte er Klara anrufen? Doch wozu? Sie würde ihm auch nichts sagen können.

Hoffentlich hatten sie die Kleine schon in Sicherheit gebracht.

Unruhig ging er im Wohnzimmer auf und ab. Heute hatte er zu viele Zigaretten geraucht. Es ekelte ihm schon davor, dennoch zündete er sich immer wieder eine neue an.

Eigentlich passte das Rauchen gar nicht zu Peter. Alles war perfekt und geordnet. Penibel sauber und kein Quäntchen Staub. Doch das Einzige, was nicht perfekt war, waren die Aschenbecher, in denen sich die Zigarettenstummel türmten.

Aber sobald Asche rund um den Aschenbecher lag, holte er ein Tuch und machte sauber.

Peter riss das Fenster auf.

Wenn er doch nur aufhören könnte!

Aber was hatte er denn sonst für ein Laster?

Ordnungsfimmel, kam ihm in den Sinn. Blödsinn! Er liebte es eben, wenn seine Umgebung ordentlich aussah!

Das war auch so an seinem Arbeitsplatz.

Peter hatte sein eigenes Büro. Er schrieb für eine Zeitung, war verantwortlich für den Lokalteil und hatte in jeder Wochenausgabe einen großen Beitrag zu schreiben.

Er liebte seine Arbeit. Aber seine Kollegen liebte er nicht besonders. Sie nervten ihn, so wie ihn im Grunde alles nervte.

Sein Arbeitsplatz war – abgesehen vom Aschenbecher – blitzsauber und alles stand in Reih und Glied. Man konnte die Ordner sogar mit der Wasserwaage kontrollieren – sie standen bestimmt alle perfekt.

Peter saß nun auf der Couch. Hinter ihm kam die kalte Abendluft durch das geöffnete Wohnzimmerfenster, und der Rauch verzog sich schön langsam.

‚Wenn das hier alles gut ausgeht, dann hör ich auf zu rauchen‘ schwor er sich. Doch das Gesagte erstaunte ihn selber. Er hörte es, als würde es ein Fremder sagen.

Er hatte noch nie ernsthaft mit dem Gedanken gespielt, den Glimmstängel für immer aus seinem Leben zu verbannen, dafür war ihm diese Angewohnheit zu vertraut.

Wahrscheinlich würde es ihm gut tun, denn seit zwei Jahren fiel ihm auf, dass er in der Früh hustete.

In Gedanken versunken saß er vor dem Fernseher. Er hatte keine Ahnung, welches Programm gerade lief.

Er hatte nur eine Sorge: Li!

Einen Moment fragte er sich, warum das so wichtig für ihn war. Er hatte sich doch nicht etwa in sie verliebt? Er erschrak vor diesem Gedanken. Peter versuchte auf seine Gefühle zu horchen, und er vergewisserte sich, dass es Liebe war, aber reine Nächstenliebe.

Li war ein Kind, und er wollte ihr einfach nur helfen zu ihrer Familie zurückzukehren. Er konnte den traurigen Blick nicht vergessen und diese kleine verletzte Seele.

Peter hatte noch nie jemand geholfen, zumindest nicht wissentlich. Er kam sich jetzt etwas fremd dabei vor, denn er kannte dieses Gefühl nicht.

Beschämt musste er sich eingestehen, dass es ein gutes Gefühl war. Er kam sich vor wie ein Held. Er war Superman! Von Magellan, dem Abenteurer, wollte er Abstand nehmen.

Superman war etwas übertrieben, denn man hatte einen Zivilpolizisten hingeschickt sie zu retten, nachdem er sie auf Lis Spur gebracht hatte. Er selbst war in Sicherheit.

Plötzlich schlug ein starker Windstoß das Fenster zu. Peter erschrak heftig. Sein Herz schlug schneller. Noch nie hatte der Wind das Fenster zugeschlagen. Es gab auch keinen Gegenzug. Wie war das möglich?

Peter schloss es ganz. Er spähte hinaus in die Nacht.

Es war ganz leise. Kein Lüftchen regte sich und keine Autos waren auf der Straße. Irgendwie kam es ihm gespenstisch vor.

Den Abendstern konnte man am wolkenlosen Himmel strahlen sehen.

Aber warum war das Fenster zugefallen, wenn nicht einmal ein Lüftchen ging? Kopfschüttelnd und mit klopfendem Herzen setzte er sich wieder auf die Couch.

Er fand keine Erklärung, es war auch egal.

Ein paar Minuten später sprang er wieder von der Couch auf und rief Klara an.

Aber es meldete sich nur der Anrufbeantworter. Mist!

Er brauchte jemanden zum Reden. Er war so unruhig. Das Heldentum war ihm wie eine schleimige Masse durch die Finger geronnen und war nicht mehr fassbar. Er fühlte sich elend.

Peter legte sich auf die Couch und schlief ein. Letzte Nacht hatte er so gut wie gar nicht geschlafen. Der Schlafmangel holte ihn jetzt ein.

Im Traum sah er Li in einem weißen wallenden Gewand über eine Blumenwiese laufen. Sie blieb stehen und schaute ihn an. Ihre Augen hatte wieder etwas Leuchtendes. Ihre ganze Traurigkeit war von ihr abgefallen.

Sie streckte ihm die Hände hin.

„Komm! Spiel mit mir. Hier ist so schön. Alles!"

Schweißgebadet wachte Peter auf. Er hatte ihre Stimme so deutlich vernommen. Er setzte sich auf der Couch auf und schaute um sich. Keiner war da. Im Fernsehen lief nur mehr Endloswerbung. Er sah auf die Uhr. Viertel nach drei. Er war doch tatsächlich hier eingeschlafen.

Am Handy war Klaras Rückruf. Mist, den hatte er verpasst! Jetzt konnte er sie nicht mehr anrufen.

Er rappelte sich auf, ging ins Badezimmer, putzte sich rasch die Zähne und wankte ins Schlafzimmer, wo er sich angezogen ins Bett fallen ließ. Er hatte nicht einmal mehr die Zahnpastatube zugeschraubt und das Handtuch einfach liegengelassen.

7

Beatrice war am Ende der Treppe zusammengebrochen. Sie konnte den Anblick nicht ertragen.

Der fein gekleidete Polizist war atemlos im Obergeschoss angekommen und ahnte schreckliches.

Was er sah, verschlug ihm tatsächlich den Atem.

Das junge Mädchen hatte sich laut Aussage ihrer Kolleginnen das Leben genommen.

Nur wenige Minuten später waren eine Menge Polizisten und Beamte von der Spurensicherung vor Ort.

Alle Mädchen heulten und schrien hysterisch durcheinander. Eine Polizistin kümmerte sich um sie und brachte sie ins Erdgeschoss, in eine Art Aufenthaltsraum, wo die Mädchen zwischen ihren „Diensten" eine kurze Pause machen konnten. Er lag gleich hinter der Bar und war ein sehr hässlicher Raum. Die Wände waren kahl und der Zigarettenrauch hatte seinen Teil dazu beigetragen um sie gelblichbraun erscheinen zu lassen. Eine kleine Kochplatte erlaubte ihnen Tee zu kochen und in einer Ecke, auf einem schiefen Kästchen, das umzukippen drohte, stand eine alte Kaffeemaschine, die offensichtlich schon lange nicht mehr gereinigt worden war, denn das Glas war von braunen Schlieren durchzogen und der Kalk tat sein Übriges.

Die Mädchen setzten sich an den großen Tisch.

Es lagen Brösel zwischen den klebrigen Rändern, die die Gläser hinterlassen hatten.

Keine sagte ein Wort.

Zwei Mädchen hielten sich eng umschlungen und schluchzten abwechselnd. Die Polizistin war nicht sicher, ob sie wegen dem Verlust einer Kollegin traurig waren, oder ob sie Angst hatten vor der Tatsache, dass es vielleicht doch kein Selbstmord, sondern Mord war.

Nun betrat Beatrice den Raum. Ihre Beine wollten sie kaum tragen. Die Polizistin schob ihr einen Sessel hin, Beatrice nickte dankbar und ließ sich darauf nieder.

„War die Kleine neu hier?" begann die Polizistin mit ihrer Befragung.

Sie bekam keine Antwort.

Die Polizistin seufzte.

Viel würde sie von den Damen wahrscheinlich nicht erfahren, vermutete sie, zumindest jetzt nicht. Sie öffnete die Tür einen Spalt und rief nach einem Kollegen, oben standen genug herum. Sie brauchte hier Hilfe.

Johann, ein etwas älterer, grau melierter Kollege mit einem „Wohlstandsbäuchlein", betrat den Raum.

Ängstlich blickten ihn die Mädchen an.

„Wer ist euer Chef?" fragte er unfreundlich und stemmte seine Hände in die Hüften.

Andrea, seine Kollegin schaute ihn strafend an. Mit diesem Ton würde er bei denen nicht weit kommen. Also mischte sie sich ein:

„Ihr habt doch einen männlichen Vorgesetzten, nicht?"

Johann verdrehte die Augen.

„Wo ist euer Zuhälter?" bellte er.

Beatrice fasste sich zuerst. Sie schaute ihn an.

„Der ist abgehauen. Ich weiß nicht wohin."

Johann machte einen Schritt auf sie zu.

„Das glaube ich dir. Wo könnte er denn sein?"

In seinem Ton schwang Verachtung.

Doch als er sie lange ansah, und Beatrice nicht antwortete, fiel ihm ihre blasse Schönheit auf. Er dachte an ihren Beruf, und unweigerlich regte sich in ihm ein Verlangen. Was könnte man mit der wohl alles anstellen? fragte er sich insgeheim.

Beatrice kannte die Männer nur allzu gut, um zu wissen, woran er jetzt dachte. Sie hasste ihn. Er war einer dieser Männer, die kein Fünkchen Respekt vor ihnen hatte. Der nicht den Mensch hinter der Hure sah. Sie hasste ihn abgrundtief.

„Er ist vor einer halben Stunde mit einem Koffer in seinem Auto weggefahren. Er hat nichts mehr zu uns gesagt. Er meinte nur, dass jetzt alles aus ist."

Beatrice fühlte sich matt. Sie wollte schlafen. Vergessen. Sie nahm einen Schluck Vodka aus der Flasche, die in der Mitte des Tisches stand.

„Wo ist sein Zimmer?"

„Im zweiten Stock, gleich die zweite Tür links."

Es war Beatrice egal, wenn sie die Tür eintraten.

Außerdem war es ihr egal was aus Mario wurde. Lange genug hatte er sie und die Mädchen gedemütigt. Vielleicht würde er nun seine gerechte Strafe bekommen. Sie wusste, was er mit Li gemacht hatte. Die Brandwunden hatten fast alle ihre Kolleginnen bekommen. Gehorsam und Abhärtung! Ja, das war es, was Mario konnte – züchtigen!

Beatrice nahm noch einen Schluck.

Johann ging zur Tür und schickte zwei Kollegen nach oben, um das Zimmer des Zuhälters zu durchsuchen.

Dann wandte er sich wieder an Beatrice.

„Na, Chefin. Das bist du doch, oder?"

„Nein. Aber ich bin schon am längsten im Haus!" zischte sie.

Beatrice konnte ihren Zorn gegen ihn kaum mehr im Zaum halten.

Beatrice hatte sich noch nie als Chefin gesehen, aber sie war bestimmt diejenige, die sich um alles kümmerte. Sie machte Termine beim Frauenarzt aus, war da, wenn ein Mädchen sie brauchte, ging mit ihnen einkaufen und versorgte sie mit allem möglichen.

Johann verzog keine Miene. Irgendwie machte ihn ihre aufmüpfige Art nur geil. Am liebsten hätte er sie hier und jetzt gevögelt.

„Habt ihr Papiere?"

Beatrice spielte mit dem Feuer. Sie wusste, dass nicht alle der Mädchen registriert waren. Und Li schon gar nicht.

Sie nickte. „Natürlich. Dafür hat Mario immer gesorgt."

„Gut, das werden wir überprüfen. Solange bleibt ihr alle hier", sagte Andrea, die Polizistin, und verließ den Raum.

Sie schaute noch einmal zur Tür herein und wandte sich an Beatrice.

„Wissen Sie, wo er die Papiere aufbewahrt hat?"

Beatrice zuckte mit den Achseln.

„Vermutlich in seinem Zimmer. Oder bei seinem Steuerberater. Keine Ahnung. Wenn wir zum Frauenarzt mussten, hat er sie uns immer mitgegeben. Danach mussten wir sie sofort wieder abliefern."

Andrea ging.

Johann starrte Beatrice an. Ihr war es unangenehm. Sie trug nicht viel an ihrem Körper, und in diesem Moment wünschte sie sich nichts sehnlicher als Jeans und einen dicken Rollkragenpullover.

„Darf ich mich umziehen gehen? Ich komme gleich wieder."

Johann grinste dreckig.

„Nein, Süße. Wer weiß, ob du dann wiederkommst. Außerdem gefällst du mir so besser... Es sei denn, ich darf dir beim Umziehen helfen."

Beatrice wurde übel. Dieses Schwein. Typisch. Sie hasste Männer. Dieses Gefühl wurde immer stärker. Sie hasste sie aus tiefstem Herzen.

Sie wusste, dass es ihr letzter Tag hier war. Das Bordell war nun geschlossen. Und sie wusste, dass sie nie wieder die Beine breit machen würde für einen Kerl. Sie hatte genug. Hass, blanker Hass. Arme Li!

8

Endlich war Sonntagmorgen. Peter setzte sich im Bett auf. Was hatte er da nur geträumt? Li im weißen Kleid. Er musste lächeln. Dieses arme Kind würde bald wieder über eine Blumenwiese laufen, und hoffentlich bald ihren Schmerz vergessen und normal weiterleben können.

Peter schaute auf die Uhr. Knapp nach neun. Jetzt konnte er Klara sicher schon anrufen.

Er wählte. Doch niemand nahm das Gespräch an.

Er machte einen starken Espresso, schäumte sich Milch dazu auf, um einen schönen Cafelatte zu bekommen, presste frische Orangen aus, machte Spiegelei und röstete zwei Scheiben Speck. Dann holte er vom Bäcker frisches Korngebäck und kaufte sich die Zeitung.

Normalerweise musste er alles abwaschen, bevor er sich zum Essen setzte, denn er konnte es nicht ausstehen, wenn die Orangen- und Eierschalen herumlagen und der Milchschäumer in der Abwasch stand, an dessen Metall sich dicke, gelbe, klebrige Milchränder bildeten.

Er hatte einen großen Hunger, weil er am Abend zuvor schon wieder vergessen hatte, Nahrung zu sich zu nehmen, und das Geschirr war ihm ausnahmsweise egal. Sollten sich doch blöde Ränder bilden!

Er drehte sich kurz um, lächelte den Milchschäumer an, setzte sich an den Tisch und schlug die Zeitung auf. Irgendetwas war mit ihm passiert, stellte er kopfschüttelnd fest. Er hatte plötzlich nicht mehr den Zwang, alles sauber und ordentlich zu halten. Es gab Wichtigeres!

Eine Stunde später rief er seine Schwester erneut ein. Es war jetzt zehn. Noch immer meldete sich niemand.

Er hatte keine Ahnung, was er jetzt machen sollte, und er wurde zunehmend ungeduldiger. Peter fluchte und schlug die Zeitung zu.

Beim Blick zur Abwasch überkam ihn ein Gefühl der Abneigung. Er hatte jetzt keine Lust abzuwaschen, sollte doch dieses blöde Geschirr warten und der ganze Dreck eintrocknen!

Wieder tippte er die Nummer seiner Schwester. Und diesmal meldete sie sich: „Hallo Peter. Ich wollte dich gerade anrufen."

„Hallo. Und? Hat dein Mann etwas erreichen können?"

Klara wusste nicht, was sie ihm sagen sollte. Eigentlich hatte sie das Telefon schon vor einer Stunde gehört, aber sie wollte das Gespräch noch ein wenig hinausschieben. Jetzt musste sie es ihm wohl oder übel erzählen.

„Hör mal, Peter. Magst du nicht bei uns vorbeikommen?" versuchte sie ihn zu überreden. Von Angesicht zu Angesicht sprach es sich einfach leichter als am Telefon. Er stieg nicht darauf ein.

„Warum soll ich jetzt vorbeikommen? Du willst bestimmt den Tag mit Theo verbringen und nicht mit mir. Was ist mit Li? Sag schon", drängte er ungehalten.

„Aber du könntest doch mit uns essen. Ich hab genug eingekauft für das Mittagessen", versuchte sie es noch einmal.

Peter kapierte nun, dass sie ihm auswich.

Es entstand eine Pause.

„Sie sind zu spät gekommen?" Peter ahnte schreckliches.

Klara nickte. Es tat ihr leid. „Ja."

Keiner sagte ein Wort.

Klara unterbrach die Stille als Erstes.

„Es tut mir leid."

„Sie war ein Kind", sagte er verzweifelt, „und Klara. Ich hatte wirklich nichts mit ihr, das musst du mir glauben. Ich weiß nicht einmal, was ich dort wollte. Ich bin noch nie in ein Puff gegangen, ehrlich. Ich hätte mich immer dafür geschämt. Keine Ahnung, warum es so gekommen ist."

Er raufte sich die Haare mit der rechten Hand, mit der linken drückte er krampfhaft das Handy an sein Ohr.

„Ich glaube dir, Peter. Aber es gibt noch etwas." Sie hielt die Luft an.

„Was?"

„Li hat einen Brief geschrieben. Er steckt in einem Umschlag, darauf steht „Peter". Ich habe der Polizei noch nichts von dir erzählt. Aber ich glaube, er gilt dir."

Peter war irritiert. Was konnte Li ihm denn schon geschrieben haben?

„Das heißt, ich müsste mit der Polizei reden, um diesen Brief zu bekommen?" folgerte er richtig.

„Ja", war die knappe Antwort.

„Ich hab mich aber nicht strafbar gemacht, oder? Mit Li hab ich nicht geschlafen, und mit sonst auch keiner", wollte er wissen.

„Nein, Peter. Es ist OK. Wenn du diesen Brief haben willst, musst du dir aber bestimmt ein paar unangenehme Fragen gefallen lassen. Mehr kann ich nicht für dich tun. Theo hat gesagt, dass dir nichts passieren kann."

Peter überlegte eine Weile.

„Und was soll ich jetzt tun? Wie geht es weiter?" Er wusste nicht ein, noch aus.

Klara spürte, wie sich ihr Herz öffnete. Sie hatte jahrelang keine gute Beziehung zu ihrem Bruder gehabt. Er war immer griesgrämig und redete nicht viel. Nun merkte sie, wie bedürftig er war, und dass sie ihm helfen konnte, damit er sich besser fühlte. Sie wusste nicht einmal, ob er Freunde hatte, die ihm beistanden.

„Komm doch einfach vorbei. Theo weiß, wo die Polizei den Brief hat, und wo du dich melden kannst. Mach schon! Es ist nicht weit. Dann bist du auch nicht mehr alleine."

Normalerweise hätte ihn so ein rührseliges Getue auf die Palme gebracht. Doch er merkte, dass er jetzt wirklich nicht alleine sein wollte. Dankbar nahm er an.

9

Keiner der Polizisten sah auf, als Peter den Raum betrat. Jeder saß an einem Schreibtisch. Einer telefonierte, der Andere aß seine Jause und studierte einen Bericht und der Dritte unterhielt sich mit einem Zivilisten.

Eine Tür öffnete sich und ein weiterer Uniformierter betrat den Raum. Durch den Spalt sah er eine Frau sitzen. Sie kam ihm irgendwie bekannt vor. Blass, dünn. Aber irgendwie?

Beatrice? Die Frau, die ihm die Tür geöffnet hatte?

Ihre Haare trug sie offen.

In jener Nacht hatte sie sie kunstvoll hochgesteckt.

Jetzt trug sie einen Rollkragenpullover.

In jener Nacht ein Negligée.

Vielleicht war sie es auch gar nicht.

Ein Polizist kam auf Peter zu.

„Kann ich Ihnen helfen?" fragte er freundlich, aber distanziert.

„Ich, ähm. Ich bin Peter", war alles, was ihm auf Anhieb über die Lippen kam.

Er gab dem Polizisten ein Schreiben, dass sein Schwager für ihn aufgesetzt hatte. Darin erklärte er, dass Peter sein Mandant war, und dass sie ihm den Brief der Verstorbenen aushändigen sollten.

Der Polizist las den Brief sorgfältig und sah ihn dann abfällig an. Peter wusste, was er dachte: Kinderschänder!

„Ich hätte dazu aber Einiges zu sagen", versuchte Peter sich gleich zu verteidigen.

„Warten Sie hier einen Augenblick. Dann werden Sie schon noch reichlich die Gelegenheit dazu haben."

Peter war etwas mulmig zumute.

Der Polizist, der zuvor aus dem Raum gekommen war, indem die Frau saß, ging nun wieder hinein. Peter versuchte noch einmal einen Blick auf sie zu werfen.

Aber er sah sie nicht, weil ihm der Körper des Polizisten die Sicht ins Innere des Raumes versperrte.

„Kommen Sie mit", sagte einer der beiden Polizisten, die sich jetzt für ihn Zeit zu nehmen schienen. Sie öffneten die Tür in den Raum, in dem auch schon die Frau saß.

Sie sah ihn an. Doch Peter war sich jetzt nicht mehr sicher. Sie schien noch viel dünner zu sein, als er sie in Erinnerung gehabt hatte. Der schwarze Rollkragenpullover machte sie noch blasser. Aber sie schien ihn zu erkennen und nickte ihm fast unmerklich zu.

Es war Beatrice.

Unfreundlich forderte man Peter auf, Platz zu nehmen.

Doch immer wieder bestärkte er sich in seinen Gefühlen, dass er nichts Schlimmes getan hatte. Er musste sich für nichts schämen.

„Woher haben Sie Li gekannt?" fragte der eine.

Peter konnte die Frage kaum fassen. Vom Einkaufen, oder was?

„Ich war in der Nacht von Freitag auf Samstag im Bordell ‚La Nuit'. Beatrice hat mir die Tür geöffnet und Li vorgestellt. Ich bin mit ihr aufs Zimmer gegangen. Doch es ist nichts passiert. Ich schwöre bei meinem Leben."

Der dickere der beiden Polizisten lachte dreckig.

„Erzählen Sie das Ihrer Großmutter! Warum waren Sie sonst dort. Um eine Gute-Nacht-Geschichte zu hören?"

Peter war es bewusst, dass sich seine Aussage realitätsfremd anhörte, aber er ließ sich nicht gerne verarschen, und betonte umso eindringlicher: „Nein. Ich hatte keinen Geschlechtsverkehr mit Li. Ich habe sie gesehen, und mir fiel auf, dass sie sehr traurig, und vermutlich nicht volljährig war. Und da ich das erste Mal in meinem Leben in einem Puff war, und ich nicht wusste, was mich erwartete, verging mir auch schnell die Lust. Ich hab versprochen, ihr zu helfen."

Jetzt lachte der andere.

„Wolltest ihr wohl noch was beibringen, der Kleinen, nicht? War das deine Art von Hilfe?"

Peter lief rot an vor Wut.

Da fiel ihnen Beatrice ins Wort.

„Es ist wahr, was er sagt", meinte sie.

„Rede nur, wenn du gefragt wirst, Nutte!" Es war Johann, der so mit ihr redete. Er hatte ihr mildernde Umstände versprochen, wenn sie ein bisschen mit ihm „zusammenarbeitete", wie er es nannte.

Doch nachdem Beatrice eine Lizenz und nichts mit dem Tod ihrer Kollegin zu tun hatte, ließ sie ihn kaltblütig abblitzen, was Johann ihr nicht verzieh. Doch das war Beatrice egal. Da war sie Schlimmeres gewohnt.

Peter wurde heiß, bei diesen Worten. Er mochte die beiden Polizisten nicht!

Aber der Andere schien sich doch für das zu interessieren, was Beatrice zu sagen hatte: „Woher weißt du das?" Sein Ton war nicht unfreundlich.

„Li hat es mir erzählt, nachdem er gegangen war. Sie hat gesagt, dass er nicht mit ihr geschlafen, aber trotzdem bezahlt hat. Für Li war ich so etwas wie eine Vertraute. Aber wenn Peter ihr nicht geholfen hätte...", sie senkte den Kopf, „ich habe auch schon einen Plan gehabt, obwohl es für uns beide sehr gefährlich gewesen wäre."

Man sah ihr an, dass es nicht leicht für sie war, darüber zu sprechen.

Jetzt wandte sie sich an Peter: „Li hat einen Brief für dich hinterlassen", sie sah Johann argwöhnisch an, „die Polizei hat ihn."

Peter wandte sich an den freundlicheren der beiden.

„Kann ich ihn jetzt sehen?"

„Der Brief wird gerade überprüft. Sie können ihn dann sicher haben. Doch das wird bis morgen dauern", bekam er als Antwort.

Peter war sehr aufgewühlt. Er machte sich schon die ganze Zeit Gedanken darüber, was sie wohl geschrieben hatte. Sie würde ihn doch nicht irgendwie belasten? Schließlich kannte er sie ja gar nicht.

Instinktiv spürte er, dass er nichts zu befürchten hatte.

Er atmete tief durch.

Die Polizisten fragten noch nach einigen Details, und eine Stunde später, waren Beatrice und Peter wieder auf der Straße.

Beatrice blieb stehen und zog Peter am Ärmel. Sie wirkte zerbrechlich und schaute aus, als würde sie jeden Moment kollabieren.

„Warte, bitte. Ich möchte dir noch etwas sagen."

Peter blieb stehen. Er musste dauernd daran denken, was sie für einen Beruf ausübte, und seltsamerweise war sie für ihn keine normale Frau. Er verachtete sie nicht dafür, aber er konnte auch nicht wirklich Respekt für sie empfinden.

„Was?" fragte er kurz angebunden.

„Li sagte mir, dass du ihr helfen wirst. Und dass sie dich überall hin begleiten wird. Sie meinte, du bist ihr Freund, und sie hatte noch nie einen Freund. Ich habe nicht ganz verstanden, was sie damit meinte. Ich verstehe auch nicht, warum sie sich umgebracht hat, wo sie doch so sehr daran glaubte, dass du ihr hilfst. Ich verstehe es einfach nicht, sie war so jung, so wunderschön, ich hatte sie sehr lieb ..."

Beatrice wischte eine Träne weg.

„In letzter Zeit war es nicht mehr auszuhalten in unserem Haus. Mario war ständig betrunken und hat uns gequält. Mich weniger, er brauchte mich," sie spukte auf den Boden, „aber Li hat er ständig geschlagen, denn sie tat nicht immer, was er ihr befohlen hatte. Außerdem spielte sie ihren Kunden nicht die lustvolle Dirne vor, das konnte sie nicht. Einige Freier hatten sich beim Chef über sie beschwert. Dafür musste sie büßen. Aber sie hat immer nur still geweint. Sie hat sich nicht beschwert. Nie."

Beatrice konnte nicht weitersprechen. Ein dicker Kloß steckte in ihrem Hals. Sie dachte an das kleine Mädchen, und sie konnte sich gut in ihre Lage versetzen. Es war schrecklich. Gott sei Dank war Mario weg. Er war untergetaucht. Aber er konnte auch jederzeit wieder zurückkommen.

Peter wusste nicht, was er zu ihr sagen sollte. Eine Weile schwiegen beide. Beatrice betrachtete intensiv ihre Schuhspitzen.

„Und was wird jetzt aus dir?" fragte er zögerlich und war tatsächlich an der Antwort interessiert.

Beatrice schaute ihn an und zuckte die Achseln.

„Keine Ahnung. Ich mache mir eher Sorgen um meine sechs Kolleginnen. Keine hat eine eigene Wohnung oder sonst eine Unterkunft, und schon gar keine Ausbildung. Das Haus gehört Mario. Er wird sicher wieder bei uns auftauchen. Also müssen wir weg. Mir wird schon etwas einfallen."

Peter nickte.

„Jetzt müssen wir sowieso noch hierbleiben, um der Polizei für Fragen zur Verfügung zu stehen. Dann wird sich schon etwas ergeben." Sie wirkte gleichzeitig stark und zerbrechlich.

Peter wollte gehen. Er wollte nach Hause.

„Ich wünsche dir alles Gute", etwas anderes fiel ihm nicht ein.

Beatrice reichte ihm die Hand.

„Ich danke dir", sagte sie und lächelte ihn an.

„Wofür?" fragte Peter.

„Dafür, dass du Respekt vor einer Hure gezeigt hast. Jeder andere hätte Li benutzt und noch mehr gedemütigt. Du hast ihr – wenigstens für ein paar Stunden – Hoffnung gegeben, und ihr gezeigt, dass nicht alle Männer, die zu uns kommen, Schweine sind."

Peter lächelte jetzt auch.

„Es tut mir so leid, dass ich zu spät gekommen bin. Ich hätte ihr so gerne geholfen. Sie war ein Kind."

„Danke."

Beatrice drehte sich um, wankte ein wenig, und schritt erhobenen Hauptes in Richtung U-Bahn.

Peter seufzte noch einmal und ging in entgegengesetzter Richtung davon.

Seine Gedanken drehten sich im Kreis. Es war so ungerecht! Wie war Li da hineingerutscht? Rasch schaute er sich um. Beatrice war noch in Sichtweite. Er rannte ihr nach.

„Warte", doch sie drehte sich nicht um. Noch lauter rief er: „Beatrice, warte, bitte."

Sie blieb stehen. Peter hatte sie nach einer Weile eingeholt. Er trat vor sie hin. Beatrice ließ den Kopf gesenkt. Erst als er sie ansprach, hob sie ihn und schaute ihm ins Gesicht.

Ihre Augen waren rotgeweint, und noch immer rannen ihre Tränen haltlos über ihr hübsches Gesicht. Verzweifelt versuchte sie, sie wegzuwischen, doch es wollte ihr nicht gelingen. Es waren einfach zu viele.

Peter stand etwas hilflos neben ihr und wusste nicht, was er sagen sollte.

Dann kramte er ein zerknittertes Taschentuch aus seiner Hosentasche. Er hielt es ihr wortlos hin.

Beatrice griff danach und schnäuzte kräftig hinein. Sie schluchzte noch immer. Peter legte ihr eine Hand auf die Schulter. Eine Weile standen sie so da.

„Es gibt ein nettes Lokal hier in der Nähe, darf ich dich auf einen Kaffee einladen? Ich möchte dich etwas fragen", schlug er deshalb vor.

Beatrice sah ihn verwundert an. Sie hörte plötzlich auf zu schluchzen. Sie überlegte kurz und war sich sicher, dass sie noch nie in ihrem Leben eine Einladung von einem Mann bekommen hatte, der nichts von ihr wollte.

Doch dann sah sie ihn noch einmal misstrauisch an. Oder wollten sie das nicht alle? Nein, dieser hier war anders. Sie nickte.

Sie gingen schweigend nebeneinander. Peter fühlte sich etwas hilflos, weil sie noch immer von Zeit zu Zeit schnäuzte. Doch dann hielt er die Stille nicht mehr aus.

„Warum hat Li so gut deutsch sprechen können, wenn sie erst ein paar Wochen hier war?"

„Es wundert mich, dass mich das die Polizei nicht gefragt hat", sagte sie und lachte etwas abfällig, denn sie musste an Johann denken, der offensichtlich an etwas anderes dachte, als daran, sie zu verhören. In Beatrices Inneren wurde es ganz kalt. Sie spürte, wie etwas erstarrte. Dieses Gefühl kannte sie gut.

„Und?" Peter war neugierig.

„Mario hat viele Freunde. Ihr habt keine Ahnung, wie dieses Geschäft läuft." Wieder lachte sie höhnisch.

„Einige der netten Jungs sind darauf spezialisiert junge Mädchen auf den Markt zu bringen. Asiatinnen und Russinnen sind besonders gefragt. Das Ganze läuft nach einem bestimmten Schema ab."

Sie waren jetzt beim Lokal angekommen. Beatrice unterbrach ihre Erzählungen und wartete, bis sie an einem Tisch beim Fenster Platz genommen hatten.

Geschäftsleute und Studenten waren hier Stammgäste. Man konnte hier gut und günstig essen. Peter kam manchmal hierher, wenn er in der Nähe war. Meistens saß er und las in einer der vielen Zeitungen oder Zeitschriften, die sich auf einem großen Tisch in der Mitte des Raumes stapelten. Das war mitunter ein Grund dafür, dass

Peter dieses Lokal mochte. Es interessierte ihn sehr, was andere Zeitungen so schrieben.

Er selbst war zuständig für den Lokalteil von einer der größten Zeitungen der Stadt. Seit etwa fünf Jahren leitete er seine Abteilung und war damals der jüngste Chef in dieser Branche. Doch Peter war nicht zufrieden.

Vielleicht lag es aber auch daran, dass es nur wenig Positives zu schreiben gab. Der Großteil handelte von Raub, Mord und Totschlag oder Skandalen.

Peter schüttelte den Kopf. Darüber wollte er jetzt gar nicht nachdenken. Er fragte sein Gegenüber, was sie gerne trinken möchte und bestellte zwei Cola.

„Möchtest du etwas essen?" Peter reichte ihr die Speisekarte.

Zaghaft griff Beatrice danach. Unsicher sah sie ihn an.

Peter merkte erst jetzt, wie schüchtern diese Frau eigentlich war.

Er musste an ihre erste Begegnung denken. Vor ein paar Tagen hatte sie ihm die Tür geöffnet in einen Bereich, der für ihn neu und unheimlich war. Sie hatte sich aber wohl gefühlt in ihrem Revier. Aber jetzt schien es genau umgekehrt zu sein.

Peter musste unwillkürlich an Vampire denken, die in der Sonne nicht leben können. Er lächelte Beatrice an. Sie war blass und tat ihm irgendwie leid. Ein Vampir eben.

„Ich nehme einen Schweinsbraten mit Kraut und Semmelknödel. Und du?" Beatrice sah ihn erstaunt an, so als hätte sie das Wort Schweinsbraten noch nie gehört.

„Ich esse nichts, danke."

„Hast du heute überhaupt schon etwas gegessen? Du siehst blass aus. Ich lade dich ein."

Er wollte sie überreden, mit ihm zu essen.

Beschämt schaute ihn Beatrice an.

„Weißt du, es ist schwierig für mich, eine Einladung von einem Mann anzunehmen. Das mache ich normal nur im Zusammenhang mit meinem Job."

Peter konnte ihr nicht gleich folgen.

„Ich lade dich nur zum Essen ein, weil es alleine keinen Spaß macht, OK? Nimm es einfach an. Es ist ein Essen, um nicht hungern zu müssen, nichts sonst."

Sein Blick war offen und ehrlich.

Beatrice nickte.

„Einen Salat mit Hühnerstreifen bitte", sagte sie, ohne ihn anzusehen.

Nachdem der Kellner ihre Wünsche aufgenommen hatte, waren sie wieder allein.

„Du wolltest mir erzählen wie Li nach Österreich gekommen ist, und warum sie so gut deutsch konnte", erinnerte er an den wahren Grund ihres Beisammenseins.

„Ach ja."

Beatrice schien sich zu konzentrieren, dann begann sie aufs Neue: „Diese Typen sind darauf spezialisiert, hübsche Mädchen aus armen Familien zu finden, und sie und ihre Eltern zu überreden, mit ihnen nach Österreich oder Deutschland zu kommen, um ein schöneres Leben führen zu können.

Sie schwärmen ihnen von Schulen und Ausbildungsplätzen vor. Die Mädchen werden vor den Augen ihrer Eltern wie kleine Prinzessinnen behandelt. Man spricht von Anwältinnen, Designerinnen, Ärztinnen und lauter solchen Berufen.

Um so ein Mädchen anzuheuern, bleiben die Männer bis zu drei Monaten bei deren Familien. Sie bekommen jeden Tag Studierstunden. Es wird ihnen deutsch beigebracht und gutes Benehmen. Sie erhalten eine richtige Ausbildung. Westliche Umgangsformen, Benimmregeln, Tanzen, alle solchen Sachen lernen die Mädchen mit den Männern dort. Kein Mensch würde vermuten, was sie wirklich im Schilde führen."

Sie senkte den Blick. Alles kam in ihr hoch. Eine unbändige Wut erfasste sie.

Peter fragte: „Warum weißt du das alles?"

Beatrice sah auf: „Ich war die Vertraute von Mario. Er hat es mir erzählt. Doch dann hat er es bereut, dass er es mir erzählt hat, und hat mir dafür die Hand gebrochen."

Das wiederum sagte sie etwas emotionslos, fand Peter.

„Unabsichtlich, sagte er", fuhr sie fort.

„Li war die Jüngste, die er je brachte. Oft wurden die Mädchen dann von unserem Bordell an andere Häuser, an Freunde von Mario, verkauft. Aber dafür, dass sie Mario noch richtig „hingebogen" hat – wie er es immer nannte – verlangte er noch dreitausend Euro mehr."

„Und wie viel bekommen die Familien dort? Li erzählte mir, dass sie teuer war."

Beatrice lachte abfällig.

„Diese Schweine! Nicht einmal tausend Euro wird für so ein Mädchen bezahlt. Sie begründen es damit, dass es ein großer Aufwand ist, den Mädchen deutsch beizubringen, und dass die Schulkosten in Österreich sehr hoch sind. Ich weiß nicht, wie sie das so glaubhaft hinbekommen, aber sie schaffen es immer wieder. Die Leute fallen auf all diese Lügen hinein."

Peter hörte ihr mit offenem Mund zu.

„Und was passiert dann? Ich meine, hat nie ein Mädchen versucht zu fliehen? Oder hat nie eine ihre Familie um Hilfe gebeten?"

„Die, die versucht haben zu fliehen und die dabei erwischt wurden, habe ich nächtelang vor Schmerzen schreien gehört. Ich wollte nie genau wissen, was sie mit ihnen angestellt haben. Auf jeden Fall hatten sie danach keine Lust mehr, es wieder zu versuchen. Sie hatten viel zu viel Angst. Nur einer ist es bis jetzt gelungen wirklich unterzutauchen. Ich habe nie wieder etwas von ihr gehört. Den Familien der Mädchen schickt Mario alle paar Monate etwas Geld, damit sie nicht Verdacht schöpfen." Peter stocherte lustlos in seinem Essen herum, das der Kellner vor ein paar Minuten gebracht hatte. Was waren das für Menschen?

Beatrice aß schweigend ihren Salat.

„Warum machen die das?" fragte Peter plötzlich in einem viel zu lauten Ton.

Die Leute ringsherum hoben ihre Köpfe und sahen in ihre Richtung.

„Geld und Macht", war die knappe Antwort von Beatrice. Sie zuckte dabei hilflos mit den Achseln.

„Die Jungs, die so etwas machen, kommen aus ziemlich miserablen Familien. Gewalt ist an der Tagesordnung. Manchmal hatte ich wirklich das Gefühl, als hätten sie kein Herz. Es geht um Unterdrückung, Rache, Hassgefühle... ich weiß nicht genau. Ich habe mir oft Gedanken darüber gemacht, glaube mir.

Das Schlimmste waren nicht die Freier, die für unsere Dienste fair bezahlten, sondern die Geschäftsfreunde von Mario, die uns umsonst bekamen. Das waren die größten Schweine. Vor denen hatte selbst ich Angst, obwohl ich schon lange in diesem Geschäft bin. Wie wird es da wohl jemanden wie Li gegangen sein?"

Sie schüttelte so heftig den Kopf, als könnte sie dadurch ihre Gedanken von sich schleudern.

Peter schämte sich in diesem Augenblick dafür, ein Mann zu sein. Er wollte sich entschuldigen. Aber für was? Peter nahm einen Schluck Cola.

Das erste Mal in seinem Leben hatte er das Bedürfnis, dass er helfen wollte. Noch nie hatte er dieses Gefühl verspürt. Er war eher der Meinung, dass sich jeder selber helfen sollte. „Jeder ist seines Glückes Schmied", war seine Devise. Aber gab es nicht doch Schwache, die auf die Hilfe ihrer Mitmenschen angewiesen waren?

10

Klara saß mit ihrem Mann an einem Schreibtisch. Er tippte eifrig einen Text in seinen Laptop. Klara schob ihren Drehsessel etwas näher und berührte ihn sanft am Unterarm. „Theo. Kann ich dich etwas fragen?"

Theo machte einen Grunzlaut. Er war sehr konzentriert. Warum konnte ihn Klara jetzt nicht in Ruhe arbeiten lassen?

„Theo. Es ist wichtig."

Theo hörte auf zu schreiben, weil er wusste, dass er keine Chance gegen seine Frau hatte. Wenn sie seine Aufmerksamkeit brauchte, dann brauchte sie sie in diesem Augenblick.

„Was?" seufzte er.

Er hatte seine Brille abgenommen, und sah sie gespannt an. Es musste tatsächlich etwas Wichtiges sein, denn sie wusste genau, dass sie ihn sonst nicht stören durfte.

„Sag, kann Peter irgendwie Schwierigkeiten bekommen, wegen seinem Bordellbesuch? Ich mache mir Sorgen."

Theo brauchte nicht wirklich nachzudenken. Er hatte sich darüber bereits Gedanken gemacht und antwortete deshalb sehr schnell.

„Nein, Liebes. Es gibt Zeugen, dass Li noch gelebt hat, als er das Haus verließ. Dann gibt es den Brief, den sie persönlich an ihn geschrieben hat, und außerdem würde die Gerichtsmedizin keine Spermaspuren von ihm bei Li finden, falls er die Wahrheit gesagt, und sie nicht berührt hat."

Wie immer sagte er es in einem geschäftlich, rechtlichen Ton. Nicht so, als spräche er über den Bruder seiner Frau.

Abgesehen davon war Peter in seinen Augen ein egoistisches, sarkastisches und penibles Arschloch. Irgendwie konnte ihm Theo nicht glauben. Es sah diesem Kotzbrocken nicht ähnlich, dass er für sein Geld die Leistung nicht gefordert hatte.

Aber seltsamerweise hatte er irgendwie das Gefühl, als wäre Peter in diesem Falle tatsächlich unschuldig. Er verhielt sich anders als sonst.

Etwas milder fügte er deshalb hinzu: „Wir werden ihm schon helfen. Es kann gar nichts passieren, Klara."

Klara nickte etwas beruhigt.

Sie würde Peter anrufen. Vielleicht hatte er Lust am Abend mit ihr Essen zu gehen. Vielleicht brauchte er jemanden zum Reden. Warum war er überhaupt in ein Bordell gegangen? War er wirklich so einsam?

Als sie gegen sechs Uhr die Nummer von Peter wählte, war er noch immer nicht zu Hause. Er war aber bereits auf dem Weg zu seiner Wohnung, in Gedanken bei den Erzählungen von Beatrice.

Gegessen hatte er schon, und er wollte nicht mehr weggehen, da am nächsten Morgen ein anstrengender Arbeitstag auf ihn wartete.

Zu Klara meinte er, dass er sich lieber am nächsten Tag mit ihr zum Mittagessen treffen möchte. Außerdem würde er es begrüßen, die Mittagspause nicht mit seinen Kollegen verbringen zu müssen. Er fürchtete, sie würden ihn nach seinem Wochenende fragen. Lügen konnte er zwar perfekt, aber abgesehen davon interessierte es nicht wirklich ernsthaft jemanden, wie er seine Wochenende verbrachte.

Egal. Er wollte lieber mit Klara essen gehen. Sie war momentan sein einziger Lichtblick. Peter freute sich wirklich auf seine kleine Schwester. Komisch. Das war noch nie so gewesen. Es war ein völlig neues Gefühl.

11

Beatrice schloss mit zitternden Händen die Haustüre auf. Der goldene Klingelknopf blitzte in der Abendsonne. Ihr Herz klopfte schnell. Beatrice wusste, dass Mario nicht so dumm wäre, jetzt hier aufzutauchen, aber nichtsdestotrotz war sie vor Angst fast panisch.

Er würde ihr die Schuld an dem Ganzen geben. Warum konnte sie nur einen Neukunden zu einer unerfahrenen Nutte schicken, die nichts drauf hatte. Er würde zornig werden, sie schlagen. Beim Eintreten wurde ihr übel. Sie warf die Jacke zu Boden und rannte zur nächsten Toilette, wo sie sich übergab. Verzweifelt hielt sie die Hände vors Gesicht. Tränen liefen die Finger entlang. Doch sie rappelte sich wieder auf und lief die Stiege hinauf. Wo waren nur die anderen Mädchen? Alles war still.

Die erste Türe mied sie. Dort hatte Li gelegen. Ihr junger Körper war blutüberströmt. Sie hatte sich nicht mehr missbrauchen lassen, von all diesen Kerlen, die gegen Geld körperliche Liebe forderten.

Zu manchen Mädchen hatte sie ein ganz besonderes Verhältnis. Beatrice würde sagen, sie liebte sie wie Schwestern. Sie waren ihre Familie.

Ihr Herz klopfte immer lauter. Waren denn alle weg?

Beatrice riss jede Tür auf. Sie kannte die Betten alle nur zu gut. Wie oft hatte sie darin gelegen und gehofft, die Zeit möge schneller vergehen. Nur selten hatte es ihr wirklich nichts ausgemacht, ja, hatte sie sogar Spaß daran. Aber das war sehr, sehr selten gewesen. Die meisten Kunden waren ekelhaft.

Am Ende des Ganges ging eine weitere Treppe in den obersten Stock hinauf. Dort waren die Gemächer ihres Zuhälters. Mario hatte drei Zimmer für sich alleine. Dorthin schleppte er die Mädchen wenn er Lust oder Wut hatte. Wenn er Lust hatte, dann versuchte er mitunter seine Mädchen zu verwöhnen. Gute Laune stand ihm gut. Er konnte sogar nett sein. Aber wehe, er nahm ein Mädchen zu sich, um sich abzureagieren. Verschreckt und voller Abscheu kamen sie dann wieder aus einem dieser Zimmer, das schwarz ausgemalt war, und in dem nur zwei rote, kleine Stehlampen Licht spendeten.

Am Plafond war ein riesiger Spiegel angebracht, indem er sich beobachten konnte. Sex schien wirklich sein Leben zu sein. Er fragte nicht, er nahm. Er sorgte ja schließlich auch für sie, und sie waren sein Besitz. Das durfte nie jemand in Frage stellen.

Beatrice näherte sich leise dem verhassten Zimmer, denn sie hörte Stimmen. Langsam öffnete sie die Tür, die nur angelehnt war. Alle sechs Mädchen waren dabei alles zu durchsuchen und das an sich zu nehmen, was einen Wert zu haben schien.

Melanie stieß einen spitzen Schrei aus, als sie sie sah.

„Mann, hast du uns erschreckt, Beatrice!" rief sie und kam auf Beatrice zu, um sie an sich zu drücken.

„Wie war es bei der Polizei? Wir haben uns schon Sorgen um dich gemacht."

Beatrice schüttelte sie ab.

„Was macht ihr hier? Die Polizei hat diese Zimmer ausdrücklich gesperrt. Sie suchen nach Hinweisen, wo sich Mario aufhalten könnte. Ihr dürft hier nicht sein." Beatrice war ärgerlich. Sie wollte keine Schwierigkeiten.

„Bah! Polizei! Nun hör schon auf. Mario hat hier sicher noch eine Menge Geld versteckt. Das nehmen wir uns, und hauen dann ab."

Beatrice schaute sie erstaunt an.

„Wohin willst du denn? Hast du einen Plan? Die werden dich finden."

Melanie lachte.

„Nein, Bea. Keiner findet uns. Wir fahren weit weg. Ich such mir einfach in Deutschland eine neue Stelle. Die brauchen doch sicher auch Mädchen, oder?"

Beatrice gab es einen Stich in der Brust. Wollte Melanie nicht aussteigen? Wollte sie weiter diesen miesen Job machen?

„Melanie. Du bist jung, du bist hübsch. Das ist unsere Chance. Wir müssen raus hier, raus aus dem Job. Bitte."

Flehentlich sah sie Melanie an.

Diese schaute sie verständnislos an.

„Aber warum? Uns ist es doch nicht so schlecht gegangen. Immer neue Klamotten, genug zu essen, Alkohol und Partys. Ich hab auch gar nichts anderes gelernt. Wir nehmen die Kohle und hauen ab."

Beatrice ließ den Kopf hängen. Li wollte weg, sie selbst wollte weg. Doch das Einzige, was sie noch so lange gehalten hatte, war die Sicherheit, die ihr dieses Haus gab. Seit über fünfzehn Jahren war das ihr Zuhause. Sie kannte sich nicht aus in der Welt „da draußen".

Das war auch die Sicherheit, die Mario hatte, weil er wusste, sie würden „da draußen" nicht so schnell zurecht kommen.

Beatrice war sechzehn, als sie Mario in Amsterdam völlig verwahrlost aufgegriffen hatte. Er brachte sie nach Wien, gab ihr Drogen und machte sie gefügig. Damals übergab sie sich nach jedem Besuch eines Freiers, sie wollte gar nicht mehr an diese Zeit denken.

Schlussendlich gewöhnte sie sich an ihr Leben. Sie war versorgt und sie bekam, was sie wollte. Abgesehen von der Freiheit. Immer wieder hatte ihr Mario eingetrichtert, dass sie nicht alleine überlebensfähig wäre, und mit den Jahren glaubte sie ihm auch.

Beatrice war für das Bordell verantwortlich, wenn Mario „geschäftlich" unterwegs war, und sie hatte viel Spaß mit den Mädchen, die sich dann freier fühlten.

Und meistens war Mario zufrieden mit ihrer Arbeit.

Jetzt stand sie in seinem Zimmer, gemeinsam mit den Mädchen, die versuchten, alles zu plündern, was nicht niet- und nagelfest war, und sie konnte, und sie wollte sie nicht aufhalten.

Die Mädchen nahmen doch nur Geld und Schmuck. Geschäftspapiere waren ihnen egal.

Beatrice verließ das Zimmer. Sie konnte nicht mehr drinnen bleiben. Langsam ging sie die Treppen wieder hinunter. Sie sperrte sich in ihr Zimmer ein, das neben dem von Li lag und sah sich um.

Der dicke Teppichboden hatte selten frische Luft bekommen. Es roch nach Rauch. Sie schob die schweren, dunkelroten Vorhänge zur Seite und riss das Fenster auf.

Beatrice versuchte tief und langsam einzuatmen. Sie konnte sich aber nicht beruhigen. In ihrer Verzweiflung überlegte sie kurz, ob sie nicht aus dem Fenster springen sollte, doch sie wusste, dass sie sich nur verletzen würde, denn es war einfach nicht hoch genug. Unten fuhren jetzt nur mehr wenige Autos vorbei. Es war schon fast dunkel.

Nach ein paar Atemzügen ging sie wieder vom Fenster weg. Sie musste etwas tun. Nur was?

Beatrice besaß nicht einmal einen Koffer und einen Paß. Was, wenn Mario recht hatte, und sie gar nicht überlebensfähig war in dieser Welt?

Wo war sie eigentlich geboren? Selbst an ihre Kindheit konnte sie sich in diesem Moment nur vage erinnern. Sie hatte sich verloren. Sie hatte Li und ihre Seele verloren.

12

Peter saß auf seiner Couch. Der Fernseher lief wie immer, aber er konnte sich nicht darauf konzentrieren. Er starrte durch das Bild hindurch. Plötzlich hatte er das Gefühl, als würde er keine Luft mehr bekommen. Er sprang von der Couch auf und öffnete hektisch das Fenster. Peter beugte sich ein wenig hinaus und sog die wohltuende Abendluft ein. Die Frische dieser Jahreszeit mischte sich mit den Abgasen der vorbeifahrenden Autos und es erinnerte ihn an die Spaziergänge, die er als Kind mit seinem Vater gemacht hatte. Er liebte die Frühlingsluft. Es waren schöne Erinnerungen.

Er beruhigte sich allmählich und atmete langsam ein und aus.

Besorgt dachte er an den nächsten Tag. Er war Journalist. Wenn jemand diese Geschichte aufgriff, war es um seinen Ruf geschehen. Dann konnte er einpacken. Nun fühlte er sich als „Gejagter", als Opfer. So mussten sich die Leute fühlen, die er sonst immer versuchte in gewissen Situationen zu erwischen, um eine gute Geschichte zu liefern.

Peter lehnte sich mit der Stirn an das kühle Fensterglas, wohl wissend, dass er einen hässlichen Fettfleck auf der polierten Scheibe hinterließ, und schloss die Augen.

„Geht wieder besser?" hörte er ganz deutlich eine Stimme.

Erschrocken riss Peter die Augen auf. Er sah sich um. Wie war hier jemand in seine Wohnung gekommen? Hatte er nicht abgesperrt? Natürlich fiel ihm auf, dass er seit zwei Tagen nichts mehr so machte, wie in seinem bisherigen Leben: er ließ die Zahnpastatube offen, vergaß abzusperren, richtete den Fußabstreifer nicht gerade, ließ den Kaffeefilter in der Maschine und machte sein Bett nicht. Heute vergaß er sogar seine Schuhe zu putzen.

Es konnte doch nicht alles auf einmal anders sein? Was war mit seinem geordneten Leben?

Peter ging zur Tür.

„Geht dir gut?" hörte er abermals ganz deutlich diese feine Frauenstimme.

Peter kniff die Augen zusammen und schüttelte den Kopf. Das bildete er sich bestimmt nur ein. Er öffnete erneut die Augen.

Das war doch Lis Stimme! Fing er jetzt an zu halluzinieren? Sein Herz klopfte wild.

Er hörte sie lachen. Das WAR Li!

Sein Puls ging schneller als je zuvor in seinem Leben. Er ging von der Küche ins Bad und wieder ins Wohnzimmer. Er wollte wissen, ob jemand hier war. Doch alle Räume waren leer.

Er ließ sich auf die Couch fallen und hielt die Hände vors Gesicht. Jetzt war es soweit! Er war ein Fall für die Psychiatrie.

„Warum du nicht glauben, was du hörst?" fragte die Stimme wieder. Es war ganz deutlich, so als stünde jemand direkt hinter ihm.

Abrupt drehte er sich um. Panik ergriff ihn. Sollte er einen Arzt rufen?

„Wo bist du?" rief er und seine Stimme überschlug sich schrill.

„Ich bin bei dir. Immer", antwortete die Stimme.

„Li?" fragte er zaghaft und suchte mit den Augen das Zimmer ab.

„Ja." Sie lachte leise.

Er raufte sich die Haare. Dann zwickte er sich in den Arm. OK, das tat weh. Aber er wollte sicher gehen. Am Tisch lag ein Küchenmesser. Peter biss die Zähne zusammen und tat einen kleinen Schnitt in den linken Zeigefinger. Verdammt! Das Blut fing sofort an zu fließen. Schnell steckte er den blutenden, schmerzenden Finger in den Mund. Offensichtlich schlief er nicht. Es war kein Traum.

Li lachte wieder: „Warum tust du das?"

Peter nahm den Finger aus dem Mund, um eine Gegenfrage zu machen.

„Träume ich wirklich nicht?" fragte er und sah in die Richtung, aus der die Stimme kam.

Sofort tropfte das Blut auf seine Jeans. Er steckte ihn wieder in den Mund. Der süßliche, vertraute Geschmack beruhigte ihn irgendwie.

„Nein. Du nicht träumst." Ihr schallendes Lachen, war das eines Kindes.

„Warum bist du hier?" nuschelte er und ließ diesmal den Finger im Mund.

„Du mich versprochen zu helfen, weißt du noch?" sagte sie.

„Klar. Wollte ich auch, aber du hast nicht darauf gewartet."

Li sagte nichts.

Peters Herz schlug noch immer schnell. Er konnte es nicht fassen, dass er auf seiner Couch saß, und mit dem blutenden Finger im Mund, mit einer Stimme sprach, die es eigentlich nicht geben durfte.

Er war nervös, aber nicht ängstlich.

„Wo bist du?" fragte er sie noch einmal und sah sich um.

„Du mich kannst nicht sehen?" fragte Li erstaunt.

„Nein." Er sah in die Richtung, aus der er meinte, die Stimme zu hören.

„Ich bin direkter Nachbar von Fernseher."

Peter musste lachen. Er fand ihr Deutsch komisch.

„Du meinst, du stehst neben dem Fernseher", verbesserte er sie.

„Aber warum kann ich dich hören, und nicht sehen?" wollte Peter wissen.

„Weiß nicht. Vielleicht du nicht wirklich an mich glaubst?" antwortete Li.

Es war abnormal. Er sprach in die Richtung des Fernsehers mit einer Stimme, die von einer Toten kam. So etwas gab es nur in schlechten Filmen.

Wahrscheinlich träumte er so intensiv, das er meinte, es wäre Wirklichkeit.

„Li, hör auf damit! Es gibt dich nicht!"

Er hörte nichts mehr.

Gut. Der Spuk war vorbei. Er versuchte es noch einmal.

„Li?"

Keine Antwort.

Grinsend und kopfschüttelnd ging er in die Küche und machte sich einen Kaffee. Als er den ersten Schluck getrunken hatte, schaute er verärgert die Tasse an. Wie konnte er nur am Abend einen Kaffee trinken. Dann konnte er wieder nicht einschlafen. Er stellte die Tasse in das Spülbecken und ließ sie stehen.

Morgen würde sich ein dicker Kaffeerand gebildet haben, den man nur mit Schrubben wieder wegbrachte. Er blieb stehen und überlegte, ob er die Tasse gleich abwaschen sollte. Er hatte immer sofort abgewaschen, weil er eingetrocknete Speisereste und dergleichen mehr hasste, als den unsympathischen, dicken Kontrolleur in der U-Bahn, der ihn schon zweimal gestraft hatte.

Aber dann ging er weiter ins Wohnzimmer. Es war nicht wichtig. Die Stimme ging ihm nicht aus dem Kopf.

Peter hatte schon einmal ein Buch gelesen, das von übernatürlichen Wesen handelte und tat es als Humbug ab. Auch mit seiner Schwester ging er nicht konform, die an Wiedergeburt glaubte. Karma. Bah! Engel? Ja, natürlich! Haha!

Peter musste jetzt laut lachen. Alles Blödsinn! Für weniger intelligente Menschen konnte solches Gedankengut schon hilfreich sein, um ihr mieses Leben etwas aufzupeppen, aber wenn man ein wenig Grips im Hirn hatte, dann sollte man sich nicht unnötig verunsichern lassen.

Peter machte sich schwerfällig auf den Weg ins Badezimmer. Er schwor sich, den Vorfall keinem Menschen gegenüber zu erwähnen, um sich nicht lächerlich zu machen. Es war alles ein wenig viel für ihn gewesen in den letzten zwei Tagen. Und das mit Li war eine blöde Geschichte. Es belastete ihn.

Die Zahnpastatube lag offen neben dem Wasserhahn. Den Stöpsel konnte er nirgends finden. Seltsam? Der war doch in der Früh noch da gewesen.

„Schau unter Handtuch", flüsterte jemand über seinem Kopf.

Peter erschreckte dermaßen, dass ihm die Zahnbürste aus der Hand flog und in der Badewanne, die gleich neben dem Waschbecken war, landete.

Das mit dem Spuk war doch erledigt! Nein, er wollte das nicht! Er glaubte nicht an solche Sachen. Resigniert setzte er sich auf den Badewannenrand. Peter hob langsam den Kopf und suchte den Plafond nach irgendwelchen „Wesen" ab. Nichts!

Er starrte auf das Handtuch, das unordentlich neben dem Waschbecken lag, so, wie er es am Morgen hingelegt hatte.

Langsam hob er ein Eck des Handtuches hoch. Tatsächlich! Darunter lag der Stöpsel.

„OK. Zufall! Wo sollte er denn sonst sein", murmelte Peter ärgerlich.

Li lachte.

„Du ungläublicher Thomas!" kicherte sie.

„Das heißt UNGLÄUBIGER, nicht ungläublicher!" meckerte Peter.

Schweigen.

Jetzt redete er schon mit sich selbst!

„Du redest nicht mit selber. Redest mit Li!" erklärte sie in heiterem Tonfall.

Peter schaute wieder nach oben.

„Kannst du Gedanken lesen?" fragte er die weiße Panelldecke.

„Ja", war die knappe Antwort.

Peter drehte den Stöpsel zwischen seinen Fingern. Er wusste nicht, was er von der ganzen Sache halten sollte. Doch dann fragte er: „Warum bist du hier?"

„Du gesagt, dass du mir helfen." Die Stimme klang trotzig.

„Aber wie soll ich dir helfen? Du bist doch schon tot!"

Er stand auf, den Blick noch immer nach oben gerichtet.

Keine Antwort.

Er wartete eine Weile.

Doch nichts.

„Wo bist du?" fragte er in die Stille.

„Hier!" Die Stimme kam jetzt von der Tür.

„Komm!" sagte sie und er spürte einen leichten Lufthauch.

Peter verließ das Badezimmer.

Der Fernseher lief im Wohnzimmer. Er hatte ihn doch ausgeschaltet, bevor er ins Badezimmer ging. Doch plötzlich horchte er auf.

„... gestern Abend verübte vermutlich eine Prostituierte Selbstmord. Die Polizei ermittelt noch in diesem Fall. Angeblich wurde ein Abschiedsbrief gefunden, der von der Staatsanwaltschaft überprüft wird. Die Prostituierte war illegal in Österreich eingereist und hatte auch keine Arbeitsgenehmigung. Es wird wieder schärfere Kontrollen in diesem Milieu geben, meint Polizeisprecher Heinz S.... Und nun: zum Wetter..."

Der Fernseher schaltete sich, wie durch Zauberei, wieder aus.

„Wie machst du das?" fragte er die Couch.

„Hier bin ich", lachte Li. Die Stimme kam vom Fenster.

„Ich weiß nicht. Einfach so."

Peter setzte sich. Er dachte nach. Was sollte er tun?

„Was erwartest du von mir?" fragte er das Fenster.

„Ich weiß nicht. Ich muss einfach hier sein." Sie klang glaubwürdig.

Peter wollte eigentlich ins Bett gehen. Er war verdammt müde. Doch irgendwie hatte er keine Lust, einzuschlafen, wo er wusste, ein „Geist" oder was auch immer, war in der Nähe.

„Ich tu dir nichts. Warum du hast Angst?"

Peter fühlte sich ertappt.

„Ich habe keine Angst vor dir, aber es ist ein seltsames Gefühl, weil ich weiß, dass du da bist, und du aber nicht da bist." Er wartete eine Weile, dann setzte er fort: „OK. Ich werde jetzt ins Bett gehen. Tust du mir den Gefallen und bleibst im Wohnzimmer, dann fühle ich mich wohler."

Li kicherte.

„Angstkaninchen!"

„Das heißt Angsthase!" Er fand es irgendwie witzig, aber schräg! Einfach abgefahren!

Peter wälzte sich im Bett hin und her. Vielleicht sollte er einen Arzt besuchen. Einen Psychiater. Er bildete sich die Stimme doch bestimmt nur ein. Was war sie denn? Ein Geist? Ein Engel? Ein Gespenst?

Was war nun eigentlich der Unterschied zwischen Geist und Gespenst, überlegte Peter. Ein Gespenst spukte und war gemein. Ein Geist konnte die Welt erst verlassen, wenn er eine bestimmt Aufgabe erledigt hatte, oder so ähnlich.

Aber er kannte niemanden, der je mit einem Geist gesprochen hatte. Oder doch? Hätte man es ihm erzählt? Mit dem Risiko, dass er denjenigen doch nur ausgelacht und verhöhnt hätte. Niemals! Er hätte denjenigen fertig gemacht, ganz bestimmt, ohne Gnade! Vielleicht hat jeder außer ihm schon einmal mit einem Geist gesprochen? Und er war der Letzte, dem dieses Erlebnis zuteil wurde. Nur weil er ein UNGLÄUBLICHER war???

Peter musste schmunzeln.

Er sah sich im Zimmer um. Die Nachttischlampe wollte er in dieser Nacht nicht ausschalten.

Irgendwann schlief Peter ein. Die Nachttischlampe brannte auch noch, als der Wecker ihn zum Aufstehen zwang.

13

Um neun Uhr war wie üblich das Morgenmeeting in der Redaktion. Die Besprechung dauerte meistens eine Stunde, in der die Arbeitsaufteilungen festgelegt wurden. Chefredakteur, Programmleitung, Chefkoordinator, Sekretärinnen und Reporter waren anwesend. Es war schnell durchgesprochen, wer was zu erledigen und zu bearbeiten hatte. Peter, als Chef der Abteilung „Lokalteil" teilte sich seine Arbeit immer selber ein. Keiner konnte ihm vorhalten, dass er seinen Job nicht gewissenhaft ausführte, was ihm vor drei Jahren sogar einen Journalistenpreis einbrachte.

Am Ende der Besprechung wandte sich der Chefredakteur an Peter und meinte: „Die Sache mit der Prostituierten überlasse ich dir. Ich möchte, dass du dich darum persönlich kümmerst. Solche Sachen interessieren die Leute. Mach eine gute Story daraus."

Peter blieb überrascht sitzen. In den letzten zwei Jahren wurde ihm nie ein bestimmter Auftrag erteilt. Er war verwirrt. Warum jetzt?

Nachdem der Chef alle seine Unterlagen in den schwarzen Aktenkoffer gepackt hatte, den er immer bei sich trug, fiel sein Blick auf Peter, der als Einziger noch immer reglos auf seinem Platz saß.

„Warum gerade ich? Das ist doch eine Aufgabe für den Nachrichtenteil, nicht für den Lokalteil."

Der Chef sah ihn überrascht an.

„Aber das ist dein Ding, Peter", sagte er und sah ihm gerade ins Gesicht.

Peter wurde heiß. Wusste er denn, dass er etwas mit der Geschichte zu tun hatte?

Peter pokerte: „Aber das ist zu groß für den Lokalteil."

„Dann bringen wir sie im Hauptteil, aber DU machst die Story!" Der Chef sah ihn durchdringend an.

Peter nickte.

Noch nie hatte man ihm aufgetragen, für einen anderen Teil der Zeitung einen Artikel zu verfassen. Das war nicht üblich. Warum heute?

Peter erhob sich langsam, so als würde ein schweres Gewicht ihn daran hindern, schnell aufzuspringen und den Raum fluchtartig zu verlassen.

Das Ganze wurde immer seltsamer. Die Stimme. Der Auftrag. Peter beschloss, sich einfach zu fügen. Es würde schon für etwas gut sein. Irgendjemand, oder irgendetwas führte mit ihm etwas im Schilde.

14

Beatrice lag auf ihrem Bett und weinte. Der Kopfpolster wies feuchte Flecken auf und neben dem Bett am Boden lagen mindestens ein halbes Dutzend benutzter Taschentücher. Letzte Nacht hatte die Türglocke mindestens fünfzig Mal geläutet. Anscheinend war das „La Nuit" jetzt bekannter und interessanter als je zuvor.

Es war paradox. Der Selbstmord einer Prostituierten wirkte wohl animierend auf manche Neugierige und Perverse. Beatrice hielt sich die Ohren zu und fiel irgendwann erschöpft in einen unruhigen Schlaf.

Jetzt schien die Sonne zum Fenster herein.

Es war ganz still. Die anderen Mädchen hatten am Abend noch das Haus verlassen. Beatrice war alleine.

Sie hatte lange überlegt, wohin sie gehen sollte, doch in ihrer Verzweiflung wollte ihr nichts einfallen. Sie wusste nicht, wohin. Sie hatte sich noch nie in ihrem Leben ein Hotelzimmer genommen, und besaß obendrein nicht viel „normale", anständige Kleidung. Nur eine Jeans und den dunklen Rollkragenpullover, den ihr Mario vor Kurzem gekauft hatte. Alle anderen Sachen waren auffallend heiß, und vor allem sexy, sehr sexy.

Beatrice erhob sich schwerfällig. Jeder Muskel tat ihr weh. Sie war verspannt und fühlte sich wie gerädert. Sie ging zum Sessel, über dem achtlos die Jeans und der Pullover hingen.

Sie zog sich an und ging zum Fenster. Unten standen ein paar Menschen, steckten die Köpfe zusammen und diskutierten heftig. Einer der Gruppe schaute zu ihr hinauf, als sie den Vorhang zur Seite schob. Er stieß die anderen an, und schon sah die ganze Gruppe zu ihr hinauf.

Beatrice riss heftig am Vorhang, der einen knackenden Laut von sich gab, vermutlich hatte der Stoff an einer Stelle etwas Schaden genommen, und sprang rückwärts vom Fenster weg.

Wie ein verwundetes Tier rollte sie sich wieder auf dem Bett zusammen und fing erneut an zu schluchzen.

Nach einer Weile, als die Tränen wieder versiegt waren, merkte sie, wie groß ihr Hunger war. Sie stand auf und ging zur Tür. Es kostete sie eine große Überwindung sie zu öffnen und den Raum zu verlassen, der ihr einen gewissen Schutz bot.

Sie verharrte noch einen Moment, ehe sie aus der offenen Tür hinaustrat. Neben ihrem war Lis Zimmer, das von der Polizei mit gelben Bändern versiegelt worden war. Keiner durfte den Raum betreten, was ihr auch kein Bedürfnis war, denn sie wollte das Blut auf keinen Fall ein zweites Mal sehen. Wie hatte sie sich nur so furchtbar umbringen können! Bei diesem Gedanken drang der Geruch des gestockten Blutes wieder in ihre Nase.

Hätte sie doch dieses Schwein von Erwin nicht mehr zu ihr gelassen. Vielleicht wäre sie dann noch am Leben. Und vielleicht hätte ihnen dann dieser Peter geholfen. Es war ihre Schuld, ganz alleine ihre Schuld! Sie hätte es verhindern können!

Sie wollte nicht wissen, was Erwin mit ihr angestellt hatte. Dieses Schwein! Der war bestimmt auch untergetaucht, so wie Mario. Sie alle hatten sie am Gewissen!

Beatrice stand nun am oberen Ende einer breiten, mit rotem Teppich ausgelegten Treppe und spähte vorsichtig hinunter ins Foyer. Das Geländer war aus aufwändig geschnitztem Holz, und der Handlauf spiegelte fettig, von den Händen der keuchend und erwartungsvoll emporsteigenden Freiern, poliert. Von hier oben konnte man gut auf die Eingangstüre sehen.

Die Höhe der Eingangshalle erstreckte sich bis ins oberste Geschoss und die rot-gold gestreifte Tapete war wohl mit ein Grund dafür, dass das Ambiente in einen alten Westernfilm gepasst hätte.

Hinter ihr befand sich ein langer Gang, in dem die Zimmer der Mädchen untergebracht waren.

Beatrice schloss leise die Tür hinter sich, so, als ob sie jemand hören könnte und schlich die Treppen hinunter, die unter ihren bloßen Füßen knarrte.

Sie spürte den alten Teppich auf ihren blanken Fußsohlen, und ihr wurde bewusst, dass hier schon lange nicht mehr ordentlich geputzt worden war. Sie machte auf der Treppe kehrt und zog Schuhe an. Ihr ekelte vor diesem Haus. Noch nie war dieses Gefühl so übermächtig gewesen.

Wieder stand sie oben auf der Treppe und zögerte. Der Aufenthaltsraum befand sich unten, gleich hinter der Bar. Alles kam ihr unheimlich vor. Viel zu ruhig. Nervös sah sie sich um, bevor sie eilig die Stufen hinunterlief und die Tür zu dem Aufenthaltsraum hastig hinter sich zuzog.

Gierig nahm sie alles Essbare aus dem Kühlschrank heraus. Ein großer Laib Brot lag noch unberührt auf dem Tisch. Von einer Stange Salami schnitt sie eine dicke Scheibe ab und stopfte sie als Ganzes in den Mund. Der salzige Geschmack beruhigte sie ein wenig. Eine Scheibe Brot belegte sie mit Käse und nahm ein Gürkchen in die Hand, bei dem sie herzhaft abbiss.

Plötzlich hörte sie die Eingangstüre zuschlagen. Beatrices Herz blieb fast stehen. Leise stand sie auf und glitt fast lautlos in den hinteren Teil des Raumes, wo sich ein Kasten befand, in dem sie normalerweise die Kleidungsstücke aufbewahrten, die ihre Kunden vergessen hatten.

Leise öffnete sie die Kastentür und kauerte sich hinein.

Sie hörte Schritte. Jemand musste in der Bar sein.

„Beatrice!" rief eine Männerstimme, die Beatrice nicht auf Anhieb erkannte. Die Kastentür dämpfte zusätzlich die Stimme aus dem Nebenraum.

Noch einmal rief jemand.

„Beatrice! Melanie!" Diesmal schrie er lauter.

Jetzt wusste sie, wem diese Stimme gehörte: Es war Erwin.

Mario dieser Feigling musste ihn geschickt haben.

Wieder rief er.

„Melanie! Beatrice! Lucy?"

Er brüllte. Beatrice zitterte, und hoffte, dass sich diese kleinen Muskelbewegungen nicht auf den Holzkorpus des Kastens übertragen und sie verraten würden.

Dann öffnete er die Tür zum Aufenthaltsraum.

„Verdammt!" fluchte er.

Beatrice hielt den Atem an.

Er schnaubte verächtlich und schlug die Tür wieder hinter sich zu. Sie hörte ihn die Treppe hinauflaufen. Sicher sah er jetzt in allen Zimmern nach.

Beatrice bekam vor Angst kaum Luft. Jedes Zimmer war leer. Die Mädchen hatten alle ihre Sachen mitgenommen. Sicher würde ihm auffallen, dass nur mehr ihre Habseligkeiten hier waren.

Beatrice faltete die Hände:

„Lieber Gott! Falls es dich gibt, dann hilf mir, bitte! Lass ihn wieder verschwinden."

Das Zittern hatte nun auch ihr Kiefer erreicht und sie hörte ihre Zähne unkontrollierbar aufeinander klappern, ohne sich dagegen wehren zu können.

Erwin war in der Zwischenzeit in jedem Zimmer, außer dem von Li, gewesen. Natürlich fiel ihm auf, dass alle Mädchen mitsamt ihren Sachen verschwunden waren. Nur in Beatrices Zimmer war alles beim Alten. Sie musste also noch irgendwo in der Nähe sein. Diese Schlampe! Wie konnte sie wagen, alle fortgehen zu lassen. Mario würde verdammt wütend sein.

Er raste in das oberste Stockwerk.

Beatrice hörte ihn schreien. Zweifellos hatte er jetzt bemerkt, dass die Mädchen nicht einfach so fortgegangen waren. Sie hatten alles, was sie brauchen konnten, mitgenommen.

Sie hörte ihn wieder die Treppe herunterlaufen.

„Beatrice!" hörte sie ihn brüllen.

Sie hegte keinen Zweifel, dass sich jetzt ihr Zittern auf den ganzen Kasten übertrug.

„Bitte nicht!" flüsterte sie.

15

Peter saß an seinem Schreibtisch. Vor ihm lag ein weißes Blatt Papier und der Laptop wartete geduldig.

Er hatte den Kopf in beide Hände gestützt und konnte nicht denken. Was erwartete man von ihm? Was wollte der Chef?

OK, er sollte die Story schreiben!

Doch da musste er natürlich zuerst recherchieren. Wie sollte sein Chef wissen, dass er schon alles wusste.

Peter stand auf, nahm seine Jacke vom Kleiderhaken und schloss die Bürotüre hinter sich. Draußen begegnete er ausgerechnet seinem Chef. Er konnte ihm nicht in die Augen sehen.

„Hallo Peter. Bist du schon dabei? Eine verlässliche Quelle hat mir eben mitgeteilt, dass dein Schwager in diesem Fall involviert ist. Hefte dich ihm gleich an die Fersen. Ich weiß zwar, dass du nicht gerade so auf deine Familie stehst, aber...", er grinste breit und klopfte ihm dabei freundschaftlich auf die Schulter, „der Zweck heiligt die Mittel!"

Peter empfand in diesem Augenblick nur Abscheu für diesen Menschen, dessen Lebensinhalt es war, mit anderen Menschen und deren Gefühlen zu spielen. So hatte er sein Leben lang Geld verdient, und zwar nicht wenig.

Und er?

Er selbst war auch nicht besser!

Peter hielt es in diesen Räumen nicht mehr aus, er musste weg. Im Hinausgehen versuchte er noch ein tapferes Lächeln.

„Alles klar, Chef!" und draußen war er.

Auf der Straße atmete er kräftig durch.

„Was hast du vor?" fragte eine leise Stimme neben ihm.

Peter fuhr herum. Ihm blieb wohl nichts erspart! Er dachte, der Spuk wäre vorbei. Resignierend sagte er, während er die Augen verdrehte: „Hi, Li."

„Hi!" sie lachte. „Du hast geglaubt, ich weg bin?"

„Ja, Li."

Peter ging ein paar Schritte, dann blieb er wieder stehen.

„Li. Ich glaube, ich brauche deine Hilfe. Ich habe keine Ahnung, was ich jetzt tun soll."

Er wartete.

Auf dem Gehsteig kam ihm ein Pärchen entgegen.

Erst als sie an ihm vorbeigegangen waren, fragte er weiter: „Können dich andere Menschen auch hören?"

Li kicherte: „Nein!"

„Und was ist daran so witzig?"

Peter war ein wenig ärgerlich.

„Du bist sehr, sehr nervös", antwortete sie ernst.

„Ich weiß, dass ich sehr nervös bin", sagte er in gedämpften Ton, denn eine alte Frau sah ihn etwas merkwürdig an, während sie an ihm vorüberging.

Es war jetzt gegen elf Uhr vormittags und Peter stand noch immer einige Meter von seinem Bürogebäude entfernt und hatte keine Ahnung, wie es weitergehen sollte.

Ja, verdammt. Er WAR nervös.

Da läutete plötzlich sein Handy. Klara!

„Hallo, Brüderchen. Ich habe eine Überraschung für dich!"

Peter stand jetzt überhaupt nicht auf Überraschungen. Ungeduldig fauchte er ins Telefon: „Klara. Sag mir, was es ist. Ich bin nicht für Spielchen aufgelegt!"

Klara wirkte etwas beleidigt, als sie weitersprach.

„Entschuldigung. Du hast ja eine Laune!"

„Wundert es dich? Jetzt hat mir der Chef auch noch die Story über den Selbstmord aufgehalst. ICH soll sie schreiben. Keine Ahnung, wie er ausgerechnet auf mich kommt. Er wird doch nichts ahnen, oder?"

„Das ist sicher eine Herausforderung für dich. Willst du es verheimlichen? Wird schwierig werden", sagte sie nachdenklich.

„Danke." Peter wurde übel.

„Aber ich rufe nicht deswegen an." Sie schwieg wieder.

Peter war sehr ungeduldig, doch er versuchte ruhig zu bleiben.

„Sondern?"

Klara holte Luft.

„Die Staatsanwaltschaft hat den Brief von Li schon geprüft, und sie haben ihn an Theo ausgehändigt. Er hat in deinem Namen unterschrieben. Du kannst ihn dir bei uns abholen. Kommst du am Abend vorbei?"

Peter war jetzt aufgeregt.

„Warum erst am Abend? Kann ich ihn mir nicht gleich holen?"

Klara überlegte.

„Ich habe um vierzehn Uhr noch einen Kliententermin, den ich auf keinen Fall absagen kann, aber um sechzehn Uhr können wir uns in der Stadt treffen. Im Cafe Central, OK?"

„Bin da."

Klara wartete noch einen Augenblick. Und sie wartete nicht umsonst.

„Danke, Klara. Danke für alles."

Sie wusste, dass es von Herzen kam.

Als er das Handy wieder eingesteckt hatte, meldete sich die Stimme wieder, die er für einen Moment völlig vergessen hatte.

„Brief von Li?" kicherte sie.

„Ja."

Peter ging in Richtung U-Bahn. Aber er hatte keine Ahnung, wohin er wollte. Dann blieb er wieder stehen und meinte: „Li, du kannst mir ja erzählen, was du geschrieben hast."

„Lese Brief!" befahl sie.

„Warum?" Wieder ging ein Passant an ihm vorbei und warf ihm einen fragenden Blick zu. Peter beschloss etwas vorsichtiger zu sein.

„Li kann sich nicht erinnern."

„Was? Ernsthaft?" Er wartete auf Antwort. Doch sie kam nicht.

„Kannst du dich wirklich nicht an das erinnern, was geschehen ist?" fragte er sie.

„Nicht an alles. Brief ist schön. Musst du selber lesen."

Gut. Peter wusste, dass es keinen Sinn hatte, mit ihr zu diskutieren.

Plötzlich fühlte er eine große Angst in sich. Das Gefühl ging ihm bis unter die Haut.

„Li, was ist das?" fragte er besorgt.

„Wir müssen zu Beatrice", ihre Stimme klang panisch.

Peter begann zu laufen. Er musste drei Stationen mit der U3 fahren und dann in die U6 umsteigen. Doch erst nach zwanzig Minuten stand er auf der gegenüberliegenden Straßenseite des „La Nuit".

„Was soll ich hier, Li?" fragte er schwer atmend.

Li gab ihm keine Antwort.

Panik machte sich in ihm breit.

„LI!"

„Wieso du so schreist? Leute schauen schon", flüsterte Li.

Peter schloss die Augen.

„Warum erschreckst du mich so? Ich dachte schon, du wärst nicht hier."

Li lachte: „Du mich vermisst?"

Peter merkte, dass er sich jetzt schon an sie gewöhnt hatte.

„Ich dich nicht verlassen."

Peter nickte. „Gut", war alles, was er sagen konnte.

Auf der anderen Straßenseite ging die Tür auf. Jener dicke Mann, den er bei seinem Besuch im „La Nuit" an der Bar gesehen hatte, erschien mit einem Aktenkoffer. Nervös blickte er nach rechts und dann nach links, ehe er die Tür hinter sich zuschlug und eilig zu einem Auto hastete, den Aktenkoffer achtlos auf den Rücksitz schleuderte und schnell davon fuhr.

Peter sah dem Auto nach und versuchte noch schnell das Kennzeichen zu entziffern, das er sich auf einem kleinen Zettel, den er zusammengeknüllt in seiner Jackentasche fand, notierte.

„Li. Können wir hineingehen?"

Er musste momentan ein wenig schmunzeln, weil er „wir" gesagt hatte. Aber ihm fiel auch nichts anderes zu ihrer gemeinsamen Situation ein.

Vorsichtig um sich blickend ging er zu der großen Tür mit den goldenen Türgriffen. Er läutete bei der goldenen Glocke und lauschte. Drinnen rührte sich nichts.

Peter hatte keine Ahnung, ob Beatrice noch drinnen war, oder nicht.

Doch als sich auch nach einem weiteren Läuten keiner meldete, ging er an das am nächsten liegende Fenster und starrte erfolglos durch das rote Milchglas. Man konnte rein gar nichts erkennen. Er ging noch zwei Fenster weiter nach rechts. Dort musste eigentlich die Bar sein. Er klopfte. Zuerst zart, dann etwas fester. Doch auch da rührte sich nichts.

Er klopfte noch einmal und rief: „Beatrice! Ich bin es, Peter!" Er wartete einen Augenblick.

Er meinte, im Inneren einen Schatten huschen zu sehen, klopfte wieder und rief ihren Namen.

Drinnen rannte Beatrice bereits zur Tür und machte sie vorsichtig auf.

„Peter. Hier!" Sie fuchtelte aufgeregt mit den Händen.

Er hatte sie bereits bemerkt und schlüpfte hinein.

„Erwin war hier! Peter, ich muss verschwinden. Es ist nur eine Frage der Zeit, bis Mario hier auftaucht. Ich habe solche Angst."

„Ich habe den Dicken hinauslaufen gesehen. Hat er dich bemerkt?" fragte er besorgt.

Beatrice schüttelte den Kopf, während sie die Arme vor ihrer Brust verschränkt hielt und unaufhörlich mit den Händen ihre Oberarme rieb, wie um sich warm zu halten.

„Ich habe mich versteckt. Gott sei Dank hat er mich nicht gefunden, aber er hat nach mir gesucht. Er war fuchsteufelswild, weil alle Mädchen weg sind. Sie haben gestern Abend alles aus Marios Büro mitgenommen, was sie irgendwie zu Geld machen können. Ich muss hier weg!"

Sie blickte verstört um sich. Beatrice hatte keinen Plan.

„Wo willst du hin?" fragte sie Peter jetzt.

Ihr Blick blieb auf ihm kleben. Ihre Augen sahen ihn weit aufgerissen an.

„Ich weiß es nicht."

Sie zuckte die Achseln. Mutlos ließ sie sie wieder sinken.

Peter überlegte einen Augenblick.

„Dann komm mit zu mir. Ich werde dich für eine Weile verstecken, bis wir eine andere Lösung finden."

Beatrice sah ihn verwirrt an. Damit hatte sie nicht gerechnet.

„Würdest du das wirklich für mich tun?"

Peter nickte und sah sich ängstlich um.

Er hatte keine Ahnung, warum er das tat.

Man würde ihn dafür vielleicht sogar töten …

„Wo ist dein Zimmer? Pack ein paar Sachen. Wir müssen so schnell wie möglich weg hier."

„Komm", er nahm sie bei der Hand und zog sie die Treppen hinauf. Beatrice wirkte noch immer sehr verstört.

Sie wühlte in ihren Sachen, während Peter nervös zur Tür schaute.

„Ich habe nicht einmal einen Koffer. Wo soll ich alles hingeben."

Peter sah sich kurz um und lief zum Bett. Er warf das Bettzeug zu Boden, nahm das Leintuch von der Matratze und hielt es ihr hin.

„Mach schon. Gib alles hier hinein", sagte er und bemühte sich, nicht ungeduldig zu wirken.

Sie legte ein paar Lieblingsschuhe und zwei Handtaschen auf das Leintuch, dann warf sie zwei Röcke und ein paar Tops auf den Haufen und nahm ein Negligee in die Hand, was sie aber angeekelt wieder in den Kasten zurückschleuderte.

Sie riss die Schubladen heraus und gab noch ein paar Sachen, die ihr wichtig erschienen in das Leintuch, ehe es Peter zusammenschnürte und sich das Bündel über die Schulter warf.

„Hast du nichts vergessen? Dokumente?"

Beatrice schüttelte den Kopf.

Eilig liefen sie wieder die Treppen hinunter.

Ein Wagen hielt mit quietschenden Reifen vor dem Haus und nachdem zwei Autotüren zuknallten, hörten sie aufgeregte Männerstimmen näher kommen.

Peter hielt den Finger an die Lippen und zog Beatrice zu sich hinter den großen roten Samtvorhang, der direkt neben dem Eingang, vor der Garderobe, hing.

Die Tür ging auf und Mario stürmte herein. „Beatrice!" brüllte er und Beatrice erschauderte beim Ertönen seiner Stimme. Peter hielt sie am Oberarm fest und sah sie ermahnend an.

Hinter ihm lief Erwin schwer schnaubend herein.

„Du suchst im Erdgeschoss. Ich schau oben nach. Irgendwo muss dieses Luder ja sein. Sie kann sich nicht in Luft aufgelöst haben. Und sie hat viel zu viel Schiss davor, dass sie das Haus verlässt. Dafür habe ich schon gesorgt."

Mario lief die Treppe hoch und Erwin eilte schwer atmend in Richtung Bar.

Es blieb Beatrice und Peter nur ein paar Sekunden, um hinter dem Vorhang hervorzukommen und durch die noch offene Haustüre zu verschwinden.

Sie liefen so schnell sie konnten und blieben hinter der nächsten Hausecke kurz stehen.

Bis zur U-Bahnstation war es zu weit. Falls die zwei Männer die Gegend mit dem Auto abzusuchen begannen, würden sie sie sicher entdecken.

Peter drückte auf die Türklinke einer Eingangstüre zu einem Wohnhaus, und zu seinem Erstaunen gab diese nach.

Schnell schlüpften sie hinein.

Beatrice ließ sich auf eine Stufe sinken und begann zu weinen. Es war einfach zuviel für sie.

Peter griff nach seinem Handy. Er rief ein Taxi. Die Hausnummer hatte er sich gemerkt, bevor sie eintraten.

Zehn Minuten später saßen sie im Taxi auf dem Weg zu seiner Wohnung.

Keiner sagte ein Wort.

Nicht einmal Li.

Peter war froh. Er wollte nichts hören.

Er schielte zu Beatrice.

Verdammt! Was hatte er sich hier eingebrockt!

Peter beschloss, dass Beatrice vorübergehend sein Schlafzimmer beziehen sollte, da er ohnehin beinahe jede Nacht vor dem Fernseher einschlief.

Er machte Platz für ihre Sachen und zeigte ihr die frischen Handtücher.

Während sie eine Dusche nahm, die sie als sehr beruhigend empfand, machte er einen starken Kaffee.

In der Spüle stand noch die halbvolle Kaffeetasse vom Vorabend. Und tatsächlich hatte sich ein dicker Rand gebildet, den er jetzt wegschrubben musste.

Doch er machte nur eine abwehrende Handbewegung. Egal!

„Danke!" flüsterte ihm jemand ins Ohr.

„Oh, Li! Ich hab dich jetzt schon fast vergessen", sprudelte es aus ihm heraus.

„Wirklich?" sie klang beleidigt.

„Nein! Wie könnte ich." Peter musste lachen.

Li freute sich. Sie hatte ihn noch nie lachen gehört.

„Danke, dass du hast geholfen. Sie ist meine Freundin."

Ein wenig sarkastisch musste er antworten:

„Na toll! Ich hoffe, ich gehe nicht drauf, mit euch!"

Beatrice kam aus dem Badezimmer.

Sie blickte schüchtern nach links und rechts.

„Wer ist da?" fragte sie ängstlich.

Peter wusste momentan keine rechte Antwort, und zuckte nur mit den Achseln.

„Niemand. Ich rede oft mit mir selbst. Ist eine dumme Angewohnheit."

Beatrice sah ihn erstaunt an.

Sie tranken schweigend Kaffee.

Peter war um sechzehn Uhr mit seiner Schwester verabredet. Er hatte noch etwas Zeit.

„Ich werde dir ein paar Klamotten von meiner Schwester mitnehmen, wenn du willst", meinte er und Beatrice nickte.

„Warum machst du das für mich?" fragte sie nach einer Weile und sah ihn forschend an.

Der Blick war Peter allerdings unangenehm, denn er konnte ihn nicht deuten. Er kannte diese Frau ja gar nicht. Er wusste selbst nicht, warum er so selbstlos handelte. Es war nicht seine Art, es war auch nicht wirklich sein Wille. Er war da in etwas hineingerutscht, das sich seiner Kontrolle entzog. Er hatte das Gefühl, jetzt nicht mehr zurück zu können.

Also antwortete er ehrlich: „Ich weiß es nicht."

„Soll ich wieder gehen?" Sie sah ihn aufrichtig und tapfer an.

„Nein", sagte er ungeduldig. Sie sollte nicht soviel fragen! Nun war sie hier und er würde eine Lösung suchen und finden.

16

Klara saß bereits an einem Tischchen, als er das Cafe betrat. Er sah noch einmal auf die Uhr. Zehn nach vier! Es war ihm unangenehm, denn Unpünktlichkeit war ihm ein Gräuel.

„Tut mir leid, Klara", sagte er und beugte sich zu ihr, um ihr einen Kuss auf die Wange zu drücken.

Klara sah ihn erstaunt an. Dann lächelte sie.

„Du siehst verdammt fertig aus!" stellte sie fest.

„Danke, Schwesterherz. Das Kompliment kann ich leider nicht zurückgeben. Du siehst blendend aus."

Er setzte sich.

Der Kellner kam sofort herbeigeeilt um seine Bestellung aufzunehmen.

Klara beobachtete ihn von der Seite.

Sie konnte sich seinen Wandel nicht richtig erklären, aber er war ohne Zweifel vonstatten gegangen.

Peter war zerzaust, seine Krawatte saß schief und er war zu spät gekommen. Statt Mineralwasser bestellte er Cola. Sie fühlte, dass er verletzlich war und das erste Mal in ihrem Leben schien er sie wirklich zu brauchen.

„Was ist los mit dir?" fragte sie vorsichtig.

Peters erste Reaktion war, dass er seiner Schwester alles verschweigen wollte, aber dann besann er sich, dass sie ja schon mitten in der Geschichte steckte und beschloss ihr von dem heutigen Tag zu erzählen.

Nur von Li sagte er kein Wort.

Er erzählte ihr auch, dass sein Chef wollte, dass er die Story schrieb, aber er hatte keine Ahnung, wie er das machen sollte, ohne sich zu outen. Die zwei Typen würden ihn vermutlich kaltmachen, bevor er „Piep" sagen konnte und er würde damit Beatrice ausliefern.

Peter raufte sich die Haare.

Klara lächelte. Jetzt wusste sie, warum er so zerzaust war.

Sie machte ihm einen Vorschlag.

„Ich suche ein paar Sachen für Beatrice zusammen und fahre mit zu dir, denn ich möchte sie auch kennenlernen. Wir werden ihr schon irgendwie helfen können. Vielleicht kann Theo sie unter Polizeischutz stellen lassen", sprudelte es aus ihr hervor.

Peter lachte höhnisch.

„Polizeischutz! Ich war dabei, als sie sie verhört haben. Eine Nutte ist für die Dreck! Vergiss es. Die helfen ihr nicht. Die benutzen sie auch noch."

„Nun übertreib doch nicht gleich", meinte Klara ungeduldig.

Peter funkelte sie an.

„Bitte Klara glaub mir. Ich war dabei. Ich weiß, dass nicht alle Polizisten so sind, aber einer war dabei... . Vergiss die Polizei! Ich werde versuchen, ihr einen Pass zu besorgen und ihr in einer anderen Stadt einen ordentlichen Job suchen. Natürlich nur, wenn sie das will. Ich möchte ihr helfen."

Klara nickte.

Plötzlich kramte sie in ihrer Tasche.

„Mein Gott. Jetzt haben wir glatt auf den Brief vergessen."

Peter wurde ganz aufgeregt.

Klara reichte ein Kuvert über den Tisch.

Mit zittriger Schrift stand darauf:

Nur für Peter

Peter öffnete das Kuvert vorsichtig. Drinnen war noch ein Kuvert auf dem in fremden Buchstaben etwas stand, das für ihn so ähnlich aussah wie Chinesisch. Darunter stand ganz klein:

Für meine Familie

Peter nahm den ersten Teil, der für ihn bestimmt war, in die Hände. Er wusste, dass das Schriftstück vor ihm wahrscheinlich schon an die zwanzig Leute gelesen hatten. Aber das störte ihn nicht. Li hatte es an ihn geschrieben.
Er las:

Lieber Peter!
Ich kann nicht mehr warten.
Ich weiß, du hilfst, auch wenn ich nicht mehr bin bei euch.
Du bist guter Mensch, habe ich gefühlt.
Beatrice ist schwach. Auch sie braucht Hilfe.
Viele Mädchen auf der Welt sind so arm wie ich.
Du bist ihr Retter.
Wir sehen uns bestimmt wieder.
Danke, Deine Li

P:S: Bring zweiten Brief meinen Eltern, bitte. Persönlich!

Peter ließ den Brief sinken und sah seine Schwester an.
„Ich soll nach Vietnam fahren?" Peter verzog das Gesicht. Er mochte keine weiten Reisen. Am liebsten fuhr er nach Kärnten an den Wörthersee. Italien war noch akzeptabel. Er hasste Flugzeuge, er hasste Schiffe und er hasste Züge. Er hasste Urlaubsstimmung. Er wollte seine Ruhe.
„Vietnam", wiederholte er noch einmal angewidert, nachdem sich seine Schwester nicht dazu äußerte, vermutlich weil sie seine Antiurlaubsstimmung kannte.
Peter sah sich um. Li konnte ihn bestimmt hören. Was hatte sie ihm da nur angetan. Er wollte nicht nach Vietnam!
Da beugte sich Klara zu Peter und berührte beschwichtigend seine Hand.

„Peter. Du hast dem Mädchen versprochen, dass du ihm hilfst. Sie hat sich von ihrer Familie nicht verabschieden können. Es ist wichtig. Fahr hin und löse dein Versprechen ein."

Peter sah sie an, als hätte sie vietnamesisch gesprochen. Mein Gott. Wo in Vietnam würde das sein? Womöglich in einem Landteil, wo noch nie ein Europäer hingekommen ist? Peter malte sich in seiner Fantasie einen Dschungel aus, und in kleinen Hütten wohnten Leute, die misstrauisch und feindselig Fremden gegenüber waren. Ihm fielen die alten Vietnamfilme ein. Vietnamesen hatten geniale Foltermethoden.

Da hörte er ein vertrautes Lachen.

„Hör mal! Dummerchen! Ich von Hanoi! Meine Familie spricht auch bisschen Englisch. Meine Mama nicht, Schwestern alle. Ist Hauptstadt von Vietnam. Große Stadt. Viel mehr groß als dein Wien. Keine Dschungel und Schlangen. Hab keine Angst!"

Peter antwortete nicht. Ihm saß ja Klara gegenüber. Aber irgendwie war er erleichtert. Zu Klara gewandt sagte er:

„Aber wie soll ich das in der Arbeit erklären? Ich kann jetzt nicht weg."

„Kannst du wohl", meldete sich eine trotzige Stimme.

Peter beachtete sie nicht.

„Willst du deinem Chef nicht reinen Wein einschenken?" fragte Klara.

„Wenn die Zuhälter wissen, wer ich bin, und ich einen Artikel über die Missstände in dieser Branche schreibe, dann bin ich nicht mehr lange unter euch, glaube mir!"

Er verzog sein Gesicht zu einem Lächeln. Es wollte nicht wirklich gelingen.

17

Im Polizeihauptquartier im Bezirk Fünfhaus herrschte Aufregung. Johann kam gerade mit einem Kollegen vom „La Nuit" zurück. Obwohl sie allen „Bewohnerinnen" gesagt hatten, sie dürften das Haus nicht verlassen, bis der Fall gänzlich abgeschlossen war, fanden sie heute keine einzige „Dame" mehr vor, wie sich Johann ausdrückte. Zwar hatten sie von allen Frauen die Personalien, aber er konnte schwören, dass diese Daten zu vergessen waren.

Außerdem war das Zimmer von Li versiegelt gewesen. Doch irgendjemandem dürfte das herzlich egal gewesen sein, denn auch dieses Zimmer war durchwühlt worden.

Obwohl. Der Fall war ja klar. Es war Selbstmord. Da es einen Abschiedsbrief gab und dieser von der Staatsanwaltschaft bereits geprüft worden war, gab es keinen Anlass mehr, wegen Mordes zu ermitteln.

Doch die zweite Sache lag etwas schwieriger. Denn das Mädchen war illegal in Österreich und noch dazu minderjährig. Dieser Tatsache musste nachgegangen, und die Zuhälter dafür zur Verantwortung gezogen werden.

Aber das Büro von Mario Matschi war leer. Sämtliche Papiere und sonstige Unterlagen waren verschwunden, ehe die Polizei noch Einsicht nehmen konnte.

Johann war sauer.

Andererseits war es ihm auch egal. Sollten sich doch alle selber oder gegenseitig umbringen. Was ging es ihn an. Und dieses Mädchen, auch wenn sie noch so jung war, war auch nicht besser. Sie tat ihm keine Sekunde leid. Hatte sich das alles nur selber eingebrockt. Nutte!

Johann biss in eine warme Leberkässemmel. Das Fett der geschmolzenen Mayonnaise rann ihm über das Kinn. Er wischte es mit dem Ärmel weg. Seine Kollegin drehte sich angeekelt weg.

Er überlegte.

Beatrice, dieses geile Luder, die hatte Einiges gewusst. Er ärgerte sich, dass sie sie nicht hierbehalten konnten. Von der hätten sie sicher noch etwas erfahren. Außerdem... Johann spürte eine Erektion. Die wäre es schon wert gewesen.

Er lachte dreckig in die Wurstsemmel.

Seine Kollegin drehte sich rasch um und sah ihn fragend an.

Johann winkte ab und stopfte den letzten Rest der Semmel in den Mund.

Da war doch noch dieser Typ von der Zeitung, der bei der vietnamesischen Hure war und behauptet hat, nicht mit ihr Sex gehabt zu haben. So ein Idiot! Zahlt und vögelt nicht! Aber die Gerichtsmedizin hat keine Spuren von ihm gefunden.

Johann schüttelte verständnislos den Kopf.

Da war auch noch die Rede von einem gewissen Erwin. Der hatte Li als letztes lebend gesehen, beziehungsweise hatte noch Sex mit ihr. Den müsste man erwischen.

Doch vielleicht wusste der „Pressefritze" mehr als er zugab.

Johann beschloss, ihn noch einmal genauer unter die Lupe zu nehmen.

18

Peter hatte auf dem Weg nach Hause eingekauft, um seinen gähnend leeren Kühlschrank etwas aufzufüllen, während Klara im Wagen auf ihn wartete.

Zur Sicherheit nahm Klara Nadel und Zwirn und ein paar Sicherheitsnadeln mit, weil sie ahnte, dass Beatrice um einige Kilos weniger wog, als sie selbst.

Ein paar Sachen hatte sie im Kasten gefunden, die ihr seit mindestens drei Jahren nicht mehr passten, aber weil es einmal Lieblingsstücke waren, und Klara hoffte, endlich wieder fünf Kilo abzunehmen, hingen die Sachen noch immer dort.

Klara wusste, dass es für einen guten Zweck war, also nahm sie sie freudig heraus und packte alles zusammen in einen Koffer, den sie Beatrice auch schenken wollte. Theo und sie hatten zusammen mindestens zehn Koffer. Es spielte keine Rolle, wenn einer fehlte, und Theo würde es gar nicht auffallen.

Schließlich saßen Beatrice und Klara an einem Tisch und unterhielten sich über Mode. Peter versuchte so gut wie möglich ein Sugo aus Faschiertem, Zwiebeln, Karotten und Tomatensauce herzustellen. Er hatte wieder einmal Lust auf eine warme Mahlzeit.

Beatrice bot ihm ihre Hilfe an, die er aber dankend ablehnte. Er konnte in der Küche keine weibliche „Störung" brauchen. Entweder ER kochte, oder es kochte jemand anders. Aber er wusste, dass er in der Küche nicht kompatibel war.

Beatrice war entzückt über die Sachen, die ihr Klara brachte.

Da Klara ein von Natur aus aufgeschlossener und neugieriger Mensch war, konnte sie sich blendend mit jedermann unterhalten. Sie fragte Beatrice über ihr Leben im Freudenhaus aus, sie wollte wissen, wie viele Tage in der Woche die Mädchen zu „arbeiten" hatten, ob es auch Mädchen gab, die diesen Beruf aus freien Stücken gewählt hatten und ob sie auch so etwas wie „Ausgang" oder Urlaub hatten.

Beatrice antwortete ihr bereitwillig auf all diese Fragen, doch auf einmal wurde ihr schmerzlich bewusst, wie armselig ihr Leben war. Sie hatte so gut wie nie alleine auf die Straße dürfen. Entweder war Mario mit dabei oder einer seiner Aufpasser. Mario traute keinem seiner Mädchen.

Beatrice konnte sich nur an ein einziges Mal erinnern, wo sie mit Marina einen Nachmittag lang einkaufen war. Marina war damals noch im „La Nuit" tätig und sie war Marios Cousine und hatte denselben harten Charakter wie er. Wohl deshalb hatte Mario Vertrauen zu ihr und ließ beide gemeinsam weggehen.

Marina zog mit einem von Marios Freunden nach Hamburg. Irgendwo auf der Reeperbahn wurde sie einmal von einer Kollegin gesehen, die berichtete, dass Marina abgemagert und kaputt aussah. Vermutlich war sie auf Drogen und mit dem Leben fertig.

Sie merkte, wie plötzlich die Erinnerung an Amsterdam in ihr hochkam. Damals, als sie Mario das erste Mal traf. Er hatte ihr versprochen, sie aus der Gosse zu holen. Er hatte ihr Arbeit versprochen und schöne Kleider. Weiters versprach er ihr, nie mehr hungern zu müssen. Er hatte ihr ein schöneres Leben versprochen. Und sie hatte ihm geglaubt. Mit knapp sechzehn Jahren.

Klara merkte, dass sie mit den Gedanken abschweifte, und versuchte, sie wieder etwas aufzuheitern.

„Was wäre, wenn wir zwei einmal einen Einkaufsbummel machen würden?" fragte sie und sah ihr dabei fest in die Augen.

„Ich bin zwar aus dem ‚La Nuit' raus, aber jetzt sitze ich im nächsten Gefängnis. Ich habe keine Arbeit, kein Geld, keinen Pass und Mario und seine Freunde sind hinter mir her. Zu allem Überfluss hat die Polizei gesagt, ich soll mich für etwaige Fragen bereithalten. Nun sitze ich hier in der Falle."

Beatrice biss sich auf die Lippen. Das war dumm von ihr, so etwas zu sagen.

„Wir werden uns etwas einfallen lassen", erwiderte Klara rasch und sah Beatrice dabei nicht an. Es würde dauern.

Peter hatte in der Zwischenzeit die Spaghetti fertig gekocht und präsentierte stolz das Resultat seiner Kochkünste.

Die beiden Frauen nahmen sich jede eine ordentliche Portion. Vor allem Beatrice hatte einen Mordshunger. Abgesehen von dem Stück Salami, dass sie morgens mit einem Stück Brot zu sich nahm, hatte sie an diesem Tag noch keinen Bissen gegessen. Sie spürte, wie der Magen knurrte und so schlang sie die ersten Spaghetti gierig hinunter.

Schon nach ein paar Bissen fühlte sie sich wohler und begann die warme Mahlzeit in vollen Zügen zu genießen.

Peter war stolz, dass den beiden Frauen das Essen schmeckte. Er hatte auch noch frischen Parmesan gekauft, den er ihnen nun in großen Stückchen auf die Pasta rieb. Sogar eine Schüssel mit frischen Salat stand sorgfältig zubereitet auf dem Tisch.

Nach dem Essen servierte er Kaffee und einen fertigen Kuchen, den er zu besonderen Gelegenheiten zu kaufen pflegte.

Ihm wurde schmerzlich bewusst, dass die Wohnung viel netter und wohnlicher aussah, wenn sie mit Menschen gefüllt war. Seine Schwester lächelte ihn an und machte ihm ein Kompliment über seine Kochkunst. Peter lächelte zurück. Mein Gott, wie blöd war er gewesen. Er hatte eine Schwester. Eine ausgesprochen nette Schwester. Und bis zu diesem Zeitpunkt hatte er sie gemieden. Er hatte sie nicht einmal richtig wahrgenommen. Er empfand sie bisher nur als einen weiblichen Störfaktor in seinem Leben.

Aber warum war das so?

„Frag sie einfach!" meldete sich die Stimme.

Peter biss sich auf die Lippen.

„Warum haben wir kein gutes Verhältnis gehabt? Bis jetzt?" wandte er sich abrupt an Klara und hörte auf zu essen.

Klara kaute weiter und sah ihn verwundert an. Sie überlegte.

Nach einer Weile meinte sie: „Du warst immer mein großer Bruder. Ich hatte als Kind großen Respekt vor dir. Aber du hast mich nie besonders beachtet. Du hast mir auch deine Freundinnen nie vorgestellt, oder nur so nebenbei. Ich dachte immer, dass du kein Interesse an mir hast." Sie machte eine kleine Pause.

Peter wartete. Nachdem sie einen Schluck Wasser getrunken hatte sprach sie weiter: „Wenn ich ehrlich sein soll: du hast dich in den letzten Jahren einen Dreck um mich geschert. Nein, du hast dich zu einem total unsympathischen, egoistischen Menschen entwickelt. Es war mir einfach zu müßig, mich damit auseinander zu setzen. Von deinem Ordnungswahn abgesehen. Das war krank. Wie ist es nur soweit gekommen?"

Peter sah seine Schwester ungläubig an.

„Was? Bin ich wirklich so ein Arschloch geworden?"

Klara nickte eifrig und sog eine Nudel mit einem lauten Geräusch ein.

Beatrice sah schweigend von einem zum anderen.

„Aber weißt du?" fuhr Peter fort und legte die Gabel beiseite.

„Ich habe mich von dir und deinem Mann auch nicht akzeptiert gefühlt. Ich war verdammt einsam in den letzten Jahren. Seit meine letzte Beziehung zerbrochen ist, lebe ich hier allein. Ich war so enttäuscht, denn ich habe Julia wirklich geliebt. Ich dachte, dass ich nie wieder eine Frau in mein Leben lasse. Manchmal hab ich eine mit in meine Wohnung genommen. Am nächsten Morgen hatte ich einen Kater und keine Ahnung mehr, wie sie hieß. So etwas ist mehr als peinlich. Nach dem Kaffee hab ich sie dann sofort wieder vor die Tür gesetzt."

Er sah beschämt auf seinen Kuchenteller.

So etwas hätte er früher nie zugegeben. Schon gar nicht vor zwei Frauen.

„Das Einzige, was mir Befriedigung verschaffte, war meine Ordnung. Jetzt ist mir aber klar, dass es nur eine Zwangsneurose war. Aber seit drei Tagen ist sie weg. Sie ist einfach weg!"

Peter hob beide Hände zum Himmel und lachte.

Li konnte ihn bestimmt lachen sehen.

Es war ihre Schuld, dass er seine Neurose aufgegeben hatte.

Peter konnte fast nicht aufhören zu lachen.

Die zwei Frauen sahen sich verwundert an, und mussten schließlich auch mitlachen.

Nachdem sie sich wieder beruhigt hatten nahm er Klaras Hand: „Klara, es tut mir leid, dass wir so viele Jahre sinnlos vergeudet haben, ohne wirklich miteinander zu reden."

Er nahm ihre Hand.

„Ich möchte, dass es ab jetzt anders wird. Ich hab dich lieb, kleine Schwester, was ich erst in den letzten Tagen gemerkt habe. Bitte nimm mich wieder als großen Bruder an."

In seinen Augenwinkeln schimmerte es feucht. Klara war gerührt. Nie hätte sie gedacht, dass ihr arroganter Bruder zu solchen Gefühlen fähig war. Sie drückte seine Hand und nickte stumm.

„Ich weiß, dass ich jetzt anders bin. Ich weiß aber nicht genau, was passiert ist. Es ist alles anders. Ich weiß nicht, in welche Richtung es führen wird. Ich möchte etwas verändern in dieser Welt. Ich spüre, dass ich dazu fähig bin. Aber ich bin noch so ahnungslos. Ich weiß nicht, was das für ein Spiel ist. Aber ich habe das Gefühl, ich stecke bereits mitten drin."

Er lächelte Beatrice an.

Er hatte eine wildfremde Frau zu sich in die Wohnung genommen. Eine professionelle Hure, die mit Nichts dastand. Er hatte ihr Hilfe angeboten, obwohl er wusste, dass es ihm an den Kragen gehen würde, falls gewisse Leute davon Wind bekamen.

Aber es war ihm egal. Er merkte, dass alles, was jetzt kommen würde, tausendmal besser war, als sein Leben, das er bis vor drei Tagen noch geführt hatte.

19

Peter saß wieder an seinem Schreibtisch. Es war ein scheußlicher Tag. Der Regen peitschte ihm ins Gesicht als er seine Wohnung verließ und Beatrice schien noch zu schlafen.

Am Vorabend, bevor Klara nach Hause ging, hatte er Beatrice versprochen, in der Mittagspause nach Hause zu kommen, um nach ihr zu sehen. Er würde von der Kantine zwei warme Essen einpacken lassen und sie vorbeibringen.

Die Morgenbesprechung war übel ausgefallen. Der Chef wollte wissen, wie weit Peter mit seinen Recherchen war. Peter konnte ihm darauf keine Antwort geben. Er wusste nicht, was er sagen sollte. Sein Chef war sauer.

Nun saß Peter wieder vor einem leeren Blatt Papier. Er griff zum Telefon. Automatisch. Aber er nahm die Hand wieder zurück. Wen sollte er denn anrufen? Die Polizei? Im „La Nuit" war keiner mehr, den er interviewen konnte. Verdammt. Er wollte die Geschichte nicht für seinen Chef schreiben.

Plötzlich ging die Tür auf, und eben dieser stand vor ihm.

Erwartungsvoll kam er näher und schaute auf das leere Blatt Papier.

„Was ist los mit dir, Peter?" begann er in freundschaftlichem Ton, um um jeden Preis eine Auseinandersetzung zu vermeiden.

Peter zuckte mit den Achseln.

„Warum kommst du mit dieser Geschichte nicht vorwärts? Das ist doch eine großartige Sache. Du bist geschaffen für so eine Story. Du holst das letzte Detail heraus. Du begeisterst die Leute mit deinem Schreibstil. Bausch es auf, mach es groß! Bring mir eine Story. Du kannst es! Du kommst groß damit raus, ich spür es."

Er versuchte wie gewohnt, ihn mit seinen Worten zu motivieren. Meistens gelang es ihm. Er war ein wahrer Motivationskünstler. Seine Leute kamen großartig mit ihm aus. Auch Peter. Normalerweise.

Doch jetzt spürte er Hass in sich aufsteigen. Der Chef ging ihm auf die Nerven. Was hatte der für eine Ahnung. Was wusste er über Li. Er hatte keine Vorstellung davon, wie verzweifelt dieses junge Mädchen gewesen war. Er wusste nichts über das Leid der Mädchen. Es war ihm auch egal. Er wollte seine Story.

Peter sah zu ihm auf:

„Ich brauche Urlaub!" meinte er trocken und ließ den Blick des Chefs nicht los.

Dieser rang offensichtlich nach Atem.

„Was soll das?" fragte er verärgert.

„Was soll was?" äffte Peter zurück.

„Ich rede gerade von deiner Story, die nächste Woche zum Drucken fertig sein soll und du fragst mich nach Urlaub. Den kannst du vergessen! Nach dem Drucktermin kannst du meinetwegen für eine Woche weg, oder auch länger."

Er schaute ihn verächtlich an und seine Mundwinkel zuckten ärgerlich.

Peter blieb ganz ruhig.

„Ich brauche JETZT Urlaub. Ab morgen."

„Du bist übergeschnappt!" schrie ihn der Chef an.

Peter war zu seiner eigenen Überraschung noch immer total cool.

„Du bekommst deine Story auch. Aber nicht jetzt. Ich brauche noch Zeit. Wenn du mich gehen lässt, dann hast du in ein paar Wochen noch eine viel tollere Story."

Der Chef hatte Mühe seinen aufsteigenden Ärger zu unterdrücken und den Worten von Peter zu folgen. Er kniff die Augen zusammen.

„Was für eine Story?" fragte er misstrauisch.

„Ich weiß es noch nicht genau", ließ ihn Peter wissen, was sein Gegenüber nun endgültig aus der Fassung brachte.

„Du hast wohl nicht alle Tassen im Schrank! Ich lass dich nicht eine Woche vor Redaktionsschluss gehen. Ich brauche die Geschichte über diesen Hurenselbstmord. Die Leute wollen das lesen. Und du schreibst es! Basta!" Um seinen Worten mit einer Geste die gebührende Autorität zu verleihen, knallte er mit der Faust auf den Tisch.

Peter stand langsam auf, ohne ein Wort zu sagen.

„Was tust du?" der Chef schaute ihm nervös zu, während Peter die Jacke anzog.

„Ich gehe in Urlaub", sagte er ruhig.

„Du gehst jetzt nicht!" brüllte der Chef zurück.

„Ich muss", war das Einzige, was Peter von sich gab.

„Wenn du jetzt dieses Gebäude verlässt, dann brauchst du dich nicht mehr blicken zu lassen", er spuckte ihm die Worte förmlich über den Schreibtisch. Sein Gesicht war knallrot und er sah aus, als würde er jeden Augenblick vor Wut zerspringen.

Peter genoss beinahe dieses Szenario, fühlte sich eher als Zuseher, denn als Mitspieler. Er hatte seinen Chef noch nie besonders geschätzt. Eigentlich war er ein Mensch, der sich an den Schicksalen anderer Menschen ergötzte und damit eine Menge Geld machte. Peter blieb stehen und sah diese mitleiderregende Gestalt an. Er tat ihm leid. Mehr nicht.

Peter wurde schmerzlich bewusst, dass er bis vor Kurzem nicht anders war, als dieser Mann. Er hatte absolut kein Mitleid mit den Menschen, die er in seiner Zeitung durch den Dreck zog. Er scherte sich nicht darum, wie sehr er andere damit verletzte, es war ihm sogar egal, ob alles stimmte, was er so schrieb. Sollten sie doch die Zeitung verklagen, wenn es ihnen nicht passte! Er war ein arrogantes Arschloch – und stolz darauf!

Peter richtete sich den Kragen, nahm seinen Aktenkoffer, tat noch alle seine persönlichen Sachen hinein und bemühte sich dann, ihn zu schließen.

Sein Chef hatte sich auf den Sessel vor dem Schreibtisch niedergelassen, denn er merkte, dass Peter es ernst meinte.

Nervös knetete er seine Hände und versuchte nun doch einzulenken.

„Peter. Nun sei doch gescheit. Du weißt, dass es keinen Urlaub vor Redaktionsschluss gibt. Ich kann dich nicht weglassen."

Peter hatte nun mit Müh und Not den Deckel des Aktenkoffers geschlossen. Er hob den Kopf und wich dem Blick des Chefs nicht aus.

„Es tut mir leid. Ich gehe. Ich kann nicht bleiben. Auch wenn du es momentan nicht verstehst."

Mit diesen Worten und hoch erhobenem Kopf verließ er sein Büro, ohne sich noch einmal umzublicken.

Sein Chef blieb noch auf dem Sessel sitzen und sah ihm nach.

Er wusste, dass er es akzeptieren musste. Wenn Peter etwas sagte, dann zog er es durch. So gut kannte er seinen Mitarbeiter, der jetzt seit mehr als zehn Jahren bei ihm als einer der besten Journalisten gearbeitet hatte. Aber er konnte nicht verstehen, wie er seinen Posten so mir nichts dir nichts aufgab.

20

Draußen vor dem Bürogebäude musste Peter stehenbleiben. Ihm war plötzlich schwindelig. Er hatte sich oben im Büro selbst nicht wieder erkannt. Er hatte doch seinen Job geliebt. Er hatte sich jahrelang wirklich mit Fleiß und Mühe nach oben gearbeitet und war Leiter einer eigenen Abteilung.

„Wow", sagte Li.

Peter wiegte den Kopf hin und her. Er war sich nicht ganz so sicher.

„Ich weiß nicht, ob das so cool war, Li. Ich bin jetzt arbeitslos."

„Na und? Schlechter Mensch, dein Chef."

„Warum?" wollte Peter wissen.

„Weil ich es fühle. Menschen sind egal. Er hat hartes Herz", erklärte sie ihm.

„Er hat einen schweren Job", versuchte ihn Peter zu verteidigen.

„Nein. Job kann man gut oder schlecht nutzen", Li klang ärgerlich. Peter sagte nichts.

Li kannte sich nicht aus, in dieser Branche.

„Ich kenne Unterschied von gut und böse", sie wirkte plötzlich selber böse.

„Ist schon gut, Li", versuchte er sie zu beschwichtigen.

„Man kann in Zeitung Geschichten schreiben, die Menschen helfen, oder man kann schlimme Sachen schreiben, an denen sich Leute freuen, weil böse Dinge nicht ihnen selber passieren sondern anderen auf Kopf fallen", fuhr sie unbehindert fort.

„Aber gute Geschichten interessieren niemanden. Sie wollen Action, Spannung und Mord. Das interessiert die meisten." Peter war wirklich davon überzeugt.

„Da bist du ganz sicher?" Li wirkte explosiv.

Peter wusste, dass er sie nicht mehr allzu sehr reizen durfte. Deshalb versuchte er noch einmal zu erklären.

„Menschen sind neugierig, Li. Sie sind froh, wenn es ihnen selber gut geht. Je schlechter es anderen Leuten geht, desto mehr freut es sie, dass sie in einem schönen, warmen Haus sitzen, genug, mehr als genug, zu essen haben und sich Urlaube leisten können, die in Länder führen, wo Menschen auf der Straße wohnen. Nur hier sehen sie wieder, wie toll ihr eigenes Leben ist.

Wenn es gute Menschen sind, dann spenden sie an Weihnachten für Licht ins Dunkel oder für Nachbar in Not. Damit meinen sie, ihre Schuld getan zu haben. Li, es ist so. Du wirst es nicht ändern können.

Leute ergötzen sich an Schicksale anderer. Es macht Spaß zu lesen, dass es anderen noch schlechter geht, als einem selber. Und noch mehr Freude bereitet es, wenn die Reichen und Schönen Probleme haben, denn ein perfektes Glück UND viel Geld, das ist keinem gegönnt."

Li sagte nichts.

„Na, siehst du, ich habe Recht!" triumphierte Peter nach einer Zeit.

„Nein. Hast du nicht."

Peter verdrehte die Augen. Kleines Mädchen!

„Du schreibst gut, Peter. Du kannst gut schreiben, das weiß ich. Du kannst eine gute Geschichte schreiben. Leute werden sie lesen. Je mehr Menschen gute Geschichten schreiben, desto mehr werden Menschen anfangen, anders zu denken. Schlechte Geschichten müssen weggehen. Gute mehr werden. Einer muss damit anfangen. Das bist DU!"

Peter beschloss, nichts darauf zu sagen.

Er merkte wohl, dass etwas Wahres an Lis Gedanken war.

Jeden Tag wurden die Menschen mit negativen Nachrichten regelrecht überflutet. Wie oft hatte er wütend den Fernseher ausgeschaltet, weil er sich danach noch depressiver fühlte, als vorher. Es konnte einem Angst und Bang werden, wenn man die Vorfälle auf dieser Welt beobachtete. Es gab Mord und Totschlag, Verwüstungen, Kriege. Es werden Vermögen ausgegeben für Waffen, aber neben Kriegsschauplätzen verhungern Kinder. Und es gibt nicht einmal das nötige Trinkwasser.

Irgendetwas lief da schief. Da hatte Li schon recht. Aber konnte man das ändern?

„Natürlich kannst du etwas ändern. Jeder Mensch kann ändern. Nicht viel. Klein bisschen. Aber jedes klein bisschen ist etwas. Bei uns sagt man: „Jedes Stein, das du ins Meer wirfst, verändert das Meer."

Peter sah sich in Gedanken am Strand stehen. Die Sonne ging gerade unter. Es war eine wundervolle Abendstimmung. Er warf einen Stein ins Meer. Ein kleiner Spritzer war alles, was von dem Stein überblieb. Dann war nichts mehr zu sehen.

„Ungläublicher!" meckerte Li.

„Ungläubiger!" verbesserte Peter die gereizte Stimme. Er hatte etwas zu laut geredet, denn die Leute in der U-Bahnstation, die ihm am Nächsten standen, drehten sich alle abrupt zu ihm um, und schauten ihn an.

Aber als er nichts anderes mehr sagte, wurde er uninteressant, und jeder beschäftigte sich wieder mit seinen eigenen Gedanken.

Daheim angekommen, merkte er, dass er das versprochene Essen vergessen hatte. Beatrice kam ihm im Vorhaus entgegen. Sie hatte den rosa Jogginganzug seiner Schwester an, die Haare zu einem Knoten zusammengedreht. Ungeschminkt sah sie jünger aus, fand Peter, als er ihr lächelnd einen guten Morgen wünschte.

Es war erst kurz nach zehn.

„Was machst du schon hier? Ich habe dich nicht vor ein Uhr erwartet."

Beatrice wurde die Peinlichkeit dieser Worte erst bewusst, als sie sie bereits ausgesprochen hatte. Es hörte sich an, als wären sie ein Paar. Wie peinlich! Beatrice wurde rot.

Peter lächelte weiter. Er wusste genau, was sie dachte.

„Ähm. Ich bin seit heute arbeitslos!" sagte er so nebenbei.

„Was?" Beatrice klang besorgt.

„Das hat nichts mit dir zu tun. Du kannst solange bleiben, bis du neue Papiere und Arbeit hast. Ich habe versprochen, dir zu helfen, und das werde ich tun." Beatrice fühlte sich nicht wohl und zupfte nervös an ihrer Joggingjacke.

„Ich will dir aber auf keinen Fall zur Last fallen. Es ist mir unangenehm, wenn du wegen mir Schwierigkeiten hast."

Peter schüttelte den Kopf.

„Es ist nicht wegen dir", er versuchte wirklich, sie zu beruhigen. Außerdem fühlte er sich gut. Er hatte es noch nicht bereut. Noch nicht!

„Aber. Ich dachte, du liebst deinen Job."

Beatrice sah noch immer geschockt aus.

„Nicht mehr", sagte er grinsend und ließ sich auf die Couch fallen. Eigenartigerweise fühlte er sich tatsächlich erleichtert.

Er zuckte etwas zusammen, als sein Telefon läutete. Am Festnetz rief normalerweise um diese Zeit keiner an. Peter erhob sich langsam und ging dran.

„Hallo?" sagte er zögernd in den Hörer.

„Herr Magister Brauner?" sagte eine weibliche Stimme.

„Am Telefon", antwortete er lasziv.

„Hier ist Polizeidienststelle Fünfhaus. Wir hätten noch ein paar Fragen an Sie, bezüglich Samstagnacht. Könnten Sie heute Nachmittag bitte vorbeikommen?"

Peter wurde heiß.

„Warum? Ich habe doch schon alles gesagt, was Sie von mir wissen wollten", versuchte er, das Unvermeidliche abzuwenden.

„Es ist nötig, Herr Magister. Wir erwarten Sie gegen vierzehn Uhr. Ist das in Ordnung?", säuselte die freundliche Damenstimme.

Peter nickte und sagte: „Ja. Um vierzehn Uhr."

Ohne „Auf Wiedersehen" zu sagen, knallte er den Hörer hin.

Er hatte nichts zu befürchten, da Li noch am Leben war, bevor er ging, und er hatte auch nichts zu befürchten, weil er nachgewiesenermaßen mit Li keinen Sex hatte.

Peter atmete tief durch.

„Vermutlich werden sie dich fragen, ob du weißt, wo ich bin", mutmaßte Beatrice. Dasselbe hatte er auch gerade gedacht.

Er musste lügen, um sie zu beschützen.

Peter seufzte.

„Tut es dir schon leid, dass du mich am Hals hast?" fragte Beatrice unsicher und zog die Augenbrauen besorgt nach oben, während sie ängstlich auf seine Antwort wartete.

Peter ging ihre unterwürfige Art plötzlich auf die Nerven.

„Hör endlich auf damit", sagte er viel zu unfreundlich.

Beatrice wandte den Kopf ab. Sie wollte nicht, dass er ihre Tränen sah. Sie war es gewohnt, dass man grob mit ihr sprach.

Sie war auch in einer Ausnahmesituation. Es ging ihr gar nicht gut. Sie hatte in ihrem Leben schon eine Menge durchgemacht, und sie fiel von einer Abhängigkeit in die nächste. Sie hasste sich dafür. Jetzt saß sie hier und war den Launen dieses Fremden ausgeliefert.

Am liebsten wäre sie davon gelaufen. Wenn sie nur wüsste, wohin!

„Es tut mir leid, Beatrice", sagte Peter, als er merkte, dass sie still weinte.

„Es muss schlimm für dich sein. Aber ich bin auch in einem Ausnahmezustand. Es wird alles wieder gut, ich weiß es. Aber bitte sei auch mit mir geduldig. Mir fällt schon etwas ein."

Beatrice nickte still. Sie wollte ihm glauben.

Er hatte noch drei Stunden, bis er zur Polizei gehen musste. Was um alles in der Welt wollten die noch von ihm? Wie konnte er nur in diese blöde Situation geraten?

Dazu meldete sich Li: „Ganz einfach. Es sollte so sein. Du glaubst an Zufälle? Gibt es nicht."

Peter sah sich um. Beatrice blickte wortlos zum Fenster hinaus.

Er konnte hier unmöglich mit Li sprechen. Beatrice würde ihn für einen Verrückten halten.

Also lenkte er die Unterhaltung auf Beatrice um.

„Glaubst du an Zufälle, Beatrice?" fragte er sie deshalb.

Beatrice drehte sich um und sah ihn fragend an.

Sie zuckte die Achseln.

„Warum nicht?" meinte sie nur, und wandte sich wieder der Straße zu. Eigentlich wollte sie lieber blaue Autos zählen, als sich mit Peter zu unterhalten. Doch er ließ nicht locker.

„Meinst du nicht, dass alles in unserem Leben vorprogrammiert ist. Ich meine: gibt es nicht so etwas wie einen Lebensplan?"

Beatrice merkte, dass er es mit der Kommunikation ernst meinte.

„Ich hab mir noch nie darüber Gedanken gemacht. Warum? Glaubst du das?"

Jetzt zuckte er mit den Achseln.

„Ich habe einmal so etwas gelesen. In diesem Buch stand, dass jeder Mensch eine bestimmte Aufgabe in seinem Leben erfüllen muss. Aber bis wir soweit sind, haben wir viele Erfahrungen zu machen. Gute und schlechte. Es gibt keinen Zufall. Es ist Bestimmung gewesen, dass ich im ‚La Nuit' war."

Er sah sie erwartungsvoll an, doch sie zählte noch immer blaue Autos. Bis jetzt waren dreizehn vorbeigefahren. Sie hatte zu weinen aufgehört und schaute Peter fragend an.

„Und warum sollte der Lebensplan so ungerecht sein?"

„Was meinst du mit ungerecht?" fragte er sie.

„Warum habe ich meine Eltern so bald verloren und endete im Freudenhaus. Meinst du, ich habe es verdient?"

Peter schämte sich ein wenig.

„Nein. Du hast es bestimmt nicht verdient. Aber Mmnche haben es schwerer als andere. Vielleicht erntest du für alle deine Mühen am Ende das Bessere."

„Ach, Blödsinn!" warf Beatrice ärgerlich ein.

Sie dachte an die vielen blauen Flecken, die sie von Mario und seinen Freunden abgefangen hatte. Das war doch nicht Gerechtigkeit. Was sollte sie noch Schönes in ihrem Leben erfahren. Verbittert verzog sie den Mund.

„Es tut mir leid. Ich habe nicht richtig nachgedacht. Es war dumm von mir", entschuldigte sich Peter und erhob sich. Er trat zu ihr ans Fenster.

„Was machst du eigentlich? Zählst du Vögel?"

„Nein!" Beatrice musste lachen, „ich zähle blaue Autos."

Peter sah sie verwundert an.

„Wieso blaue Autos?"

Beatrice zögerte: „Mein Papa hatte ein blaues Auto. Ich weiß nicht einmal mehr, welche Marke es war. Es war wunderschön. Genau wie meine Mutter. Als Kind saß ich oft am Fenster und wartete auf ihn. Ich zählte alle blauen Autos. Und schrieb dann genau auf, wie viel blaue Autos vorbeigefahren sind, bevor mein Papa nach Hause kam."

Beatrice senkte den Blick. Peter befürchtete, dass sie wieder zu weinen anfangen würde. Schnell fragte er weiter.

„Hattest du eine schöne Kindheit?"

Beatrice nickte.

„Was ist dann passiert?"

„Eines Tages ist das blaue Auto nicht mehr nach Hause gekommen. Ich weiß noch genau, dass es an diesem Montag achtundneunzig blaue Autos waren, die vorbeigefahren sind. Ich hab genau gewusst, dass etwas Schlimmes passiert ist. Aber ich hab nicht aufhören können zu zählen."

„Wie alt warst du da, Beatrice?" fragte Peter leise.

„Ich war zehn."

„Ein Autounfall?" Es war nur mehr ein Flüstern.

Beatrice nickte.

„Eine Freundin meiner Mutter nahm mich zu ihr. Sie war sehr lieb. Aber eines Tages wachte sie in der Früh nicht mehr auf. Sie hatte Diabetes und starb an Unterzucker. Ich konnte ihr nicht mehr helfen. Sie fiel ins Koma. Da war ich vierzehn. Von da an, versuchte ich mich alleine durchzubringen. Aber ich lernte leider die falschen Freunde kennen, wie du siehst."

Sie sah ihm tief in die Augen.

„Findest du das gerecht? Ist das der Lebensplan, der für mich reserviert ist? Schöne Scheiße!"

Beatrice rannte an ihm vorbei. Sie musste sich übergeben. Das passierte ihr häufig. Sie hatte das Gefühl, als würde sie diese schrecklichen Gedanken einfach auskotzen. Dann fühlte sie sich leer und befreit.

Ein paar Minuten später kam sie von der Toilette zurück.

Peter stand noch immer am Fenster. Fünf blaue Autos waren in der Zwischenzeit vorbeigefahren.

Die Sonne kam jetzt ein wenig durch die dichten Wolken hervor. Stellenweise war der Himmel sogar schon blau. Es hatte zu regnen aufgehört.

„Magst du spazieren gehen?" fragte sie Peter.

Beatrice nickte unsicher: „Aber Mario?"

„Mich kennt er nicht, und du wirst dich verkleiden."

„Aber Erwin kennt dich. Er hat dich in dieser Nacht gesehen. Er weiß, dass du vor ihm bei Li warst. Er wird dich wiedererkennen."

Peter überlegte.

Dann grinste er.

„Ich habe mich vor ein paar Jahren für eine Faschingsfeier verkleidet, und das Zeug ist noch irgendwo."

Im Schlafzimmer, ganz unten im hinteren Teil seines Kleiderschranks fand er die Schachtel und kam damit triumphierend ins Wohnzimmer zurück. Er öffnete sie vor Beatrice.

Darinnen befand sich eine schwarze Perücke und eine Packung mit fünf verschiedenen Bärten. Die Palette reichte von Seeräuber über Musketier bis Kaiser Franz Joseph. Ein Bart fehlte bereits. Er lag lose in der Schachtel, und der Klebestreifen war etwas verschmutzt und haftete bestimmt nicht mehr.

Eine uralte Sonnenbrille aus den Siebzigern lag neben einer alten Kappe und einem „Opa-Hut", der zerbeult und achtlos hineingeworfen worden war.

Peter nahm ihn heraus und setzte ihn sich lachend auf.

Auch Beatrice musste schmunzeln.

Sie hatten noch knappe zwei Stunden Zeit. Und bis Schönbrunn waren es nur zehn Minuten mit der Straßenbahn. Es würden genug Leute im Park sein, und sie würden keinem Menschen auffallen.

Beatrice musste die Perücke aufsetzen. Zuvor versuchte sie sie noch ein wenig mit einer Bürste in Form zu bringen. Jetzt sah sie nicht einmal mehr so schrecklich aus. Trotzdem setzte sie eine Baseballkappe darüber auf. Die gefiel ihr besser als der verbeulte Hut. Sicherheitshalber verzichtete sie auf ihre Jeans und zog einen Rock von Klara an. Er war ihr ein bisschen zu weit, aber Klara hatte ja

Sicherheitsnadeln mitgebracht. Mit denen behob sie die Differenz. Es sah gar nicht einmal so übel aus.

Sie zog eine beige Bluse, die ihr ziemlich bieder vorkam, dazu an. Klara hatte ihr auch eine Winterjacke geschenkt. Obwohl jetzt schon Frühling war, fand Beatrice, dass sie noch immer passte, denn es ging ein strenger, eisiger Wind. Der Sonne fehlte noch die Kraft, und sie verschwand immer wieder hinter dichten Wolken.

Als Peter wieder aus dem Badezimmer kam, musste Beatrice herzhaft lachen. Peter hatte den Musketierbart gewählt, und dazu setzte er den alten Hut auf. Er sah ziemlich doof aus.

Eilig verließen sie die Wohnung, um noch zu einem ausgiebigen Spaziergang zu kommen.

Li blieb stumm.

21

Johann saß ihm gegenüber. Peter spürte, dass sie sich nicht ausstehen konnten. Das beruhte auf Gegenseitigkeit.

Aber er bemühte sich, neutral auf seine Fragen zu antworten.

Wieder musste er die ganze Geschichte von Anfang bis Ende aufrollen. Geduldig machte er das auch, nur, um keine Schwierigkeiten zu bekommen.

„Sie haben den Brief von Li schon erhalten, hat mir ein Kollege berichtet. Ist das korrekt?" fragte Johann und grinste schief.

„Ein Liebesbrief?" konnte er sich dann doch nicht verkneifen.

Peter spürte, wie die Wut in ihm hochkam. Er versuchte ruhig zu bleiben.

„Nein. Ein Abschiedsbrief", stellte er richtig.

„Wo ist Beatrice?" wechselte Johann plötzlich das Thema. Peter hatte schon die ganze Zeit auf diese Frage gewartet.

So unbeteiligt wie möglich sagte er: „Wie soll ich das wissen?"

Peter wich dem Blick des Polizisten nicht aus. Er wusste, dass er gut lügen konnte. Darin hatte er jahrelange Übung.

Der Polizist kaute an einem Zahnstocher und schaute nicht weg.

„Ich dachte nur, dass Sie das vielleicht wissen, denn ein Kollege hat sie beim letzten Verhör gemeinsam weggehen gesehen."

Peter blieb ihm die Antwort nicht schuldig.

„Sie war sehr verstört und ich habe sie noch auf einen Kaffee eingeladen."

Johann lachte schmutzig.

„Auf einen Gratisfick meinst du wohl!"

Peter musste sich zusammennehmen, um diesem widerwärtigem Arschloch nicht ins Gesicht zu schlagen.

„Nein. Ich denke nicht immer mit dem Schwanz. Es war nur ein Kaffee", es bereitete ihm große Mühe, seine Stimme ruhig klingen zu lassen. Unter dem Tisch ballte er die Fäuste.

Johann hörte auf zu Lachen. Er räusperte sich.

„Falls Sie erfahren, wo sich diese Hure aufhält, dann lassen Sie es mich wissen, denn sie ist eine wichtige Zeugin. Wir brauchen noch Informationen, damit wir diese Zuhälter erwischen. Wir werden Sie wegen Kindesmissbrauch und Menschenschmuggel drankriegen. Falls Ihnen das wichtig ist, dann sagen Sie uns, wo Beatrice ist. Sie ist die Einzige, die uns weiterhelfen kann."

Er ordnete Papiere auf dem Schreibtisch und vermied es Peter weiter anzusehen.

Peter erhob sich. „Ich melde mich, sobald ich etwas erfahre."

Johann war kurz in Versuchung, Peter die Hand zu reichen, doch dann ließ er sie gleich wieder sinken, denn Peter war schon im Begriff sich umzudrehen. Peter konnte gerne auf den Händedruck dieses unsympathischen Menschen verzichten.

Nie im Leben würde er Beatrice an Johann ausliefern. Wer weiß, was er mit ihr machen würde. Und wer würde schon am Wort eines Polizisten zweifeln, das der Aussage einer Nutte gegenüberstehen würde.

22

Zwei Stunden war er auf dem Polizeirevier. Johann hatte ihm den Nachmittag völlig verdorben. Er wollte nicht, dass Beatrice ihn wegen des Verhörs fragte, deshalb rief er seine Schwester an und ging noch nicht nach Hause.

Es war erst kurz nach vier und sie meinte, er könne gerne bei ihr im Büro vorbeikommen.

Er war mit dem Auto zur Polizei gefahren, doch in der Innenstadt war es schwer einen Parkplatz zu bekommen. Peter fluchte. Schon wieder hatte ihm einer die Parklücke weggeschnappt.

„Wünsch dir Autoparkplatz, und du bekommst eines", sagte Li.

Peter musste lächeln. Er hatte sie beinahe vermisst.

„Hi, Li!"

„Hallo. Hast du schon gewunscht?"

Peter verdrehte die Augen. Was sollte denn das jetzt wieder?

„Wunsch dir Parkplatz!" sagte sie in Befehlston.

„OK. Ich wünsch mir einen Parkplatz!" sagte er in gelangweilten Ton.

Und direkt vor ihm blinkte ein Auto und machte Peter Platz.

Li lachte.

Peter schüttelte den Kopf.

„Zufall!" Er schob das Auto gekonnt in die Parklücke.

„Nix Zufall! Du hast gewunscht."

„OK, OK. Bitte lass mich mit diesem Blödsinn in Ruhe. Ich hab genug Probleme um die Ohren. Nicht zuletzt deinetwegen."

Li klang beleidigt.

„Du böse auf Li? Warum?"

Peter seufzte.

„Ach, nichts. Vergiss es. Ich bin nur nicht gut drauf."

„Warum nicht?" fragte Li unschuldig.

„Ich hab eine fremde Frau in meiner Wohnung, zwei Zuhälter sind hinter mir und ihr her. Du hast dich umgebracht und ich soll jetzt nach Vietnam. Mein Chef wollte eine Geschichte, die ich nicht liefern kann und ab heute habe ich keinen Job mehr. Es geht mir blendend. Danke!"

Peter knallte die Autotür zu.

Wie er die Fakten so aufzählte, fiel ihm wahrhaftig auf, dass er wirklich tief in der Scheiße saß.

Zwei Stufen auf einmal nehmend lief er das Treppenhaus in den zweiten Stock hinauf. Die Kanzlei des Ehepaars Dr. Führlinger Theodor und Klara war sehr modern eingerichtet. Klara hatte ein Händchen für Dekorationen und Innenausstatung. Theo saß in seinem Büro hinter einem großen Glasschreibtisch. Die Wände waren mit dunklem Holz getäfelt. Dicke Gesetzesbücher, Ordner und Informationsbroschüren standen in Regalen, die bis zur Decke reichten.

Die Vorhänge und der Teppich waren in strahlendem Sonnenblumengelb und Orange gehalten, die vom warmen Licht der großen Luster ihre Farben noch intensiver erscheinen ließen. In jedem Raum waren schöne, gepflegte Pflanzen verteilt.

Peter konnte sich gut vorstellen, dass man sich hier bei der Arbeit sehr wohl fühlte.

Klaras Büro war etwas kleiner, aber genauso geschmackvoll eingerichtet.

Peter hatte es nicht für möglich gehalten, dass sich Eleganz und Geborgenheit so gut kombinieren ließen, aber er sah das Ergebnis und war sich sicher, dass es nicht Kombination sondern Ergänzung war.

Klara strahlte, als er eintrat.

„Das freut mich aber, dass du mich bei der Arbeit störst!" begrüßte sie ihn lachend.

Peter blieb stehen.

Klara merkte, dass sie nicht das Richtige gesagt hatte. Sie winkte ab.

„Ach! Ich hab doch nur Spaß gemacht. Du störst mich nicht. Ich freue mich."

Peter war nicht für Späße aufgelegt.

Missmutig ließ er sich auf dem bequemen Sessel nieder, der gegenüber ihrem Schreibtisch stand.

„Ich war gerade bei der Polizei. Sie wollten wissen, wo Beatrice ist."

„Und?" Klara riss die Augen auf.

„Natürlich hab ich es ihnen nicht gesagt."

„Aber es wird nur eine Frage der Zeit sein, bis sie sie finden", gab Klara zu bedenken.

„Ich kann sie außerdem nicht die ganze Zeit bei mir in der Wohnung einsperren. Da dreht sie durch. Heute waren wir spazieren. Ich wollte, dass sie ein wenig frische Luft schnappt." Peter seufzte.

Peter erzählte Klara von ihrer Verkleidung und ihren Ausflug nach Schönbrunn. Sie hatten eigentlich viel gelacht.

Als Peter mit dem Erzählen fertig war, fiel ihm ein, was er Klara eigentlich noch erzählen wollte. Seinen Jobverlust!

Er knetete seine Hände und sah sie nicht an.

Klara beobachtete ihn stumm und wartete. Er würde schon erzählen, was er auf dem Herzen hatte.

Da ging die Tür auf, und Theo steckte den Kopf herein.

„Schatz, möchtest du einen Kaffee?"

Erst jetzt sah er Peter sitzen, ließ die Tür einen Spalt offen, ging auf Peter zu und reichte ihm die Hand.

„Hallo Peter. Störe ich euch?"

Peter schüttelte ihm die Hand. Eigentlich fand er Theo gar nicht mehr so langweilig. Wenn er nicht gerade in seine Bücher schaute, dann wirkte er eigentlich beinahe so fröhlich wie seine Schwester. Im Grunde war er ein netter Kerl.

„Nein, Theo. Du störst nicht."

Ganz ehrlich war Peter mit dieser Aussage nicht. Er wusste nicht, ob er das mit seinem Job auch sagen würde, wenn sein Schwager daneben saß. Er schämte sich vor ihm.

Er schämte sich auch, dass er die letzten Jahre nichts von den beiden wissen wollte. Ihn interessierten seine Schwester und ihr Mann schlichtweg einen Dreck. Aber nun war er dankbar dafür, dass die beiden in dieser schwierigen Situation für ihn da waren. Und er spürte, falls er es nicht vermasselte, dass es eine andauernde Freundschaft bleiben würde.

Er würde nie mehr in seinem Leben so einsam sein wie noch vor einer Woche. Peter lächelte.

Natürlich würde er auch vor seinem Schwager ehrlich sein.

Er wollte ein Teil der Familie sein.

Und er nahm sich fest vor, auch für die beiden da zu sein, sollten sie ihn einmal brauchen.

Theo rief durch die geöffnete Tür seiner Sekretärin zu:

„Bitte Maria. Bringen Sie uns drei Kaffee und Wasser. Danke!"

Dann schob er einen zweiten Stuhl heran und setzte sich neben Peter.

Klara sah ihn von ihrem Schreibtisch aus lächelnd an.

Peter gab sich einen Ruck.

„Ich hab mich heute geweigert, die Story über den Prostituiertenselbstmord zu schreiben. Mein Chef hat mich gefeuert. Aber es ist mir egal."

Er konnte den beiden nicht in die Augen schauen, also konzentrierte er sich auf einen kleinen Vogel, der hoch oben in einer Baumkrone saß und unruhig hin und her wippte.

Ob ihm wohl kalt war?

Klara wirkte nicht schockiert sondern neugierig.

„Und wie geht es dir damit?"

Peter zuckte die Achseln, wandte seinen Blick vom Fenster ab, und sah sie an.

„Ich habe meinen Job bis letzte Woche eigentlich gemocht...", Peter musste nachdenken um die richtigen Worte zu finden.

„Vielleicht habe ich mir nur eingeredet, dass es mir Spaß macht. Warum war ich denn so frustriert? Wahrscheinlich war es mir nur nicht bewusst, dass mich meine Arbeit zerstört. Ich hab jahrelang nur Berichte über Prominente gebracht, die ich auf Schritt und Tritt verfolgt habe und penibel darauf geachtet habe, dass einer einen Fehler macht."

Er schluckte.

„So etwas kann einen Menschen doch nicht wirklich glücklich machen, oder?"

Er suchte den Blickkontakt zu seiner Schwester, dann sah er seinen Schwager an, der momentan auch keine Antwort darauf fand. Also redete Peter weiter.

„Vielleicht musste etwas in meinem Leben passieren, damit ich endlich aufwache."

Klara nickte. Theo nickte ebenfalls.

Die Sekretärin brachte drei dampfende Kaffeetassen und drei große Gläser mit frischem Wasser.

Als sie die Tür wieder hinter sich schloss, fuhr Peter fort.

„Es tut mir überhaupt nicht leid, dass ich meinen Job los bin, im Gegenteil. Irgendwie ist eine Last von mir abgefallen."

Klara dachte rational, wie immer, und fragte.

„Wie geht es dir finanziell? Brauchst du Hilfe?"

Peter lachte.

„Nein, Klara. Danke! Ich habe über zehn Jahre einen super Job gehabt, und ich habe wirklich nicht schlecht verdient. Meine Wohnung ist abbezahlt und ich bin selten weggegangen. Ich bin noch nie in Urlaub geflogen und habe sonst auch keine Ausflüge gemacht. Ich bin nicht einmal oft essen gegangen."

Er hielt inne und überlegte.

„Sagt: was hab ich in meinem Leben eigentlich gemacht?"

Er sah betroffen von einem zum anderen.

Plötzlich hörte er Li:

„Hört sich an, wie ganz langweilige Geschichte."

Am liebsten hätte er mit Li geschimpft. Es ging sie gar nichts an. Göre!

„Gut. Dann fang endlich an dein Leben zu genießen", sagte Klara aufmunternd lächelnd.

Im selben Augenblick wurde ihr aber bewusst, dass es ein Blödsinn war, was sie jetzt gesagt hatte, weil er viel zu tief in Schwierigkeiten steckte.

Dann wurde sie plötzlich lebendig. Sie hatte eine Idee.

„Peter. Du möchtest nicht, dass dich die Kerle finden, und dass dich die Polizei weiter belästigt und dich nach Beatrice fragt. Was wäre, wenn ihr euch in den Flieger setzt und du den Brief bei Lis Eltern vorbeibringst. Ihr bleibt einfach ein paar Wochen in Vietnam bis sie die Zuhälter gefasst haben."

Peter sah sie ungläubig an.

„Meinst du das ernst?"

Klara und Theo nickten. Auch er fand, es sei eine gute Idee.

„Aber. Ich bin noch nie geflogen!"

Klara hob die Augenbrauen.

„Na und?"

„Aber... Ich kann doch nicht einfach Beatrice mitnehmen. Außerdem weiß ich nicht, ob sie das will."

Klara hob wieder die Augenbrauen und sah ihn belustigt an.

„Na und?"

„Aber... Ich kann den Brief doch auch mit der Post schicken!"

Klara sah ihn noch immer belustigt an und Li schrie:

„Nein! Nix Post! Du fliegst nach Hanoi. Meine Eltern wollen Brief von dir in Hand bekommen. Ist mir wichtig."

Peter fiel es schwer, nicht mit Li zu sprechen.

Aber er blickte düster in ihre Richtung.

„Ich habe Angst vor dem Fliegen", gestand er und sah betreten von einem zum anderen. In der hinteren Ecke suchte er nach Li.

„Papperlapapp!" sagte Klara und wandte sich ihrem Computer zu.

Theo wusste, dass sie die Flüge nach Hanoi abcheckte, deshalb versuchte er, Peter abzulenken.

„Du wirst einen Pass für Beatrice brauchen. Ruf mich später von zuhause an. Sie soll mir genau sagen in welchem Ort, und wann, sie auf die Welt kam. Ich werde mit der zuständigen Bezirkshauptmannschaft in Verbindung treten."

Theo beschränkte sich in seinen Gesprächen immer nur auf das Wesentlichste. Er redete nie um den heißen Brei herum.

Peter dankte ihm schwach lächelnd.

„Schafft ihr es, euch noch drei Tage zu verstecken?" wollte Klara hinter dem Bildschirm wissen.

„Klar. Denke schon", war Peters zaghafte Antwort.

„OK. Dann buch ich einen Flug für Freitag – Oneway – nach Hanoi. Den Rückflug bucht ihr einfach Vorort, wenn ich euch sage, dass die Luft rein ist, OK?"

Peter bekam schweißnasse Hände.

„Das Leben in Vietnam ist für uns Europäer ziemlich billig. Ihr könnt euch also ruhig ein Hotelzimmer für längere Zeit nehmen. Das wird nicht allzu viel kosten", fuhr Klara fort, und blickte nach wie vor nicht vom Bildschirm auf.

„Freitag?" brachte er nur hervor. Er war sehr nervös.

Theo versuchte, ihn in seiner tollpatschigen Art zu beruhigen.

„Das wird nicht schlimm. Und Fliegen ist toll", mehr fiel ihm dazu nicht ein.

Peter nippte am Wasserglas, seine Hände waren feucht und kalt.

Der Drucker surrte.

Klara griff triumphierend nach dem ausgedruckten Blatt.

„Peter, du läufst jetzt schön brav heim und fragst Beatrice nach ihrem Geburtsnamen, dem Geburtsort und dem genauen Datum, und ihrer Herkunft. Auch wenn sie mit zehn von zuhause wegkam, wird sie sich doch wohl hoffentlich daran erinnern. Dann rufst du sofort Theo an und gibst ihm die Daten durch. Der Flug ist für zwei Personen reserviert. Aber bis morgen Abend müssen wir einen Pass für sie haben, damit wir den Flug fixieren können. Theo, schaffst du das?"

Theo wiegte leicht mit dem Kopf: „Ich denke, schon."

Peter sprang auf.

Er fühlte sich ein wenig überfahren, aber eigentlich war er dankbar, dass seine Schwester alles für ihn organisierte. Alleine hätte er das nie geschafft.

Er drückte Klara einen flüchtigen Kuss auf die Wange und reichte Theo die feucht-kalte Hand, was ihm sehr unangenehm war, denn er selbst hasste Leute, mit feuchtem Händedruck.

„Danke!" war alles, was er noch sagte, ehe er verschwand.

Klara atmete tief durch und lächelte ihren Mann an.

„Das schaffen wir schon!" meinte sie, ging um den riesigen Schreibtisch herum, schlang ihre Arme um den am Sessel sitzenden Theo und gab ihm einen herzhaften Kuss.

Dieser drückte sie ganz fest an sich.

„Du bist eine wundervolle Frau, Klara", sagte er anerkennend.

Klara strahlte.

„Du bist aber auch ein toller Mann, Theo", konterte sie augenzwinkernd.

Eine halbe Stunde später rief Peter an und gab Theo die Daten durch: „Beate Stumpinger, 1. März 1970, geboren in Bad Radkersburg, Steiermark. Eltern: Engelbert und Sieglinde Stumpinger. Mehr Informationen hab ich nicht."

Theo war mit diesen Informationen vollauf zufrieden.

„Damit kann ich schon etwas anfangen. Außerdem hab ich einen Studienkollegen in Graz, der in der Landesregierung arbeitet. Der kommt bestimmt auch noch zu anderen Daten. Du hast gute Arbeit geleistet. Ich melde mich, sobald ich etwas weiß."

Ohne Gruß legte er sofort wieder auf.

Peter blickte besorgt zu Beatrice.

Sie schien gar nicht glücklich über diese Situation zu sein.

„Meine Schwester glaubt, dass es ganz gut für uns wäre, wenn wir eine Weile aus Österreich verschwinden", erklärte er.

Beatrice sagte nichts.

Peter versuchte sie abzulenken.

„Du heißt Beate?"

Beatrice lächelte verlegen.

„Ja, aber so hat mich schon seit zweiundzwanzig Jahren keiner mehr genannt."

„Aber es ist ein schöner Name", stellte Peter fest.

„Meine Eltern haben mich Bea genannt. Das hat mir besser gefallen. Ich finde, dass Beate ziemlich hart klingt."

Peter sah sie an. Er achtete auf jede Gefühlsregung dieser Frau. Sie schien so zerbrechlich und verletzlich, dass er ihr nicht noch mehr weh tun wollte.

„Darf ich dich Bea nennen? Oder ist es dir unangenehm? Ich meine, wenn dich nur deine Eltern so genannt haben, dann möchte ich das nicht, denn ich bin ja..."

Beatrice unterbrach ihn sanft:

„Sehr, sehr gerne. Ich möchte nicht mehr Beatrice sein. Das war einmal. Die gibt es nicht mehr, und wird es nie wieder geben. Ich hoffe, dass dieses Leben vorbei ist."

„Was möchtest du denn gerne machen? Ich meine, was wäre dein Traumberuf? Hast du dir das schon einmal überlegt?"

Bea schüttelte den Kopf.

„Kein Mensch hat mich das je gefragt. Das ist eine ungewohnte Frage für mich."

Sie überlegte. Dann schüttelte sie den Kopf.

„Ich weiß auch nicht. Ich habe nichts gelernt. Ich bin ein bisschen dumm, glaube ich."

Sie zuckte die Achseln.

Peter schüttelte den Kopf.

„Bea, du bist bestimmt nicht dumm, aber du hattest nie die Möglichkeit dich zu bilden. Mario hat schon darauf geachtet, dass seine Mädchen nicht zuviel von dieser Welt wissen. Ihr wärt sonst alle ausgebrochen. Das wollte er so. Aber ich werde dir helfen, das zu finden, was du gerne möchtest, OK? Außerdem hab ich eine Menge Zeit für andere Sachen, seit ich arbeitslos bin", grinste er.

Bea setzte sich mit einem Ruck auf.

„Ach, und ich lieg dir jetzt auch noch auf der Tasche. Wie kann ich das jemals wieder gut machen?"

Jeder Mann hätte sich jetzt auf ihren Beruf besonnen und es sich „zurückzahlen" lassen. Bea blickte ihn an. Sie fand ihn abstoßend.

Peter deutet ihren Blick richtig. Er meinte zu verstehen, was in ihr vorging.

„Du brauchst mir gar nichts zu geben. Ich habe gesagt, dass ich dir helfen werde, und zu meinem Wort stehe ich. Deshalb werde ich auch nicht alleine nach Hanoi fahren und dich in der Nähe von Mario und diesem Erwin lassen. Wir ziehen das mit Lis Eltern gemeinsam durch, OK?"

Bea nickte dankbar. Er war doch kein Arschloch.

Da fiel Peter etwas ein. Er formte seinen Einfall noch in Worte, dann setzte er sich ganz aufrecht vor Bea hin und teilte ihr seine Gedanken mit.

„Am Freitag fliegen wir, Bea. Was hältst du davon, wenn du vorher der Polizei einen anonymen Hinweis geben würdest, wo sich die Zuhälter aufhalten könnten. Wenn du etwas weißt, dann sag es bitte. Wir werden erst zurückkommen, wenn sie die beiden gefasst haben, und das wiederum werden wir von Theo und Klara erfahren."

Peter war ganz aufgeregt.

Doch Bea sah ihn stumm an.

„Was sagst du dazu?" fragte er noch einmal.

„Vielleicht ist das eine ganz gute Idee", sie nickte zögernd.

„Was heißt hier, vielleicht. Es ist auch das Einzige, was mir einfällt, und was funktionieren könnte."

Bea lachte spitz auf, und der Hohn in ihrer Stimme ließ ihn aufhorchen.

„Naja, einiges fällt mir schon ein, was ich der Polizei erzählen könnte. Aber Mario weiß genau, dass das von mir kommt, und er wird mich dafür umbringen."

„Aber vorher sitzt er mindestens fünfzehn Jahre hinter Gitter. Er kann dir nichts tun." Peter war davon überzeugt. Er vergrub beide Hände in seinen Hosentaschen, damit er vor Euphorie nicht damit herumfuchteln konnte.

Allerdings hörte sich die Idee von Peter nicht übel an.

23

Mittwochvormittag bat Theo um ein Treffen in der Kanzlei. Er benötigte dringend ein Foto von Bea. Er meinte, sie könnten es auch im Büro machen und nach Graz mailen.

Wieder verkleideten sie sich wie tags zuvor und verließen vorsichtig um sich blickend das Haus.

Theo empfing sie bereits an der Tür. Er schien sie schon dringend zu erwarten. Er musste lachen, als er Peter mit dem Musketierbart sah. Freundlich schüttelte er Bea die Hand.

Peter war erleichtert, dass sie auch sein Schwager ohne Vorurteile wie eine anständige Frau behandelte. Aber vielleicht hatte nur er selbst Probleme mit ihrer Vergangenheit. Er musste immer daran denken, wenn er sie ansah. Sie war eine Nutte!

„Da seid ihr ja! Habt ihr schon ordentlich gefrühstückt?" empfing sie Klara. Peter nickte. Brot und Käse.

„Aber Kaffee wollt ihr doch, oder?"

Bea nickte schüchtern. „Gern, danke."

Bea mochte Klara und Klara mochte Bea.

Für Klara war Beas Vergangenheit ein „kleiner Fisch". Sie fühlte sich zu Bea hingezogen, wusste aber nicht warum. Vielleicht war es ihre schüchterne Art, oder ihre Zerbrechlichkeit. Sie konnte sich Bea nicht als selbstbewusste Nutte vorstellen. Unmöglich!

Aber Peter hatte sie gesehen, und sie entsprach genau dem Bild einer professionellen Hure.

Peter schreckte aus seinen Gedanken, als ihm Maria, die Sekretärin, eine Tasse Kaffee vor die Nase stellte.

Klara war damit beschäftigt, die Perücke, die Bea mit ein paar Spangen an ihren eigenen Haaren befestigt hatte, vom Kopf zu nehmen, und ihre schönen langen Haare wieder in Form zu bringen.

Die Fotos zu machen, war für Theo eine kleine Herausforderung, denn er musste sich ein Programm herunterladen, das ihm ein befreundeter Fotograf empfohlen hatte, um den europäischen Bestimmungen eines Passfotos gerecht zu werden.

Deshalb musste er ein Foto machen, auf dem Bea nicht lachen durfte, was Peter sehr schade fand, denn die seltenen Male, wo Bea gelacht hatte, fand er sie richtig hübsch.

Dann ließ Theo Klara mit ihrem Bruder und Bea alleine. Er klemmte sich wieder hinter seinen Computer.

Nach einer Stunde erschien er wieder in Klaras Büro und legte ihr einen Ausdruck hin, den sie aufmerksam betrachtete.

Es war bereits die Kopie eines Reisepasses von Beate Stumpinger.

Sie reichte ihn an Bea weiter.

„Da. Schau! Dein Reisepass!" Bea nahm ihn lächelnd entgegen. Eine Weile starrte sie darauf. Dann sagte sie:

„Das Foto ist schrecklich! Ich sehe aus, wie eine Knastlady!"

Peter musste lachen.

„Das sagt jeder. Aber die Vorschriften sind so. Man darf nicht mehr lachen. Ist eigentlich schade, aber es ist so."

Klara nahm das Stück Papier wieder an sich, um den Flug zu fixieren, und nach ein paar Minuten war der Flug für Mag. Peter Brauner und Beate Stumpinger gebucht.

„Ihr fliegt am Freitag um halb neun. Theo oder ich werden euch zum Flughafen Schwechat bringen."

Klara war es gewohnt, zu kommandieren und Peter war es nicht unangenehm, denn er hatte momentan nicht die Nerven dazu.

Klaras Blick haftete noch immer am Bildschirm.

„Wisst ihr was? Ich werde euch gleich noch ein Hotel in der Altstadt buchen."

Peter fragte laut, Richtung Plafond schielend: „Altstadt, passt das?"

Er hoffte auf Lis Reaktion, die prompt kam.

„Das ist wie Auge in Faust", antwortete sie.

„Altstadt ist OK, Klara", sagte er zu seiner Schwester, die ihn etwas befremdet ansah.

„Was war denn das?" wollte sie wissen und rümpfte die Nase.

„Och, nichts. Ich habe visualisiert", versuchte er sich für sein Verhalten zu rechtfertigen.

Klara sah ihn mit schiefgelegtem Kopf und hochgezogenen Augenbrauen an: „Visualisiert? Schnappst du jetzt über, oder was?" bemerkte sie sarkastisch.

„Nein. Egal. Altstadt passt auf alle Fälle. Wir werden das Haus von Lis Eltern schon finden. Steht ja schließlich auch eine Adresse auf dem Kuvert. Irgendjemand wird uns bestimmt helfen."

Klara sah ihn wieder etwas beruhigt an.

„Wollt ihr auch eine Sightseeingtour? Die ist billiger, wenn man sie übers Internet bucht", wollte sie noch wissen.

Peter schüttelte den Kopf.

„Dafür hab ich jetzt echt keinen Nerven!"

„Ein- oder Doppelzimmer?" fragte sie noch, ohne vom Bildschirm aufzublicken.

„Gibt es ein Appartement, oder so? Ich will nicht ganz alleine sein. Ich hab Angst. Und in dieser fremden Stadt sowieso", sagte Bea und rutschte nervös auf ihrem Sessel herum.

Sie schielte zu Peter, um dessen Reaktion einzuschätzen, aber er schien es nicht merkwürdig zu finden.

„Bea. Wir können auch ein Doppelzimmer nehmen. Ich verspreche dir, dass ich dich nicht anrühren werde. Du brauchst keine Angst vor mir zu haben."

Auch ihm war in der fremden Stadt wohler, wenn er nicht alleine schlafen musste, was er aber niemals zugeben würde.

Bea zögerte. Sollte sie ihm glauben?

„Außerdem kann man fast überall die Betten auseinander schieben. Klara, wir nehmen ein Doppelzimmer."

Klara nickte und tippte.

Dann ratterte der Drucker und sie nahm das Stück Papier und überprüfte es auf seine Richtigkeit. Erleichtert zeigte sie es ihnen.

„Hier ist euer Flug, mit der Flugnummer und der Ankunftszeit. Zwei Stunden vor Abflug müssen wir am Flughafen sein. Ich hole euch also um sechs Uhr von Zuhause ab. Beas Pass kommt noch heute Abend mit einer Expresslieferung."

In der Zwischenzeit hatte der Drucker ein weiteres Stück Papier ausgespuckt.

Wieder zeigte sie mit dem Kugelschreiber auf einige Daten:

„Hier ist euer Hotel. Es heißt „Hanoi City Hotel", ein Doppelzimmer ist für euch ab Freitag reserviert. Ich habe zwei Wochen gebucht. Falls ihr verlängern müsst, dann macht ihr das einfach Vorort. Das ist bestimmt kein Problem."

Klara war in ihrem Element.

Das Managen war schon immer Ihres gewesen.

Peter beneidete sie oft darum.

Doch heute war er ihr einfach nur dankbar.

24

Sehr geehrte Damen und Herren!

Mario Matschi und seine Freunde sind Abschaum auf dieser Welt und deshalb möchte ich mithelfen, sie hinter Gitter zu bringen, denn sie haben genug Leid angerichtet.

Der derzeitige Aufenthaltsort von Mario ist mir nicht bekannt, aber vielleicht können Sie mit einigen Namen und Orten, die ich Ihnen nennen kann, etwas anfangen.

Ich weiß definitiv, dass im „Heißen Höschen" im vierten Wiener Gemeindebezirk zwei Mädchen arbeiten, von denen mindestens eine minderjährig ist. Beide Mädchen stammen, so wie Li, aus Vietnam.

Ferner weiß ich, dass von dort immer wieder ausländische Mädchen in andere Bundesländer „verkauft" werden.

Der Name „Dumbo" ist oft gefallen. Das dürfte der Boss dieses Lokals sein.

Dumbos Freunde nennen sich: Glatze, Sandro und Stalles. Ihre richtigen Namen sind mir leider unbekannt.

Mario hält sich oft in der Nähe von Nauders, in Tirol, auf. Dort gibt es ein Bordell, das „Die Todsünde" heißt. Es ist illegal und in einem großen Bauernhof versteckt und befindet sich in einem einsamen Tal, ich schätze etwa zwanzig Kilometer von Nauders entfernt.

Das ist nur für Insider. Mario bringt dort nur die wirklich betuchten, und anonym bleiben wollenden Kunden hin. Diese bekommen alles, was sie wollen. Sie können die Mädchen auch auf Urlaub mitnehmen, da diese wochenweise gebucht werden können, alles ausländische, nicht registrierte Mädchen mit gefälschten Pässen, viele davon sind minderjährig.

„Big Harry" ist mir ein Begriff, er dürfte in Graz tätig sein.

Ich hoffe, dass ich Ihnen mit diesen Informationen helfen konnte.

Absender: Anonym

25

Bea konnte die ganze Nacht nicht schlafen.

Sie war zu aufgeregt.

Auch Peter wälzte sich bis spät in die Nacht auf der Couch hin und her. Er war sehr nervös. Die Koffer standen bereits im Vorzimmer.

Der Wecker läutete punkt halb sechs. Peter warf die Decke zur Seite und setzte sich hastig auf.

Im Schlafzimmer hörte er Bea das Bett aufschütteln. Sie war also auch schon wach!

Er legte sorgfältig die Decke zusammen und schüttelte den Polster auf, um die Wohnung ordentlich zu verlassen.

Als er sich ins Badezimmer begab, um sich die Zähne zu putzen, fiel ihm die Szene ein, als ihm Li sagte, wo der Stöpsel der Zahnpastatube war. Am ersten Tag, an dem er ihre Stimme gehört hatte. Unwillkürlich musste er lächeln.

In den letzten Tagen hatte er Lis Stimme ganz selten wahrgenommen. Aber wahrscheinlich, weil er nie alleine war. Er vermisste sie. Irgendwie.

Jetzt klopfte Bea an die Badezimmertür.

„Einen Moment bitte, bin gleich fertig", sagte Peter und spuckte noch schnell aus.

Er öffnete die Tür und sie schoben sich aneinander vorbei.

Bea sah schrecklich aus.

Tiefe Ringe hatten sich unter ihren Augen gebildet. Ihre Haare waren zerzaust. Sie war ganz blass.

Peter lächelte ihr ermutigend zu. Bea lächelte schwach zurück.

Bald darauf läutete die Türglocke. Peter öffnete und draußen standen Klara und Theo, gut gelaunt, wie immer.

„Morgen, meine Lieben!" flötete Klara und schummelte sich an den Koffern vorbei ins Wohnzimmer, dicht gefolgt von Theo.

Bea kam wieder aus dem Badezimmer heraus.

Sie hatte zum Fliegen ein Kleid von Klara gewählt, dass sehr schlicht und einfach war, um ja nicht zu sehr aufzufallen.

Doch Klara fand, dass es ihr gut stand.

Peter fand das auch.

Theo war schon damit beschäftigt, die ersten Gepäckstücke zum Auto zu tragen, als Peter noch einmal überprüfte, ob die Flugtickets und Pässe in seiner Tasche waren. Auch Lis Brief war dabei.

Während der Fahrt zum Flughafen plauderte nur Klara. Theo konzentrierte sich auf den spärlichen Verkehr, Bea sah schweigend zum

Fenster hinaus und Peter versuchte höflicherweise der Konversation seiner Schwester zu folgen.

Ihm war vor Aufregung ganz flau im Magen.

Hanoi! Flug! Asien!

Er wollte zuhause bleiben. Er wollte seine Ruhe. Er machte sich nichts aus fremden Kulturen. Wer wusste schon, wie ungebildet diese Leute dort waren. Vielleicht würde man sie sofort ausrauben.

„Du hast wirklich null gute Idee von uns, nicht?"

Da war Lis Stimme wieder. Gott war er froh! Er dachte schon, sie würde nicht mitkommen. Sie würde ihn im Stich lassen. Jetzt, da er ihre Hilfe so dringend brauchte.

„Was du denkst von Li? Li kommt mit. Li zeigt dir meine Heimat. Meine Eltern."

„Klara. Weißt du, ob es gefährlich in Hanoi ist? Müssen wir sehr auf unsere Sachen aufpassen?"

Er benutzte Klara nur, um von Li eine Antwort zu bekommen. Diese verstand.

„In Vietnam Gewaltverbrechen sind sehr selten. Leute sehr, sehr freundlich und offen für Fremde. Höchstens kleiner Handtaschendiebstahl in großer Stadt, wenn du nicht aufpasst, aber das ist überall am Tag die Ordnung."

Gleichzeitig hielt ihm Klara so einen ähnlichen Vortrag, nur, viel, viel länger.

Peter schmunzelte. Bea sah ihn irritiert an.

„Was grinst du so?"

Peter zuckte die Achseln und sah sie fröhlich an:

„Ich weiß auch nicht, aber irgendwie fang ich schön langsam an, mich zu freuen. Es wird bestimmt ein Abenteuer. Nur..."

Bea sah ihn mit hochgezogenen Augenbrauen erwartungsvoll an.

„Nur... Auf die Begegnung mit Lis Familie fürchte ich mich. Es muss schrecklich für sie sein. Sie schicken die Tochter zum Studieren nach Europa und erfahren dann, dass sie Verbrechern in die Hände gefallen ist."

Bea nickte.

„Ich möchte nur allzu gerne wissen, was Li geschrieben hat. Vielleicht hat sie ihnen gar nicht die Wahrheit geschrieben."

„Doch!" Li klang trotzig.

„Oje", war Peters Reaktion.

Klara drehte sich um.

„Was? Oje."

Peter beschloss, nicht darauf zu antworten.

In diesem Augenblick bog Theo zum Flughafen ab.

Er ließ Klara und die beiden Reisenden direkt vor der Abflughalle aussteigen und sagte, dass er zu ihnen stoßen würde, sobald er einen Parkplatz für das Auto gefunden hatte.

Bis sie die Boardingpässe in Händen hielten und eingecheckt hatten, verging beinahe eine Stunde.

Peter dauerte das alles viel zu lange. Jetzt verstand er, warum man zwei Stunden vor Abflug schon am Flughafen sein musste. Bis jetzt war ihm das immer ein Rätsel gewesen.

Er war froh, dass Klara mit dabei war.

Bea hielt sich total im Hintergrund. Sie sprach kein Wort.

Ab und zu warf Peter einen prüfenden Blick in ihre Richtung.

Bevor sie das Gate betraten, mussten sie sich von Klara und Theo verabschieden. Peter tat es plötzlich sehr leid, dass er sie ein paar Wochen nicht sehen würde, was ihm in Anbetracht ihrer bisherigen Beziehung, sehr merkwürdig vorkam.

Klara küsste und umarmte Peter und gab auch Bea einen Kuss auf die Wange. Diese lief rot an, aber sie lächelte tapfer, obwohl ihr zum Heulen zumute war.

Als sie alleine waren, wusste Peter nicht, was er mit ihr reden sollte.

„Angst?" fragte er, weniger aus Neugierde, sondern mehr, um das Schweigen zu brechen.

„Extrem!" sagte Bea mit weit aufgerissenen Augen und wischte ihre feuchten Handflächen in ihrem Kleid ab.

„Aber vor was, eigentlich?" Peter war nun doch neugierig.

Je näher der Flug rückte, desto ruhiger wurde er.

„Vor dem Fliegen. Ich kann mir nicht vorstellen, dass dieses schwere Flugzeug in der Luft bleiben kann", sie lächelte wie ein kleines Mädchen und zog die Schultern hoch.

„Doch. Kann es. Das weiß ich definitiv! Viele Leute fliegen täglich mit solchen Dingern und leben noch. Außerdem hab ich einmal einen Artikel über Flugangst gelesen. In dem stand, dass die Wahrscheinlichkeit, von seinem Ehepartner ermordet zu werden, zwanzigtausend mal größer ist, als mit einem Flugzeug abzustürzen", neckte er sie.

Bea lachte: „Das hast du gerade erfunden!"

„Nein. Das ist mein Ernst. Das hab ich wirklich gelesen. Ich habe es mir gemerkt, weil ich es sehr faszinierend fand."

„Ist es auch", gab Bea zurück und beide mussten lachen.

Bea griff beim Abheben der laut brummenden Maschine instinktiv nach Peters feucht-kalter Hand. Beide verkrallten sich regelrecht ineinander. Doch schon nach einigen Minuten sah Bea begeistert zum Fenster hinaus und auch Peter fand die Aussicht wunderschön. Er fühlte sich der Sonne sehr viel näher.

Der Flug verlief erwartungsgemäß unspektakulär.

Mitten in der Nacht landeten sie in einer völlig fremden Welt. Es war laut und heiß.

Ein Taxi-Fahrer lief mit einem großen Schild umher, auf dem in windschiefen Buchstaben: Mr. BRAUNER und Mrs. STUMPINGER stand. Darunter war fast unleserlich der Name des Hotels gekritzelt.

Klara hatte so etwas erwähnt, dass sie abgeholt wurden.

Hundemüde stiegen sie in das heiße Taxi, dessen Sitzbänke speckig und abgenutzt waren. An manchen Stellen waren die Sitzbezüge so abgewetzt, dass der Schaumstoff durchschimmerte und Peter musste unwillkürlich an schmutzige, billige Filme denken, und er hätte sich am liebsten ein Handtuch untergelegt.

„Willkommen in Hanoi, Peter!" Li klang sehr fröhlich.

„Hallo Li!" sagte Peter matt.

Bea sah ihn von der Seite an.

Der Taxilenker gehörte anscheinend auch irgendwie zum Hanoi City Hotel, denn er trug ihnen sogar die Koffer aufs Zimmer, ehe er den Schnäppchenpreis von zehn US Dollar verlangte. Peter gab ihm fünfzehn. Auf Anraten von Theo hatte er ein paar Hundert US Dollar mitgenommen, denn in fernen Ländern wurde der Dollar als Zahlungsmittel oft mehr geschätzt als die einheimische Währung.

Nun standen sie in einem kleinen Zimmer. Es war mit dem Nötigsten eingerichtet und Peter stellte erleichtert fest, dass es sauber war. Die Betten waren auseinandergeschoben.

Peter merkte, wie Bea beruhigt durchatmete. Auch ihm war es so um einiges lieber.

Bea wählte das Bett, das dem Fenster am nächsten stand. Sie riss das Fenster auf, stützte sich mit beiden Händen auf das Fensterbrett und schaute neugierig auf die Straße hinunter. Ohne das Treiben vor dem Hotel näher zu kommentieren, nahm sie ihre Toilettetasche und begab sich damit ins Bad.

Es war fast unangenehm warm. Peter war noch die sehr frische Wiener Frühlingsluft gewohnt.

Aber da er zum tot umfallen müde war, hatte er keine Angst, dass er nicht schlafen könnte.

Er wollte nicht einmal mehr seine Zahnbürste auspacken.

Peter zog sich aus, und ließ sich mit den Boxershorts auf das Bett fallen.

Bea duschte noch ausgiebig und ging mit einem leisen „Gute Nacht!" ins Bett. Doch von Peters Bett kam keine Antwort mehr.

26

Bea erwachte bald. Beim offenen Fenster wehte ein frisches Lüftchen herein.

Gott sei Dank! Denn in der Nacht hatte sie sich lange von einer Seite auf die andere gewälzt, denn die Hitze fand sie unerträglich.

Sie stand leise auf, warf einen Blick auf den noch ruhig schlafenden Peter und ging zum Fenster.

Der Vorhang wurde gerade von einem weiteren Windstoß in den Raum geweht. Er war aus einem feinen Stoff und es brauchte nicht viel, dass er sich bewegte.

Bea war neugierig. Sie schob ihn ein wenig zur Seite.

Draußen dämmerte es gerade. Aber es war schon abzusehen, dass es ein wunderschöner Sonnentag werden würde.

Bea stellte fest, dass sie entweder im zweiten oder dritten Stock waren. Sie hatte in der Nacht nicht mehr genau aufgepasst. Sie wollte nur noch schlafen.

Vor dem Hotel war ein großer Platz, in dessen Mitte sich ein bombastischer Brunnen aus gemeißeltem Stein befand. Rundherum und auf dem ganzen Platz verteilt standen und lagen Fahrräder und Mopeds, was in Anbetracht der vielen kleinen Gassen, die man von hier oben ausnehmen konnte, logisch war. Man kam hier um einiges schneller vorwärts, wenn man nur zwei Räder hatte.

In den Gassen ging es bereits sehr munter zu.

Bea beobachtete, wie Händler ihre Verkaufsstände aufbauten und mit allen möglichen Waren bestückten.

Von Minute zu Minute füllten sich die Straßen zunehmend.

Eine halbe Stunde später überkam sie doch noch einmal die Müdigkeit. Peter schlief noch immer ganz ruhig, und nach einer Weile war Bea auch wieder eingeschlafen.

Peter wurde vom Lärm geweckt.

Es hörte sich an, als würde draußen vor dem Hotel eine Massenschlägerei in Gang sein.

Das Durcheinanderschreien der Leute, das unermüdliche Gehupe der Mopeds, und das Aufheulen der Motoren vereinten sich zu einem Höllenlärm.

Peter stand auf, eilte zum Fenster und schob gespannt den leichten Vorhang zur Seite.

Jetzt war der Platz, den Bea noch im Halbschlaf vor sich liegen gesehen hatte, mit Verkaufsständen und Leuten übersät.

Dicht gedrängt schoben sich die Massen aneinander vorbei, ein Ziel vor Augen habend, das sich Peters Vorstellung gänzlich entzog.

Es wurde lautstark angepriesen und gefeilscht. Zwischen den Ständen schlängelten sich die Mopeds und Fahrräder durch. Es wurde gehupt, geschrien, gelacht und gehandelt.

Peter war erstaunt. Es sah aus, als würde er einen Ameisenhaufen beobachten. Es wimmelte nur so vor Menschen. Aber keine Rede von einer Massenschlägerei.

So viel Leben und Treiben auf einem Haufen hatte er noch nirgends gesehen, was nicht wirklich verwunderlich war, wo er Wien doch kaum verließ.

Im Fernsehen interessierten ihn Reiseberichte von fernen Ländern einen Pfifferling. Da schaltete er sofort auf einen anderen Sender, was er in diesem Augenblick bereute.

Er schob sich einen Sessel an das Fenster heran und setzte sich. Seine Ellbogen stützte er auf das Fensterbrett. Er wollte dieses faszinierende Bild in sich aufnehmen und für immer speichern.

Er merkte gar nicht, wie Bea aufstand und zu ihm ans Fenster trat.

„Faszinierend, nicht?" sagte sie neben seinem linken Ohr.

Peter zuckte zusammen.

„Hast du mich erschreckt!" Er fuhr herum und sah sie böse an.

Bea hielt sich erschrocken die rechte Hand vor den Mund: „Tut mir leid, das wollte ich nicht", stammelte sie.

Es war nicht Peters Absicht, dass er erbost auf sie wirkte.

„Ist nicht schlimm. Guten Morgen!" sagte er fröhlich und bemühte sich um einen warmherzigen Ton.

Peter zeigte auf einen Mann, der in der Mitte des Platzes seinen Stand hatte.

„Siehst du den dort? Der hat ungefähr hundert Säcke mit verschiedenen Gewürzen? Oder sind das Farben in Pulverform? Ich kann das nicht ausnehmen. Aber ich denke, es sind Gewürze. Das schaut wunderschön aus."

Bea nickte begeistert.

Dann zeigte sie in eine ganz andere Richtung.

Eine Frau hockte auf einer Decke. Rund um sie hatte sie zirka zwanzig Käfige mit verschiedenem Federvieh versammelt. Vor ihr stand ein Hackstock auf dem ein blutiges Beil lag.

„Die wird doch nicht etwa an Ort und Stelle die Tiere schlachten, oder?" Bea war entsetzt.

Peter machte eine Grimasse.

„Was sonst?"

Eine Weile sahen sie noch zu, denn es gab eine Menge zu entdecken.

Dann wandte sich Peter um.

„Was hältst du davon, wenn wir frühstücken gehen? Ich hab einen ordentlichen Hunger, und du?"

Bea griff sich auf den Bauch und nickte lachend.

„Ich glaube, mein Magen isst sich bereits selber auf."

Peter nahm noch schnell eine Dusche. Irgendwie war er enttäuscht, weil sich Li noch nicht gemeldet hatte. Ob sie wohl auch schlief? Nein, das glaubte er eigentlich nicht.

Peter sprang über seinen Schatten und sagte:

„Guten Morgen, Li."

„Langschlaf-Peter, guten morgen!" kam prompt die Antwort.

Aber plötzlich wurde Peter nervös. Er dachte an den Brief, und was ihm möglicherweise bei dieser Familie bevorstand. Es war ihm unangenehm, eine Nachricht zu überbringen, noch dazu eine so schlechte.

„Ist nicht böse Nachricht", sagte Li in seine Gedanken hinein.

„Aber du bist tot. Deine Eltern und Geschwister werden sehr traurig sein. Und ich bin derjenige, der ihnen diese Mitteilung machen muss."

„Meine Familie Buddhisten sind. Wissen, ich werde wieder auf die Welt geboren. Traurig werden sie trotzdem werden, denke ich."

„Es ist immer schlimm einen lieben Menschen zu verlieren, auch wenn man an Wiedergeburt glaubt. Ich bin Christ, und ich glaube auch, dass wir im Himmel weiterleben und trotzdem war ich tot traurig, als meine Großmutter starb."

„Meine Großmutter immer gesagt, dass Trauer ganz wichtiges Gefühl ist. Man darf ganz lange traurig sein, nur so kann man loslassen lieben Menschen."

Peter lächelte.

Li war ein gutes Mädchen.

Und weise, fand er, für ihr Alter.

Aber vielleicht war sie schon eine alte Seele, überlegte er.

Laut fragte er: „Li? Was soll ich deinen Eltern sagen? Verstehen die mich überhaupt?"

„Du nur bringen ihnen den Brief. Alles andere macht Li", erklärte sie ihm.

„Aber irgendetwas muss ich doch sagen, wenigstens: Hallo!"

„Du brauchst dich nur zu verneigen, wie in Film", kicherte Li.

Peter zog die Augenbrauen hoch. Auch das noch!

„Ich habe ihnen im Brief alles klar geschrieben. Sie werden lesen, was mit Li ist", sagte sie ernst.

„Was hast du geschrieben, Li?" wollte Peter wissen.

„Li hat Wahrheit geschrieben", kam die unschuldige Antwort.

„Wirklich, die Wahrheit? Das wird sie noch mehr verletzen", meinte Peter.

„Soll Li erzählen Lügen?" fragte die Stimme empört.

„Nein, das nicht. Aber du hättest sie etwas schonen können. Jetzt werden sie noch mehr leiden, weil sie wissen, was ihre Tochter in der Ferne mitgemacht hat", gab ihr Peter zu Bedenken.

Li überlegte eine Weile.

„Das wäre nicht richtiger Weg. Sie müssen wissen, was Tochter mit fremden Männern machen musste", sagte sie dann.

„Warum müssen sie das wissen? Sie können dir jetzt sowieso nicht mehr helfen. Es hat keine Konsequenz mehr", Peter konnte sie nicht verstehen.

„Aber warum verstehst du nicht?" Lis Stimme wurde lauter.

Peter runzelte die Stirn.

„Nur so können meine Eltern und Geschwister und du etwas ändern. Mit Wahrheit könnt ihr Menschen helfen, damit nicht meine Freundinnen und Schwestern laufen in selbe Falle wie Li."

Jetzt verstand Peter endlich.

„Du hast recht, Li. Jetzt weiß ich, was du meinst."

Li lachte: „War langer Weg!"

Plötzlich klopfte es an die Badezimmertür.

„Was machst du solange da drinnen. Wir werden kein Frühstück mehr bekommen, wenn du dich nicht beeilst", hörte er Bea sagen.

Peter trocknete sich rasch ab und putzte sich die Zähne. Er hatte wirklich lange gebraucht, aber Li hatte ihn aufgehalten. Sie war Schuld! Sie war überhaupt an allem Schuld! An seinem ganzen verrückten Leben, das er seit einer Woche führte. Aber: so schlecht fand er es gar nicht, im Vergleich zu den Jahren davor.

Eine Viertelstunde später saßen sie im Frühstücksraum. Peter stellte überrascht fest, dass das Hotel erstaunlicherweise sehr westlich eingerichtet war.

An den Wänden hingen Bilder aus aller Welt. Peter erkannte den Eiffelturm, den schiefen Turm von Pisa, die Niagarafälle und den Tower von London. An den anderen Wänden sah er Bilder, die offensichtlich in Asien aufgenommen wurden.

Es gab „Continental Breakfast" und Peter wunderte sich, dass es sogar gebratenen Speck und Eierspeise gab. Wenn er das gewusst hätte, dann wäre er schon früher einmal in ferne Länder gereist.

Er hatte immer geglaubt, wenn er nach Asien fahren würde, dann gäbe es schon zum Frühstück Tintenfisch, Muscheln und Glasnudeln mit ungenießbar scharfen Saucen, halbrohen Wachteln und Käfern.

„Sehr gesprächig bist du aber noch nicht in der Früh", sagte Bea und hörte auf zu essen.

„Außer in der Dusche, da hältst du ja Selbstgespräche."

Sie hatte ihn erwischt.

Peter war aber um keine Ausrede verlegen.

Er lächelte sie an und meinte:

„Irgendwann muss ich doch ausprobieren, ob meine Stimme noch funktioniert, und dann übe ich in der Dusche, wo mich keiner hören kann. Normalerweise singe ich ja, aber das wollte ich dir heute ersparen", log er.

Blöde Antwort, fand er und schob sich einen Löffel Eierspeise in den Mund.

„Gefällt es dir hier", fragte er sie dann, nachdem er hinuntergegessen hatte.

Bea sah sich um und nickte.

„Eigentlich ist es wirklich nett. Ich hab mir das ganz anders vorgestellt", meinte sie.

„Wie denn?" wollte er wissen, auch, um die Kommunikation aufrecht zu erhalten.

Bea legte die Gabel auf die Seite, schaute auf den Plafond und überlegte.

„Ich dachte immer, dass die Chinesen, oder Vietnamesen oder Japaner, schon zum Frühstück Käfer, Maden, Fische, Muscheln und Glasnudeln mit undefinierbaren Saucen essen. Es wundert mich, dass es hier ein normales, westliches Frühstück gibt."

Peter lachte.

„Genau dasselbe habe ich mir vorhin auch gedacht. Ich bin heilfroh, dass wir etwas Normales zum Essen bekommen."

„Und was machen wir jetzt?" wollte Bea wissen.

„Ich weiß nicht. Schauen wir uns in der Stadt um. Wir holen uns an der Rezeption einen Stadtplan, denn es gibt sicher einiges zu sehen. Klara hat mir gesagt, dass Hanoi eine schöne Stadt ist und dass eine Freundin von ihr schon einmal da war und ganz begeistert zurückgekommen ist."

Bea nickte.

„Trotzdem bin ich froh, dass ich nicht alleine hier bin, ich finde mich nämlich in keiner fremden Stadt zurecht. Aber eigentlich... auch nicht in Wien."

Sie blickte beschämt zu Boden. Ihre ganze Situation wurde ihr wieder bewusst. Sie hatte in einem Käfig gewohnt.

Sofort versuchte sie, die aufkommenden Gefühle zu unterdrücken, denn am liebsten hätte sie geweint. Stattdessen fragte sie Peter: „Wann möchtest du die Eltern von Li suchen?"

Peter überlegte.

„Naja, nachdem Li tot ist, haben wir es nicht so eilig, würde ich sagen. Ob das heute, morgen oder übermorgen ist, macht wohl keinen Unterschied."

Peter hörte, dass sich jemand hinter ihm räusperte.

Er drehte sich um, doch da war niemand.

Peter wusste, dass er Li gerade beleidigt hatte.

Schnell sagte er: „Gut. Aber auf der anderen Seite, wenn wir es heute noch machen, dann haben wir es hinter uns."

Auch das gefiel Li nicht besonders, und wieder räusperte sie sich hörbar. Für Peter hörbar.

Peter wischte sich den Mund ab.

„Ich habe ein ungutes Gefühl, den Eltern von Li unter die Augen zu treten. Schließlich bin ich auch einer, der ins Puff gegangen ist, und sicher nicht, um Karten zu spielen", er warf dabei einen vorsichtigen Blick auf Bea, doch sie schien nicht zu reagieren.

Nach einer Weile fragte sie.

„Warum genau bist du eigentlich ins ‚La nuit' gekommen?"

Peter antwortete nicht gleich, also stellte sie ihre Frage präziser.

„Ich meine, du bist ein junger, schlanker, intelligenter, schöner Mann. Du hast doch bestimmt keine Schwierigkeiten ein Mädchen zu finden, das sich gerne von dir verwöhnen lässt."

Unmittelbar nachdem die Worte aus Beas Mund gesprudelt waren, befürchtete sie, dass sie zu persönlich geworden war, aber es interessierte sie sehr, was Peter darauf zu sagen hatte.

Peter stellte seine Kaffeetasse langsam zurück auf die Untertasse.

„Ich war vorher wirklich noch nie in einem Bordell. An diesem Abend war ich extrem frustriert. Ich hab mir überlegt, ob ich in die Stadt gehe, und mir einen ‚One-night-Stand‘ mit nach Hause nehme, aber auch dazu hatte ich keine Lust, keinen Antrieb", erklärte er wahrheitsgetreu.

Peter nahm wieder einen Schluck Kaffee.

„Im Fernsehen lief gerade ein Soft-Porno, den hab ich mir angesehen. Meine Stimmung ging immer mehr in den Keller, und dann fasste ich den Entschluss, dass ich meinen Frust im Puff loswerde. Ich hoffte, dass es mir danach vielleicht besser gehen würde. Aber es ging dann alles ganz anders aus, als erwartet", er presste die Lippen vielsagend aufeinander.

Bea sah ihn nachdenklich an.

„Warum hast du keine Freundin?" fragte sie ihn neugierig.

Peter überlegte wieder.

„Ich weiß es nicht. Vielleicht weil ich ein kleines, arrogantes, egoistisches Arschloch bin."

Sein Mund wurde schmal. Er war sich bewusst, dass er damit auch recht hatte. Bea sah ihn an.

„Was ist passiert, dass du so geworden bist?"

Peter wusste darauf keine Antwort. Er überlegte.

„Meine Arbeit hat mich vielleicht auch zum Teil das werden lassen, was ich bin. Ich habe immer die negativen Seiten der Menschen finden müssen. Wem interessiert es schon, wenn es jemanden gut geht, und er glücklich ist? Je schlechter es Leuten geht, vor allem denen, die in der Öffentlichkeit stehen, desto interessanter ist es zu lesen."

„Und du hast nie eine Freundin gehabt?" fragte Bea in ihrer Naivität und schaute ihn erstaunt an.

Peter schüttelte genervt den Kopf. Was ging es sie überhaupt an. Er zog die Augenbrauen etwas zusammen, was Bea nicht verborgen blieb. Sie schämte sich für ihre Frage.

Doch Peter merkte, dass Bea diese Frage ganz unschuldig gestellt hatte. Sie hatte keine Ahnung von einem normalen Beziehungsleben. Kannte diese Frau überhaupt Liebe? Peter beugte sich etwas nach vorne und stützte die Ellbogen auf den Tisch. Er sah sie eine Weile an. Bea wurde nervös und blickte zum Fenster hinaus.

Peter fand es amüsant, dass er sie so leicht nervös machen konnte. Er hatte es schon immer genossen anderen Menschen gegenüber überlegen zu sein. Aber im selben Augenblick wurde ihm bewusst, dass er das nicht mehr wollte.

„Natürlich hatte ich eine Freundin. Sogar sechs lange Jahre lang. Wir hatten eine große schöne Wohnung zusammen. Eigentlich hatte ich immer gedacht, dass ich sie eines Tages heiraten werde. Aber dann sind auf einmal viele Dinge passiert. Ich dachte, sie sei an allem Schuld. Aber auch das hat sich in den letzten Tagen relativiert."

Bea sah ihn jetzt wieder an. Sie wollte ihn nicht mit Fragen unterbrechen, also wartete sie, bis er weiter sprach.

„Sie war eine schöne, große, blonde Frau. Mit 17 war sie sogar `Miss Vienna'", Peter lächelte.

„Ich habe sie auf einer Pressekonferenz kennengelernt. Damals machte sie gerade die Matura. Sie wollte Journalismus studieren. Aber nach der Matura ging sie für ein Jahr nach Amerika. Ihre Eltern hatten Verwandte in Phönix. Sie perfektionierte ihr Englisch und arbeitete als Au-pair-Mädchen. Ein Jahr nachdem sie wieder zurück war, haben wir uns zufällig in der Stadt getroffen. Wir haben uns sofort wiedererkannt. Nachdem sie wusste, dass ich Journalist war, hatte sie eine Menge Fragen an mich. Ich denke, das hat sie fasziniert."

Wieder machte er eine Pause. Er dachte an die vielen Spaziergänge vor der Uni, wenn er sie in seiner Mittagspause abgeholt hatte. Er spürte kurz den Frühling in Wien. Den frischen Wind, der einem um die Nase wehte. Er hörte die Vögel zwitschern und er dachte an den ersten Kuss, den er ihr an einer Mauer lehnend an einem windstillen Fleckchen hinter der Uni gab.

Doch das waren zu intime Details. Das ging Bea nichts an. Er beschloss, sich kurz zu fassen. Schließlich wusste er auch nicht, ob es sie überhaupt interessierte. Doch als er ihr in die Augen sah, merkte er, dass sie gespannt darauf wartete, dass er weitererzählte.

„Nachdem wir zirka zwei Jahre zusammen waren, beschlossen wir, uns eine gemeinsame Wohnung zu nehmen. Ihre Mutter war nicht einverstanden damit, sie meinte, dass sie mit 21 noch zu jung wäre. Aber es war uns egal. Sie besuchte ihre Mutter immer weniger oft, bis Julia gar nichts mehr von sich hören ließ. Ich habe nicht nachgefragt, aber es gab offensichtlich einen solchen Krach, dass sich Julia von ihrer Mutter abwandte."

„Aber...", Bea schluckte, „was kann so schlimm sein, dass man mit der eigenen Familie bricht?" Bea hätte so gerne Eltern oder Geschwister gehabt.

„Julias Mutter war bei Gott eine Furie. Aber vielleicht würde ich auch das heute etwas anders sehen. Außerdem habe ich keine Kinder und kann diese Bindung sowieso nicht nachvollziehen. Auf alle Fälle sind wir dann zusammengezogen. Es war eine sehr teure Wohnung im 2. Bezirk. In einer Traumlage. Noch dazu hatten wir einen großen Balkon in den Innenhof. Abends sind wir oft bei einem Gläschen Wein gesessen und haben diskutiert.

Diese Abende habe ich am meisten vermisst. Ich saß plötzlich in einer 40 Quadratmeter Wohnung und hatte niemanden mehr zum Reden."

„Was ist passiert?" wollte Bea wissen.

Der Kellner kam, sah etwas verstohlen auf seine Uhr, nahm das leere Teller von Bea und fragte lächelnd: „Finished?"

Bea sah auch auf die Uhr. Dann erst bemerkten sie, dass sie die Einzigen im Frühstücksraum waren.

Der freundliche Kellner schien es ihnen trotzdem nicht übel zu nehmen, dass die Frühstückszeit schon seit mehr als einer halben Stunde vorbei war.

Schnell erhoben sie sich.

„Musst du noch einmal ins Zimmer hinauf?" fragte Peter.

„Eigentlich nicht mehr", sie schüttelte den Kopf und schob den Sessel an seinen Platz zurück.

„Gut", sagte Peter, „dann hol ich noch schnell den Brief. Könntest du in der Zwischenzeit einen Stadtplan an der Rezeption besorgen?"

Bea nickte etwas unsicher und ging in Richtung Ausgang.

Peter stieg in den Lift.

Julia ging ihm durch den Kopf. Wie es ihr wohl ging? Was war der wirkliche Grund für das AUS? War ER der Grund?

„Ich dich führen zu Elternhaus. Plan ist nicht gut, sag dir Abkürzung."

Li riss ihn aus seinen Gedanken.

„Aber wie soll ich das Bea erklären, dass ich keinen Plan brauche?"

„Du dir immer Sorgen machen. Nimm Plan und ich sag, wohin."

Peter seufzte.

„Du Julia immer noch liebst?"

Peter wurde ärgerlich. Er wollte nicht, dass Li seine Gedanken las. Es ging sie nichts an.

„Lass mich in Ruhe. Du kennst dich nicht aus."

Li lachte.

„Erwischte dich!"

„Was?" Peter war jetzt richtig mürrisch.

„Du gibst es nicht zu!" Li triumphierte.

„Das ist Jahre her und längst vergessen." Peter wollte seine Ruhe.

„Vielleicht sie liebt dich auch noch." Li ließ nicht locker.

„Vielleicht, vielleicht... was habe ich davon."

Peter ließ sich nun doch aus der Reserve locken.

„Magst du sie wiedersehen?" Li machte ihn neugierig.

„Hast du etwas damit zu tun?" fragte er Li.

Keine Antwort.

Wie er das hasste. Li brachte ihn manchmal auf die Palme. Wie konnte sie so etwas fragen, und ihm dann keine Antwort geben.

„Wenn du mir nicht sofort sagst, ob du etwas weißt, dann geh ich nicht mit dem Brief zu deinen Eltern", versuchte er sie zu erpressen.

Mittlerweile stand er mitten im Zimmer. Li antwortete nicht.

„Li. Warum ärgerst du mich. Ich will ja nur wissen, ob du mit Julia Kontakt aufnehmen kannst."

„Ich soll spionieren?" Lis Stimme überschlug sich beinahe.

Peter musste lachen und machte eine abwehrende Handbewegung.

„Ach lass nur. War eine blöde Idee. Es ist nicht mehr wichtig."

„Nicht wichtig. Du musst sie endlich loslassen. Nicht im Herzen halten und traurig sein. Nicht gut."

Li redete jetzt mit sanfter Stimme auf ihn ein. Er wusste, dass sie recht hatte.

„Aber ich kann sie nicht vergessen. Sie hat sich nicht einmal von mir verabschiedet. Sie hat mich einfach verlassen. Wie soll ich da jemals abschließen?"

Peter spürte einen dicken Kloß im Hals.

Warum hatte er bloß mit dieser blöden Geschichte angefangen. Es ging weder Bea noch Li etwas an. Nicht einmal mit seiner Schwester hatte er über Julia gesprochen. Seit sie weg war, hatte er kein Wort mehr über sie verloren. Und wenn ihn jemand fragte, tat er es mit einem Satz ab, dass es eben nicht mehr gepasst hatte, zwischen ihnen.

„Verzeihen", Li flüsterte dieses Wort.

Peter schüttelte den Kopf.

„Wem? Julia? Sie ist einfach abgehauen, ohne Brief ohne Erklärung. Das soll ich ihr verzeihen?"

„Nein, nicht ihr, DIR selber", war Lis Antwort.

Peter sah wütend im Raum umher. Warum konnte er sie bloß nicht sehen. Er hätte ihr jetzt irgendetwas, das herumlag, an den Kopf geschmissen. Was sollte das überhaupt?

„Warum soll ich MIR verzeihen? SIE ist doch einfach weg!" schrie er jetzt.

„Du verstehst nicht?" fragte Li unschuldig.

„Was soll ich da verstehen?" brüllte er weiter. „Du willst mich wohl verarschen?"

Li blieb ganz ruhig.

„Du hast auch viele Fehler gemacht, oder? Julia hatte vielleicht Angst, dass du sie nicht lässt gehen. Denke nach, lieber Peter."

Peter setzte sich aufs Bett. Er war nur so wütend, weil er im Grunde wusste, dass Li vollkommen recht hatte.

„Wenn du dir selber Fehler nicht verzeihst, kannst du Geschichte nicht abschließen. Neues kannst du nur machen, wenn Altes weg geht."

Peters Inneres sträubte sich zutiefst gegen Lis Worte. Er beschloss, sich nicht mehr auf weitere Diskussionen mit ihr einzulassen.

Seufzend ging er zum Tresor und holte den Brief heraus. Den, der an ihn gerichtet war, legte er wieder in den Tresor zurück. Den Umschlag an ihre Eltern steckte er in seine Jackentasche. Doch dann überlegte er, ob er überhaupt eine Jacke benötigte bei diesen Temperaturen, und beschloss, sie im Zimmer zu lassen.

27

Unten sah ihn Bea erstaunt an.

„Was hast du solange gemacht? Ist dir nicht gut? Durchfall?"

Peter grinste. Er konnte doch unmöglich sagen, dass er mit Li gestritten hatte. Sie würde ihn für verrückt halten und womöglich Angst vor ihm haben.

„Mir fiel der Code vom Tresor nicht mehr ein. Hab mich eine ganze Weile damit gespielt. Dann erst fiel mir wieder ein, dass ich meinen Handy-PIN verwendet hatte. Das mach ich normalerweise nie. Ich nehme immer denselben Code."

Bea nahm ihm diese Ausrede ab.

Sie hielt einen Stadtplan und einige Prospekte, alles in Englisch, in der Hand. Er merkte, wie aufgeregt sie war.

„Ist das eigentlich deine erste Reise?" fragte Peter, während sie das Hotel verließen und in die warme Sonne hinaustraten.

Bea nickte. Sie hatte keine Lust ihm von den Reisen mit Mario nach Budapest und Hamburg zu erzählen. Am Tag hatte sie diese Städte nie gesehen. Und in der Nacht auch nur unter schwitzenden, stöhnenden, stinkenden Leibern. Bea schüttelte sich. Sie atmete tief durch. Sie wollte nicht darüber nachdenken. Dieser Teil ihres Lebens war bestimmt abgeschlossen.

Sie griff in ihre Handtasche und spürte den rauen Umschlag ihres Passes. Es war IHR Pass und den wollte sie sich von niemandem mehr wegnehmen lassen!

Bea war von nun an ihr eigener Herr!

Doch noch fast ihm selben Augenblick des Hochgefühls überfielen sie wieder die Zweifel. Sie hatte nicht viel Geld auf der Seite. Wie lange würde das wohl reichen? Einen Monat, zwei Monate? Kam darauf an, wie lange sie noch bei Peter wohnen konnte. Sie würde sich sofort Arbeit suchen, wenn sie wieder in Wien waren. Aber wollte sie überhaupt in Wien bleiben?

Bea stolperte, und musste sich bei Peter festhalten, um nicht der Länge nach auf dem Platz hinzufallen. Im selben Augenblick sauste ein Moped nur wenige Zentimeter von Beas Kopf entfernt, die sich gerade aufrichten wollte, hupend an ihr vorbei, ehe es, sich durch die Menschenmenge schlängelnd, in den Gassen verschwand.

Bea stieß einen kurzen Schrei aus. Peter hielt sie fest. Ein alter Vietnamese, der die ganze Szene beobachtet hatte, kam ihnen grinsend entgegen. Er verbeugte sich vor ihnen.

„Attention at the motocycles!" Sein Englisch war sehr gebrochen.

„You must run to pass the street. Close eyes and run!"

Peter war verwirrt. Meinte der Alte im Ernst, dass sie die Augen schließen sollten und über die Straße laufen, so schnell sie konnten? War das der Weg, den tausenden Mofas auszuweichen?

Eine Weile standen sie am Rande des Platzes und beobachteten die Leute. Bea war noch immer etwas verängstigt und blieb bei Peter eingehakt. Es war ihm auch lieber so, denn dann brauchte er nicht ständig nach ihr zu schauen.

Tatsächlich beobachteten sie einige Leute, die die Straße überquerten. Sie schienen nicht sonderlich auf die Mopeds acht zu geben. Sie liefen einfach über die Straße und die Fahrzeuge wichen ihnen aus. Nicht aber, ohne kräftig und ärgerlich zu hupen.

Peter sah zu Bea. Er grinste. Sie sah aus, wie ein verängstigtes Kind. Ihr Griff um seinen Unterarm wurde fester.

Peter machte es Spaß. Er spürte eine Art Abenteuerlust, die er das letzte Mal als kleiner Bub wahrgenommen hatte. Er fühlte sich großartig!

„Jetzt!" schrie er, und zog Bea mit sich.

Sie rannten über den Platz. Bea hielt sich die freie Hand zur Hälfte über die Augen. So weit, dass sie noch sah, wohin sie lief. Mit der anderen Hand umklammerte sie Peters Arm. Bea wusste nicht, ob der ohrenbetäubende Lärm von hunderten Mopeds ihr jetzt noch mehr auffiel, oder ob es schon vorher so laut war.

Nach ein paar Sekunden – Bea schien es eine Ewigkeit zu dauern – hatten sie den Platz überquert. Bea drehte sich um, ließ Peter los, und sah sich an, wo sie beinahe ihr Leben gelassen hatten. Peter stand mit gespreizten Beinen da, beide Hände in die Hüften gestützt und offensichtlich musste auch er seinen Puls wieder in einen Normalwert bringen.

Bea spürte seinen Blick und sah ihn auch an. Beide fielen plötzlich in ein kindliches, ausgelassenes Lachen. Sie beruhigten sich erst, als ein Kleinlastwagen sie mit schriller Hupe darauf aufmerksam machte, dass sie noch immer viel zu weit auf der Straße standen. Wild gestikulierend verwies er sie noch ein Stück zurück.

„War das aufregend", brachte nun Bea hervor. Sie lachte noch immer und fühlte sich großartig.

Die Sonne schien, es war warm, aber nicht heiß. Auf den Gehsteigen tummelten sich viele Leute. Die meisten wollten hier etwas verkaufen. Es roch stark nach Fisch. Peter hatte den Eindruck als würden alle miteinander reden. Auch die, die nur ihres Weges gingen, machten ab und zu halt und tauschten einige Worte mit den Verkäufern, ohne irgendetwas zu kaufen.

In Wien war das ganz anders. Jeder ging seines Weges, ohne die anderen überhaupt zu beachten. Manchmal hatte er bewusst versucht jemanden, der gerade an ihm vorbei ging in die Augen zu sehen. Doch er hatte die Erfahrung gemacht, dass es den Leuten unangenehm war, auf der Straße jemanden anzusehen, geschweige denn, Blickkontakt zu halten. Sie schauten sofort weg, manchmal sogar angewidert, weil sie sich dadurch gestört fühlten.

Doch warum war das hier nicht so? Eine Zwei-Millionenstadt. Unmöglich, dass man sich hier kannte. Doch die Leute waren soviel freundlicher, soviel kommunikativer, einfach netter. An was das wohl lag?

Eine Frau, die gerade einen Fisch schruppte, sah von ihrer Arbeit auf, als Peter vor ihr stehenblieb und ihr dabei zusah. Freundlich und beinahe zahnlos lächelte sie ihn an. Sie hielt ihm auffordernd den Fisch hin.

Peter wusste nicht, was er sagen sollte. Er lächelte nur und schüttelte lachend den Kopf. Sie verstand wohl, dass er ihn nicht kaufen wollte, dennoch lächelte sie weiter und nickte ihm freundlich zu.

Peter und Bea gingen weiter. Es gab soviel zu sehen. Bea kam es vor, als wären sie kleine Ameisen, die sich ihren Weg durch den Bau bahnten. Überall trugen Leute Sachen in Körben oder schleppten irgendetwas auf dem Rücken. Man musste immerfort aufpassen, um nicht mit jemanden zu kollidieren. Bea hatte ein bisschen Angst, dass sie Peter in diesem Gewühl verlieren könnte. Unaufhörlich heftete sie ihren Blick auf ihn, um ihn ja nicht aus den Augen zu verlieren. Doch sich wieder bei ihm einzuhängen, schien ihr zu aufdringlich.

So bahnten sie sich einen Weg durch die kleinen Gassen. Peter hielt manchmal an, um sich am Stadtplan zu orientieren. Zweifellos waren sie jetzt in der Altstadt unterwegs, die auch „das Viertel der sechsunddreißig Gassen" genannt wurde. Hier gab es nur zwei- bis dreigeschössige Häuser im Kolonialstil. Hochhäuser sah man keine. Überall schlängelten sich hupende Mopeds hindurch. Es stank nach Benzin und Fisch. In jedem Gässchen gab es etwas anderes zu kaufen. Manche verkauften Porzellangeschirr, dann wiederum sah man Teppiche, Tücher und Blechkannen, die zum Verkauf angeboten wurden. Weiter vorne klopfte ein Mann wie wild an einem Autoteil herum. Bea war sich nicht sicher, ob er es zerstören oder reparieren wollte.

Eine Frau saß am Boden und rupfte ein Huhn. Weitere weiße, kleine Hühner, die irgendwie anders aussahen als die europäischen Hühner, saßen in Käfigen und warteten auf dasselbe Schicksal. Weiter rechts stand ein Holzstock, darauf lag ein blutiges Beil. Bea griff automatisch nach Peters Hand. Ihr graute. Sie fand es schrecklich. Wie konnte diese zarte, nette Frau einfach auf der Straße Hühner schlachten.

Sofort ließ sie Peters Hand wieder los. Der fand es witzig. Außerdem war ihm bewusst, dass es ihr peinlich war, dass sie seine Hand genommen hatte. Er genoss, dass sie verlegen wurde.

„Hast du noch nie ein Huhn geschlachtet?" fragte er sie in ernstem Ton.

Bea riss die Augen auf und fragte ungläubig.

„Nein? DU etwa?"

Peter grinste schamlos.

„Sag schon! Hast du das wirklich schon getan?"

Ohne eine Antwort abzuwarten warf sie einen Blick auf die armen Hühner in ihren Gefängnissen.

„Arme Dinger!"

„Du wirst jetzt sicher nie wieder ein Hähnchen essen, oder?" Peter zog sie auf.

Bea hatte ihn durchschaut.

„Nicht die nächsten zwei Stunden!" sagte sie fröhlich und sah zu einem anderen Verkaufsstand, der kleine nette Vasen zur Schau stellte. Sie waren aus buntem Glas. Bea sah den Mann an, der im Schatten saß und nicht besonders Notiz von den beiden nahm. Sie nahm eine kleine blaue Vase in die Hand und sah ihn fragend an.

Der Mann verstand, und nickte. Sie könne sich ruhig alles ansehen. Das tat sie dann auch. Peter stand geduldig neben ihr und studierte unterdessen wieder den Plan.

Von Li hatte er noch nichts gehört. Stattdessen sah er ein Schild, auf dem „Hanoi Cathedral" und darunter „Saint Joseph's Cathedral" stand. Es war jetzt Mittag und es wurde zunehmend heißer. Er war froh, seine Jacke im Zimmer gelassen zu haben.

Auf dem Plan fand er die Kirche. Sie waren nicht weit davon entfernt. Aber er hatte keine Ahnung, wohin er gehen sollte, um Lis Eltern zu finden. Doch Li schien beleidigt zu sein.

Bea hielt eine kleine zierliche, rubinrote Vase in der Hand. Sie studierte das kleine Preisschild, das sie nicht lesen konnte. Sie hatte Angst den Mann zu fragen, der sie lächelnd ansah und darauf wartete. Hilfesuchend schaute sie zu Peter, den das offensichtlich amüsierte.

Er erlöste Bea und wandte sich an den Mann: „How much?" fragte Peter und deutete auf das zierliche Stück.

„Two dollars", er deutete auch noch zwei Finger und sein zahnloses Lächeln bestätigte, dass sie es sich leisten konnten. Peter griff in die Tasche, noch ehe Bea in ihrer Handtasche kramen konnte. Er legte dem Mann zwei Dollar auf den Tisch, der sich zehnmal nickend bedankte und wandte sich wieder der Karte zu.

Bea wollte die zwei Dollar selber bezahlen. Jetzt hatte sie sie endlich gefunden, tippte Peter an der Schulter an, der in das Kartenlesen vertieft war, und hielt ihm zwei Scheine hin.

„Nein, lass. Das ist schon in Ordnung", sagte er und schaute wieder in den Stadtplan.

Doch Bea fand nicht, dass das in Ordnung war. Sie wollte protestieren, konnte aber seine Aufmerksamkeit nicht erlangen, also sagte sie laut und trotzig:

„Ich möchte meine Vase selber bezahlen."

Peter hörte ihr gar nicht richtig zu und ärgerte sich, weil sie ihn beim Stadtplanlesen störte.

„Was?" fragte er ungeduldig.

„Ich möchte meine Vase selber bezahlen. Da hast du die zwei Dollar!"

„Ach. Das ist schon erledigt."

Bea merkte, dass Peter nicht verstand, um was es ihr ging.

„Ich möchte die Vase gerne selber kaufen, weil ich ganz selten in meinem Leben etwas für mich gekauft habe."

Peter merkte an ihrer Stimmlage, dass sie den Tränen nahe war. Er konnte ja nicht ahnen, wie wichtig es ihr war, die kleine Vase selbst zu bezahlen. Jetzt hatte er alles vermasselt.

„Tut mir leid, das konnte ich nicht wissen."

Endlich ließ er den Plan sinken und sah sie an.

Bea fühlte sich schrecklich. Sie hatte noch immer die zwei Dollarscheine in der Hand. Peter hatte sie ihr noch nicht abgenommen.

„Weißt du was?" sagte er fröhlich, weil ihm die ideale Lösung eingefallen war, „nimm die kleine Vase als Begrüßungsgeschenk in Hanoi von mir an, und das nächste Mal werde ich darauf achten, dass ich dir nicht hineinpfusche, in deine Einkäufe. Du suchst dir einfach noch etwas Schönes aus. Schließlich wird es auch nicht besonders oft vorgekommen sein, dass dir jemand einfach so, etwas schenkt, oder?"

Bea ließ die Hand mit den zwei Dollarnoten langsam sinken. Sie überlegte eine kleine Weile, dann sah sie die Straße entlang, auf der noch ganz viele hübsche Sachen warteten, die alle gekauft werden wollten.

Sie gab ihm einen Kuss auf die Wange, wurde sofort rot, und flüsterte: „Dankeschön."

Die zwei Dollar steckte sie einfach so in die Handtasche, sie wollte nicht wieder ihre Geldtasche hervorkramen.

Diese Gasse war ziemlich lang. Ein Ende konnte man kaum erahnen, aber vielleicht auch deshalb, weil so viele Leute unterwegs waren. Das Stimmengewirr dominierte hier den Lärm. Die Mopeds schienen auf der Hauptstraße geblieben zu sein. Man hörte nur von der Ferne das nervtötende Hupen.

Im Stimmengewirr hörte Peter plötzlich jemanden sagen: „Rechts, jetzt."

Peter tippte Bea, die vor ihm ging, auf die Schulter.

„Was hast du gesagt?"

Bea drehte sich um und sah ihn fragend an.

„Ich habe nichts gesagt. Aber da vorne ist ein Verkäufer mit bunten Seidentüchern. Kann ich sie mir ansehen?"

Peter kannte den Blick von Frauen, die dem Kaufrausch verfallen waren. Offensichtlich hatte es Bea jetzt auch erwischt. Seufzend folgte er ihr.

„Aber du jetzt nach rechts abbiegen musst, um zu meine Eltern zu kommen", protestierte Li.

„Na toll. Das geht jetzt aber nicht", schnauzte Peter verhalten zurück.

„Dann merk dir Gasse", Peter erkannte an Lis Ton, dass sie eingeschnappt war.

Eifersüchtig? Peter schüttelte lachend den Kopf. Unmöglich!

„Wir drehen gleich wieder um, wenn Bea was gefunden hat, OK?", flüsterte er.

„Na gut. Warte ich eben."

Sicher, was sollte sie denn sonst tun? Hatte ja auch eine Menge Zeit, die gute Li, dachte Peter.

Er konnte direkt vor seinem geistigen Auge das schmollende Gesicht von Li sehen. Es amüsierte ihn. Sie war einfach noch ein Kind. Ein Mädchen. Ein liebes Mädchen. Liebe LI....

Bea brauchte nicht lange, um sich ein Seidentuch, ein besonders hübsches sogar, fand Peter, auszusuchen.

Die warmen Töne in orange, gelb und rot, standen Bea ausgezeichnet. Sie betonten ihr blasses Gesicht, das wirkte, als wäre es von einer Porzellanpuppe. Bea war hübsch, sehr hübsch sogar.

„Wir müssen ein Stück zurückgehen. Ich denke dort müssen wir zu Lis Eltern abbiegen."

Bea hob eine Augenbraue. „Du kennst dich wirklich aus? Das bewundere ich an Männern. Die können sich einfach besser orientieren und Stadtpläne lesen, als wir Frauen."

Peter ließ sie natürlich in diesem Glauben.

Sie bogen in die besagte Gasse ein. Hier war es bedeutend ruhiger.

Peter hielt den Stadtplan schön brav in Händen und machte eine Miene, als würde er sich auf die Straßennamen konzentrieren. Bea ging anstandslos neben ihm her, ohne sich um den Weg zu kümmern.

Am Ende der Gasse erstreckte sich ein Brückchen über ein kleines Rinnsal. Es sah hier wirklich schön aus. Überall standen Blumentöpfe und an manchen Häusern wuchsen Pflanzen empor, die Peter von zuhause nicht kannte. Es war kein Efeu, sondern die Blätter waren viel kleiner und sie hatte kleine weiße Blüten. Egal, was es für eine Pflanze war, es sah auf jeden Fall sehr hübsch aus.

Li hatte bis jetzt keine Änderung der Richtung angegeben, also gingen sie gerade aus über das Brückchen.

Peter sah nach allen Richtungen, aber da schien es nicht mehr weiterzugehen. Sie standen vor einem Haus. Es hatte zwei Stockwerke. Das obere Stockwerk schien Peter etwas niedrig zu sein. Ein großer Balkon aus Holz überdachte den Eingang, der aus einer massiven Holztüre mit grob geschmiedeten Eisenbeschlägen bestand. Auf einem Schild rechts and der Wand stand ein Name in fremden Buchstaben. Peter stand der Schweiß auf der Stirn.

„Nun klopf schon!" forderte ihn Li lachend auf.

Bea sah ihn fragend an.

Peter nickte ihr zu, seufzte laut, und klopfte an.

28

Erwin saß in seiner Wohnung. Wohnung, ha! Dass ich nicht lache! Rattenloch passt eher, dachte Erwin und fegte mit einer wütenden Handbewegung die leere Weinflasche vom Tisch. Ein kleiner Rest rann aus der Flasche, die nicht einmal zerbrochen war. Der kleine Fleck würde allerdings dem allgemeinen Gestank in der Küche nichts anhaben können.

In der Spüle türmte sich Geschirr von Wochen. Es roch nach Schimmel und verfaulten Lebensmitteln. Es roch nach Alkohol und Zigaretten. Erwin dämpfte gerade seine letzte Zigarette aus. Er hatte keine mehr. Das machte ihn rasend.

Erwin sprang auf. Er fühlte sich seit Tagen wie gerädert. Er konnte nicht mehr schlafen, er konnte nicht mehr denken. Er wollte nur mehr trinken und vergessen.

Wann würden sie endlich kommen, um ihn zu holen?

Erwin raufte sich die Haare. Dann ließ er sich wieder auf den Sessel zurückfallen, der knarrend unter seinem Gewicht zu zerbrechen drohte.

Er stützte sein Gesicht in beide Hände, wobei ihm seine fetten Wangen bewusst wurden. Er tastete weiter nach seinem fleischigen Hals und das Doppelkinn quoll durch seine dicken Wurstfinger.

Er stieß einen wütenden Schrei aus. Er hatte Lust etwas zu zerstören. Er hatte solche Aggressionen, dass es weh tat. Er wollte sie loswerden, wusste aber nicht wie. Dann zog er sich selbst an den Haaren, solange, bis er sich weinend auf die dreckige Holzplatte seines Tisches fallen ließ.

So lag er, mit dem Oberkörper auf dem Tisch, und weinte hemmungslos. Er schluchzte, er röchelte, seine Nase rann, und er konnte vor lauter Tränen nichts mehr sehen.

Eine halbe Stunde lümmelte er so, bis er plötzlich aufhörte und sich mühsam erhob. Er suchte verzweifelt ein Taschentuch. So etwas hatte er normalerweise nur zuhause, wenn er eine Erkältung hatte. Also nahm er die Küchenrolle, die sich hinter zwei schmutzigen Pfannen versteckt hatte und riss ein großes Stück davon ab.

Laut schnäuzend wankte er zum Waschbecken. Über dem Waschbecken war ein Spiegel angebracht. Er war auf einer Seite „blind", und in der Mitte ging ein Sprung durch. Erwin sah sich hinein.

Er sah seine roten, verweinten kleinen Schweinsaugen. Er hasste sich. Er hasste dieses, fette, rote Gesicht. Er hasste ES.

Mit einem Schrei ließ er seine Faust in den Spiegel krachen, der sofort in tausend Scherben zerbarst.

Gleichzeitig rann Blut über Erwins Hand. Die Knöchel der rechten Hand waren total zerschnitten. Es blutete stark. Erwin fluchte und ließ sofort kaltes Wasser über seinen Handrücken laufen. Aber er spürte keinen Schmerz. Das Wasser färbte sich rot, ehe es durch den kleinen Abfluss verschwand. Immer wieder fielen Tropfen in das weiße Waschbecken. Erwin gefiel diese Farbe.

Doch plötzlich sah er Li wieder vor sich. In ihrem Zimmer. Tot.

Er hatte sie gesehen, vor einigen Tagen. Er war ja noch da, als man ihre Leiche fand. Alle schrien durcheinander. Dann lief er die Treppe hinauf, und hat sie in all dem Blut liegen gesehen.

Plötzlich wurde Erwin schwindelig. Er drehte den Wasserhahn ab und wankte zum Sessel zurück, der erneut schwer ächzte, als er sich niederließ.

Seit dieser Nacht konnte er kaum mehr schlafen.

Er war ein Wrack. Er war zerstört. Er war verzweifelt.

Das hatte er nicht gewollt, verdammt!

ER war es doch, der ein Leben lang gelitten hatte. ER war es, den man immer verhöhnt und ausgelacht hatte. ER war es doch, der einen Grund hatte, sich das Leben zu nehmen. ER war der Arme, ER war der Hässliche, ER war der Fette. ER war der Unsympathische. ER stank, ER trank, ER stänkerte. ER, ER, ER.

Warum sollte ER jetzt Schuld sein, an Lis Schicksal, wo das Seine selbst schon so schwer zu ertragen war?

Erwin griff nach einer Zigarette. Verdammt! Die Packung war leer. Er schleuderte sie zu Boden. Das konnte er gut. Schleudern! Wütend sein!

Als Kind wurde er dafür gehänselt, dass er hässlich und fett war. Dafür hasste er seine Mutter. Er hasste sie, weil er fett war, aber er liebte sie, weil sie ihm die besten, warmen Leberkässemmeln mit Mayonnaise machte, die auf dieser Welt existierten. Immer hatte er etwas zum Naschen im Mund. Man sah Erwin nach der Schule nur mit Süßigkeiten herumgehen. Die anderen machten Sport. Erwin aß.

Seine Mutter schenkte ihm weder Geborgenheit, noch Zeit. Die einzige Zuwendung fand er im Essen. Erwins Vater war Alkoholiker. Wenn er nach Hause kam, und das war nicht oft, hielten alle den Atem an. Entweder er war so schwer betrunken, dass er grölend ins Bett fiel, oder er schlug seine Frau und die Kinder. Also achtete seine Mutter immer darauf, dass genug Schnaps im Haus war, damit er ins Bett fiel, ohne sie oder die Kinder zu terrorisieren.

Das Geld brachte er im Puff durch. Erwins Vater ging nach der Arbeit „Nutten ficken", wie er es nannte. Nicht immer, aber oft. Er verlor mit 51 seinen Arbeitsplatz und von da an ging es bergab. Die kleine Pension reichte nicht einmal für ihn selber.

Seine Mutter und Erwin, der der Jüngste war, verließen die Stadt. Von seinem Vater hat er nur mehr gehört, dass er mit vierundfünfzig leblos in seiner Wohnung gefunden wurde.

Erwin schrie wieder auf. Er wollte nicht genauso enden. Er wollte nie werden, wie sein Vater. Er wollte das nicht. Er wollte anders sein. Er wollte es den anderen zeigen.

Er war aber nicht besser. Keine Spur besser. Er soff, und er ging ins Puff. Er hatte nicht einmal eine Frau und ein Kind. Er hatte keine Wohnung, nur ein Rattenloch. Warum war er bloß so geworden?

Erneut fing er zu weinen an.

Das letzte Mal hatte er als Kind geweint. Aber es war irgendwie... befreiend.

Das Leben war ungerecht!

Es war so verdammt ungerecht!

Befreiend... vor was befreiend?

Er wollte sich vor etwas befreien, aber vor was?

Befreien von der Schuld an Lis Tod?

Nein, das war es nicht, was seinen Schmerz ausmachte. Das hatte das Mädchen schon ganz alleine entschieden. Sie hätte sich ja nicht umbringen müssen. Nicht wegen ihm, oder: nicht NUR wegen ihm. An ihrem Tod waren mehr Leute Schuld. Nein! Das wollte er nicht alleine auf sich nehmen. ER hatte nur das Pech, dass er der letzte war, der sie gedemütigt hatte.

Wer weiß, was dieser andere Wixer, den niemand kannte, mit ihr angestellt hatte? Der an diesem Abend im „La Nuit" war. Wer weiß, was der mit ihr machte? Noch ganz andere Dinge, die Erwin sich nicht einmal träumen ließ... Wenn er diesen Wixer nur einmal in die Hände bekäme. Der war sicher schuld!

Erwin fühlte sich etwas erleichtert.

Dann erinnerte er sich, dass Li nahezu apathisch war, als er auf ihr oben lag. Es hatte ihn genervt, weil sie keine einzige Gefühlsregung gezeigt hatte. Er hatte es ihr besorgt, und wie er es ihr besorgt hatte! Und dieses Flittchen hatte es nicht einmal geschätzt. Er war gut im Bett! Ganz sicher!

Aber Li war eine Versagerin. Die hatte nie Spaß an Sex. Die war sowieso falsch in diesem Job. Das hatte er Mario schon gesagt. Er hätte sie zurückschicken sollen, oder sie richtig „erziehen".

Erwin schlug mit der Faust auf den Tisch.

Oder hatten ihn alle angelogen? War er ein Versager im Bett? Und Li war die Einzige, die sich getraut hatte, es ihm zu zeigen?

Wieder rannen Tränen über sein Gesicht.

Li, Li, Li!!!

Sein ganzes Leben hatte sich seit ihrem Tod geändert. Das „La Nuit" war sein Zuhause. Hier hatte er sich wohlgefühlt. Mario hatte ihn für Botengänge bezahlt. Er war unterwegs zwischen Graz, Tirol und München. Er hatte Mädchen von einem Ort zum anderen gebracht. Er hatte Geld transportiert, Waren jeder Art verschoben und kleinkriminellen Kram gemacht. Nichts Besonderes. Er war kein wirklich Krimineller. Er war nur der Botenjunge.

Allerdings wusste Erwin einiges, was die Polizei interessieren könnte. In Erwin kroch die Angst hoch.

Was, wenn Mario Angst bekam, er würde plaudern? Was, wenn Mario ihn aus dem Weg räumen ließ?

Erwin stand auf und holte sich eine Flasche Wein. Er wollte sie öffnen, besann sich dann aber eines besseren. Er hatte schon genug getrunken.

Erwin konnte es plötzlich nicht mehr ertragen, hier einfach zu warten, bis etwas passierte. Er wollte etwas tun!

Vielleicht sollte er diesen Arsch, diesen Wixer suchen, der das Leben von Li zerstört hatte?

Aber was, wenn er ihn wirklich finden würde? Was sollte er dann mit ihm machen?

Auf der anderen Seite konnte er Li verstehen. Sie war so jung, so hübsch, so unschuldig. Was hätte sie hier schon für ein Leben gehabt!

Erwin hatte sich als Kind immer die perfekte Familie erträumt. Er hatte einen einzigen Freund gehabt, der ihn nie auslachte. Der hatte einen perfekten Vater, eine perfekte Mutter, eine perfekte Schwester und ein perfektes Haus. Sogar sein Hund war perfekt. Einige Male durfte er bei dieser Familie essen. Es war wie im Märchen. Genauso wollte er auch einmal sein Leben führen. Alles sollte perfekt sein.

Erwin wollte ein Haus, eine Frau und zwei Kinder. Er wollte einen schönen Beruf und viel Geld.

Aber er gab seinem Aussehen und seiner unglücklichen Figur die Schuld daran, dass er keine Frau fand, die ihn attraktiv genug fand, um mit ihm ein Leben aufzubauen. Er bekam einige „Körbe" und ließ seine angestaute Wut an den Nutten aus. Das hatte er von seinem Vater gelernt. „Nutten ficken" war befreiend.

Das war wohl das Einzige, was er von seinem Vater gelernt hatte.

Und was hatte Li für eine Chance?

Wer hatte Li schon gefragt, ob sie dieses Leben so wollte?

War das nicht irgendwie traurig?

Erwin überlegte.

Manchmal spürte er die Ablehnung der Mädchen, wenn er sie vögelte. Aber schließlich hatte er dafür bezahlt! Oder Mario hatte ihm ein „Geschenk" gemacht. Dann durfte er gratis!

Er fragte sich, was wohl in diesen Mädchen vor sich ging.

Einmal schenkte ihm Mario sogar eine Jungfrau. Sechzehn. Vietnam. So wie Li, nur älter. Sie hatte geweint. Sie wollte ihn sogar beißen. Dafür hat er sie ins Gesicht geschlagen. Mario sagte, er sollte sie „zureiten". Das hat er dann auch getan. Aber irgendwie tat sie ihm leid. Er spürte, dass es nicht richtig war.

Wie würde es wohl sein, wenn man von jemand geliebt wurde? Wie schön würde das wohl sein?

Wie vollkommen wäre dann wohl der Geschlechtsakt?

Erwin hatte keine Ahnung.

Er spürte nur einen Hauch von dem, was wohl sein könnte.

Er war jetzt sechsunddreißig. Er war eigentlich jung. Er war in der Blüte seines Lebens. Und noch nie hatte ihn jemand geliebt. Er glaubte, nicht einmal seine Mutter hatte wirklich große Gefühle für das fette, hässliche Kind.

Erwin streichelte über seine verletzte Hand. Wenn nur jemand da wäre. Irgendwer, der ihn verstand. Irgendwer, der ihn mochte. Der ihm seine verletzte Hand einband.

Erwin wurde in diesem Moment bewusst, dass er jetzt auch keinen Job mehr hatte. Das „La Nuit" war geschlossen, Mario blieb verschwunden.

Erwin setzte sich mit einem Ruck auf.

Er hatte den Sumpf satt, in dem er sich befand.

Saufen, vögeln und einen schlechten Job machen. Das war zweifellos nicht der Sinn des Lebens.

Wenn er einfach irgendwohin verschwand, um dort ein neues Leben aufzubauen?

Aber was hatte er schon gelernt? Nichts.

Er konnte auch nicht auf einem Bau arbeiten, weil er dafür zu ungelenkig und zu schwer war. Er hatte weder Kraft noch Ausdauer. Er hatte genug vom Fettsein! Es widerte ihn an. Es reichte! Alles reichte! Er musste hier raus!

Wenn er aber... wenn er sich der Polizei stellen würde und ihr Hinweise geben würde, um Mario und die anderen zu schnappen? Dann hätte er vielleicht einen Teil seiner Schuld wieder gut gemacht. Dann konnte er in Ruhe ein neues Leben anfangen. Oder auch nicht? Man würde ihm vermutlich den Kopf wegpusten.

Na, wenn schon.

Das Risiko wäre es vielleicht wert.
So weiterleben wollte er jedenfalls nicht.

29

Bea und Peter hielten den Atem an. Die Tür öffnete sich und ein kleiner, alter Vietnamese mit einem braungebrannten, sehr faltigen Gesicht stand vor ihnen und verbeugte sich tief. Als er sich wieder aufgerichtet hatte, die Hände waren noch immer gefaltet, sah er sie fragend an und sagte etwas in einer unverständlichen Sprache.

Peter hielt ihm den Briefumschlag entgegen, auf dem in fremden Zeichen etwas stand.

„We come from ... Li ... from Austria", stotterte Peter.

Der alte Mann sah ihn misstrauisch an, lächelte dann aber, als er die Schrift auf dem Brief las, und deutete ihnen einzutreten.

Beas Herz raste. Sie dachte an Li und sah sie im Geiste vor sich. Bestimmt hatte sie eine schöne Kindheit. Hier im Haus war alles so ruhig und friedlich. Es herrschte eine angenehme Stille in den Räumen. Das war sicher immer so gewesen.

Bea sah sich um. Sie standen jetzt mitten in einem großen Raum. Das durfte wohl so etwas wie das Wohnzimmer sein. Es sah so aus, wie in den Filmen, die Bea gesehen hatte. Überall lagen Teppiche und kleine Polster, auf denen man offensichtlich am Boden beisammen saß. Der alte Mann deutete ihnen, sich zu setzen. Er rief etwas in einen anderen Raum, und gleich darauf erschien eine Frau mittleren Alters. Peter sah sofort, dass es nur Lis Mutter sein konnte. Sie hatte denselben Ausdruck in den Augen, und das gleiche Lächeln.

Peter überlegte einen Augenblick, wann er Li überhaupt lächeln gesehen hatte, aber dann erinnerte er sich, dass sie sogar viel gelächelt hatte. Er hatte ihr ja die Freiheit versprochen, und sie war für einen Augenblick sogar sehr, sehr glücklich gewesen.

Peter erhob sich rasch und gab der Frau die Hand. Sie hatte ein strahlendes Lächeln und sagte, während sie den Kopf kurz senkte:

„You are welcome in my house."

Bea konnte auch nur nicken, denn sie brachte kein Wort heraus, da ein großer, dicker Kloß in ihrem Hals saß. Was hatte sie Angst davor, was in den nächsten Minuten hier los sein würde!

Die Frau nickte freundlich und deutete ihnen, sie sollen sich wieder setzen. Dann verließ sie den alten Mann und die Gäste wieder, um aus der Küche Tee zu holen. Es dauerte nicht lange, und sie kam mit kleinen Schalen und einer Kanne Tee zurück.

Der Brief lag in der Mitte des kleinen Kreises, den sie am Boden gebildet hatten. Peter warf Bea einen Blick zu und erkannte, dass auch sie am liebsten davonlaufen würde.

Lis Mutter sah ihm tief in die Augen. Peter schluckte, er wusste nicht, was er sagen sollte, hob den Brief vom Boden auf, und hielt ihn der Frau hin.

Sie durfte wohl in seinem Blick gelesen haben, dass es nichts Erfreuliches zu sein schien, denn mit zitternden Fingern nahm sie ihn entgegen.

Ach wie sehr wünschte er, dass Li etwas zu ihm sagen würde.

Wo bist du nur Li? Warum hilfst du uns nicht?

Flehend sah er an die Zimmerdecke. Bea lief eine kleine Träne über die Wange. Sie hielt diese Spannung nicht mehr aus.

Keiner sagte ein Wort.

Lis Mutter öffnete langsam den Brief. Zuvor gab sie noch einen Kuss auf den Umschlag, so als würde dieser Kuss Glück bringen.

Der alte Mann sah sie gespannt an, als sie das Papier auseinander faltete. Lis Mutter begann ihn laut vorzulesen.

Doch mit jeder Zeile wurde ihre Stimme stockender, ihr Augen verengten sich zu kleinen Schlitzen, bis sie aufhörte zu lesen, den alten Mann ansah und Tränen über ihr Gesicht liefen. Doch offensichtlich hatte sie noch nicht zu Ende gelesen, denn sie wandte sich wieder dem Brief zu und las mit zitternder Stimme weiter. Man merkte ihr an, dass sie all ihre Kraft dazu aufwandte, um das Gelesene laut auszusprechen. Dazwischen fuhr sie sich mit dem Handrücken über das Gesicht. Sie konnte fast nichts mehr sehen, weil ihre Tränen den Blick verschleierten. Doch ihr Schluchzen wurde immer stärker, ihre Stimme versagte. Mit letzter Kraft las sie noch den letzten Satz. Dann ließ sie das Stück Papier einfach fallen, schrie laut auf, und fiel dem alten Mann schluchzend um den Hals.

Peters Brustkorb schien zu brennen. Jemand versuchte offensichtlich mit unsichtbarer Kraft seinen Körper zu zermalmen. Bea ließ sich weinend an seine Schulter fallen. Den Schmerz dieser Frau mit anzusehen, konnten sie beinahe nicht ertragen.

Der alte Mann wimmerte. Er drückte die Frau an sich und begann dann mit monotoner Stimme auf sie einzusprechen. Es klang fast wie ein Lied. Und er sagte offensichtlich immer wieder dasselbe. Immer wieder schrie sie auf. Und immer wieder hatte Peter das Gefühl, man würde ihm ein Schwert in die Brust rammen. Warum musste das passieren? Warum hat niemand etwas tun können? Warum, warum, warum???

„Aber es geht mir gut, glaubt mir. Warum ihr habt alle so viele Tränen für Li?" hörte er Li jetzt sagen.

Peter sah in die Richtung, aus der die Stimme kam. Er schniefte. Wie sollte man so etwas einer Mutter erklären. Würde er jetzt sagen, dass es Li viel besser geht, sie würde ihn vermutlich foltern und umbringen, was er ihr auch nicht verdenken könnte. Es ärgerte ihn, dass Li so unbefangen war. Sah sie denn nicht, was hier los war? Konnte sie nicht verstehen, dass das Herz ihrer Mutter jetzt blutete? Sie hatte vermutlich erwartet, dass ihr Kind nach ein paar Jahren erfolgreich zurückkommen würde, ihr von ihrem schönen Leben in Europa erzählen, ihr ihren Mann und ihre Kinder vorstellen würde... aber nein, so hatte sie es sich nicht vorgestellt, und so hatte man es ihr auch nicht versprochen. Sie waren alle zusammen auf Verbrecher hineingefallen. Kinderschänder. Mörder!

Bea vergrub ihr Gesicht noch immer in Peters Hemd. Es hatte schon einen großen nassen Fleck, doch keinem fiel es auf. Peter nahm Beas Hand und drückte sie fest. Sie tat ihm leid. Wer außer ihr konnte wirklich verstehen, was Li durchgemacht hatte?

Plötzlich ging die Tür auf, und eine wunderschöne, junge Frau stand in der Tür. Es konnte sich nur um eine Schwester von Li handeln, stellte Peter fest. Doch weiter kam er in seinen Gedanken nicht, denn die Frau hatte offensichtlich die Situation gleich erkannt. Da Europäer zu Besuch waren, konnte es sich nur um Li handeln. Sie streifte ihren Großvater mit fragendem Blick, dann sah sie den Brief liegen und hob ihn auf.

Die linke Hand hatte sie auf ihren Mund gelegt, erst als sie den Brief fertig gelesen hatte, ließ sie sich zu Boden fallen. Sie schrie ihren Namen und weinte herzzerreißend. Peter, der sich wieder etwas gefangen hatte, nachdem er Li gehört hatte, fing jetzt wieder an mitzuweinen. Die Leute taten ihm von Herzen leid. Er wünschte, er hätte etwas für sie tun können.

Wie von weitem hörte er das monotone Singen dieses alten Mannes, das Schreien der beiden verzweifelten Frauen und das Schluchzen von Bea an seiner Schulter. Es war fast nicht auszuhalten. Immer wieder schrien sie Lis Namen. Es tat weh. Es tat verdammt weh.

Eine Stunde später saßen sie noch immer auf dem Boden. Der alte Mann hatte aufgehört zu singen und Lis Schwester hatte den Kopf im Schoß ihrer Mutter vergraben. Sie hatten beide keine Kraft mehr zum Weinen.

„Siehst du, Peter. Warum du musst mir helfen Elend zu vermeiden?" Li hatte wieder ihre heitere, süße Stimme.

Peter konnte nicht antworten.

„Kein Mädchen dieser Welt soll mehr leiden. Du und ich kämpfen darum! Versprich du mir das?"

Peter nickte.

Wer hatte das Recht diesen Frauen das anzutun? Peter wollte kämpfen. Es musste etwas geschehen!

„Peter ist Wert wie Jade!" Li war fröhlich.

Peter wollte gerne mit ihr reden. Er liebte ihre Wortspiele. Goldeswert heißt das in Europa, wollte er sagen, es ging aber nicht.

„Wert wie Gold?" fragte sie.

Klar ging es. Sie konnte sich ja schließlich in seine Gedanken einklinken. Also würde auch eine Unterhaltung möglich sein.

‚Warum bist du nicht traurig, wenn du deine Mutter, deine Schwester, und deinen Großvater so weinen siehst?' wollte Peter von ihr wissen.

„Es gibt hier kein traurig, wo ich bin, Peter. Ich kann nicht spüren Schmerz. Ich bin fröhlich. Es ist schön hier. Ich bin bei euch, warum traurig sein?" gab sie ihm zur Antwort.

Peter schielte zu ihrer Schwester.

‚Aber sie vermissen dich so schrecklich. Dich nie wieder zu sehen, zerreißt ihr Herz', gab er zu Bedenken.

„Aber wir werden uns wieder sehen. Ist nur Frage der Zeit. Aber Zeit existiert nicht, Peter. Also sehen wir uns einfach."

‚Natürlich gibt es die Zeit, Li. Morgen wird ein anderer Tag sein als heute. Und nächsten Monat brauche ich einen Job.'

Li lachte.

„Du dir machen immer Sorgen und blöde Gedanken. Es gibt nur Jetzt-Leben. Gestern ist nur Erinnerung, Gedanke. Morgen ist nur Sorge, Gedanken. Zeit gibt es nur gerade da, wo du stehst. Du sitzt auf Teppichpolster von Mama. Was anderes gibt es jetzt nicht. Du haltst Bea im Arm und schaust meine Schwester an. Sie ist wunderschön, nicht?"

Peter hätte am liebsten gegrinst. Li war lustig. Sie war einfach nur da. Sie existierte. Jetzt.

War etwas dran an ihrer Theorie von Zeit?

Lis Mutter erhob sich und strich ihren Rock gerade. Sie nickte Peter freundlich zu. Peter hatte keine Ahnung, was Li geschrieben hatte. Dann ging sie in den Nebenraum und kam mit einer großen Kerze zurück. Sie stellte sie in die Mitte und zündete sie an. Dann verschwand sie wieder und kam nach einer Weile mit einer neuen, dampfenden Kanne Tee zurück. Den alten, der mittlerweile kalt geworden war, nahm sie mit.

Bea saß jetzt wieder gerade, aber blass neben Peter.

Lis Schwester rutschte auf den Knien näher und reichte Bea die Hand.

„I´m Mai, sister of...", weiter sprach sie nicht.

Mai war älter als Li, sie war bestimmt schon zwanzig, dachte Peter. Ihre Hand war kalt und feucht.

„You speak english?" fragte sie Peter und sah ihm direkt ins Gesicht. Ihre Augen waren noch ganz rot und verschwollen vom Weinen. Peter nickte.

„Li was very proud of you", sagte sie.

Peter runzelte die Stirn. Li war stolz auf ihn? Warum?

„You were the best man, she ever met", sagte sie weiter.

Naja, dass er der beste Mann war, den sie je traf, war wohl keine Kunst gewesen, da wo sich Li befand.

„She said, you will help also other women in the world?" fragte Mai hoffnungsvoll und blickte ihn voller Erwartungen an.

Peter hob kurz die Augenbrauen und sah in die Richtung, von wo aus er Li das letzte Mal gehört hatte. Sie hatte anscheinend wirklich große Hoffnungen in ihn gesetzt, dass er Mädchenprostitution in der ganzen Welt bekämpfen sollte. Aber wie sollte er als Einzelner das wohl schaffen?

„I will try to", sagte er nickend und lächelte Mai an.

„Li wanted to be a good doctor. She wanted always to study medicine. But now...", Mai sprach nicht weiter.

Peter wusste, dass Li studieren wollte. Sie wollte hoch hinaus. Das war auch der Grund warum sie mit nach Europa gekommen war. Sie wollte Menschen helfen. Li wäre die geborene Ärztin gewesen. Abgesehen davon, dass sie alles immer besser wissen musste. Peter verkniff sich ein Grinsen.

„I am so sorry, that she didn't want to wait", sagte er und legte seine Hand auf die Schulter von Lis Mutter. Sein Mitgefühl tat ihr offensichtlich wohl, und sie erwiderte seine Geste mit einem traurigen Lächeln.

Mai übersetzte das Gesagte.

Mai und ihre Mutter unterhielten sich eine Weile. Dann wandte sie sich wieder Peter zu.

„We want to make a celebration to the honour of Li, only family and a few friends. You are welcome too. Tomorrow evening, OK?"

Ein Fest zu Ehren Lis, morgen Abend? Natürlich würden sie kommen.

Peter war froh, dass sie jetzt wieder gehen konnten. Bea war so blass, dass er fürchtete, dass sie jeden Moment zusammenbrechen würde.

Zehn Minuten später standen sie wieder in der kleinen Gasse.

„Wie geht es dir?" fragte er Bea und atmete tief durch.

Bea nahm auch einen tiefen Atemzug.

„Das war fast nicht auszuhalten. Wenn es morgen Abend auch wieder so traurig wird, weiß ich nicht, ob ich das ertrage. Einen Moment lang dachte ich, ich verliere den Verstand. Mir tat ihre Mutter so unendlich leid. Ich kann es ihr gut nachfühlen. Außerdem hab ich Li wirklich sehr lieb gehabt. Sie war wie eine kleine Schwester für mich. Und ich vermisse sie verdammt. Manchmal, ...", Bea redete nicht weiter.

„Was, manchmal?" fragte Peter und sah sie an.

„Komm, lass uns hier weggehen", meinte Bea und zog ihn am Ärmel. Sie wollte nicht länger vor diesem Haus stehenbleiben. Außerdem hatte sie Hunger.

„Gehen wir eine Kleinigkeit essen? Ich sterbe fast vor Hunger", sagte Bea.

Peter lächelte sie an.

„Tintenfischaugen vom Straßenrand, oder willst du ein kleines Restaurant suchen?"

Bea war dankbar, dass Peter sie zum Lachen bringen wollte.

„Restaurant, bitte."

30

Freitag, 31. März 2008

„Der Polizei ist gestern Abend ein Schlag gegen die Drogenszene gelungen. In einem Bordell im 4. Wiener Gemeindebezirk wurde Kokain im Wert von € 80.000 sichergestellt. Der Besitzer des Lokals ,Heißes Höschen' wurde in Untersuchungshaft genommen. Er bestreitet, mit dem Suchtgift etwas zu tun zu haben. Bei der Razzia wurde auch ein Mädchen aus Vietnam, mit einem gefälschten Pass festgenommen. Ihr Alter wird auf unter fünfzehn Jahren geschätzt. Mit diesem Fall etwas zu tun zu haben, kann der Besitzer des Bordells nicht abstreiten. Die Ermittlungen gehen weiter, das Bordell ist vorläufig geschlossen."

Klara stürmte mit der Zeitung ins Büro ihres Mannes.

„Theo, hast du das gelesen? Ich werde Peter dabei unterstützen, dass diese Schweine hinter Gitter kommen!"

Klara legte den Artikel auf einen Stapel Papiere, die Theo gerade bearbeitete. Er war hochkonzentriert und seufzte deshalb, als sie ihm die Zeitung einfach vor die Nase knallte. Doch ein Blick in das Gesicht seiner Frau besänftigte ihn gleich wieder. Er wusste, dass es ihr wichtig geworden war, ihrem Bruder zu helfen. Sie wusste, dass er sich geändert hatte. Sie wusste, dass er auf dem richtigen Weg war. Sie wollte ihm helfen. Nein. Nicht nur ihm! Sie wollte etwas bewegen. Mit Peter. Mit Bea.

31

Mario Matschi knallte die Tür hinter sich zu.

„Sie haben Dumbo geschnappt", sagte er mit rauer Stimme.

Der andere Kerl zuckte die Achseln.

„Warum ist er so blöd und versteckt das Kokain nicht besser?" antwortete dieser gelassen.

„Hier geht es nicht nur um Dumbo. Harry und Glatze waren auf dem Weg zu ihm. Sie haben zwei neue Mädchen aus Vietnam. Keine Ahnung wie alt diese Dinger sind. Ich hab ihn angerufen. Er bringt sie jetzt nach Tirol. Das ‚Heiße Höschen' haben sie zugedreht. Dahin können sie nicht."

Mario ging im Zimmer auf und ab. Er zog gierig an einer Zigarette. Sie befanden sich in einem ganz kleinen Kellerraum, in Graz. Die Luft war zum Schneiden. Er strich sich wütend eine fettige Haarsträhne aus dem Gesicht. Mario kam sich vor wie ein wildes, wütendes Tier im Gefängnis.

„Seit dem Tod dieser Schlampe schauen die Polizisten sicher genauer, ob wir illegale Mädchen haben. Wir müssen verdammt vorsichtig sein, Mario."

Todo war offensichtlich auch nervös.

„Glaubst du, es gibt jemanden, der uns verpfeift?" fuhr er fort.

Mario wirbelte herum.

„Du meinst Beatrice?" Er starrte Todo an.

„Kann ja sein, oder?" Er zuckte die Achseln.

Marios Augen wurden zu kleinen, bösartigen Schlitzen.

„Naja. Keiner weiß, wo sie ist, oder?" meinte Mario.

„Keiner", bestätigte Todo.

„Aber warum sollte sie so etwas tun?" fragte Mario unsicher.

„Keine Ahnung. Rache?" Todo machte ein fragendes Gesicht.

„Aber das ‚La Nuit' war Beatrices Leben. Sie kennt nichts anderes, sie wäre freiwillig nie gegangen, da bin ich mir sicher. Beatrice war immer loyal. Sie ist mein Mädchen!" Mario wurde immer lauter, so als müsste er sich selbst davon überzeugen.

Todo sah ihn verständnisvoll an.

„Du hast sie schon sehr geliebt, nicht?"

Mario kniff die Augen zusammen. Er konnte es nicht leiden, wenn Männer so sentimentalen Kram redeten.

„Ich habe nie jemanden geliebt. Beatrice war willig und sie hat mich immer unterstützt. Sie hat zwischen mir und den Mädchen vermittelt. Ich brauche sie."

Todo nickte.

„Ich verstehe."

„Außerdem ist sie die Beste unter meinen Mädchen. Sie hat die meiste Kundschaft mit ‚Kohle'. Beatrice ist diskret und gut in ihrem Job. Auf sie konnte ich mich einfach verlassen. Auch der noch so anspruchvollste Mann kommt bei Beatrice auf seine Kosten. Keiner hat sich je bei mir über sie beschwert. Nie! Beatrice ist ein Profi."

Er ließ sich in einen alten schäbigen Korbsessel plumpsen, so als wäre nach diesem Statement die letzte Energie aus ihm herausgeflossen.

„Wir werden sie schon finden, Mario. Außerdem hat sie keinen Pass, und keinen Job. Sie kommt nicht weit. Vielleicht arbeitet sie auch schon bei der Konkurrenz. Wir werden ganz Wien absuchen. Ich finde sie für dich, Mario, versprochen."

Mario nickte beruhigt.

Er wusste, dass sie nicht weit weg war.

Beatrice konnte sich nicht alleine durchschlagen. Er hatte dafür gesorgt, dass sie nicht zu selbständig wurde. Beatrice brauchte ihn, und er brauchte sie.

Mario meinte sogar, dass sie ihren Job liebte. Was anderes konnte sie auch nicht. Sie war noch immer jung und schön. Sie würde schon noch zwanzig Jahre seine Kundschaften befriedigen können. Und er würde dafür sorgen, dass sie immer gut aussah, und nicht dick wurde. Er trainierte sie und hielt sie in Form.

Mario spürte ein Ziehen in der Lendengegend. Beatrice hätte ihn jetzt befriedigt, verdammt gut sogar.

„Wo verstecken Harry und Glatze die zwei Mädchen?" riss Todo Mario aus seinen Gedanken.

„Ich hab ihnen gesagt, dass sie sie nach Tirol bringen sollen. Dort sind sie vorläufig sicher. Wenn keiner pfeift, dann findet die Polizei den alten Bauernhof bestimmt nicht. Und unsere Kunden sind alle zu hundert Prozent diskret. Die stecken auch alle mit drinnen. Da würde keiner etwas sagen. Außerdem sind sie alle mitschuldig, weil jeder weiß, dass die Mädchen unter sechzehn Jahren sind. Und umso mehr Spaß macht es diesen geilen Böcken."

Mario biss sich auf die Lippen.

„Aber ist es nicht egal, wenn wir nur solche nehmen, die über achtzehn sind. Diese Mädchen sind so zart, dass sie sowieso jünger aussehen."

Mario lachte verächtlich.

„Je älter sie sind, desto weniger fallen sie auf unsere Tricks herein. Je jünger, desto naiver. Und unsere Kunden lieben diese jungen, zarten Dinger. Je unschuldiger sie wirken, desto besser. Abgesehen davon sind sie leichter einzuschüchtern und an das Leben hier zu gewöhnen. Wir können jetzt nicht mehr zurück. Wir sind außerdem berühmt dafür, dass es ab und zu Jungfrauen zu vögeln gibt. Diese geilen Böcke zahlen ein kleines Vermögen dafür. Ich will da nicht mehr zurück. Soviel Geld kann man auf anderem Weg nie verdienen."

Todo nickte. Er wusste, dass Mario recht hatte. Sie brauchten diese Mädchen, um ihren Lebensstandard zu halten.

Außerdem hatten sie sich bereits strafbar gemacht. Man würde sie auf der Stelle verhaften und für viele Jahre ins Gefängnis stecken.

Plötzlich wurde Todo nachdenklich.

„Aber wir zerstören das Leben dieser jungen Mädchen ..."

Mario sah ihn verächtlich an.

„Nein, du. Wir zerstören nur wenige Leben und machen damit ganz viele Leben von Männern so richtig lebenswert. Einige Mädchen sind vielleicht unglücklich. Aber viele Männer sind durch sie sehr glücklich und zufrieden. Das gleicht sich aus."

Mario grinste dreckig. Was gingen ihn diese dummen Dinger an? Die sollten sich nicht so anstellen, dann konnten sie schon ein angenehmes Leben bei ihm führen.

Er gab ihnen zu essen, kaufte schöne Kleider, und manchmal führte er sie sogar zum Essen in ein Restaurant.

Todo seufzte. Er war nicht ganz derselben Meinung wie Mario.

Manchmal überkam ihn ein großes Schuldgefühl. Er wusste, dass es nicht richtig war. Er hatte Li auch gekannt. Es war ein großer Schock für ihn gewesen, als er erfuhr, dass sie ihrem Leben ein Ende gesetzt hatte. Er hatte auch mit Li geschlafen. Das war ein Gratisfick, weil er Mario einen Gefallen getan hatte. Er hatte gespürt, dass Li ihn dafür verachtete. Er hatte ihren seelischen Schmerz gespürt, und im Nachhinein hatte er sich dafür geschämt, dass er ein Teil des Mosaiks war, das das Leben der jungen Frau zerstört hatte.

Bei anderen Nutten war das oft etwas anderes. Denen schien es tatsächlich nichts auszumachen. Manche schienen sogar Spaß daran zu haben. Nicht jedoch Li.

Todo hatte Angst. Er hatte Angst vor der Polizei. Er wollte nicht ins Gefängnis. Doch er wusste, dass er im selben Boot saß wie Mario. Er konnte sich auch nicht freiwillig stellen, denn sie würden ihn trotzdem für Jahre hinter Gitter bringen.

32

Peter hatte zwei verschiedene Menüs bestellt, wobei sie keine Ahnung hatten, was sie bekommen würden.

Die Vorspeise, die ein schlanker junger Kellner mit einer schmutzigen Umhängeschürze brachte, sah sehr lecker aus.

Es war eine Art Strudelteig mit Shrimps gefüllt. Bea bekam eine scharfe Suppe. Sie teilten gerecht. Beides schmeckte ausgezeichnet.

Nachdem der Kellner abserviert hatte, beugte sich Peter etwas vor und sah Beatrice tief in die Augen.

„Du wolltest mir vorhin etwas sagen."

„Was denn?" fragte Bea und sah ihn unschuldig an.

„Du hast begonnen mit: manchmal....", dann hast du aufgehört zu reden.

Bea überlegte und kratzte sich am Kopf.

„Und?" fragte Peter neugierig.

Bea wusste jetzt, was sie vorhin sagen wollte, doch sie zögerte.

„Willst du es mir nicht sagen?" fragte Peter wieder.

Bea war sich nicht sicher. Peter würde sie vermutlich nicht verstehen.

Peter ließ ihr Zeit. Er wollte sie nicht drängen. Also saß er nur da und wartete.

Bea wurde nervös.

„Nun sag schon", machte ihr Peter Mut.

„Ich weiß nicht...", sagte sie und spielte nervös mit ihren Haaren, „du lachst mich sicher aus."

Peter streichelte ihr kurz über die Hand, die sie sofort, so als hätte sie die Berührung elektrisiert, wegzog. Er tat, als hätte er es nicht bemerkt.

„Ich verspreche dir, dass ich dich nicht auslachen werde."

Er hob seine rechte Hand zum Schwur und legte die linke Hand aufs Herz.

„Versprochen!"

Bea lächelte. Sie holte tief Luft.

„Weißt du, manchmal...", sie machte wieder eine kurze Pause und musste sich wirklich überwinden, ihm ihr kleines Geheimnis anzuvertrauen. Dann holte sie tief Luft:

„Manchmal, da hab ich das Gefühl, dass Li da ist."

Sie senkte den Blick.

Peter sah sie erstaunt an. Doch er sagte nichts.

„Na siehst du, du hältst mich für verrückt", sagte sie und wurde rot.

Peter schüttelte langsam den Kopf.

Würde sie es verstehen, wenn er ihr erzählen würde, dass er Li hören konnte, und sich mit ihr unterhielt?

SIE würde IHN für verrückt halten.

„Ich glaube auch, dass sie noch immer bei uns ist, ehrlich."

Diese Antwort schien ihm unauffällig.

„Ehrlich?", fragte Bea und sah ihn erstaunt an.

„Hallo, Peter. Ihr sprecht über LI? Findet Li lustig!" Sie lachte.

Peter hielt sich die Hand vor die Augen. Was sollte er jetzt bloß machen?

„Sag ihr, dass du Li kannst hören."

Peter schüttelte den Kopf. Er musste grinsen.

Bea sah ihn beleidigt an.

„Du hast versprochen, dass du mich nicht auslachst. Und jetzt? Du bist gemein, Peter!"

Bea war wirklich böse. Sie sah ihn mit zusammengekniffenen Augen an.

„Nein, Bea, ich lache nicht über dich, ehrlich nicht. Es ist nur...", er konnte es ihr nicht erklären.

„Haha. Über wen denn sonst? Es ist ja niemand sonst hier."

Bea saß mit verschränkten Armen da und sah ihn strafend an.

Li lachte. Peter schmunzelte.

Er fand diese Situation grotesk.

„Sag ihr Geheimnis von Li und Peter. Bea wird verstehen, denn sie ist schlauer Geist", mischte sich Li wieder ein.

„Ich kann nicht", sagte Peter laut.

„Was kannst du nicht?" fragte ihn Bea, noch immer böse.

„Ich kann es dir nicht sagen", wollte Peter erklären.

Doch Bea verstand jetzt gar nichts mehr. Sie war es doch, die Peter etwas anvertraut hatte, nicht umgekehrt.

„Bist großer, feiger Peter", Li versuchte ihn zu provozieren.

„Bin ich nicht!" sagte Peter wieder laut.

Bea sah ihn verwundert an.

„Was?" fragte Peter verwirrt.

Eine Weile saßen sie schweigend da und schauten sich an.

Peter räusperte sich.

„Schwör mir, dass du mich nicht auslachst, dann erzähl ich dir auch mein Geheimnis", sagte er und sah Bea tief in die Augen.

Bea rutschte nervös auf ihrem Stuhl hin und her. Ihr war sein intensiver Augenkontakt unangenehm. Sie nickte.

Peter sah auf sein Glas, drehte es zwischen seinen Fingern hin und her und überlegte, wie er es am besten formulieren sollte.

Bea wartete geduldig und war froh, dass er sie dabei nicht ansah.

„Ich muss dir etwas sagen, dass niemand, wirklich niemand weiß. Ich erzähle es dir, auch wenn ich damit riskiere, dass du mich für total durchgeknallt hältst. Aber...", er atmete tief durch, „mir ging es anfangs auch so, dass ich glaubte, dass ich in die Klapsmühle gehöre. Mittlerweile hab ich mich daran gewöhnt. Und ich finde es auch ganz amüsant. Ich...", er hielt wieder inne.

Bea verstand überhaupt nichts. Sie runzelte die Stirn. Er hörte sich bereits jetzt verrückt an. Sie wartete.

„Ich, ich kann Li hören. Sie spricht mit mir", sagte er, ohne vom Glas aufzuschauen.

Bea sagte nichts. Das musste er ihr schon näher erklären.

Damit begann er dann auch.

„Es war, ich glaube schon einen Tag nach ihrem Tod, oder am Sonntag, da stand ich zuhause beim offenen Fenster und fühlte mich miserabel. Da hat sie mich gefragt, ob es mir wieder besser geht. Ich glaubte damals, dass ich jetzt den Verstand verliere. Ich hatte Angst und fühlte mich wirklich schrecklich. Doch sie hörte nicht auf zu plappern. Schließlich habe ich ihr dann geantwortet. Seitdem nervt sie mich und versucht auch oft mit mir zu streiten."

Peter hob die Arme und schaute sie unschuldig an.

Bea runzelte die Stirn. Sie wusste im Moment nicht, was sie dazu sagen sollte.

„Ich weiß, dass es unglaubwürdig klingt. Ich würde es auch niemanden glauben, ehrlich. Aber ich kann nichts dafür. Ich weiß nicht genau, was es für mich bedeutet."

Peter dachte kurz nach.

„Doch. Ich weiß schon, warum sie da ist. Sie möchte, dass ich ihr helfe. Ich habe es damals versprochen. Und da ich ihr nicht mehr helfen kann, soll ich mich dafür einsetzten, dass es anderen Mädchen nicht so geht wie ihr. Nur weiß ich noch nicht, wie ich es machen soll."

Bea saß mit offenem Mund da.

„Und?", fragte er sie, „was hältst du davon?"

Bea schluckte. Er war tatsächlich durchgeknallt!

„Naja...", mehr fiel ihr nicht dazu ein. Sie hatte keine Ahnung, wie sie darauf reagieren sollte.

Vielleicht hatte er Halluzinationen, nahm Drogen? Er konnte sich vielleicht Stimmen einbilden, die er wirklich wahrnahm. Von so etwas hatte sie schon gehört.

„Du glaubst mir nicht, richtig?" fragte er sie und seufzte.

Bea konnte darauf nichts sagen. Was auch?

„Sie ist auch Ungläubliche, wie du, Peter", Li gluckste.

„Naja, das ist ja auch nicht verwunderlich, oder?" sagte er und sah in Lis Richtung.

Bea schüttelte nachdenklich den Kopf.

„Das ist schwer zu verstehen. Ich weiß nicht, ob es so etwas geben kann."

„Sie glaubt, dass du stehst unter Drogen, oder so", Li las auch Beas Gedanken.

„Du glaubst also, dass ich unter Drogen stehe?" grinste er.

„Nein, wieso?" Bea schüttelte den Kopf. Es war ihr peinlich.

„Ich kenne niemanden, der mit Geistern spricht. Ich muss mich vielleicht erst daran gewöhnen."

Sie bereute, dass sie mit diesem Thema angefangen hatte.

„Es tut leid ihr, dass sie hat zu sprechen begonnen über Li. Bea hat Angst vor Geistern."

Li gefiel dieses Spiel offensichtlich.

„Es muss dir nicht leid tun, dass wir mit diesem Thema angefangen haben. Li sagt, dass du Angst vor Geistern hast." Peter versuchte aus ihrer Reaktion zu lesen.

Bea bekam eine Gänsehaut, sie wirkte noch blasser als sonst.

„Ich fürchte mich nicht vor Geistern. Es gibt keine Geister", sagte sie mit betont fester Stimme.

„Sie hat sich immer gefürchtet vor Geist ihrer Großmutter. Einmal im Traum sie ist ihr begegnet. War böse Frau, hat Bea viel geschlagen", Li wollte natürlich, dass Peter ihr das weitersagte.

Er begann Bea zu erzählen, was ihm Li sagte.

Peter hatte nicht mit einer derartigen Reaktion von Bea gerechnet, denn sie schob ruckartig den Sessel zurück, der plötzlich kippte, und Bea auf dem Boden landen ließ.

Peter sprang auf und eilte ihr zu Hilfe. Bea schob ihn aber zur Seite. Sie wollte nicht, dass er sie berührte. Sie rappelte sich auf und setzte sich wieder auf ihren Sessel zurecht. Bea atmete schwer.

„Warum machst du das?" fragte sie.

„Warum mache ich was?" fragte Peter.

„Es sind alte Wunden, in denen du wühlst, Peter."

Peter sah sie mitfühlend an.

„Li hat mir gesagt, dass ich dir sagen soll, dass es deiner Großmutter leid tut. Sie wollte dich nicht verletzten, sondern nur das Beste für dich. Aber sie hat es nicht besser gekonnt. Liebe zu zeigen, war für sie fremd. Ihr Leben selber war von Gewalt geprägt. Aber sie liebte dich sehr."

Bea saß still da. Sie sah Peter an und eine kleine Träne rollte aus ihrem linken Augenwinkel. Sollte doch etwas an der Geschichte mit Li dran sein?

„Frag sie, was mit meinem Großvater passiert ist?" wollte sie wissen.

Sie hatte gehört, was Bea gefragt hatte und informierte Peter.

„Er hat beim Autofahren einen Herzinfarkt bekommen. Der Brückenpfeiler, an dem er angefahren ist, war nicht die Todesursache. Er wollte nach Hause fahren und seine Frau um Verzeihung bitten. Doch dazu ist er nicht mehr gekommen. Deshalb war deine Großmutter auch so verbittert. Sie wusste nie, dass er sich entschuldigen wollte. Sie glaubte, er hätte Selbstmord begangen. So, wie alle anderen auch."

Peter hatte nur wiedergegeben, was Li ihm gesagt hatte.

Bea lächelte müde.

„Dann hatte ich doch recht. All die Jahre habe ich nie daran geglaubt, dass mein Opa Selbstmord begangen hat. Er war ein lieber Mensch. Er hätte das meiner Großmutter und meiner Mutter nie angetan. Auch, wenn ich damals noch so klein war....", Bea hielt plötzlich inne.

Sie starrte Peter an.

Er hatte recht. Er konnte Verbindung mit Li aufnehmen. Wie sonst hätte er von dieser Geschichte wissen können.

Aber ganz überzeugt war sie noch nicht.

„Dann soll sie uns doch verraten, wo Mario und die anderen sind. Dann teilen wir das der Polizei mit und sie werden verhaftet. Sie könnte uns auch sagen, wo die Drogen versteckt sind. Li wäre uns allen eine große Hilfe."

Peter hatte so seine Bedenken. Und er sollte recht behalten.

„Li kann nicht spielen Detektiv. Li würde eingreifen in Gottes Plan. Alle Menschen die jetzt sind auf Erde müssen ihre eigenen Erfahrungen, Fehler und Gutes tun. Auch Mario muss machen seine Fehler und vielleicht lernen daraus. Und Li kann nicht Leben verändern. Solche Sachen ihr müsst selber durch."

Peter verstand, um was es ging. Er hoffte nur, dass er auch Bea den Sinn erklären konnte. Doch wie erwartet, wurde sie zornig. Böse auf die Ungerechtigkeiten des Lebens. Aber irgendwie verstand sie auch, was Li meinte.

„Frag Li, wo Mario sie als erstes hingebracht hatte und wer ihr ‚Lehrer' war."

Bea fand zwar, dass die Frage nicht fair war, und vielleicht würde es Li sogar weh tun. Aber das war eine Sache, die Peter unmöglich wissen konnte. Und Bea wusste es von Mario. Denn er hatte ihr erzählt, wie viel dieser reiche Tiroler Geschäftsmann ihm für das Entjungfern von Li zahlte.

Peter gab das Gehörte wieder:

„Sie kam als erstes zu Dumbo ins ‚Heiße Höschen', zwei Tage später brachte man sie nach Tirol. Keiner fasste sie bis dahin an. In der Zwischenzeit hatte Mario einen Reichen aufgetrieben, der ihm € 3500 für Li bot, damit er sie als erstes „besteigen" konnte. Mario freute sich über die Summe. Li hatte bereits eine Ahnung davon, was ihr blühte, und dass sie den Männern in die Falle gegangen war. Sie wusste, dass sie nicht hier war, um Medizin zu studieren. Li weinte damals Tag und Nacht. Mario schlug sie, und sagte, sie müsse damit aufhören, wenn sie Herrn Mattersburg traf... "

Bea sagte nichts.

„Bist du jetzt zufrieden?" fragte sie Peter sanft.

Bea nickte. Arme, arme Li.

„Und wie geht es ihr jetzt?" fragte Bea nach einer Weile.

„Es geht ihr gut, glaube ich. Zumindest ist sie immer fröhlich. Doch ich glaube nicht, dass sie hier bleiben soll. Seelen sollen zurück ‚nach Hause' gehen. Aber sie hat noch eine Aufgabe zu erfüllen. Und dabei sollen wir ihr helfen."

„Und wie geht es ihr, wenn sie ihre Familie so traurig sieht?" wollte Bea noch wissen.

„Naja, das finde ich ja seltsam. Aber es scheint sie nicht allzu sehr zu berühren. Sie sagt, dass sie sich irgendwann wieder alle sehen, und dass es ihr gut geht."

Peter überlegte.

„Vielleicht hat sie recht. Li ist fröhlich. Li macht sich keine Sorgen. Li möchte nur, dass es anderen auch gut geht. Sie möchte etwas verändern. Wir werden ihr dabei helfen, OK?"

Peter lächelte. Bea lächelte. Sie glaubte ihm jetzt.

Li war da. Und sie hatte es die ganze Zeit gespürt.

33

Nach dem Essen schlenderten Bea und Peter schweigend durch die Gassen der Altstadt. Die Mopeds wichen ihnen geschickt aus. Die Angst eine Straße zu überqueren hatten sie schon fast verloren. Im Gegenteil es machte ihnen Spaß und nach einer Weile mussten sie wie verrückt lachen, als sie die Hauptstraße Hand in Hand laufend überquerten. Der Lärm der Hupen war ohrenbetäubend.

Am Abend aßen sie wieder im Hotelrestaurant.

Peter setzte sich anschließend vor den Hotelcomputer und schrieb eine E-Mail an Klara. Während er noch vor dem Internet saß, bekam auch er eine E-Mail von seiner Schwester. Sie hatte ihm den Text des Zeitungsartikels gesandt. Peter druckte ihn sofort aus und rannte damit die Treppen hoch. Auch Bea freute sich riesig. Dumbo saß hinter Gittern! Das war ein Anfang.

Am nächsten Morgen standen sie etwas früher auf. Sie wollten diesmal gemütlicher frühstücken, denn am Vortag war es schon etwas spät gewesen. Heute sollte sie der Kellner nicht dezent darauf hinweisen, dass sie den Speisesaal verlassen sollten.

Wieder schien die Sonne strahlend vom Himmel. Es roch nach Blumen und Abgasen. Die Luft war feucht. Offensichtlich hatte es in der Nacht geregnet.

Bea hatte nicht gut geschlafen. Immer wieder sah sie Li vor sich. Li, wie sie lachte, Li, wie sie weinte, Li in all dem Blut. Doch nie sprach Li zu ihr. Sie sah sie nur an.

Für diesen Tag hatten sie einen kleinen Ausflug geplant. Das Ziel war die Jadeinsel. Auf dieser Insel stand der berühmte Schildkrötenturm.

Eine uralte Schildkröte lebte im Hoan-Kiem-See, aber was es genau mit dieser Schildkröte auf sich hatte, wusste Peter nicht mehr. Er wollte einmal nachlesen. Seit 1968 war in diesem Turm eine 400 Jahre alte Schildkröte, die 2,10 m lang und 250 kg schwer war, ausgestellt. Man konnte sie auf rotem Samt hinter Glas bewundern.

Eine kleine rote Holzbrücke führte über den See zum Jadebergtempel. Am Flussufer standen uralte Bäume, die fast aussahen wie Trauerweiden. Sie ließen ihre Äste scheinbar mutlos in den Hoan-Kiem-See hängen. Viele Leute schlenderten über die rote Brücke. Manche ließen sich Zeit und fotografierten den wunderbaren Anblick der Brücke und des Tempels, andere schienen es furchtbar eilig zu haben.

Sie verbrachten den ganzen Nachmittag auf der Insel. Die Kultur der Vietnamesen war beeinflusst vom Buddhismus und für Bea und Peter ein Inbegriff der Fremdartigkeit.

Die Brücke hieß übrigens: „Brücke der aufgehenden Sonne". Der Name gefiel Bea sehr gut. Sie fühlte sich wohl. Nur im Fernsehen hatte sie bis jetzt fremde Länder bewundern dürfen. Sie genoss jeden Augenblick. Peter war froh, dass er sie so fröhlich sah. Sie sprachen wenig. Lange saßen sie auf einem Bänkchen und beobachteten das bunte Treiben auf der Insel.

Die Sonne wärmte ihre Haut. Bea schloss die Augen, hielt ihr Gesicht in die Sonne und genoss die warmen Strahlen.

Peter schaute sie verstohlen von der Seite an. Bea wirkte das erste Mal so richtig entspannt. So etwas Ähnliches wie ein Lächeln umspielte ihre Lippen. Sie sah zufrieden aus.

Die Anspannung der letzten Tage schien etwas von ihr abgefallen zu sein.

Als die Sonne sich dem Horizont näherte, schlenderten sie zurück zum Hotel.

34

Nach einer ausgiebigen Dusche machten sie sich auf den Weg zu Lis Elternhaus. Um 20 Uhr wurden sie erwartet.

Sie gingen schweigend durch die kleinen Gassen. Auch Li sagte nichts.

Ein paar Schritte vom Haus entfernt blieb Bea plötzlich stehen. Sie hielt Peter am Arm fest.

„Was denkt denn Li darüber, dass ihre Familie ein Fest für sie feiert?" wollte Bea wissen.

Peter zuckte die Achseln. Nachdem Li nicht traurig war und ihr offensichtlich auch egal war, wenn ihre Familie trauerte, hatte sie sicher nichts dagegen.

„Keine Ahnung. Darüber hat sie nicht geredet. Vielleicht hat sie es aber auch gar nicht registriert. So etwas scheint in ihrer Welt nicht wichtig zu sein."

„Was du redest schon wieder Blödsinn, Peter. Sicher Li sich freut über großes Fest mit Familie und Freunden. Nur – Li kann nicht helfen, wenn Mama, Papa und Schwestern traurig sind. Li will, dass alle sind fröhlich und feiern. Li geht es gut. Ich werde immer sein in Herz von meiner Familie", meldete sich prompt die süße Mädchenstimme.

Peter lächelte, sah Bea an und meinte:

„Sie freut sich über das Fest."

Peter ging weiter. Schon an der Tür hörte man, dass drinnen viele Menschen beisammen waren. Es roch nach gutem Essen. Peter klopfte.

Der freundliche alte Mann vom Vortag öffnete ihnen und lächelte sie an. Er neigte den Kopf, trat zur Seite, machte eine einladende Geste und führte sie ins Innere des Hauses.

Peter hatte beim letzten Besuch gar nicht gemerkt, dass man vom Wohnzimmer über eine kleine Treppe in einen Innenhof gelangen konnte. Sie stiegen vorsichtig hinunter. Es war eine Holztreppe mit sehr kleinen Stufen. Man musste aufpassen, dass man nicht abrutschte, vor allem, wenn man wie Peter Schuhgröße vierundvierzig hatte.

Der Innenhof war nicht einmal so klein, wie es auf den ersten Blick schien.

Überall waren kleine bunte Lampions aufgehängt, auf ein paar Tischchen, die in der Mitte des Hofes standen waren dutzende Kerzen aufgestellt. Blumen blühten an allen Ecken und Enden und verbreiteten zusammen mit dem Duft des Essens einen herrlichen, berauschenden Sinnesgenuss. Bea atmete tief ein.

Auf einem Tisch, der genau in der Mitte des Hofes stand, war ein großes Bild von Li platziert. Links und rechts davon stand je eine dicke, gelbe Kerze. Rosenblätter waren rund um das Foto gestreut.

Leute saßen oder standen im Hof herum und unterhielten sich. Ein paar hörten auf zu sprechen, als sie Bea und Peter erblickten. Der alte Mann sagte etwas in der fremden Sprache und die Menschen nickten den beiden freundlich zu.

Bea war verlegen.

Sie fühlte sich fehl am Platz. Was sollten sie hier?

Keiner verstand sie. Bea schaute sich nach Mai um. Irgendwo musste sie doch sein. Sie sprach wenigstens Englisch.

Es dauerte noch eine Weile, dann erschien Mai mit ihrer Mutter. Jede trug zwei große Teller mit kleinen Häppchen und ging von einem zum anderen. Es erinnerte Bea an Sushi. Aber als sie davon kostete, war sie sich sicher, noch nie in ihrem Leben so etwas Köstliches gegessen zu haben.

Lis Mutter sah man an, dass sie auch an diesem Tag stundenlang geweint hatte. Ihre Augen waren ganz rot und ihre Wangen geschwollen. Doch tapfer lächelte sie jeden Besucher an und sagte mit leiser Stimme einige freundliche Worte.

Manche umarmten sie einfach nur oder küssten sie auf die Wange, wobei sie aufpassen musste, dass die kleinen köstlichen Häppchen nicht vom Teller purzelten.

Nun war auch Lis Vater zugegen, den sie am Vortag nicht kennengelernt hatten. Mai kam mit ihm näher und stellte sie einander vor. Der Mann sah ernst und gefasst aus. Er blickte die beiden misstrauisch an. Doch sein Blick ließ erkennen, dass er mit sich kämpfte. Er wusste, dass Peter und Bea nichts mit dem Tod seiner Tochter zu tun hatten, aber offensichtlich war ihm Beas Anwesenheit suspekt, da er wusste, dass Bea ebenfalls in diesem Beruf tätig war.

„You are welcome", sagte er schließlich und verbeugte sich vor ihnen, dann ging er weiter um andere Gäste zu begrüßen.

„My father is very sad about Li. She was his honey. He was sure she would become a good doctor and help people in our country. He is very desperate. He is destroyed", erklärte ihnen Mai. Jeder hatte hier auf Li gehofft. Sie wollte in Europa Ärztin werden und zurückkommen um den Menschen in ihrem Land zu helfen. Der Traum ihres Vaters war zerstört. Er wirkte wie ein gebrochener Mann.

Mai machte eine entschuldigende Geste und ließ die beiden wieder alleine stehen.

Eine andere Frau, die sie vorher noch nicht gesehen hatten ging mit Teeschalen umher und reichte den Gästen warmen Tee.

Nach einer Weile stellte sich Lis Vater in die Mitte des Hofes, räusperte sich und begann eine Ansprache zu halten. Seine Stimme versagte einige Male und man sah, wie ihn die Gefühle übermannten. Er sprach leise, wurde dann lauter, Bea und Peter konnten die Wut in seiner Stimme spüren, dann begann er zu schluchzen. Auch wenn sie kein Wort von dem verstanden, was dieser Mann zu seinen Gästen sagte, wurden sie vom Mitgefühl übermannt. Bea wischte unauffällig ein paar Tränen weg. Peter schluckte.

Lis Mutter wimmerte. Mai hatte sich in den letzten Winkel des Hofes verzogen und weinte still.

Auch Lis Großvater kam jetzt in die Mitte und erzählte offensichtlich eine Geschichte aus Lis Leben. Er sprach mit Begeisterung und Enthusiasmus. Er gestikulierte wild mit den Armen. Dann plötzlich mussten alle lachen. Auch der alte Mann lachte amüsiert. Er war froh, dass den Leuten seine Geschichte gefallen hatte. Sie klatschten in die Hände und der alte Mann lächelte selig. Es war unübersehbar, dass er Li sehr geliebt hatte. Doch offensichtlich konnte er mit dem Tod seiner Enkeltochter anders umgehen als seine Kinder. Er wirkte gelassen und gefasst. Er machte ein zufriedenes Gesicht.

Dann passierte etwas Seltsames: der alte Mann kam auf Bea und Peter zu.

Er zwinkerte und meinte: „Li is here!"

Er nickte, und deutete mit dem Zeigefinger auf den Platz zwischen ihm und den beiden Europäern. Dann drehte er sich um und ging wieder.

Konnte dieser alte Mann nun auch Englisch, ging es Peter durch den Kopf, und Bea hatte offensichtlich dasselbe gedacht.

„Wie wahr", sagte Peter und grinste Bea an.

Es ging dann noch eine ganze Weile so, dass jemand in die Mitte trat und neben dem Foto von Li eine Geschichte aus ihrem Leben erzählte.

Nach einer Weile gesellte sich Mai zu ihnen und begann die Geschichten zu übersetzen.

Es waren Episoden aus der Kindheit der Verstorbenen. Menschen, die ihre Träume gekannt hatten, die ihren Charakter geschätzt und sie wirklich geliebt hatten, erzählten über ihr viel zu kurzes Leben.

Es waren traurige, aber auch lustige Geschichten dabei. Manchmal sah Bea Lis Mutter unter Tränen herzhaft lachen. Und sie dankte dem Universum, dass sie Li als Tochter geschenkt bekommen hatte. Wenn auch nur für so eine kurze Zeit.

35

Erwin öffnete die Tür. Jemand drohte sie sonst einzutreten. Erwin war auf alles gefasst. Mario stand vor ihm. Er baute sich im Türrahmen auf und sah ihn feindselig an.

„Du hast uns verpfiffen, stimmts?" machte er ihn an, und schubste ihn rückwärts in die Wohnung zurück.

Erwin schüttelte den Kopf.

Nein, das nahm er jetzt nicht auf sich!

„Ich? Ich sitz hier seit Tagen in meinem Rattenloch. Ich habe nichts gesagt. Ich hab keine Menschenseele getroffen."

Mario ließ von ihm ab. Erwin sah ihn mit großen Augen an. Mario kannte Erwin schon lange, aber so unschuldig wie er ihn jetzt ansah, hatte er den großen Fettsack noch nie gesehen.

Er schien die Wahrheit zu sagen. Mario knallte die Zeitung auf den Tisch. Er war noch am selben Abend von Graz nach Wien gekommen. Sie mussten jetzt vorsichtiger sein.

Dumbo würde nicht singen.

Dumbo war ein Profi. Der würde seine Kollegen und vor allem ihr Juwel in Tirol nie verpfeifen. Dort machten sie die ganz große Kohle. Dahin kamen die reichsten Geschäftsleute. Und die jüngsten Mädchen.

Mario ging nervös auf und ab. Erwin las den Artikel.

„Vielleicht war das aber auch nur eine Routinerazzia, meinst du nicht, Mario. Da muss uns gar keiner verpetzt haben."

Er sagte absichtlich „uns".

Mario schnaubte verächtlich.

„Ich brauch dich in Tirol. Kommst du mit? Ich habe da ein paar verlässliche Männer nötig, die darauf achten, dass die Sicherheit gewährleistet ist. Wir müssen noch etwas vorsichtiger sein. Harry bringt wieder zwei neue Mädchen. Ich hab schon Kundschaften für sie aufgetrieben. Wir kassieren dafür ungefähr € 6500. Das ist kein Pappenstiel. Wenn denen vielleicht eine gefällt, dann können wir sie ganz verkaufen. So sind wir sie wenigstens wieder los."

Erwin schluckte.

Er sollte also nach Tirol. Erwin begann zu schwitzen. Er stank.

Mario ging noch immer nervös auf und ab.

„Was ist mit Todo? Geht der auch mit nach Tirol?" wollte Erwin wissen.

„Nein. Der bleibt mit Big Boss in Graz. Die wollen dort schauen, dass der Laden läuft."

Erwin nickte. Er verstand.

Erwin erhob sich langsam.

„Wann?" wollte er wissen.

„Morgen früh fährst du mit Harry und den Mädchen nach Innsbruck. Ich besorg bis dahin noch zwei Pässe. Todo macht das. Er schickt sie mit einem Boten. Bis morgen früh sollten die Papiere fertig sein. Ich ruf dich an", sagte Mario und verließ das Rattenloch.

Erwin ließ sich verstört auf den Sessel plumpsen.

Er wollte endlich damit aufhören. Warum war er nur zu schwach um nein zu sagen? Warum konnte er ihn nicht einfach hinauswerfen aus seiner Wohnung, und ihm sagen, dass er sich seinen Dreck selber machen soll?

Er wollte aussteigen. Erwin war am Ende. Er konnte nicht mehr. Aber dann kam ihm eine Idee.

Von Tirol war es nicht weit nach Italien. Vielleicht sollte er sich dahin absetzen. Er hatte einen Cousin in Neapel. Aber soweit er sich an ihn erinnerte, war er ein Arschloch. Freddy hatte ihn als Kind immer gehänselt, genau wie die anderen. Aber war er ihm da nicht einen Gefallen schuldig?

Ein Leben in Neapel? Erwin überlegte. Aber die Sprache. Er war zu blöd, um eine fremde Sprache zu lernen. Er war zu alt.

Erwin schüttelte den Kopf. Aber vielleicht auch nicht?

Und irgendeine Arbeit würde er schon finden. Irgendetwas.

Erwin sprang auf. Er wurde plötzlich enthusiastisch. Er kramte in einer Schublade nach der Adresse seines Cousins. Telefonnummer hatte er keine. Auch wusste er nicht, ob sein Cousin noch immer dort lebte. Aber er würde ihn schon finden.

Er ging ins Schlafzimmer und kramte hinter dem Bett einen großen Koffer hervor. Dahinein schmiss er seine paar Habseligkeiten. Die Wohnung war ihm egal. Es war sowieso keine Wohnung. Er hatte sie immer nur Rattenloch genannt. Und das war sie auch. Es war ihm egal, was die Vermieterin mit seinen restlichen Sachen machte.

Unter dem Bett befand sich auch eine kleine unauffällig Schachtel. Darin hatte Erwin seinen Notgroschen aufbewahrt. Er nahm sie nun in die Hände. Sein Leben lang hatte es an Disziplin gemangelt, nur die kleine Schachtel hatte er wirklich nie angerührt. Jetzt öffnete er sie vorsichtig. Er nahm ein Bündel Geldscheine heraus und begann sie zu zählen.

Es waren über dreitausend Euro. Erwin grinste.

36

Bea und Peter saßen zum dritten Mal beim Frühstück in Hanoi. Peter wollte gleich nach dem Frühstück Klara eine E-Mail schreiben und ihr die Verabschiedung von Li schildern. Es hatte sie ziemlich mitgenommen, letzte Nacht, und Peter war wie gerädert aufgewacht. Bea hatte auch nicht gut geschlafen.

„Li möchte gerne, dass wir den Mädchen hier helfen. Aber wie sollen wir das machen?" begann Peter nachdenklich und stopfte sich ein Stück Brioche in den Mund.

Bea zuckte mit den Achseln. Li hatte sich das leichter vorgestellt. Bea hatte schon einen Brief an die Polizei in Wien geschrieben. Sie hatte Namen genannt, und laut Klara waren bereits die ersten Erfolge zu verbuchen. Das war doch genug, oder?

„Nein!" hörte Peter einen Aufschrei.

„Was meint Bea mit genug? Das ist erst Anfang von großem Kampf von Ungerechtigkeit."

Peter grinste. Ein Stückchen vom Brioche fiel ihm aus dem Mund und auf das Teller zurück.

„Was grinst du da so dumm?" fragte Bea und sah ihn böse an.

„Nein, nicht ich...", er deutete nach oben, „sie ist verärgert."

Bea verstand sofort.

„OK. Dann frag sie, was wir machen sollen", sagte sie und zog die Augenbrauen zusammen. Sie goss Kaffee nach.

„Ach. Kann nicht sein so schwierig, Peter. Du bist Mann aus Reporterbranche. Fällt dir bestimmt etwas ein", nörgelte Li.

Peter wischte sich gerade mit der Serviette über den Mund, als er in der Bewegung innehielt.

„Ja, genau! Richtig, Li. Du bist ein kluges Mädchen."

Bea sah ihn gespannt an.

„Mai kann gut englisch. Sie wird uns dolmetschen. Wir werden einfach die Mädchen hier warnen! Wir müssen nur das Radio, das Fernsehen und die Zeitungen auf unsere Seite bringen. So etwas soll nicht mehr vorkommen. Die Mädchen dürfen auf diese Tricks nicht hereinfallen."

Bea nickte langsam.

„Aber wie kommst du an die Radio- und Fernsehsender heran? Das ist bestimmt nicht so einfach. Und Mai hat sicher auch keine Bekannten in dieser Branche. Das wäre ein großer Zufall."

Bea war eher skeptisch.

Peter neigte den Kopf etwas zur Seite und überlegte.

„Gut so, Peterlein. Du bist guter Denker", er konnte sich Li jetzt gut vorstellen und sah sie triumphierend grinsen.

„Das Internet. Wir suchen uns die ganzen Adressen der Zeitungen und Fernsehstationen heraus. Mai soll uns helfen. Und irgendjemand wird uns schon zuhören. Beweise haben wir leider keine."

Bea und Peter beendeten ungewöhnlich schnell ihr Frühstück und machten sich als Erstes auf den Weg zum Hotelcomputer. Nach einer Stunde hatten sie sechs Adressen von Hanoier Zeitungsverlagen, zwei Adressen der hiesigen Fernsehstationen und vier Anschriften von Radiosendern. Die dazugehörigen Telefonnummern notierten sie daneben.

Dann machten sie sich auf den Weg zu Mai.

Der alte Mann öffnete ihnen abermals die Tür. Er lächelte sie freundlich an und gab ihnen ein Zeichen, sie mögen doch eintreten. Das taten sie dann auch und verneigten sich ebenfalls tief vor ihm.

„Mai?" fragte Peter und sah den alten Mann erwartungsvoll an. Er zuckte die Achseln, anscheinend wusste er nicht, wo sie war.

Er deutete ihnen, sich zu setzen und verschwand. Nach einer kleinen Weile kam er mit Lis Mutter herein.

Leider war das Englisch der Mutter miserabel, aber es war nicht schwer zu verstehen, dass sie Mai suchten. Ein Hauch von Angst lag in ihrem Blick. Was wollten diese Europäer von Mai? Man hatte ihr eine Tochter genommen. Wollten sie jetzt Mai auch mitnehmen?

„Tea", fragte sie, um Zeit zu gewinnen.

Bea nickte. Peter sah nicht ganz so gelassen aus. Wie lange würden sie wohl auf Mai warten müssen?

Aber diese Frage erübrigte sich, als einen Augenblick später die Tür aufging und Mai hereinkam. Sie blieb zuerst erstaunt stehen, dann neigte sie kurz den Kopf vor dem alten Mann, der noch immer im Raum herumstand und neugierig darauf wartete, was jetzt wohl passieren würde, und vor ihrer Mutter. Dann ging sie zu Bea und Peter und schüttelte ihnen die Hand.

„Hallo. Nice to meet you," begann sie freundlich.

Peter hatte ihr in einer viertel Stunde erklärt, warum sie hier waren, und warum sie ihre Hilfe brauchten. Mais Englisch war wirklich gut, und sie hatte gleich verstanden, worum es ging.

Mai strahlte. Sie fand die Idee gut. Sie hatte ihre Schwester verloren. Und noch mehr als Rache, wollte sie, dass so etwas nicht mehr passieren würde. Viele ihrer Freundinnen wünschten sich ein besseres Leben. Sie würden ihre Heimat ebenfalls verlassen, um an einer

Universität studieren zu können. Auch sie könnten auf so einen üblen Trick hereinfallen.

Mai hatte allerdings Bedenken. Die meisten Medien waren in der Hand des Staates. Und das Thema Prostitution war streng tabu. So etwas gab es nicht. Nicht in ihrem Land! So die Meinung des Staates. Zumindest nach außen hin.

Aber in diesem Fall war es ja nicht Prostitution in Vietnam, sondern in Europa. Und Li war darauf hereingefallen. Sie mussten diese Leute nur davon überzeugen.

Sie wollten Mädchen davor warnen, mit Fremden von hier wegzugehen.

Mai hängte sich ans Telefon.

Bea und Peter schlürften nervös ihren Tee. Die Mutter von Li und Mai war ebenfalls nervös. Mai übersetzte ihr Vorhaben.

Mai nahm einen Zettel und notierte während ihrer Telefonate immer wieder etwas darauf. Manche Gespräche dauerten lange, bei anderen legte sie bereits nach ein paar Sekunden den Hörer wieder auf. Es war noch ein schwarzes, altes Telefon, mit einer Wählscheibe. Bea hatte so etwas das letzte Mal in ihrer Kindheit gesehen. Sie fand es genial.

Nach etwa einer halben Stunde setzte sie sich mit der Liste, die sie gemacht hatte, zu Peter auf den Teppich und sagte:

„It is difficult. Most of them didn't listen, but I have two magazines, one radiostation and one tv-station, who want to listen to us."

Peter nahm sie an den Schultern und drückte sie kurz an sich.

„That's great!" freute er sich, denn mehr konnte man auf Anhieb nicht erwarten.

Sie hatten also vier Termine. Bei zwei Zeitungen, bei einem Radio- und einem Fernsehsender. Das war großartig.

Den ersten Termin hatten sie am nächsten Morgen um halb elf. Es war der Radiosender.

Peter fragte Mai nach einem Foto von Li. Er wollte es vergrößern und für ihre Mission vervielfältigen lassen.

Mai brachte ein sehr nettes Foto. Li war noch etwas jünger, vielleicht dreizehn oder vierzehn. Sie lachte freundlich und aus ihren Augen strahlte die pure Lebensfreude. Welch Verschwendung! Welche Sünde wurde da an einem jungen Leben begangen! Peter spürte wieder einen Kloß im Hals.

„Hallo. Du nicht weinst, oder? Ich bin ja da. Nicht schon wieder sein traurig. Mai euch wird gut helfen können. Sie ist liebe Schwester. Und grüße Bea. Ich sehr froh bin, dass sie dich begleitet."

Li genoss es, im Mittelpunkt zu stehen, das spürte er ganz deutlich.

Den Nachmittag verbrachten sie mit Sightseeing. Zuerst gingen sie zum Ho Chi Minh Mausoleum, das aus einem riesigen grauen Betonklotz bestand, das zwar sehr beeindruckend durch seine Größe war, ihnen aber beiden nicht sonderlich gefiel. Hier also war der große Herrscher begraben?

Danach wollten sie noch etwas über Vietnamesische Geschichte erfahren und besuchten das 1990 erbaute Ho Chi Minh Museum. Es wurde zum hundertsten Geburtstag von Präsident Ho Chi Minh errichtet. Darin befanden sich 117.274 Dokumente, Artikel, Bilder des Präsidenten und auch die wichtigsten geschichtlichen Ereignisse der westlichen Welt.

Peter fand es sehr faszinierend, wogegen Bea sich eher nur die Bilder ansah. Mit Geschichte und Weltgeschehen konnte sie nicht wirklich viel anfangen, wo sie doch seit ihrer Jugend praktisch davon ausgeschlossen war.

Ein Spaziergang zum Wasserpuppentheater und der Einsäulenpagode, die erhaben und stolz im Wasser stand und protzig sich den Besuchern zur Schau stellte, rundete den Nachmittag ab, und gefiel Bea bedeutend mehr, als die trockene Theorie der Geschichte.

Gegen Abend kehrten sie wieder ins Hotel zurück.

Nach dem Abendessen saßen sie schweigend in der Hotellobby nebeneinander. Zum Bettgehen war es noch zu früh. Gegessen hatten sie. Beide hatten keine Ahnung, was sie jetzt noch machen sollten. Es war kurz nach neun.

„Gehen wir noch spazieren?" fragte Peter nach einer Weile. Das Schweigen war ihm unangenehm.

Bea zuckte die Achseln.

„Aber es ist schon finster. Meinst du nicht, dass es eventuell gefährlich ist?"

Peter hatte keine Ahnung, aber Li meinte, Hanoi sei sicher.

Außerdem hatte er gelesen, dass in der zwei Millionenstadt Gewaltverbrechen extrem selten waren.

Obwohl die meisten Leute nicht mit Reichtum gesegnet waren, hatte man nicht das Gefühl, dass Not und Armut vorherrschend waren, denn die Menschen wirkten zufrieden und freundlich.

Peter meinte sogar, ein sehr aufgeschlossenes, offenes Volk, von sehr friedfertiger Mentalität vor sich zu haben.

„Ich werde auf dich aufpassen", sagte er und stand auf.

Bea folgte ihm zur Rezeption.

Er gab den Zimmerschlüssel wortlos ab und trat ins Freie.

Es war schon dunkel. Bei Lis Abschiedsfeier war es auch schon dunkel gewesen, als sie heimkamen, fiel Peter ein. Und sie hatten keinen Grund gehabt, sich zu fürchten. Es war allerdings nötig den Mopeds etwas besser ausweichen. Man konnte jetzt nicht einfach die Augen zumachen und über die Straße laufen. Diese Methode funktionierte nur bei Tageslicht.

Zu ihrem Erstaunen mussten beide feststellen, dass in den Gassen nicht minder viel los war, als zu den Tagesstunden.

Im Gegenteil. Es war nicht so drückend heiß, und für viele Leute angenehmer zu arbeiten, als am Tag.

Peter sah einen Mann, der ein Auto abschliff. Auf der einen Seite hatte er sogar schon damit begonnen, es neu zu lackieren. Peter konnte sich gar nicht vorstellen, dass von dem Stück Blech noch etwas übrigblieb, wenn er den Rost erst einmal weggeschliffen hatte.

Peter blieb stehen und sah ihm eine Weile zu. Es faszinierte ihn, mit welcher Ruhe und Gelassenheit der Mann an die Arbeit ging. Zwischendurch setzte er sich wieder in die Ecke und genoss einen Schluck Tee. Er grinste Peter freundlich an. Vorne hatte er einen Goldzahn, die restlichen Zähne schienen schon zu fehlen.

An einer Ecke sahen sie dann etwas, das im Entfernten einem Kaffeehaus ähnelte, und beschlossen einzutreten.

Es war etwas schummrig und sie blieben in der offenen Tür stehen, um sich an das Licht zu gewöhnen.

Drinnen waren drei kleine, runde Tischchen, die Dekoration asiatisch. An der hinteren Wand lagen wunderschöne Teppiche am Boden, darauf befanden sich niedrige, langgezogene Holztische, mit kunstvoller Schnitzerei.

Ein großer, orientalischer Teekocher stand auf dem einzigen großen Tisch in der Mitte des Raumes.

Rund um den kunstvoll verzierten Samowar, der vermutlich aus Silber war, lag so etwas, das aussah wie Mehlspeisen.

An den hinteren Tischen kauerten ein paar Männer am Boden und waren in ein fremdländisches Spiel vertieft.

Bea war mulmig zumute. Sie wusste nicht genau warum. Aber sie wünschte sich, Peter würde wieder hinausgehen. Aber Peter dachte gar nicht daran, nahm sie an der Hand und zog sie mit sich durch die offene Glastür.

Die Männer sahen auf.

Einer davon erhob sich und ging auf die beiden zu. Er lächelte nicht. Beas Innerstes sträubte sich, und sie wusste jetzt auch, warum. Es war ihr unangenehm, dass hier nur Männer anwesend waren. Es erinnerte sie an ihre Bar. Die einzig weiblichen Wesen waren ihre Arbeitskolleginnen.

In Bea stieg ein ungutes Gefühl hoch. Sie hasste Männer. Schnell befreite sie sich von Peters Hand.

Peter deutete dem Mann, dass er etwas zu trinken möchte.

Der Mann lächelte jetzt freundlich, nickte und deutete auf ein Tischchen.

Er ging und holte einen Tuch, mit dem er den Tisch sauber machte. Doch er klebte noch immer. Bea fand ihn ekelig.

Aus den altmodischen, verstaubten Lautsprechern an der Decke ertönte asiatische Musik. Es roch nach Blumen und Tee und an den Wänden konnte man typische Wandmalereien und Bilder bewundern. Man hätte hier wohl eine Woche sitzen müssen, um jedes einzelne Bild, jede einzelne Figur gesehen zu haben.

In einer Ecke befand sich sogar ein kleiner Springbrunnen, der Bea erst jetzt auffiel. Der Wasserstrahl kam aus einem kleinen Drachen, auf dem ein Junge saß, der ihm offensichtlich die Richtung zum Fliegen angab.

Peter bestellte zum Tee eine Variation der Süßigkeiten, die auf dem Tisch ausgebreitet waren. Der Mann brachte einen großen Teller voll. Fast alles war aus Teig mit viel Honig gesüßt, Mandeln und Pistazien. Es schmeckte herrlich, allerdings war man nach ein paar Bissen gesättigt.

Beas Verspannung ließ endlich wieder nach.

Peter war es nicht unbemerkt geblieben.

160

„Warum fühlst du dich hier nicht wohl?" fragte er und wusste, dass er eine Weile auf ihre Antwort warten musste.

Bea wusste, dass sie sich vor einer Antwort nicht drücken konnte, denn Peter würde solange fragen, bis er es wusste.

„Ich... Es sind diese Männer", sagte sie leise.

„Warum? Sie machen doch nichts", meinte Peter und sah in ihre Richtung.

„Sie lachen laut", sagte Bea trotzig, „und ich kann sie nicht verstehen. Das macht mich noch unsicherer."

„Warum dürfen sie nicht lachen? Das ist doch schön, wenn jemand lacht. Sie haben Spaß." Peter verstand nicht.

„Weißt du, wie oft Männer Spaß auf unsere Kosten hatten?" Bea verzog das Gesicht.

Sie hatte das Gefühl, dass wieder alles in ihr hochkam.

Sie hörte das dreckige Lachen der Männer.

„Nein", Peter schüttelte den Kopf, „hör mal! Bitte hör ihnen zu!" Er spitzte die Ohren.

„Diese Männer lachen nicht böse. Sie lachen befreit. Sie haben Freude am Leben. Bitte gib ihnen die Chance und horch einfach noch einmal hin."

Bea sah ihn einen Augenblick böse an, dann schloss sie die Augen und versuchte sich auf das Lachen am Tisch in der anderen Ecke des Raumes zu konzentrieren. Und richtig. Darin war nichts Schlimmes, nichts Boshaftes. Es war ein natürliches, lebensfrohes Lachen.

Bea öffnete die Augen wieder. Sie sah Peter lange an.

„Weißt du. Manchmal habe ich Angst, dass ich in kein normales Leben mehr zurück kann. Ich habe Angst, dass ich keinem Menschen mehr vertrauen kann. Wie soll ich das schaffen?"

Peter lächelte sie freundlich an.

„Es ist bestimmt ein langer Weg. Aber du wirst es schaffen. Du musst nur immer wieder daran arbeiten. Denke positiv. Sei optimistisch. Du darfst nur gute Gedanken zulassen, die anderen vertreibe, wenn sie in dir hochkommen."

Doch da wurde Peter auf einmal still. Was hatte er da eigentlich gesagt? War das DER Mag. Peter Brauner, den er kannte? Den er glaubte, zu kennen? War nicht ER derjenige, der immer alles schwarz sah?

„Du wirst es schaffen. Denn ich hab es jetzt endlich auch geschafft. Und ich möchte um nichts in der Welt zurück in mein altes Leben." Und das meinte er verdammt ernst.

Bea lächelte müde. Natürlich! Irgendwann einmal. Sie würde es vergessen. Sie würde es verdrängen. Nein! Besser: aufarbeiten. Sie würde das Vertrauen in die Menschen wiedergewinnen.

Eine Weile saßen sie schweigend gegenüber. Bea lauschte jetzt dem Lachen, dass für sie plötzlich nicht mehr erschreckend klang, sondern einfach nur nett. Peter betrachtete die Wände.

Es war kein unangenehmes Schweigen.

Peter rührte nachdenklich in seinem Tee. Er beobachtete das Stück Kandiszucker, dass mit der Zeit immer kleiner wurde und dann ganz verschwand. So wie die Wunden die Zeit heilt, dachte er. Irgendwann sind die Wunden dann verschwunden. Neue würden dazukommen. Oder auch nicht. Wenn man es zulässt.

Er dachte kurz an seinen Job. Sein Job. Naja. Er hatte ja jetzt keinen mehr. Wenn er wieder in Wien war, musste er sich gleich um Arbeit umsehen.

Irgendetwas würde ihm schon einfallen.

37

Um halb zehn holte Mai sie vor dem Hotel ab. Draußen wartete ein Taxi, und bereits eine halbe Stunde später standen sie vor einem großen Gebäude. Es war das Funkhaus des nationalen Radiosenders von Hanoi. Der Funkturm, der sich hoch hinauf in den Himmel erstreckte, beeindruckte seine Besucher.

Den Termin hatten sie allerdings erst um halb elf, also schlenderten sie um den Gebäudekomplex. Mai schien ziemlich aufgeregt zu sein. Das Foto von Li hielt sie krampfhaft in den Händen.

Peter fielen nicht die richtigen Worte ein, um sie zu beruhigen und er hatte keine Ahnung, wie sie es anstellen sollten, damit der Sender sie ernst nahm. Er musste es Mais Geschick überlassen, die Leute davon zu überzeugen, einen Bericht zu diesem brisanten Thema zu bringen. Es kam wohl alleine auf Mais Überredungskünste an.

Um punkt halb elf standen sie vor einem jungen Mann mit Brille, der sie in seinem Büro freundlich einlud, sich zu setzen.

Mai begann ohne lange Überlegung mit ihm zu sprechen. Das Lächeln verschwand zusehends aus seinem Gesicht. Mai wurde immer aufgeregter und gestikulierte wild mit ihren Händen. Das Foto hatte sie vor ihm hingelegt.

Bea und Peter verstanden kein Wort, doch die Emotionen füllten den ganzen Raum. Der junge Mann hörte aufmerksam zu.

Als Mai mit ihren Erzählungen fertig war, und sich in ihren Sessel zurückfallen ließ, richtete sich der junge Mann auf, stützte seine Ellbogen auf den Tisch und faltete die Hände. Er sah von einem zum anderen. Er schien, als suchte er krampfhaft nach den richtigen Worten. Es dauerte eine Weile bevor er sagte:

„And now you want us, to help you?"

Natürlich wollten sie, dass er ihnen half. Was für eine blöde Frage! Alle drei nickten.

Mai sah ihn verzweifelt an.

„How?" War alles, was er fragte. Gespannt sah er Mai an.

Sie hielt seinem Blick stand.

Peter kam ihr zu Hilfe.

„We want you, to give information via Radio, that the girls don't go with foreigners to europe. They tell them lies and say that they have a better life there. We want to warn them all."

Man sollte die Mädchen warnen, damit sie nicht auf diese falschen Tricks hineinfallen. Mai nickte zustimmend.

Der junge Mann erhob sich langsam.

Dann sah er Mai an, und stellte ihr einige Fragen. Er schien nicht uninteressiert. Peter hatte ein gutes Gefühl.

Doch Mai schüttelte den Kopf.

„Please," meldete sich Bea zu Wort. Sie flüsterte es beinahe unhörbar.

Der junge Mann trat vor sie hin. Er schaute ihr tief in die Augen. Bea schluckte. Er war so ernst. Er musste ihnen doch helfen. Jetzt raufte er sich die Haare. Irgendetwas schien ihn sehr zu beschäftigen. Fast schien es, als würde er vor etwas Angst haben.

Mai redete wieder auf ihn ein. Dann erhob sie sich und reichte ihm die Hand.

Bea sah sie erstaunt an. War es das jetzt? Sie stand auch auf.

Peter gab ihm die Hand und dann gingen alle drei schweigend aus dem Raum.

Mai sagte kein Wort.

Draußen angekommen, blieb sie stehen und schnappte nach Luft.

„He doesn't belive us", Mai schüttelte den Kopf.

„Was? Er glaubt es nicht?" wandte sich Bea an Peter.

Dieser nickte.

„Nein. Ich glaube, das wird schwieriger, als wir dachten."

Peter raufte sich die Haare. Mai war den Tränen nahe.

„Ist nicht verloren alles. Zeitung sowieso besser. Foto von Li ist gut, nicht?" meldete sich Li zu Wort.

Peter war froh, ihre Stimme zu hören.

„Li meint, wir sollen es bei der Zeitung probieren. Sie findet ihr Foto schön. Ich glaube, sie wäre gerne einmal in der Zeitung von Hanoi." Peter musste unwillkürlich lächeln.

Mai schaute ihn verwirrt an. Was konnte dieser Typ jetzt wohl witzig finden, dachte sie.

„Mai nicht findet lustig, dass du lachst, Peter", mischte sich Li ein.

„Das weiß ich auch, du Naseweiß", gab er ihr zur Antwort.

„OK, Mai. Where is the newspaper-administration?"

Mai schien wieder etwas Hoffnung zu schöpfen. Sie spürte, dass Peter nicht so schnell aufgeben würde.

Peter hatte noch immer seinen Journalistenausweis. Den würde er den Herren schon unter die Nase reiben.

Vierzig Minuten später standen sie vor dem Bürogebäude der größten Zeitung Hanois. Mit Peters Ausweis war es eine Kleinigkeit in die Chefetage zu gelangen. Sie mussten lediglich eine weitere halbe Stunde warten, bevor sie von einem Assistenten in Empfang genommen wurden. Auch dieser begrüßte sie herzlich und schien schon sehr neugierig zu sein, was ein europäischer Kollege von ihm wollte.

Ohne Umschweife begann nun Peter in Englisch seine Geschichte zu erzählen. Der etwas ältere Herr, der eine sehr jugendliche Figur besaß, hörte ihm gespannt zu.

Peter legte ihm zu guter Letzt das Foto von Li vor die Nase und schaute ihn erwartungsvoll an.

Er nahm es in die Hand und betrachtete es aufmerksam.

Mai schien es vor Spannung fast zu zerreißen. Mit hochrotem Gesicht starrte sie den Mann an. Bis jetzt hatte sie allerdings kein Wort gesagt.

Der Mann schüttelte betroffen den Kopf.

„My taughter now is fifteen", war alles, was er sagte.

Dann sah er von dem Foto auf.

Bea sah Peter fragend an.

„Er hat eine Tochter, die fünfzehn ist. Das ist gut. Ich glaube, er versteht, was wir wollen", erklärte er ihr.

Der Mann nickte. Dann sagte er etwas zu Mai.

Diese griff in ihre Hosentasche und zog den total zerknitterten Brief von Li aus der Tasche. Er las ihn aufmerksam durch. Manchmal zuckten seine Gesichtsmuskeln. Er war offensichtlich sehr ergriffen. Peter freute sich darüber.

„Ist guter Mann", Li gab ihren Senf dazu.

Peter nickte.

Der Mann sah wieder von dem Brief auf.

„Well", sagte er mit Nachdruck, „I'll make it."

Doch Peter wusste genau, dass er nicht nur an das Mädchen dachte, sondern er hatte auch soviel Erfahrung, dass die Geschichte an sich, ein tolles „Fressen" für die Presse war.

Peter zwinkerte Mai zu. Diese lächelte erleichtert.

Der Mann holte ein Aufnahmegerät und stellte es zwischen ihnen auf. Dann scannte er den Brief und das Foto von Li ein und gab die Originale an Mai zurück.

Es dauerte noch zwei Stunden, bis sie wieder auf der Straße standen. Es war nun früher Nachmittag und die Sonne brannte vom Himmel.

Peter schlug vor, etwas Essen zu gehen.

Mai zeigte ihnen ein kleines Lokal ganz in der Nähe der Jadeinsel. Man konnte von der Terrasse aus den Schildkrötenturm sehen, der sich im Blau des Sees widerspiegelte.

Es gab hier keine Speisekarte für Ausländer und so übersetzte ihnen Mai die einzelnen Speisen. Bea entschied sich für überbackene Nudeln mit Gemüse. Sie hatte Angst irgendwelche ekeligen Krabben oder gar etwas Schlimmeres zu bekommen. Peter lachte sie aus. Er selbst probierte eine Fischsuppe, die ihm Mai wärmstens empfiehl.

Es schmeckte köstlich. Aber vor allem auch, weil einmal eine große Last von ihnen gefallen war. Der Anfang war gemacht.

38

Erwin saß um halb sechs Uhr morgens mit Harry und zwei Mädchen im Auto. Seinen Koffer mit den paar Habseligkeiten hatte er in den Kofferraum achtlos hineingeworfen. Er warf einen kurzen Blick auf den Rücksitz. Die beiden Mädchen sahen ihn erschrocken an. Sie hielten sich an den Händen. Und beide sahen aus... wie ... Li.

Erwin schluckte. Er konnte den verängstigten Blick nicht aushalten und drehte sich sofort wieder um.

Sein Gewissen begann sich zu melden. Er hielt die Situation kaum aus.

„Sechstausendfünfhundert Euro, Erwin", lachte Harry dreckig und gab Gas.

Erwin wusste darauf nichts zu sagen.

Harry winkte mit den Pässen.

„Hier. Sind genial geworden. Beide sind jetzt achtzehn. Keiner kann uns was anderes nachweisen. Mario wird stolz auf uns sein."

Wieder schien er auf Erwins Antwort zu warten.

„Ist dir das Maul eingeschlafen?" fragte er ihn ärgerlich.

„Tut mir leid, aber bin noch müde. Hab fast kein Auge zugetan", meinte er, was auch der Wahrheit entsprach.

Mehr wollte er mit Harry nicht sprechen, und dieser ließ ihn nun auch in Ruhe.

Nachdem sie Wien hinter sich gelassen hatten, begann eines der Mädchen leise zu schluchzen. Harry warf einen wütenden Blick in den Rückspiegel.

Erwin sagte nichts.

„Ruhe!" keifte Harry.

Das Mädchen vergrub ihr Gesicht in den Händen. Erwin konnte sie im Seitenspiegel auf der Rückbank beobachten. Er biss die Zähne zusammen.

Er konnte das nicht mehr. Er wollte das nicht mehr.

Irgendetwas in ihm sträubte sich zunehmend.

Nie wieder würde er eines der Mädchen angreifen.

Lieber würde er sich umbringen.

Umbringen?

Er warf einen Blick auf Harry.

OK. Bevor er sich selber umbringen würde, würde er lieber dieses Schwein kalt machen.

Erwin bekam Angst vor seinen eigenen Gedanken.

Sechstausendfünfhundert Euro. War das genug, um zwei weitere Leben zu zerstören? In Erwin begann ein Plan zu reifen.

Er würde sie bestimmt nicht in die „Todsünde" bringen. Bestimmt nicht!

39

Noch am selben Abend feierten Mai, Bea und Peter ihren ersten Etappensieg in der Hotelbar.

Bea verabschiedete sich als Erste, denn sie fand es ziemlich mühsam, dass ihr Peter jeden Satz übersetzen musste, den er mit Mai auf Englisch sprach. Sie fühlte sich etwas unbeholfen und wollte eigentlich nur mehr ins Bett.

Mai hatte nur darauf gewartet, dass sie mit Peter alleine sprechen konnte, denn sie wollte alles wissen, was er mit Li gesprochen, und wie er sie kennen gelernt hatte.

Sie war etwas erschrocken, als er ihr erzählte, dass er als Kunde im Bordell war. Doch als er ihr erklärte, dass es sein erster Besuch war, dass er sich einsam fühlte, und dass er vor einigen Jahren seine Freundin verloren hatte, die er, wie er im Nachhinein feststellte, unendlich geliebt hatte.

Selbst erstaunt, über das, was er über Julia erzählte, wurde ihm klar, dass sie wirklich seine große Liebe gewesen war. Und über die Jahre hatte er nicht einmal versucht, eine neue Beziehung aufzubauen, geschweige denn, sich überhaupt umzusehen, ob nicht eine andere Liebe für ihn in Aussicht wäre. Wie dumm war er nur gewesen, all die Jahre. Er hatte nie wirklich abgeschlossen. Er hatte immer noch auf sie gewartet. Jetzt war es ihm plötzlich klar geworden.

Kurz nach Mitternacht begleitete er Mai nach Hause. Er wollte ohnehin noch einen kleinen Spaziergang machen. Er wollte mit seinen Gedanken alleine sein.

„Was du wirst jetzt machen, wegen Julia?" meldete sich Li.

Peter verdrehte die Augen. Eigentlich wollte er jetzt alleine sein.

„Willst du alleine sein?" fragte sie leise.

„Ja!" antwortete Peter etwas ruppig.

Li schwieg.

Na super! Dachte Peter. Jetzt war es zu spät.

Er fühlte, dass sie ihm zuhörte, in seinen Gedanken.

Resigniert blieb er stehen.

„Na gut", begann er, „worüber möchtest du sprechen?"

Li freute sich.

„Du liebst Julia noch immer", stellte sie fest.

Peter nickte. „Und wenn es so wäre?"

„Dann such sie doch und mach den Tisch sauber", sagte Li neunmalklug. Peter musste lachen.

„Du meinst, ich soll reinen Tisch machen", er fand sie süß.

„Lach du mich nur aus", nörgelte sie.

Peter ging schweigend weiter.

Vermutlich hatte Li recht. Er musste sie noch einmal sehen, um einen richtigen Abschluss finden zu können.

Es war wirklich an der Zeit.

40

Kurz nach Kufstein bog ein roter Passat mit Wiener Kennzeichen auf einen Autobahnparkplatz ein. Erwins Puls raste. In spätestens zwei Stunden würden sie in Nauders sein.

Eines der Mädchen machte ihnen klar, dass sie auf die Toilette musste. Harry hatte sie daraufhin angeschnauzt, hatte aber keine Wahl.

Er leitete Erwin an, auf sie aufzupassen, um selber aufs WC gehen zu können.

Erwin tastete mit seinem linken Fuß den kleinen roten Feuerlöscher, der unter dem Beifahrersitz hervorlugte. Er hatte Angst, Harry könnte sein Herz schlagen hören. Auf der linken Schläfe rann ihm ein Schweißtropfen über die Wange und auf seinen Hemdkragen.

Die ganze Fahrt war ruhig verlaufen. Harry hing seinen Gedanken nach, was Erwin angenehm empfand. Er wollte nicht mit ihm sprechen. Harry war ein Idiot.

Der Wagen hielt etwas abseits der Toiletten. Es war außer einem Lastwagen, dessen Fahrer gerade wieder in sein Führerhaus stieg, kein Mensch auf dem Parkplatz. Erwin zitterte.

Harry riss die hintere Tür auf und zerrte ein Mädchen grob am Handgelenk aus dem Wagen. Sie winselte.

Das zweite sah ihn verängstigt an und krabbelte sofort aus dem Auto. Er deutete mit dem Kopf auf das Toilettenhäuschen und befahl dann Erwin auf sie aufzupassen.

Als Harry im WC verschwunden war, und die Mädchen auch, rannte er zum Wagen zurück und holte den kleinen Feuerlöscher hinter dem Sitz hervor. Ihm wurde übel. Am liebsten hätte er gekotzt, aber er hatte das Gefühl, dass es jetzt kein Zurück mehr gab.

Schnell versteckte er sich hinter der Herren-WC-Tür.

Die Sekunden schienen sich in Minuten zu verwandeln. Erwin schielte zur Autobahn. Kein Auto bog zum Parkplatz. Es war ganz ruhig. Sie waren alleine.

Harry öffnete die Tür. Er hatte beide Hände an der Gürtelschnalle und wollte diese soeben gerade richten, als ihn ein harter Schlag am Hinterkopf traf. Er taumelte und fiel. Ein zweiter Schlag traf den bereits am Boden liegenden mit voller Wucht. Harry verlor das Bewusstsein.

Erwin beugte sich schnell über ihn. Er blutete am Hinterkopf. Aber nicht viel. Harry atmete noch.

Gott sei Dank, schoss es Erwin durch den Kopf. Schließlich war er kein Mörder.

Im Kofferraum war ein Abschleppseil. Damit fesselte er fachmännisch seinen „Kollegen". Dann schob er den Bewusstlosen in die Herrentoilette zurück und machte die Tür zu.

So schnell würde ihn hoffentlich keiner finden. Die meisten Männer benutzten sowieso das Pissoir.

Hektisch rannte er wieder zum Auto. Er rief nach den Mädchen, die verschreckt aus dem WC kamen und sich wieder auf den Rücksitz setzten.

Fragend sahen sie Erwin an, der das Auto startete und den Parkplatz verließ.

In Schwaz, kurz vor Innsbruck ließ er die beiden Mädchen aussteigen. Er machte ihnen klar, dass sie hier auf die Polizei warten sollten. Dann gab er ihnen einen Zettel in die Hand, wo er „Vietnamesische Botschaft" darauf schrieb, die sich um die Mädchen kümmern sollte, falls es in Österreich eine vietnamesische Botschaft gab. Das wusste Erwin nicht. Aber die Behörden würde schon dafür sorgen, damit sie wieder nach Hause kämen.

Erwin fuhr los. Er war verwirrt, hatte Angst, fühlte sich aber stolz und erleichtert. Er hatte keine Ahnung, welche Konsequenzen das für ihn haben würde.

Er wählte den Notruf der Polizei, erklärte, wo die Mädchen standen und sagte ihnen auch, dass in der Nähe von Kufstein ein Zuhälter namens Harry, den sie auch suchten, in einer Toilette gefesselt am Boden lag.

Dann warf er sein Handy aus dem Auto und fuhr von der Autobahn herunter. Er wollte die Freilandstraße auf den Weg nach Italien nehmen. Sicher, war sicher.

Erwin lächelte.

Er hatte das Gefühl, einen Teil seiner Schuld gut gemacht zu haben, denn er hatte ausnahmsweise einmal nicht selbstsüchtig gehandelt. Mario würde ihn in der Luft zerreißen, wenn er ihn finden würde. Aber Mario würde ihn nicht finden, nie mehr.

Erwin lächelte noch immer und gab Gas.

41

5. April 2008

Der Tiroler Polizei gelang mit Hilfe eines Unbekannten die Verhaftung des Zuhälters, Harry M., der zwei minderjährige Mädchen aus Vietnam in ein Bordell bringen wollte. Die Mädchen befinden sich nun in Polizeigewahrsam und werden nach den abgeschlossenen Ermittlungen in ihre Heimat zurückgebracht.

Der Zuhälter beteuert seine Unschuld und gibt an, nichts mit den beiden Mädchen zu tun zu haben.

Ob der Beschuldigte auch mit der Verschleppung der minderjährigen Vietnamesin, die sich vor zwei Wochen das Leben nahm, etwas zu tun hat, wird noch ermittelt.

Klara schlug die Zeitung zu. Das musste sie unbedingt Bea und Peter mailen. Sie war ganz aufgeregt. Peter hatte ihr gestern eine E-Mail geschrieben, in der er ihr mitteilte, dass eine Zeitung Lis Geschichte drucken würde.

42

Es regnete in Strömen. Der Himmel schien alle Schleusen geöffnet zu haben und Bea und Peter blieb nichts anderes übrig, als es sich im Hotelzimmer gemütlich zu machen. Peter hatte sich ein englisches Buch gekauft, das er nun begonnen hatte zu lesen. Sein Englisch war wahrhaftig nicht schlecht, aber einen Roman zu lesen, das war wieder eine ganz andere Herausforderung. Aber mit jeder Seite, die er las, schien er besser zu verstehen.

Bea lag auf dem Bett und sah fern. Sie schaltete von einem vietnamesischen Programm auf das andere. Die Bilder fand sie lustig. Auch die Kleidung und das Aussehen der Leute waren so fremd, dass es ihr nicht langweilig wurde.

Plötzlich klopfte es an der Tür.

Bea erhob sich rasch und öffnete.

Mai kam strahlend, aber von Kopf bis Fuß tropfend nass ins Zimmer.

Aus ihrer Handtasche kramte sie eine völlig zerknitterte Zeitung. Sie legte sie auf den Tisch und strich sie mit beiden Händen glatt.

Peter hatte sich nun auch erhoben und gesellte sich zu den beiden Frauen.

Er beugte sich über Mai und sah Li, die ihm aus der Zeitung entgegenlächelte.

„Super Bild, nicht?" hörte er sie gleich jubilieren.

Peter nickte. Sie sah süß aus, aber ein Kind, eben, dachte er.

„Bah! Ich bin große Frau, nicht Kind", protestierte Li.

Peter wollte sie nicht weiter beachten, es war ihm schlichtweg zu dumm.

Mai machte einen zufriedenen Seufzer, allerdings schwang eine große Portion Wehmut in ihrer Stimme, als sie begann den Artikel auf Englisch zu übersetzen.

Es dauerte eine ganze Weile, weil es eine halbe Seite eines großen Zeitungsformates war. Peter übersetzte es für Bea auf Deutsch.

Nachdem sie mit dem Dolmetschen fertig waren, fielen alle drei ins Schweigen.

„Was jetzt?" brach Bea als Erste die Stille.

Peter sah sie nachdenklich an.

Mai schien es verstanden zu haben und überlegte.

Dann stieß sie plötzlich einen spitzen Schrei aus. Ihr war offensichtlich etwas eingefallen.

„We make Flyer from Li, with a foto from her. And then we give it to the people. We need young people, for example in schools, in concerts and so on."

Sie war ganz aufgeregt.

„We need money, Peter. We need a lot of money!"

Peter verstand. OK. Sie wollte also Flyer drucken lassen, mit dem Bild von Li, mit einer Warnung an alle jungen Mädchen. Die sollten sie dann in Schulen, bei Konzerten, auf Sportplätzen usw. verteilen.

Peter hielt es für eine ausgezeichnete Idee.

Mai verabschiedete sich und versprach, sich wieder zu melden. Sie wollte eine Druckerei suchen, die möglichst billig Flyer drucken würde.

Peter überlegte. Was konnte so etwas schon kosten. Vielleicht würden sie sich einen Sponsor suchen. Oder? Egal. Das konnte er für Li schon zahlen. Er hatte ja noch Reserven.

Aber Mai sprach von tausenden von Zetteln, die sie verteilen wollte.

Vier Tage später war Peter um ein paar Hundert Euro ärmer, aber er hielt einen färbigen, auffallend glänzenden Flyer in Händen, darauf war ein Bild von Li und die Nachricht und die Umstände ihres Todes.

Was sonst noch draufstand hatte ihnen Mai übersetzt.

Der Flyer gefiel ihnen gut, er war sehr ansprechend, und vor allem auffallend gestaltet.

Also machten sie sich mit einigen hundert Zettel im Rucksack, die sie an diesem Tag verteilen wollten, auf den Weg.

Mai führte sie zu Schulen, in die Mädchen im Alter zwischen zehn und vierzehn Jahren gingen. Die Zettel zeigten ihre Wirkung, denn kleine Gruppen von Mädchen standen im Schulhof beisammen und diskutierten über das Gelesene.

Die nächste Station war der Bahnhof. Dort wimmelte es vor Leuten. Mai drückte eifrig allen einen Zettel in die Hand. Auch die Eltern sollten informiert werden, mit dem Ziel, dass alle darüber sprachen.

Mai war nicht mehr zu bremsen.

Sie kehrten erst am Abend ins Hotelzimmer zurück.

Bea fiel auf, dass sie seit dem Frühstück nichts mehr gegessen hatte.

Aber nachdem sie wusste, dass Peter soviel Geld für die Druckerei ausgegeben hatte, konnte sie eine Einladung von ihm nicht annehmen.

Sie ging ins Zimmer und kramte nach ihrem Geld. Es waren nur ein paar hundert Euro, die sie hatte. Damit würde sie nicht einmal das Hotelzimmer zahlen können, wenn sie noch länger blieben.

Ihre ganze missliche Lage wurde ihr wieder bewusst und sie wollte nicht auf jemanden angewiesen sein.

Das Gefühl der Abhängigkeit lastete wie Blei auf ihren Schultern und sie spürte, dass ihr alles zu viel wurde. Bea ließ sich aufs Bett fallen, und weinte bitterlich. Wenn sie doch nur etwas arbeiten könnte, aber sie hatte ja nichts gelernt.

Sollte sie sich nicht doch wieder bei Mario melden?

War ihr Leben wirklich so schlecht gewesen?

Doch. War es. Verdammt!

Peter klopfte, und steckte kurz darauf den Kopf zur Tür herein.

„Warum kommst du nicht mehr hinunter. Wir warten mit dem Essen auf dich."

Bea schnäuzte sich und sah ihn schweigend an.

Peter sah ihre verweinten Augen.

„Was hast du denn? Alles läuft doch gut. Wir kriegen das schon hin, mit Li", meinte er sanft und setzte sich zu ihr auf den Bettrand.

„Es ist nicht Li!" sagte sie ruppig.

Peter verstand sie nicht. Was meinte sie?

„Aber wir wollen doch, dass die Zeitungen, Radiosender und Fernsehen auf Lis Schicksal aufmerksam werden. Wir haben ihr versprochen, dass alle alarmiert werden. Das möchte Li so haben, und das schaffen wir, da bin ich mir sicher", erklärte ihr Peter in bewusst ruhigem Tonfall.

Bea fing erneut an zu schluchzen.

Peter verstand jetzt gar nichts mehr.

„Aber was wird aus mir?" brachte sie stockend hervor.

„Li ist schon tot, und alle kümmern sich um sie. Ich weiß aber nicht, was ich mit meinem Leben noch machen soll."

Jetzt wusste Peter, worum es hier ging. Bea hatte ganz einfach riesengroße Angst.

Er legte seinen Arm freundschaftlich um ihre Schultern. Bea erstarrte zu einer Salzsäule. Peter gab den Arm sofort wieder weg. Er war ja ein Mann.

„Tut mir leid, Bea. Bei der ganzen Geschichte um Li, habe ich wirklich vergessen, dass du auch große Sorgen hast. Ich werde dir helfen, etwas zu finden, wenn wir zurück in Wien sind."

Er versuchte in möglichst beruhigendem Ton mit ihr zu sprechen. Bea schluchzte noch mehr.

„Was soll ich in Wien?"

Peter zuckte hilflos die Achseln.

„Ich weiß nicht, Bea. Du kannst doch noch eine Schule besuchen, oder einen Lehrberuf machen. Was interessiert dich denn?"

Bea sah ihn wütend an.

„Du hast ja keine Ahnung. Mario wird alles daran setzen, mich zu finden. Er hat ein Aggressionspotenzial, das du dir gar nicht vorstellen kannst. Er weiß bestimmt, dass ich sie alle verpfiffen habe. Wer hätte das sonst tun sollen. Ich hab in Wien keine Chance."

„Und wenn du in eine andere Stadt ziehst?" schlug Peter vorsichtig vor.

„Und von was soll ich leben? Auch wenn ich eine Schule mache, dann brauch ich Geld und eine Wohnung. Das schaffe ich nie", Bea ließ sich zurück aufs Bett fallen.

„Ich werde in meinen alten Job zurückkehren", sagte sie und starrte resignierend vor sich auf den Boden.

Peter war wütend. Er hatte sich so sehr bemüht, und sie gab einfach auf.

„Nein, das wirst du nicht, wenn du nicht willst. Ich werde dir helfen. Klara wird dir auch helfen. Es fällt uns bestimmt etwas ein. Lass mir etwas Zeit."

„Aber", begann sie, „ich will dir nicht länger auf der Tasche liegen. Ich will nicht von dir abhängig sein, verstehst du das nicht?"

Natürlich verstand er das. Wer wollte das schon!

„Aber du kannst mir alles zurückbezahlen, wenn es dir finanziell besser geht." Er tätschelte ihre Hand.

Diesmal ließ es Bea zu.

Diese Gespräche nervten ihn zunehmend, denn sie waren unprofessionell und viel zu emotional. Warum Frauen nicht rationaler denken konnten!!!

Bea seufzte.

„Aber ich habe Angst davor, nach Wien zurückzukehren."

Peter überlegte, dann sagte er nachdrücklich, indem er sich ganz nahe zu ihre beugte:

„Du hast doch gelesen, was uns Klara geschrieben hat. Die Polizei hat bereits Harry festgenommen. Es wird nur eine Frage der Zeit sein, dann haben sie alle. Du brauchst dann nichts mehr zu befürchten."

Bea sah ihn zweifelnd an. Ihre Augen waren noch immer ganz geschwollen und rot.

„Nun komm schon", forderte sie Peter auf, „du hast den ganzen Tag nichts gegessen, und unten wartet Mai auf uns", er zog sie ganz vorsichtig bei der Hand, um sie zum Aufstehen zu motivieren.

Bea rappelte sich tatsächlich auf, denn sie wusste, dass er recht hatte. Mit leerem Magen schien alles noch viel schlimmer zu sein.

Mai hatte bereits eine dampfende Schüssel Suppe vor sich stehen und lächelte sie an, als sie sich dem Tisch näherten.

Sie sah Bea durchdringend an. Bea sah weg.

„Hungry?" versuchte sie Bea abzulenken, denn sie merkte wohl, dass Bea geweint hatte. Diese nickte nur und setzte sich.

Mai wusste von dem Email aus Österreich und war seitdem sehr gelassen. Sie hatte das Gefühl, dass sie keiner mehr stoppen konnte.

Die ganze nächste Woche verteilten Mai, Bea und Peter die restlichen Flyer in der Stadt. Sie standen vor den Kinos, an Sportplätzen, und vor Museen. Mittlerweile hatten sie das Gefühl, dass die Leute sie schon kannten, denn sie tuschelten, sobald die Vietnamesin mit ihren beiden europäischen Freuden auftauchte.

15000 Flyer waren schließlich verteilt.

Mehr als zwei Wochen waren Bea und Peter schon in dem Hotel.

Mai machte ihnen den Vorschlag im Gästezimmer ihrer Eltern zu wohnen, bis sie Hanoi wieder verlassen würden.

Nach langem hin und her, stimmten die beiden zu und übersiedelten ihre Sachen in das Haus in der kleinen, netten Gasse.

43

13. April 2008

Der Zuhälter Harry M., der vergangene Woche festgenommen wurde, legte ein umfassendes Geständnis ab. Die Polizei konnte das illegale Bordell in einem kleinen Dorf in Tirol, ausfindig machen und einige Verdächtige wurden festgenommen.

Von dem Zuhälter Mario M., der der Drahtzieher der Zwangsprostitution von Minderjährigen sein dürfte, fehlt aber noch jede Spur.

44

Bea wurde blass, als ihr Peter das Email von Klara vorlas.

Sie wusste, dass sich Mario nicht so einfach fassen lassen würde. Er war bestimmt im Ausland untergetaucht. Geld hatte er genug.

Es war Nachmittag und sie saßen mit Mais Mutter und Großvater bei einer Tasse Tee. Mittlerweile hatten sie sich an die Gastfreundschaft gewöhnt und genossen das Zusammensein mit der Familie.

Bea half der Mutter in der Küche, auch wenn diese immer wieder mit Gesten beteuerte, dass das nicht notwendig wäre.

Das große schwarze Telefon klingelte. Mai sprang auf und hob ab.

Plötzlich wurde ihre Stimme ganz aufgeregt. Sie sah zu Bea und Peter und machte immer wieder Zeichen, die diese aber nicht verstanden.

Das Telefonat schien eine Ewigkeit zu dauern, dann endlich legte sie ab.

Sie machte einen Freudenschrei. Peter sah sie erstaunt an.

„This was the Televison-Station. They want to make an interview with us."

Peter hob die Augenbrauen, Bea sah ihn fragend an.

„Das war der Fernsehsender, sie wollen nun doch mit uns reden. Sie möchten uns interviewen", erklärte er Bea.

„Tomorrow at nine we must be there", sagte sie zu Peter.

Peter konnte diese Nacht kaum schlafen. Es war stickig heiß und er wälzte sich von einer Seite auf die andere. Bea lag ganz ruhig und hörte auf das Summen der Moskitos. Sie hatte Angst. Mario war geflohen. Ihre Gedanken drehten sich im Kreis.

Als sie aufstanden, hatte Mai schon ein Frühstück vorbereitet. Es war eine Art Früchtemus mit selbstgebackenen Keksen. Peter fand, dass man sich daran gewöhnen könnte.

Um punkt neun Uhr standen sie wieder im Büro des Mannes, der vor zehn Tagen, genauso wie der Radiosender, abgelehnt hatte, ihnen zu helfen.

Nun saß er an seinem Schreibtisch und grinste sie an. Seine Brille hatte er etwas tief auf dem Nasenrücken sitzen und sah sie arrogant an. Peter mochte ihn nicht. Er erinnerte ihn zu sehr an sich selbst, wie er gewesen war, als er noch in der Branche tätig war. War er auch so ein unsympathischer Schnösel gewesen?

Leider musste er sich selbst diese Frage mit „ja" beantworten.

Aber egal. Er half ihnen. Auch wenn es nur um Quoten ging.

Ein paar Flyer hatte Mai noch in ihrer Tasche aufgehoben. Diese brauchten sie nun, denn der Mann mit der Brille wollte, dass die drei dabei gefilmt wurden, wenn sie diese in der Stadt verteilten.

Er wollte einen etwa fünfzehnminütigen Bericht über Li bringen. Dazu gehörten auch Interviews mit der Schwester des toten Mädchens, den Eltern und ihren europäischen Freunden.

Bea sah ihn erschrocken an. Sie wollte kein Interview geben.

Da sie auch kein Englisch sprach, nahm der Mann davon Abstand und wollte sie nur beim Verteilen der Flyer filmen.

Das Kamerateam stand um 15 Uhr vor dem Hanoi City Museum für sie bereit.

45

Mittlerweile interessierte auch ganz Österreich der Fall „Li" und die Zwangsprostitution. Klara konnte fast tagtäglich davon in der Zeitung lesen. Auch Theo verfolgte mit ihr die Berichterstattungen.

Privatfernsehen und Zeitungen brachten immer wieder Beiträge zu diesem Thema. Es wurde in Archiven gewühlt und alte Bericht hervorgeholt. In der Vergangenheit gab es bereits Vorfälle dieser Art, die aber dann ganz schnell wieder in Vergessenheit gerieten.

Die Leute lasen gerne solche Geschichten. Außerdem sah das Mädchen bezaubernd aus. So etwas bewegte naturgemäß die Gemüter der Massen. Man hatte wieder einmal einen ordentlichen Skandal, und er war gut für die Medien.

„Ach, wie die alle nur heucheln", dachte Klara und legte die Zeitung beiseite. Wie viele sogenannte „einflussreiche" und „wichtige" Männer hatten sich schon so ein Mädchen gekauft!

Theo lag auf der Couch und sah fern. Klara stand vom Tisch auf und wollte sich gerade zu ihm schmiegen, als sie innehielt.

Mit offenem Mund starrte sie auf den Fernseher. Es ging um den „Fall Li". Man sah zwei Europäer und die Schwester des Mädchens, die in Hanoi Bilder der toten Li verteilten. Danach kam ein dreißig Sekunden-Interview mit Mai und ... PETER.

Dann schaltete das Studio zum „Wetter".

Klara ließ sich auf die Couch sinken.

Also so interessant war der Fall „Li" nun, dass sie ihn sogar in den Auslandsnachrichten brachten.

Man wusste nun, wo sich Peter und Bea aufhielten. Wenn das dieser Mario Matschi, von dem Bea gesprochen hatte, herausfinden würde, dann wären die beide womöglich in Gefahr.

Klara teilte ihre Bedenken ihrem Mann mit, der lange darüber nachdachte, bevor er sagte:

„Ruf ihn bitte an. Du hast ja die Nummer von Mai, die hat dir Peter gestern noch gemailt."

Klara nickte und eilte zum Telefon.

Nach kurzer Zeit war er auch schon am anderen Ende der Leitung.

„Was gibt es Schwesterherz?" fragte er, denn er freute sich wirklich, Klara zu hören, die aber etwas bedrückt klang.

„Peter, bitte nehmt den nächstmöglichen Flug nach Hause. Hier in den Nachrichten wurde euer Interview gezeigt. Es waren zwar nur ein paar Sekunden. Aber mittlerweile ist der Fall Li so populär bei uns, dass alles gesendet wird, was damit zu tun hat. Und dieser Mario weiß sehr wahrscheinlich, wo ihr seid."

Peter war eher beeindruckt, denn beängstigt.

„Wow! Das ging aber schnell. Das Interview haben wir erst gestern gegeben. Die Welt ist wohl etwas kleiner geworden."

„Nicht nur das. Theo sagt gerade, dass man das vollständige Interview von euch schon im Internet sehen kann. Er hat es soeben gefunden. Also bitte tu mir den Gefallen und fliegt nach Hause. Am besten heute noch."

Klaras Stimme klang wirklich sehr besorgt.

„Und wo sollen wir uns in Wien verstecken?" fragte Peter und war gespannt auf ihre Antwort.

Doch damit ließ sich Klara etwas Zeit.

„Ihr kommt erst einmal zu uns in die Wohnung. Dann lassen wir uns etwas einfallen. Das Gästezimmer ist für ein paar Tage groß genug für zwei Leute."

Klara hatte das in einem so bestimmenden Ton gesagt, dass Peter nicht wagte, ihr zu widersprechen.

Als er aufgelegt hatte, erklärte er Mai worum es ging. Diese sah ihn entgeistert an. Dann brach sie in Tränen aus.

Er strich ihr eine Haarsträhne aus ihrem hübschen Gesicht.

„Hast du nicht bemerkt, dass Mai ist unsterblich verliebt in dich?" meldete sich Li.

„Was?" sagte Peter laut.

Mai sah ihn erschrocken an.

„Ganze Zeit schon nur träumt von Peter. Du bist großer Held für meine Schwester", ergänzte sie.

Peter schloss die Augen. Das hatte er nicht bemerkt.

Nur jetzt, da Li es ihm sagte, wurde ihm bewusst, dass Li recht hatte. Wahrscheinlich hatte er es nur verdrängt.

„Aber ich habe ihr keinen Anlass dazu gegeben", verteidigte sich Peter.

Bea sah ihn erstaunt an. Sie wusste, dass er mit Li sprach.

„Es tut mir leid", flüsterte er und stand unbeholfen neben Mai.

Was sollte er jetzt machen? Er konnte sie nicht umarmen, denn das würde in ihr nur Hoffnung erwecken. Er fühlte sich elend.

Mai war bezaubernd. Sie war hübsch und sehr, sehr jung. Obwohl ein Altersunterschied von fünfzehn Jahren ihn nicht stören würde. Mai lebte in Hanoi. Peter wollte zurück nach Wien.

Mai weinte noch immer.

Bea nahm sie jetzt in die Arme. Sie konnte sich zwar nicht mit ihr unterhalten, aber sie merkte, dass es Mai gut tat und sie beruhigte sich nach einer Weile.

„I'm so sorry, Mai", wandte sich dann Peter an sie, nachdem sich Mai wieder aus Beas Umarmung gelöst hatte, „but we have to go home. You can fight for Li here with your friends."

Dass sie hier in Hanoi mit ihren Freunden weiterkämpfen sollte, war das Einzige, was ihm jetzt einfiel.

Mai war verliebt in ihn! Das konnte er jetzt gar nicht fassen. Sollte er sich womöglich schuldig fühlen, dass er ihre Liebe nicht erwidern konnte?

„Nein, Peter. Ist schon in Ordnung. Mai wird finden lieben Mann. Ist nur gerade im Moment schlimm für meine Schwester. Sie ist hübscheste Frau auf Welt, findest du nicht?"

Peter konnte nur nicken. Da hatte Li ausnahmsweise recht.

Die Stimmung war etwas bedrückend, fand Bea. Sie wusste nicht genau, was das zu bedeuten hatte, aber irgendwie sagte ihr ihr weiblicher Instinkt, was los war.

„Wir müssen packen, Bea", sagte Peter in sachlichem Ton.

„Aber du weißt ja gar nicht, wann der nächste Flug geht, oder?" widersprach Bea.

„Klara meldet sich in ein paar Minuten wieder. Sie sieht im Internet nach. Vielleicht müssen wir noch ein paar Tage in einem Hotel neben dem Flughafen warten. Von hier fahren wir auf jeden Fall jetzt weg. Die Leute von Mario haben nämlich Lis Adresse, da sie sie von hier weggeholt haben, verstehst du?"

Bea nickte und folgte ihm ins Gästezimmer.

Zwei Stunden später waren sie am Flughafen. Doch die nächste Maschine, die am späten Abend nach München flog, war bereits ausgebucht.

Klara hatte ihnen erklärt, dass am nächsten Tag ein Flug nach Wien ging, sie müssten aber vor Ort schauen, ob noch zwei Plätze frei waren.

Mai wollte sich noch nicht von ihnen verabschieden, und begleitete sie deshalb zum Flughafen.

Peter spürte jetzt auch eine Art Beklommenheit, jetzt da er wusste, dass Mai ihn liebte. Sollte er vielleicht doch... ?

Er verwarf den Gedanken. Er wollte hier nicht leben. Obwohl es ihm wirklich gut gefiel. Aber Peter liebte Österreich. Er liebte Wien. Nein, hier wollte er auf gar keinen Fall bleiben!

Der Flug nach Wien hatte noch Plätze frei.

So beschlossen sie, das Gepäck abzugeben und die nächsten fünfunddreißig Stunden am Flughafen zu verbringen.

Mai weigerte sich, nach Hause zu fahren. Sie wollte die letzten Stunden mit Peter verbringen. Bea verstand.

Auch Peter schien nun mit Mai alleine sein zu wollen.

Also beschloss sie, sich alleine in den Geschäften und Cafés des Flughafens umzusehen. Es gab ja soviel Neues für Bea.

Peter gab Bea einen Treffpunkt an, wo sie sich in drei Stunden wieder verabredeten.

Als Bea schon außer Sichtweite war, standen Mai und Peter noch immer schweigend nebeneinander. Peter wusste nicht so recht, was er jetzt mit Mai machen sollte. Er sah sich um.

Am Ende der großen Halle sah er ein Café. Dort würden sie erstmal etwas trinken. Mai nickte, als er es ihr vorschlug.

Peter schob Mai einen Stuhl zurecht. Sie setzte sich.

Peter nahm ihr gegenüber Platz. Er sah sie lange an. Ihre Augen spiegelten ihre Sehnsucht wider. Er griff nach ihrer Hand. Sie war kalt. Peter lächelte.

„Mai, I HAVE to go home. But you can't come with me. I´m so sorry."

Es tat ihm leid, dass er schon nach Hause musste. Aber er wusste auch, dass das hier ihre Heimat war. Mai wäre in Österreich nicht wirklich glücklich und er spürte, dass Mai ihre Familie nicht alleine lassen konnte, jetzt, da sie schon eine Tochter verloren hatten.

Mai nickte. Sie schluckte. Sie spürte wie wieder Tränen in ihr hochkamen. Aber sie wollte nicht weinen.

Der Kellner kam und nahm ihre Bestellung auf. Peter ließ Mais Hand los. Sie rückte nervös auf ihrem Stuhl hin und her.

Mai wollte einen Spaziergang machen.

Peter bezahlte und sie verließen die große Halle. Draußen war es noch immer heiß, obwohl die Sonne schon untergegangen war.

Peter sah auf die Uhr. In zweieinhalb Stunden mussten sie sich wieder mit Bea treffen.

Neben dem Flughafen war ein kleiner Park, auf den sie zusteuerten. Er war wunderbar angelegt mit riesigen Palmen und unzähligen Blumen. Mai führte ihn zu einer Bank, die zwischen Rosenhecken stand und etwas abseits des Weges war.

Sie setzten sich und Mai nahm seine Hand.

Ihre wunderschönen mandelförmigen Augen ließen den Blick nicht von den seinen. Die langen schwarzen Haare bedeckten ihre Schultern.

Auf einmal beugte sie sich zu ihm und küsste ihn.

Zuerst war er etwas erstaunt, doch dann erwiderte er ihren Kuss. Ein Brennen ging durch seinen Körper. Es war ein Gefühl, dass er schon lange nicht mehr gehabt hatte. Er nahm sie in seine Arme und schloss die Augen. Das letzte Mal hatte er mit Julia so innig geküsst. Es war ein Gefühl, das man mit Worten nicht beschreiben kann. Der ganze Körper schien zu vibrieren.

Wenn doch dieser Augenblick nie vergehen würde, dachte er wehmütig.

Mai schmolz in seinen Armen dahin.

Nachdem sie sich lange geküsst hatten, löste sich Mai von ihm und sah ihn flehend an:

„Please stay. Please stay here with me", flüsterte sie.

Peter gab es einen Stich im Herzen.

Wie gerne hätte er „ja" gesagt. Wie gerne würde er bei Mai bleiben. Aber es würde nicht funktionieren.

„Warum nicht?" mischte sich Li ein.

Peter schloss die Augen.

‚Vielleicht bin ich einfach zu feige', teilte er seine Gedanken Li mit.

„Zu was, zu feige?" fragte sie ihn.

‚Ich gehöre nicht in diese Stadt', davon war er überzeugt.

‚Was soll ich hier arbeiten?' setzte er noch hinzu.

„Ach, papperlapapp. Du bist guter Journalist. Du kannst arbeiten auf der ganzen Welt", widersprach ihm Li.

Peter dachte nach.

„Mai", flüsterte er ihr ins Ohr, „you are so lovely, you are so nice. But...", er wusste nicht, was er ihr genau sagen wollte.

„You will return?" fragte sie ihn vage.

Sie wollte wissen, ob er zurückkommen würde.

„I don't know", war seine ehrliche Antwort.

Vielleicht. Vielleicht, wenn er in Wien alles erledigt hatte. Vielleicht würde seine Sehnsucht nach ihr auch so groß werden, dass er zurückkommen würde.

Julia.

Nein, er musste zuerst die Sache mit Julia in Ordnung bringen. Er musste es zu einem Abschluss bringen. Sie spukte noch immer in seinem Kopf herum.

Eine Weile saßen sie schweigend nebeneinander. Peter hatte noch immer seinen Arm um sie gelegt. Das Verlangen nach ihr war so groß, dass sie sich wieder und wieder küssen mussten.

Sie blieben so lange auf der Bank, bis es Zeit war, sich wieder mit Bea zu treffen. Die Minuten vergingen viel zu rasch. Die Küsse wurden immer heißer. Peter wollte nicht gehen. Er wollte eine Ewigkeit hier mit Mai sitzen bleiben und sie küssen.

Es schmerzte ihn zunehmend. Warum konnte er nicht einfach hier bei dieser jungen Frau bleiben?

Sie küsste sehr leidenschaftlich. Ihr Körper schmiegte sich eng an den seinen. Er spürte ihre Brüste an seinem Brustkorb. Wie gerne hätte er sie berührt. Wie gerne hätte er mit ihr geschlafen. Jetzt, hier. Egal.

Aber es wäre nicht richtig. Er würde sie verletzen. Er würde sich verletzen. Was hätte das für einen Sinn?

Vielleicht, vielleicht irgendwann.

Vielleicht würde sie auf ihn warten.

„Dummer Peter", hörte er Li schimpfen.

Aber warum? Was hatte er falsch gemacht. Er fühlte sich zu unrecht beschuldigt. Er wollte niemanden weh tun. Er hatte es nicht darauf angelegt. Außerdem hatte Mai ihn zuerst geküsst.

Er fühlte sich elend. Eigentlich war es eine Mischung aus Elend und Siebentem Himmel. Es war ein eigenartiges Gefühl.

Ach, wenn er doch wenigstens noch ein paar Tage mit ihr hätte. Ein paar Nächte...

Seine Gedanken gingen mit ihm durch.

„Dann alles noch viel schlimmer wäre", meckerte Li.

Aber es wäre schön, sehr schön.

Sie standen von der Bank auf. Bea würde sicher schon warten. Peter drückte sie fest an sich. Im Stehen konnte er ihren Körper noch viel besser spüren. Auch Mai schmiegte sich ganz an ihn. Auch sie schien sehr erregt zu sein. Ihre Küsse wurden immer intensiver.

Doch dann musste sich Peter richtig von ihr losreißen.

„Bea waits", sagte er und nahm sie bei der Hand.

Drinnen sahen sie von weitem Bea schon nervös auf und ab gehen. Sie sah ständig auf die Uhr. Erleichtert begrüßte sie die beiden, als sie direkt vor ihr standen.

Bea blickte von einem zum anderen. Jeder Blinde konnte sehen, was mit ihnen los war.

Mai hatte einen dicken Kloß im Hals. Sie sagte kein Wort.

Peter stieg unruhig von einem Fuß auf den anderen.

Bea sah auf die Uhr.

„Noch zweiunddreißig Stunden zu warten. Ich bin hundemüde, sollen wir uns nicht doch ein Zimmer nehmen?" meinte Bea.

„Ich hab noch genug Geld dabei", fügte sie rasch hinzu.

Peter schossen hundert Gedanken auf einmal durch den Kopf.

Mai sah ihn erwartungsvoll an. Hatte sie etwa verstanden?

Peter musste sich zusammennehmen.

„Bea wants to sleep in a hotel?" erklärte er ihr, „it is better you go home to your family", fügte er noch schnell hinzu, obwohl er das gar nicht wollte.

„NO!" rief sie und nahm wieder seine Hand, „I want to stay with you!"

Peter hatte keine Ahnung, was er jetzt tun sollte. Bea kam ihm zu Hilfe.

„Sie möchte bei dir bleiben, bis wir wegfliegen. Es ist kein Problem für mich. Auf mich brauchst du keine Rücksicht zu nehmen."

Peter hatte ein schlechtes Gewissen Bea gegenüber und machte sich obendrein Sorgen, was aus Mai wurde, wenn er wieder weg war. Irgendwie überforderte ihn diese Situation.

„Please", flüsterte Mai ihm ins Ohr, „I want you to make me a woman."

Peter schloss die Augen. Nichts würde er lieber tun, als die Nacht mit dieser bezaubernden jungen Frau zu verbringen. Aber er musste sie dann in ihrem Kummer alleine zurücklassen. Es würde alles nur noch schlimmer machen.

Mai drückte seine Hand.

„It is ok for me. I want it. It's all my wish", sie meinte es ernst.

Gleich in der Nähe des Flughafens stand ein großes Hotel. Es sah sehr westlich aus, und wurde auch in Stunden abgerechnet. Hier würden sie bis nächsten Tag um Mitternacht bleiben können. Um drei Uhr Früh flog ihre Maschine.

Mai telefonierte noch rasch nach Hause, dann standen sie vor der Rezeption. Mai bestellte ein Einzel- und ein Doppelzimmer. Peter und Bea bezahlten sofort.

Peter folgte den beiden Frauen zum Aufzug.

Er schämte sich vor Bea. Sie wusste genau, was sich in den nächsten Stunden im Doppelzimmer abspielen würde.

Peter war froh, als sich Bea verabschiedete und er die Tür hinter Mai und sich schloss.

Unbeholfen stand er im Zimmer und schielte kurz auf das Bett. Mai stand vor dem Fenster. Sie bewegte sich nicht. Der Raum schien förmlich zu vibrieren. Doch keiner der beiden machte einen Schritt auf den anderen zu.

Peter bekam kaum Luft.

Dann fiel ihm Li wieder ein. Damals war er ins Puff gegangen, um Sex zu haben. Li wäre für ihn vorgesehen gewesen. Doch nun würde er Liebe mit ihrer Schwester machen. Es würde nicht Sex sein. Nein, es wäre pure Leidenschaft und Liebe. Er spürte, wie die Liebe zu dieser Frau in ihm wuchs. Er spürte, wie sehr er sie begehrte und wie wunderbar ihr Wesen war.

Er hatte keine Ahnung, wohin ihn diese Liebe tragen würde. Er wusste nur, dass es für die nächsten dreißig Stunden war.

Mai lächelte ihn an und ging einen Schritt auf ihn zu. Sie legte ihre Hand auf sein Herz.

Sie konnte genau spüren, dass es wild schlug, ja, es schien ganz nah an der Oberfläche zu sein, wenn es noch ein wenig heftiger schlagen würde, dann würde es zerspringen.

Sie legte ihren Kopf darauf. Peter streichelte ihr zärtlich über die Haare.

Die Energie zwischen ihnen schien die Luft zu zerreißen.

Peter hob sanft ihren Kopf zu sich hoch, dann drückte er sie an sich. Sein ganzer Körper bebte. Mai zitterte.

Sie fingen wieder an, sich leidenschaftlich zu küssen.

Peter hatte das Gefühl, er würde den Verstand verlieren.

Langsam ließen sie sich aufs Bett gleiten. Peter schob seine Hand unter ihre Bluse. Die zarte Haut ihrer Brüste liebkoste seine Finger.

Mai stöhnte auf.

Nachdem sie sich lange und zärtlich geliebt hatten, lagen sie schweißgebadet eng umschlungen unter der Decke.

Peter hatte Angst sich zu bewegen. Er fürchtete, sie würde sich dann von ihm lösen. Er wollte den Augenblick so lange wie möglich festhalten.

Er hatte das Gefühl, dass er noch nie mit einer Frau so wunderbar Liebe gemacht hatte. Oder hatte er es im Laufe der Jahre nur vergessen?

Mai kraulte ihn leicht im Nacken. Sie war wunderbar. Und sie roch so gut.

Immer wieder musste er an ihrem Hals schnuppern. Mai musste lachen. Ihr Lachen klang so hell, so schön!

Sie knapperte an seinem Ohrläppchen. Dann bedeckte sie sein Gesicht mit Hunderten von Küssen. Sie legte sich auf ihn und begann sich wieder rhythmisch zu bewegen.

Peter spürte, wie es in seinem Unterleib zog. Ja, genau das. Das wollte er jetzt auch.

46

Das Flugzeug stieg schnell in die Höhe. Peter wurde durch eine unsichtbare Kraft in seinen Sitz gedrückt. Er hielt die Augen geschlossen. Bea umklammerte krampfhaft die Sitzlehne. Diesmal hatte sie nicht nach Peters Hand gegriffen.

Im Geiste sah er Mai, wie sie sich von ihm verabschiedet hatte. Ihre großen brauen Augen hatten sich in seinem Blick verfangen. Sie hatte nicht geweint.

„Thank you for the most beautiful hours in my life", waren ihre letzten Worte.

Kein Wunder, dass das die schönsten Stunden in ihrem Leben gewesen waren, sie war ja noch so jung.

Wenn doch nur Li mit ihm sprechen würde. Er hatte ein schlechtes Gewissen. Er wollte ihr nicht das Herz brechen. Wie konnte er nur!

Das Flugzeug neigte sich jetzt stark nach links.

Peter hörte seinen Magen knurren.

Außer einer Flasche Wasser hatte er die letzten Stunden nichts zu sich genommen. Er war wie in Trance gewesen.

Jetzt flog das Flugzeug endlich wieder geradeaus.

Bea schaute stumm auf die Lichter der Stadt hinunter.

Sie wusste nicht, was sie jetzt mit ihm sprechen sollte. Außerdem war er sowieso mit seinen Gedanken beschäftigt.

Auf der anderen Seite von Peter saß eine dicke Frau, die unangenehm nach Schweiß roch. Er drehte sich angewidert zu Bea.

Er hätte noch so gerne den Duft von Mais zarter Haut in Erinnerung behalten, doch es gelang ihm nicht mehr.

Auch ihr Gesicht schien schon etwas zu verblassen.

Wie lange würde es wohl dauern, bis er sie vergessen hatte?

Nach einer Weile hörte er die Stimme der Stewardess. Trinken? Jawohl.

Orangensaft? „Yes."

Nun wurde Bea wieder lebendig.

„Was hast du jetzt vor?" fragte sie ihn.

Peter runzelte die Stirn.

„Wie?" fragte er. Er dachte an Mai.

„Ich meine, wenn wir in Wien sind. Willst du dir Arbeit suchen?" fragte sie.

Ach so, das meinte sie.

Er zuckte die Achseln.

„Klara will uns vorerst bei sich verstecken", erklärte er ihr.

„Aber sollen wir da untätig herumsitzen bis sie Mario geschnappt haben?" gab sie zu bedenken.

„Das kann Jahre dauern. Mario ist bestimmt ins Ausland abgehauen", fügte sie noch hinzu.

„Ins Ausland?" fragte er ungläubig.

„Hast du irgendeinen Verdacht?"

Bea überlegte.

„Mario schwärmte immer von Brasilien. Er sagt, es gibt keine erotischeren Frauen, als die Brasilianerinnen. Ich traue ihm zu, dass er dorthin ausgewandert ist. Außerdem hat er genug Freunde, die ihm einen falschen Pass ausstellen. Ich glaube nicht, dass er noch in Wien ist, dazu ist er viel zu feige."

Bea biss herzhaft in ein Schinkensandwich.

„Hast du keine Angst mehr?" wollte er erstaunt wissen.

Bea zuckte die Achseln.

„Keine Ahnung. Ich hab viel nachgedacht als ich im Hotelzimmer war", begann sie, „das Schlimmste was passieren kann, ist, dass man mich umbringt." Sie zuckte lässig mit den Achseln, so als beträfe es sie überhaupt nicht.

Peter hörte auf zu kauen.

„Das meinst du nicht ernst", er versuchte aus ihrem Blick zu lesen, ob sie nun übergeschnappt war.

Bea sah ihm tief in die Augen.

„Ich will ein neues Leben anfangen. Ich möchte noch etwas lernen. Es bringt mir aber nichts, wenn ich mich verstecke und vor dem Leben fliehe. Dann bin ich wieder eine Gefangene."

Peter nickte. Damit hatte sie Recht.

„Aber es ist im Moment die beste Lösung. Es dauert ja nicht ewig. Klara macht sich große Sorgen. Lass uns einmal eine Weile bei ihr untertauchen, dann können wir ja in Ruhe überlegen, wie es weitergeht, OK?"

Peter sprach in beruhigendem Ton mit ihr.

Bea blickte zum Fenster hinaus und nickte.

Sie brauchte niemanden, der sie beruhigte!

„Und was ist jetzt mit Mai und dir?" wollte sie nach einer Weile wissen.

Peter seufzte.

„Ich weiß nicht. Es war...", er machte eine Pause, „sie ist die bezauberndste Frau, die mir je begegnet ist, nur..." Er stockte.

„Nur was?" wollte Bea mit zusammengezogenen Augenbrauen wissen.

„Es ist nicht meine Welt. Es wäre auch ein Fehler, sie aus der ihren zu reißen. Ich glaube sie möchte auch nicht wirklich weg von Hanoi und ihrer Familie", gab er ihr zur Antwort.

„Hast du sie gefragt?" Bea ließ nicht locker.

Peter schüttelte den Kopf.

„Und was wäre, wenn sie zu dir nach Wien kommen möchte?" war ihre nächste Frage.

Peter hob die Augenbrauen.

Ja, was wäre dann?

„Ich hätte Angst", gab er zu.

„Vor was?" wollte sie wissen.

Peter überlegte wieder.

„Ich weiß nicht. Ich hab mir noch keine Gedanken darüber gemacht, ob ich heiraten und eine Familie gründen möchte. Was, wenn ich sie enttäuschen würde, was, wenn sie unglücklich in einer fremden Stadt wäre."

„Was, wenn?" äffte ihn Bea nach.

„Du hast recht, Bea. Ich bin ein Vollidiot. Vielleicht bin ich gar nicht beziehungsfähig. Vielleicht hab ich auch Julia damit vertrieben."

„Wahrscheinlich!" bekräftigte ihn Bea, und wirkte zornig.

Plötzlich fiel Peter etwas ein.

„Hoffentlich ist Mai jetzt nicht schwanger!" rief er aus und raufte sich die Haare.

Bea sah ihn angewidert an.

„Du hast nicht einmal verhütet?"

Peter schüttelte den Kopf.

„Vollidiot!" bemerkte Bea und wandte sich von ihm ab.

„Ich, ich würde natürlich zu meinem Kind stehen...", stotterte er.

„Natürlich", meinte Bea ironisch.

„Ja!" bekräftigte er seine Worte, „dann wäre alles natürlich anders."

„Liebst du sie?" fragte Bea weiter.

Peter nickte, „ich glaube sogar sehr."

„Naja, dann ist ja alles in Butter", beendete Bea das Thema.

„Li redet nicht mehr mit mir", begann Peter nach einer Weile die Unterhaltung von Neuem.

Bea zuckte die Achseln. Kein Wunder, dachte sie.

Peter wechselte das Thema.

„Du hast mir nicht erzählt, über was du nachgedacht hast, als du alleine warst. Was möchtest du denn eigentlich lernen?"

Bea richtete sich auf. Sie wurde plötzlich lebendig.

„Meine Großmutter hatte einen wunderschönen Garten mit vielen, vielen Blumen. Ich weiß, dass ich immer in ihrem Garten spazieren gegangen bin, wenn ich traurig war. Dann hab ich stundenlang die schönen Blüten der Blumen bewundert. Danach bin ich wieder fröhlich geworden. Sie haben mich beruhigt. Vielleicht sollte ich Floristin werden. Ich glaube, ich hätte ein gutes Händchen dafür."

Peter schob die Unterlippe nach vorne.

„Naja, ist nicht einmal so eine schlechte Idee", meinte er.

Bea war beleidigt.

„Was heißt hier, nicht einmal so eine schlechte Idee. Ich finde sie super."

„He, tut mir leid, das hab ich nicht so gemeint. Nur,... Blumen sind nicht so mein Ding. Aber, ...nein, es ist sogar eine wirklich gute Idee", verteidigte er sich.

„Darf ich dir bei deinen Bewerbungen helfen?" fragte er versöhnlich.

Bea nickte dankbar: „Sehr, sehr gerne."

„Und was willst du machen? Kehrst du wieder in deinen Beruf zurück?" fragte sie nach einer Weile.

„Ich kann gut schreiben, aber ich hab die Nase voll, von den ganzen Klatsch und Tratsch der Promis. Ich will dieses oberflächliche Geschreibe nicht mehr. Ich möchte... vielleicht Bücher schreiben", fiel ihm in diesem Moment ein.

Dann wandte er sich abrupt ihr zu.

„Was hältst du davon, wenn wir ein Buch über deine Geschichte und Li schreiben? Wir könnten es gemeinsam tun. Ich schreibe und du lieferst mir den Stoff", er war plötzlich ganz aufgeregt.

Bea war etwas skeptisch.

„Natürlich nur, wenn du davon erzählen willst. Aber..."

„Was aber?" fragte sie jetzt doch neugierig.

„Ich weiß nicht, ob das gut ist, oder schlecht, oder falsch oder richtig, aber...", wieder machte er eine Pause.

Bea sah ihn neugierig an und wartete darauf, dass er fortfuhr.

„Li ist momentan in aller Munde. Die Leute interessiert ihre Geschichte. Wir könnten damit eine Menge Geld machen."

Er sah sie an und wartete auf eine Antwort.

Beas Augenbrauen zogen sich zusammen.

Peter befürchtete, dass er etwas Falsches gesagt hatte. Er verzog den Mund.

„Ein Buch?" fragte Bea.

Peter nickte.

„Ein Buch", bekräftigte er.

Bea sagte noch immer nichts.

„Ich meine nicht, dass wir es nur des Geldes wegen machen. Die Leute sollen wissen, wie schlimm es ist, Mädchen zur Prostitution zu zwingen. Man muss die Menschen wachrütteln. Und nachdem Li jetzt so berühmt ist, wird es auch gelesen. Es kann eine Warnung an alle Mädchen dieser Welt werden"

Bea sah ihn lange an.

„Meinst du, dass das wirklich jemanden interessiert?" fragte sie.

Peter nickte heftig. Davon war er überzeugt.

„Ich war lange genug in dieser Branche. Ich weiß, sobald etwas außerhalb den Zeitungen auch im Fernsehen läuft, dann erreicht man damit 90% der Bevölkerung. Die Menschen kann man mit den Medien manipulieren. Wenn es übers Fernsehen gebracht wird, dann meinen alle, sie müssten sich dafür interessieren. Es ist in! Du hast keine Ahnung, welche Wellen so etwas schlägt. Die Leute lieben Li, und sie leiden mit ihr und ihrer Familie. Aber nur, weil es das Fernsehen gebracht hat. Früher hat sich kein Mensch für Zwangsprostitution interessiert. Aber jetzt ist es Thema, verstehst du? Li ist nicht umsonst gestorben. Und das hat sie bestimmt gewusst."

Bea lächelte schwach.

„Meinst du wirklich? Meinst du, dass man sich für unser Schicksal interessiert?"

Peter nickte.

„Glaubst du, dass sich jetzt etwas ändern wird?" fragte sie zaghaft.

Peter nickte wieder.

„Natürlich! Es ist nicht so, dass es auf der Welt nie wieder vorkommen wird, aber wir können sicher viele schwere Schicksale verhindern. Nicht alle, das ist klar, aber viele", sagte er mit Nachdruck.

„Wann fangen wir an?" fragte sie.

Peter lächelte auch.

„Morgen", sagte er und lehnte sich entspannt in seinem Sitz zurück.

47

Klara ging nervös auf und ab. Hier mussten Bea und Peter herauskommen. Fast drei Wochen waren die beiden in Vietnam gewesen. Klara freute sich auf ihren Bruder.

Theo hatte sie zum Flughafen begleitet. Er war gerade in der Herrentoilette verschwunden.

Eine Maschine war vor einer halben Stunde aus der Dominikanischen Republik angekommen. Jetzt versammelten sich die Menschen vor einem großen Förderband, das den Passagieren ihre Gebäckstücke wieder zurückgeben sollte. Man konnte sie allerdings nur durch eine große Glaswand beobachten.

Die „Abholenden" waren ausgeschlossen.

Klara liebte Flughäfen und sie überkam eine unbändige Lust, bald einmal in Urlaub zu fliegen.

Sie sah sich nach Theo um, der eigentlich von der Toilette schon wieder zurück sein musste. Sie wollte ihm ihre Urlaubsgedanken mitteilen, obwohl er derzeit so in seine Arbeit verbissen war, dass er gar nicht daran dachte, Urlaub zu machen.

Außerdem war ein Urlaub für eine Beziehung von unschätzbarem Wert, sofern man sich gut verstand.

Sie hatten abends oft nicht einmal mehr Lust zusammen fernzusehen oder eine Flasche Wein zu trinken, weil sie ihre Arbeit auch zu Hause nicht los ließ.

Die Kanzlei war der zentrale Mittelpunkt ihrer Ehe. Klara musste um den Urlaub kämpfen. Sie konnte sich trotzdem keinen besseren Ehemann vorstellen, als ihren Theo.

In diesem Moment stand er wieder vor ihr.

Klara nahm ihn bei den Händen und küsste ihn.

Erstaunt hob er die Augenbrauen.

„Was hab ich getan, dass du mich so freudig von der Toilette empfängst?" neckte er sie.

„Du hast gerade zugestimmt, dass wir im Juni nach Hawaii fliegen", zog sie ihn auf.

„Ehrlich? Hast du schon gebucht, Schatz?" fragte er und gab ihr auch einen Kuss.

„Nein, aber morgen!" Sie hatte ihn bereits in der Hand.

Eine Stunde später saßen alle vier nach einer stürmischen Begrüßung im Wagen und fuhren wieder in Richtung Stadt.

Peter musste staunen, wie grün es schon war. Alles hatte zu blühen begonnen in den drei Wochen, in denen sie nicht hier waren. Er nahm einen tiefen Atemzug. Wien! Vienna! Vienne! Seine Stadt!

Bea wirkte nicht ganz so zufrieden. In ihr kamen viele Erinnerungen hoch, die sie lieber vergessen hätte.

Klara sperrte die Wohnungstür auf und ließ die beiden eintreten. Sie stellten die Koffer im Gästezimmer ab.

„Ich hab euch etwas Gutes gekocht. Das könnt ihr auch noch später ausräumen. Setzt euch und erzählt einmal."

Klara stellte ihnen eine dampfende Schüssel Minestrone auf den Tisch.

Als Hauptspeise hatte sie Rindsrouladen gemacht, denn sie wusste von früher, dass das Peters Lieblingsspeise gewesen war, damals, als sie noch bei ihren Eltern zuhause gewohnt hatten.

Peter schätzte es sehr, dass Klara sich noch daran erinnerte.

Nach dem Essen sah Klara Peter ernst an.

„Ich war in deiner Wohnung, um einige frische Sachen für dich zu holen", begann sie.

Er erkannte am ihrem Tonfall, dass etwas nicht in Ordnung war.

„Jemand hat in deine Wohnung eingebrochen. Es hat aber nicht wirklich etwas gefehlt. Aber sie wissen jetzt, das Bea bei dir gewohnt hat, denn einige ihrer Sachen waren total durchwühlt. Ich möchte nicht, dass ihr euch dort blicken lässt. Es ist jetzt ein neues Türschloss drinnen, aber sie werden es noch einmal versuchen, nehme ich an."

Klara schielte zu Theo hin und fuhr fort.

„Wir haben uns gedacht, dass es vielleicht am besten wäre, wenn ihr in unseren Schrebergarten ziehen würdet. Wenigstens voerst. Es gibt dort einen Kühlschrank, eine Kochgelegenheit und eine Dusche. Man kann es schon ein paar Wochen aushalten. Ich werde euch jeden Tag mit Essen versorgen. Vielleicht wissen sie auch, dass ich deine Schwester bin, also seid ihr auch hier nicht wirklich sicher."

Peter verstand.

„Was wollen die von mir?" wollte er zornig wissen.

„Naja, Peter, du hast dich in die Szene eingemischt und alles durcheinander gebracht. Wegen dir und Bea sitzen ein paar Leute. So etwas schreit stark nach Rache!"

Peter wusste das auch ohne ihre Erklärung, und schnaubte.

„Brauchst du Geld?" wollte Theo wissen.

Peter schüttelte den Kopf.

Er schaute vorsichtig zu Bea, die sich offensichtlich überhaupt nicht wohl in ihrer Haut fühlte.

„Ich werde euch das alles einmal zurückzahlen, ehrlich. Ich werde arbeiten und dann bekommt ihr alles auf Heller und Pfennig zurück, das verspreche ich euch."

Sie wollte ihren Stolz nicht verlieren, und alle konnten sie verstehen.

„Aber bitte mach dir im Moment keine Sorgen darüber. Das können wir klären, wenn es soweit ist, OK? Ich verstehe dich, Bea. Aber du musst auch noch etwas Geduld haben."

Bea würde ihnen das Geld irgendwann zurückgeben, das schwor sie sich.

Alle waren so nett zu ihr. Irgendwie war das ein völlig neues und unbeschreiblich schönes Gefühl für sie.

„Danke!" flüsterte sie und blickte beschämt zu Boden.

Peter ergriff wieder das Wort. Er erzählte Theo und Klara von ihren Plänen gemeinsam ein Buch zu schreiben.

Theo hörte aufmerksam zu.

„Das ist eine große Chance. Es wäre für einen guten Zweck und wenn ihr Glück habt, könnt ihr sogar etwas dabei verdienen."

Bea sah ihn ungläubig an.

„Meinst du wirklich?" Ihre Augen leuchteten.

„Naja, theoretisch ist es möglich. Außerdem hat Peter Glück, denn er kennt genug Verlage, für die er schon einmal geschrieben hat", erklärte ihr Theo weiter.

„Aber...", begann sie aufgeregt, „wenn ich wirklich viel Geld hätte, dann würde ich eine soziale Einrichtung machen, für missbrauchte Frauen und Mädchen. Ich würde weiter gegen Zwangsprostitution kämpfen. Ich wäre..."

Bea hatte Angst, dass die Fantasie mit ihr durchging und zwang sich zum Schweigen.

Hätte sie gewusst, wohin sie fliehen sollte, als sie als junges Mädchen von Mario weglaufen wollte, hätte sie es getan. Doch sie hatte Angst gehabt vor der großen, fremden Stadt. Davor, dass man sie wieder gefunden hätte. Sie hätte nicht einmal ein Dach über dem Kopf gehabt, geschweige denn Geld.

„Du würdest bestimmt Menschen finden, die deine Organisation unterstützen würden. Das ist eine gute Idee, Bea. Aber bis dahin ist es ein langer Weg", stimmte ihr Klara zu.

Eine Weile sprachen Theo und Peter noch über seine Pläne mit dem Buch, und wie er es vermarkten könnte. Mit etwas Glück würde es auch in andere Sprachen übersetzt werden. Die Welt sollte aufwachen! Die Regierungen sollten Männer, die minderjährige Mädchen verschleppten härteren Strafen unterziehen.

Bea saß schweigend neben ihnen, bis Klara ihr vorschlug ins Bett zu gehen. Sie sah ihr an, dass sie die Augen kaum mehr offenhalten konnte.

Ein paar Minuten später und nach einer schönen, warmen Dusche ließ sich Bea ins Bett fallen und schlief sofort ein. Sie hatte nicht einmal mehr bemerkt, dass Klara ihren Kasten voller schöner, fast neuer Kleidungsstücke eingeräumt hatte. Klaras beste Freundin, die eine ähnliche Figur wie Bea hatte und ihre Kleidungsstücke immer nur eine Saison lang trug, überließ sie Klara, die sie darum gebeten hatte, ohne unnötige Fragen zu stellen, und jetzt hingen sogar einige Designerstücke in Beas Kasten.

Zwei Tage später übersiedelten Bea und Peter in den Schrebergarten.

Bea schien es als würden hunderte von winzigen Häuschen den sanften Hügel empor kletterten. Jedes Häuschen war von einem Holzzaun umgeben. Die meisten hatten sogar eine kleine Terrasse und eine Grillstätte im Garten, so auch Klaras und Theos Hütte.

Es sah irrsinnig gemütlich aus. Bea mochte es auf Anhieb.

Im Inneren stand an der hinteren Wand ein Doppelbett, links daneben befand sich eine Duscheinheit. Eine schmale Tür führte zur Toilette. Bea überlegte, ob ein Mensch mit über achtzig Kilo da auch noch hineinkam.

Ums Eck war eine kleine Kochnische mit Kühlschrank und eine Eckbank und ein Tisch, der maximal vier Leuten Platz bot.

Es roch nach Holz.

Bea atmete tief ein.

Es war perfekt. Außer dem Doppelbett, welches ihrer guten Stimmung einen Abbruch tat.

Sie hasste es, mit Peter im selben Bett zu schlafen, auch wenn er versprochen hatte, sie nicht anzurühren.

Bea machte einen Freudenschrei, als ihr Klara ihre neue Garderobe zeigte. Sie fiel ihr dankbar um den Hals.

„Alles, alles werde ich dir eines Tages zurückzahlen", sagte sie dann.

„Nein, Bea. Die Kleidungsstücke sind ein Geschenk. Ich habe nichts dafür bezahlt. Sie sind von einer Freundin. Du kannst sie alle haben, alles was dir gefällt."

Klara lächelte. Sie freute sich für Bea.

Jetzt hatte sie alles in den kleinen Kasten gepfercht, der im rechten Eck neben dem Bett stand. Für Peters Sachen hatten sie fast keinen Platz mehr. Und so ließ er einen Teil in seinem Koffer und schob diesen einfach unter das Bett.

Klara hatte den Laptop aus Peters Wohnung mitgenommen, der nicht gestohlen wurde. Gott sei Dank, dachte Peter, denn auf ihm waren viele Adressen gespeichert, die ihnen vielleicht nützlich sein konnten.

Mit dem mobilen Internet war es außerdem möglich ein paar Adressen von Floristen zu finden, die für Bea interessant waren. Den Drucker, versprach Theo, am nächsten Tag vorbeizubringen.

So vergingen die ersten Tage im Schrebergarten.

Klara kam fast täglich und brachte ihnen etwas zu Essen. Oft blieb sie auch abends lange bei ihnen sitzen und plauderte.

Aber Peter wurde von Tag zu Tag unruhiger.

Er dachte an Mai, er dachte an Julia, er dachte an Li.

Li hatte sich seit Hanoi nicht mehr gemeldet. Das waren mittlerweile,... er dachte nach..., mehr als sieben oder acht Tage. Was hatte er nur getan? Warum wollte sie nicht mehr mit ihm sprechen? Sollte er nach Hanoi und zu Mai zurückkehren? Sollte er Bea hier ganz alleine lassen?

Ach Li, bitte, bitte sprich mit mir, flehte er.

Doch nichts rührte sich.

Am Abend saßen sie schweigend auf der Veranda. Klara hatte ihnen eine Flasche Wein gebracht, auf die Peter jetzt Lust hatte. Er war sauer auf Li.

„Li hat seit Hanoi nicht mehr mit mir geredet", begann er, ohne Bea anzusehen.

Diese sah ihn erstaunt an. Damit hatte sie nicht gerechnet.

„Und warum glaubst du?" fragte sie ihn.

Peter zuckte die Achseln.

„Wegen Mai?" mutmaßte sie.

„Kann schon sein", antwortete er ärgerlich.

„Vielleicht solltest du dein Leben einmal in Ordnung bringen", schlug ihm Bea vor, was ihn natürlich ärgerte.

„Was heißt hier in Ordnung bringen. Ich bin seit fast vier Wochen auf der Flucht vor einigen geisteskranken Zuhältern, obwohl ich Li nicht einmal angegriffen habe. Mein Job ist weg, meine Wohnung ist verwüstet und ich lebe hier mit dir in einer Gartenhütte. Mein Herz ist gerade in Hanoi, obwohl ich weiß, dass das keinen Sinn hat und meine letzte Liebe hat mich so sehr verletzt, dass ich das noch immer nicht verziehen habe. Also, wo verdammt noch mal soll ich anfangen?"

Peter wurde immer lauter.

Etwas weiter unten, in einem luxuriösen Gartenhäuschen, drehte sich ein älteres Paar zu ihnen um.

Bea hasste es, wenn jemand mit ihr schrie. Das hatte sie allzu lange ertragen müssen. Trotzig stellte sie ihr Glas auf den Tisch und ging in die Hütte.

Peter folgte ihr.

„Es tut mir leid", sagte er in sanften Ton.

Es tat ihm wirklich leid. Was konnte Bea schon dafür.

Sie ließ sich überreden, sich mit ihm wieder auf die Terrasse zu setzen, aber nur, wenn er ihr versprach nicht mehr laut zu werden.

Er versprach es.

„Ich werde morgen Julia suchen. Ich muss mit ihr reden. Es hat keinen Abschied gegeben und ich muss mich endlich mit ihr aussprechen. Ich bin ihr nicht mehr böse, und das sollte sie wissen", erzählte er seinem Weinglas.

Bea schwieg.

„Und danach beginnen wir mit dem Buch, OK?" Jetzt sprach er mit Bea, die ganz aufgeregt wurde und eifrig nickte.

48

Julias Mutter öffnete die Tür. Einen Augenblick starrte sie den Mann an, der ihr gegenüber stand, ehe sie ihn wieder erkannte.

„Peter? Du?" fragte sie unsicher.

„Ja, ich bin es", gab er zur Antwort und kam sich plötzlich fehl am Platz vor. Was wollte er hier?

„Komm doch herein", lud ihn Julias Mutter ein und trat einen Schritt zur Seite, um ihn an sich vorbei ins Haus zu lassen.

„Ich, ich wollte dich eigentlich nur fragen, wo Julia jetzt wohnt. Ich hätte gerne mit ihr gesprochen. Es sind so viele Jahre vergangen und ich möchte einfach nur mit ihr reden", erklärte er den Umstand, warum er gekommen war.

Julias Mutter schien ihn zu verstehen.

„Sie ist hier", sagte sie knapp.

Damit hatte Peter nicht gerechnet.

Julia war hier?

Julias Mutter blieb stehen und griff nach seinem Ärmel.

„Warte, Peter. Sie ist in keinem guten Zustand. Ihr Ehemann hat sie und ihr Kind vor einer Woche verlassen. Seitdem wohnt sie wieder bei mir und heult sich Tag und Nacht die Augen aus."

Das war es nicht, was Peter hören wollte. Also noch mehr Probleme. Als ob er nicht schon genug hätte. Was sollte er ihr jetzt sagen? Wahrscheinlich hatte sie gar keine Lust mit ihm zu reden.

„Frag sie bitte, ob sie mich überhaupt sehen will", sagte er zu ihr.

Julias Mutter verschwand, und kam ein paar Minuten später wieder zu ihm zurück. Sie sagte nichts, sondern machte nur Zeichen, dass er eintreten könnte.

Peters Herz schlug schneller. Mehr als sechs Jahre waren vergangen, als er das letzte Mal durch diese Tür schritt.

Sie waren zwar nicht oft bei Julias Mutter zu Besuch gewesen, aber das war eine ganz andere Geschichte.

Julia saß in einem großen Armsessel und hielt ein kleines Baby ganz fest an sich gedrückt. Es schien zu schlafen.

Julia lächelte ihm matt zu und streckte ihm ihre Hand entgegen ohne sich zu erheben.

Peter nahm ihre Hand. Er beugte sich hinunter und küsste sie auf die Wange. Julias Mutter verließ den Raum und schloss leise die Tür.

Nun war er alleine mit der Frau, die ihn von einer Stunde auf die andere Hals über Kopf verlassen hatte.

„Wie geht es dir?" wollte er wissen und biss sich dann gleich auf die Zunge, weil er wusste, dass das eine sehr blöde Frage gewesen war.

Julia senkte die Augen und sah auf ihr schlafendes Baby.

„Ich habe meine gerechte Strafe jetzt wohl bekommen", meinte sie bitter.

Peter schüttelte den Kopf.

„Das hätte ich dir niemals gewünscht, das musst du mir glauben", sagte er mit Nachdruck.

„Warum bist du hier?" wollte sie wissen.

„Ich habe nie abgeschlossen und bin nie damit fertig geworden, dass du mich verlassen hast. Ich habe dir jahrelang die Schuld an meinem Unglück gegeben und es hat nie mehr eine Frau in meinem Leben gegeben. Ich hatte keine Beziehung mehr nach dir", er musste schlucken.

Julia sah ihn interessiert an.

„Aber es ist in letzter Zeit soviel passiert in meinem Leben, mit dem ich nie gerechnet hatte und alles erscheint plötzlich in einem ganz anderen Licht. Ich weiß jetzt, dass nicht du alleine die Schuldige warst. Es gibt nicht nur einen Unschuldigen und einen, der Schuld hat. Ich war verbittert und verblendet. Ich habe viele, sehr viele Fehler gemacht und das wollte ich dir sagen. Ich wollte, dass du weißt, dass ich dir nicht mehr böse bin."

Mehr fiel ihm nicht ein, obwohl er in seinen Gedanken die Szene hundertmal durchgespielt hatte und er ihr noch tausende Sachen sagen wollte, aber jetzt, da er vor ihr saß, fiel ihm nichts mehr ein.

„Danke, Peter", brachte sie nach einer Weile hervor.

„Für mich war es auch nicht leicht. Ich hatte ganz lange große Gewissensbisse, dass ich einfach abgehauen bin, aber ich hatte damals keine andere Wahl. Ich habe deinen Kontrollwahn nicht mehr ausgehalten. Ich fühlte mich wie ein gefangenes Tier und konnte mit dir nicht vernünftig darüber reden. Heute würde ich mich auch ganz anders verhalten. Ich hätte es dir immer wieder und wieder sagen müssen, dass es für mich nicht in Ordnung ist, wie du mich behandelst, stattdessen habe ich alles hinuntergeschluckt und bin von Tag zu Tag unglücklicher geworden."

Beide schwiegen.

Sie fühlten, dass es kein Opfer und keinen Täter gab, nie gegeben hatte. Es war nur eine Aneinanderreihung von Verhaltensmustern und Ereignissen, die eine liebevolle Beziehung mit der Zeit in Stücke riss.

„Mir ging es damals auch nicht gut. Ich hätte wirklich gerne mit dir geredet, denn ich hatte dich nach wie vor sehr, sehr lieb, aber ich wusste, dass du mir keine Chance gegeben hättest. Dann traf ich Paul und bin mit ihm durchgebrannt. Es tut mir leid."

Peter deutete auf das schlafende Baby.

„Und das ist von Paul?" fragte er.

Julia schüttelte den Kopf.

„Meine Gewissensbisse haben die Beziehung zu Paul zerstört. Ich habe so oft von dir geredet, dass er es schließlich nicht mehr aushielt.

„Johanna ist das Kind von Markus", sie schluckte.

Peter merkte, dass es ihr nicht leicht fiel, darüber zu reden. Ihre Augen füllten sich mit Tränen.

„Er, er war sehr nett zu mir. Zuerst wollte ich keine Beziehung mit ihm, weil er ein unheimlich begehrter Mann zu sein schien. Alle meine Freundinnen fanden ihn unwiderstehlich. Doch dann hat er mich mit seinem Charme eingewickelt. Er setzte alles darauf, um mich zu bekommen. Ich hab es ihm, bei Gott nicht einfach gemacht."

„Und was ist dann passiert?" fragte Peter nach.

„Dann habe ich mich unsterblich in ihn verliebt. Ich liebte ihn so sehr, dass ich es ihm schon nach dem Aufstehen sagen musste. Ich tat alles für ihn. Er war so unwiderstehlich, so sexy, er war für mich ein Halbgott. Doch dann begann er eine neue Arbeit, er blieb immer länger im Büro, er kam spät nach Hause, hatte keinen Lust mehr auf Sex. Ich war so verdammt eifersüchtig, dass ich ihm laufend Szenen machte. Ich hielt es einfach nicht aus. Ich erinnerte mich an meine Freundinnen, die ihn so unwiderstehlich fanden. Ich sah ihn im Geist mit anderen schlafen. Ich bin fast verrückt geworden. Und je eifersüchtiger ich war, desto weniger wollte er von mir wissen."

200

Sie machte eine Pause.

„Dann dachte ich, ich könnte ihn mit einem Kind an mich binden", sie senkte den Blick.

„War blöd von mir, nicht? Es war schon lange davor vorbei mit uns, und ich bin schuld daran."

Peter schüttelte den Kopf.

Es war unglaublich. Dieselbe Geschichte, mit anderen Darstellern? Lief es immer nach demselben Schema ab? Wann würden die Menschen es wohl lernen? Vertrauen. Mitgefühl. Reden und verstehen.

Peter machte diese ganze Geschichte traurig.

„Es tut mir sehr leid für dich, ehrlich", sagte er.

Julia lächelte matt.

„Tja, und so schließt sich der Kreis wieder", sie drückte das Baby an sich.

„Aber du hast da eine sehr süße Tochter, Julia. Das ist das größte Geschenk, das man bekommen kann", sagte er zu ihr, um sie wieder aufzuheitern.

„Da hast du ausnahmsweise recht, Peter", gab sie zurück.

„Wow!" sagte Li.

„Li!" rief Peter erfreut und erntete dafür einen fragenden Blick von Julia.

„Was meinst du damit?"

„Nichts." Doch es war nicht sehr überzeugend.

Li hatte sich gemeldet. Peter war ganz aufgeregt. Er wollte mit ihr reden.

Julia sah ihn noch immer fragend an. Was hatte er da gesagt?

Peter wollte raus hier. Er überlegte, wie schnell er sich von Julia verabschieden konnte.

Sie tat ihm wirklich sehr leid, aber andere Gefühle löste dieser Besuch allerdings nicht bei ihm aus.

Peter war froh darüber. Er sah die Frau an, deretwegen er jahrelang nicht schlafen konnte, der er nie verziehen hatte.

Jetzt sah er sie in einem ganz anderen Licht. Er spürte eine tiefe Zuneigung zu ihr, aber es war keine Liebe mehr. Er fühlte, dass er nun abschließen konnte.

Erleichtert lächelte er sie an.

„Du findest schon wieder den richtigen Weg, Julia. Und eines Tages wird der Traumpartner in dein Leben treten. Unsere Lektionen haben wir beide gelernt, denke ich."

Julia lächelte zurück.

„Danke, dass du gekommen bist. Ich bin sehr froh, dass du mir nicht mehr böse bist. Ich habe wirklich oft an dich denken müssen, wollte wissen, wie es dir geht. Aber ich hätte nie den Mut gehabt dich anzurufen."

Peter dachte an Li und Mai. Er schmunzelte.

„Glaub mir, es ist mir noch nie besser gegangen in meinem Leben. Endlich atme ich wieder. Und meinen doofen Job hab ich auch nicht mehr."

Julia sah ihn erschrocken an.

„Du bist nicht mehr bei der Zeitung?" fragte sie ihn ungläubig.

„Nein", lachte er, „ich bin arbeitslos!"

„Das ist nicht dein Ernst, oder?" sie sah ihn misstrauisch an und versuchte aus seinem Blick zu lesen, ob er sie nur auf den Arm nahm.

„Doch. Ich arbeite nicht mehr als Journalist, und ich bin sehr froh darüber."

„Und was hast du vor?" es interessierte Julia wirklich.

„Ich werde erstmal ein Buch schreiben, dann sehen wir weiter", erklärte er ihr.

Julia hob die Augenbrauen.

„Das finde ich gut. Autoren sind sehr interessante Leute", Julia strahlte ihn an.

Peter war sich nicht sicher, ob sie gerade mit ihm flirtete.

‚Wenn es so wäre?' überlegte er kurz.

Er fand sie nach wie vor sehr attraktiv. Die Mutterrolle stand ihr gut. Ein leichter Anflug von Sehnsucht streifte ihn. Aber es war bestimmt nur ein Hauch der Vergangenheit, der ihn eingeholt hatte.

„Julia", begann er, „wenn du etwas brauchst. Ich bin für dich da, OK? Du kannst dich jederzeit bei mir melden."

Peter meinte es ernst.

Julia war ihm dankbar dafür, aber sie würde seine Hilfe vermutlich nicht annehmen.

„Meine Mutter sorgt sehr gut für uns zwei. Ich werde mir wohl bald wieder einen Job suchen müssen. Aber ich bleibe jetzt sicher einmal einige Zeit hier, aber Danke... ."

Julia hatte ihr Baby ganz vorsichtig von ihrem Bauch heruntergehoben und neben sich auf die Couch gelegt. Es ließ einen kurzen Seufzer hören, dann schlief es ruhig weiter.

Julia stand langsam auf und war nun ganz nahe neben Peter. Sie sah noch immer verdammt gut aus, fand er.

Peter spürte eine seltsame Beklemmung. Jetzt wurde es Zeit zu gehen. Er gab ihr einen Kuss auf die Wange.

„Alles Gute, Julia. Ich wünsch dir wirklich von Herzen alles Gute", er wollte ihre Antwort gar nicht abwarten und wandte sich bereits zum Gehen.

„Es freut mich, dass du dich verändert hast. Du bist viel netter, ehrlich", Julia errötete und zupfte nervös an ihrem T-Shirt. Er nickte lächelnd, bevor er das Haus verließ.

49

Mai starrte auf das große, schwarze Telefon. Zweimal hatte sie Peter angerufen, seit er wieder in Wien war. Ihre Mutter warf ihr einen besorgten Blick zu. Wann würde das Mädchen endlich begreifen, dass sie nicht auf ihn zu warten brauchte?

Der Mann aus Wien war nett, aber er war viel zu alt für ihre Tochter, die doch kaum über zwanzig war. Warum hatte sich Mai nur in ihn verliebt?

In der letzten Woche hatten einige Zeitungen über den Fall Li berichtet. Mittlerweile sendeten auch andere Fernsehstationen das Interview. Man hat es gesehen, man sprach darüber.

Das war genau das, was Li bezwecken wollte. Auch in anderen Städten Vietnams wurden diese Sendungen ausgestrahlt.

Trotzig spähte sie erneut zum Telefon.

Dann sah sie wieder zu ihrer Mutter, bevor ihr Blick zum Fenster hinausschweifte.

Ja, sie liebte Hanoi, sie liebte ihr Haus, sie liebte ihre Familie. Sie wollte niemals von hier weggehen. Peter hatte recht. Sie gehörte hierher. Aber es tat höllisch weh!

Mai stand auf und verließ das Haus, um sich mit Freunden zu treffen. Sie hatten einen Club gegründet.

Er hieß einfach nur „LI".

Sie verschickten E-Mails in die ganze Welt. Sie traten mit Selbsthilfeorganisationen in Kontakt, die ehemalige Prostituierte betreuten, die teilweise in sehr miserablen, psychischen Zuständen waren.

Die Organisation „LI" kümmerte sich darum, dass die Geschichte nicht wieder so schnell in Vergessenheit geriet.

Mai war stolz auf sich und ihre Freunde. Immer wieder fielen ihnen neue Ideen ein, um von diesem Thema reden zu machen.

Einige namhafte Menschen traten als Sponsoren in Erscheinung.

Sie schrieben Briefe an die Regierung, damit Aufklärung zu diesem Thema auch in den Schulen stattfand. Sie forderten strengere Gesetze für Schlepper und Entführer Minderjähriger.

50

Bea drehte sich vor dem kleinen Spiegel, der neben dem E-Herd am Boden lehnte. Ja, das würde sie anziehen, wenn sie ein Vorstellungsgespräch haben würde. Irgendwann.

Ihr Enthusiasmus verschwand in der Geschwindigkeit, in der er aufgetaucht war.

Peter war mit seiner Schwester in die Stadt gefahren. Sie wollten Sachen aus seiner Wohnung holen.

Nun war die erste Woche vergangen, in der sie in diesem Gartenhaus lebten. Es war ein wirklich nettes Häuschen, aber es störte Bea, dass sie die Betten nicht auseinander schieben konnten. Sie wollte nicht mit Peter in einem Bett schlafen. Sie wurde munter, sobald er sich auf die Seite drehte. Manchmal kam er ihr so nahe, dass sie seinen Atem spürte. Dann konnte sie überhaupt nicht mehr einschlafen.

Nicht, dass sie Angst vor Peter hatte, aber...

Er war ein Mann. Alleine diese Tatsache genügte, um sie zu beunruhigen.

Bea sah sich noch einmal in den Spiegel.

In diesem beigen Kostüm sah sie wirklich umwerfend aus.

Der Rock reichte gerade bis über die Knie. Unter dem Jäckchen, das sehr figurbetont war und ihre Taille schön betonte, hatte sie ein rosa Top angezogen. Es war der perfekte Farbtupfer und passte gut zu ihrer schönen, blassen Haut.

Bea fuhr sich mit der Hand durch die Haare und drehte sie zu einem Knoten am Hinterkopf zusammen.

Interessiert betrachtete sie ihr Spiegelbild. Das stand ihr gut, wirklich. Sie fand, dass sie wie eine Sekretärin aussah.

Naja, Autorin würde sie ja bald sein, mit Peters Hilfe.

Diesen Umstand fand sie ziemlich aufregend.

Noch am selben Abend saßen Peter und Bea, beide in eine dicke Decke gehüllt, auf der Terrasse. Es war Ende April und noch sehr frisch.

An diesem Abend begannen sie auf Peters Laptop die ersten Seiten des Buches zu tippen.

„Aber glaubst du wirklich, dass irgendjemand sich für unser Buch interessiert?" wollte Bea in einer schöpferischen Pause wissen.

Peter sah sie ernst an.

„Du musst ganz fest daran glauben. Du musst dir sicher sein, dass dein Wunsch in Erfüllung geht. Erst dann wirst du den Erfolg anziehen."

Bea sah ihn verständnislos an.

Peter deutete ihren Blick richtig und musste lachen.

Er hatte vor ein paar Monaten ein Erfolgsseminar besucht und einige Bücher über Selbstmotivation gelesen. In gewisser Weise teilte er die Meinung dieser Freaks, die von Energieebenen, Glückssträhnen, positiven und negativen Wellen und dergleichen, referierten.

Er bemühte sich also, es Bea mit klaren Worten zu erklären.

Zuerst nahm er einen großen Schluck Rotwein.

„Schau, Bea. Alles im Leben passiert nicht zufällig. Wir meinen zwar, dass wir nichts damit zu tun hätten, aber in Wirklichkeit ziehen wir das in unser Leben, was wir für unsere Entwicklung brauchen. Es passiert nichts umsonst. Und vieles ist nicht so, wie es scheint."

„OK. Peter. Du hast es versucht, aber jetzt verstehe ich überhaupt nichts mehr", auch sie musste einen großen Schluck Wein nehmen. Vielleicht würde sie ihn dann besser verstehen.

„Alles, wirklich alles in unserem Leben besteht aus Energie. Der Sessel auf dem wir sitzen, besteht aus lauter kleinen Molekülen, die wild hin und her schwingen. Natürlich können wir das nicht sehen."

Bea nickte. Das hatte sie schon einmal gehört.

Peter fuhr fort: „Es gibt Leute, die behaupten, dass wir unser Leben völlig selbst bestimmen können. Alles, was wir wollen, können wir erreichen und mit Hilfe unserer Gedanken in unser Leben ziehen."

Bea sah ihn erstaunt an, sagte aber nichts.

„Wenn du also Angst hast, dass dir etwas zustößt, dann schwingen deine Gedanken auf einer niederen Ebene und treffen sich mit anderen Gedanken, die dieselben Schwingungen haben und ziehen diese in dein Leben – und päng – es passiert irgendetwas.

Wenn du aber fröhliche, positive Gedanken denkst, dann ziehst du auch nur Schwingungen an, die auf höherer Ebene schwingen, und die gut sind. Es werden dir lauter gute Dinge widerfahren. Du wirst erfolgreich und glücklich sein."

Dann fiel ihm ein gutes Beispiel ein.

„Bist du schon einmal so richtig schlecht drauf gewesen, und hast dann versucht an etwas Schönes zu denken und zu lächeln?"

Bea schüttelte den Kopf.

„Warum sollte ich lächeln wollen, wenn es mir nicht gut geht?" Sie verstand nicht.

Peter wurde enthusiastischer. Er wollte es ihr wirklich so erklären, dass sie es verstand.

„Schau mal. Es ist sogar wissenschaftlich erwiesen, dass, wenn man lächelt, ein gewisser Botenstoff im Gehirn – alleine durch diese Muskelbewegungen des Gesichtes – ausgeschüttet wird, und du dadurch sofort, nämlich wirklich augenblicklich, fröhlicher wirst. Nur, indem du dein Gesicht bewusst zu einem Lächeln verziehst." Peter grinste.

Bea probierte es sofort aus.

Beide sahen sich an, und fingen herzhaft zu lachen an.

„Siehst du? Es geht dir gerade wunderbar, nicht?"

Bea lächelte noch immer.

„Naja, wunderbar ist wohl doch ein kleines bisschen übertrieben, aber es geht mir gut, danke!"

Peter hatte seinen Vortrag über Erfolg aber noch nicht beendet, also fuhr er fort:

„Wenn du dir also alles wünschen kannst, was du willst, dann wären unsere Möglichkeiten wirklich beinahe unbegrenzt. Ich meine, wenn du dir zum Beispiel ein Haus wünscht, dann musst du davon überzeugt sein, dass du es verdient hast, in diesem Haus zu leben, du musst es dir jeden Tag vorstellen, wie du bereits darin lebst, wie es sich anfühlt, wie es drinnen riecht, wie schön dein Garten ist. Du musst so tun, als ob es dir bereits gehören würde."

Bea begann nun wirklich zu lachen.

„Du bist betrunken, Peter", neckte sie ihn.

Peter schüttelte energisch den Kopf und nahm noch einen Schluck.

„Nein. Wirklich nicht, Bea! Das gibt es tatsächlich. Man nennt es visualisieren. Du sollst dir wirklich vorstellen, was du willst, und dann wird es die Energie anziehen, die du dazu benötigst, dass es auch in Erfüllung geht. Das Universum wird dir dabei helfen."

„Das Universum?" fragte sie und wusste nun gar nicht mehr, was sie von dieser Geschichte halten sollte.

„Glaubst du an Gott?" fragte er sie.

Bea dachte nach.

„Ich weiß nicht", antwortete sie zögernd..

„Glaubst du nicht auch, dass es eine höhere Macht gibt, die uns leitet und uns hilft", fragte er sie.

„Uns hilft? Davon hab ich nicht allzu viel gemerkt in den letzten zwanzig Jahren. Oder überhaupt in meinem Leben."

Peter konnte ihr natürlich jetzt nicht sagen, dass sie das vielleicht zu ihrer persönlichen Entwicklung gebraucht hatte. Sie würde ihm vermutlich das Gesicht zerkratzen.

„Glaubst du an Engel?" fragte er dann.

„Engel? Als Kind hab ich schon an meinen Schutzengel geglaubt, aber der hat mich mit sechzehn verlassen. Seitdem kann ich mir nicht mehr vorstellen, dass es einen für mich gibt."

Ihre Worte klangen verbittert.

„Aber vielleicht ist er gerade vor ein paar Wochen wieder aufgetaucht und hilft dir jetzt bei deinem neuen Leben. Es wird wunderbar werden, Bea, du musst nur ganz fest daran glauben", er sprach sehr sanft mir ihr.

Beas Augen füllten sich mit Tränen.

„Aber vielleicht habe ich es gar nicht verdient glücklich zu sein?" sagte sie leise.

„Blödsinn! Jeder Mensch hat es verdient glücklich zu sein. Nur, du darfst dein Glück nicht bei anderen suchen. Nur DU alleine kannst dein Glück bestimmen."

„Peterle, Peterle!" mischte sich Li ein.

Peter grinste.

„Wo hast du nur so viel von der Weisheit eines alten Wolfes her?" fragte sie.

„Li. Ich weiß es nicht. Vielleicht hast du mir geholfen", antwortete er ihr.

Bea sah zum Himmel empor.

Engel? Gott?

„Du sollst endlich aufhören zu zweifeln, Bea. Das soll ich dir von Li ausrichten", wandte sich Peter an Bea.

„Naja, aber wenn Li ein Engel ist, dann muss es ja Engel geben, oder? Das wäre doch ein Beweis dafür, dann könnte ich eventuell auch daran glauben", überlegte Bea.

„Nein, Li kein Engel ist!" protestierte Li.

Peter gab es an Bea weiter.

„Aber was ist sie dann? Wie kann ich mir vorstellen, wer oder was Li ist?" fragte sie Peter.

„Li ist einfach eine Seele. Eine Seele, die noch nicht fertig ist mit dieser Welt. Sie hat noch etwas zu erledigen", erklärte er ihr.

„Aber wir haben doch schon soviel erledigt. In ganz Vietnam spricht man von ihr, und mit Hilfe des Internets nicht nur dort. Warum ist sie noch immer hier?" fragte Bea.

„Ich so lange da bin wie ich will!" protestierte Li.

Sie fühlte sich von Bea angegriffen. So als wäre sie unerwünscht.

„Aber Li. So hat es Bea doch nicht gemeint", beruhigte sie Peter.

„Was heißt das?" wollte Bea wissen.

„Du hast Li gerade beleidigt. Sie glaubt, du möchtest, dass sie wieder verschwindet."

„Oh mein Gott, nein! Li, entschuldige, ich wollte dich nicht beleidigen!" sagte sie hastig, und hielt beide Hände erschrocken vor den Mund.

„Ich kann nur soviel nicht verstehen. Ich glaube, wir haben genug philosophiert für heute. Oder ich habe einfach zuviel Wein getrunken. Gute Nacht, ihr zwei!"

Bea stand hastig auf und ging ins Innere. Bald darauf hörte Peter die Dusche, dann wurde es ganz still.

Er saß noch immer vor dem Laptop. Vier Seiten hatten sie bereits geschrieben. Wenn das in diesem Tempo weiterging, dann würden sie zirka hundert Seiten pro Monat schreiben. In zwei, drei Monaten wären sie dann mit dem Skriptum fertig.

Er prostete Li zu.

„Du wirklich glaubst an großen Erfolg Peter?" fragte Li.

„Ich hoffe in erster Linie, dass es viele Leute lesen, und dass es vielen Mädchen den Weg erspart, den du gegangen bist, Li. Aber wäre es schlecht von mir zu hoffen, dass wir damit auch eine Menge Geld verdienen können? Bin ich noch immer ein schlechter Mensch, Li?" Peter schien etwas betroffen.

Li lachte.

„Nein Peter. Du nicht mehr bist böser Mensch. Ich dich sehr lieb habe. Aber wenn du viel Geld wirst haben, dann gehst du zurück nach Hanoi und heiratest Mai?"

„Möchtest du das, Li?" fragte er sie und wartete auf eine ehrliche Antwort.

„Das, lieber Peter, musst du herausfinden alleine", sagte sie ihm, und klang altklug wie eine alte Lehrerin.

Peter seufzte.

„Ich liebe sie wirklich, Li, aber ich habe keine Ahnung, wie ich es anstellen soll um mit Mai ein Leben aufzubauen."

„Du hast Angst, Peter, nicht?"

Peter nickte. „Ich habe eine enorme Angst", gestand er.

„Aber vielleicht Mai dich gar nicht mehr will?" gab sie ihm zu bedenken.

„Ich weiß es nicht. Glaubst du, sie wird einen lieben Mann finden, der zu ihr passt und immer gut zu ihr ist."

Li nickte, doch das konnte Peter nicht sehen.

51

Johann packte Harry mit eisernem Griff am Oberarm. Am liebsten hätte er ihm den Humerusknochen zerquetscht. Seine Schulter- und Nackenmuskulatur verspannte sich wegen seiner enormen Aggressionen derart, dass er vor Schmerzen schreien hätte können.

Der hier, war Abschaum, mehr noch als diese Mädchen, die für ihn arbeiteten. Johann sah angewidert auf den vor ihm Sitzenden.

Der Polizist schob seine Mütze etwas nach hinten. Seine Haare waren feucht. Er schwitzte. Dann nahm er die Kopfbedeckung ganz ab.

Seit mehr als einer Woche befand sich nun Harry M. in Untersuchungshaft. Seine äußere, coole Fassade war schnell zerbröckelt. Einige seiner Kollegen hatte die Polizei in den letzten Tagen in Graz ebenfalls in Untersuchungshaft genommen. Harry hatte sie alle verpfiffen, doch keiner wollte etwas mit den Minderjährigen zu tun gehabt haben, keiner hatte sie weder gesehen, noch sie von Vietnam nach Österreich geholt.

Harry hatte beide Ellbogen auf den Tisch gestützt. Er wirkte gebrochen. Johann grinste verächtlich.

„Wo ist Beatrice?" fragte nun der Polizist Johann zum mindestens dreißigsten Mal.

Harry hob die Achseln. Warum konnte dieser doofe Polizist nicht endlich begreifen, dass er es wirklich nicht wusste. Warum sollte er auch? Nicht einmal Mario wusste es, abgesehen davon hatte er auch keinen blassen Schimmer, wo dieser untergetaucht war.

Johann konnte den Blick nicht von diesem Mann wenden. Er durchbohrte ihn damit, und zog wie eine Löwin dabei Kreise um den Tisch.

Johann dachte an Beatrice. Sie war extrem scharf gewesen. Er wollte sie um jeden Preis wieder sehen. Mal sehen, ob DIE nicht etwas wusste. Zur Not würde er etwas nachhelfen.

„Was hat eigentlich Beatrice mit der Sache zu tun?" stellte jetzt Harry eine Gegenfrage. Er hielt das selbstgerechte Getue dieses Staatsbediensteten nicht mehr aus.

Dieser „ich bin der Gute – du bist der Böse!" – Blick ging ihm auf die Nerven, es erinnerte ihn an seinen Nachbarsjungen, der immer mit ihm spielen wollte. Harry hasste dieses „Räuber und Gendarm"-Spiel.

„Sie weiß bestimmt, wo wir Mario finden können. Und er ist der Hauptverdächtige in der Verschleppungsaffäre!"

„Beatrice hatte eine Lizenz, ging regelmäßig zu ihren Untersuchungen und war über dreißig. Lassen Sie sie aus dem Spiel. Beatrice weiß nicht, wo Mario untergetaucht ist. Außerdem hat sie auch Angst vor ihm, denn sie ist einfach abgehauen. Mario ist darüber sicher nicht erfreut", meinte er genervt und wandte sich angewidert ab. Er konnte den Polizisten nicht mehr ansehen.

„Wir brauchen Beatrice für weitere Informationen. Sie kann uns helfen, und du weißt, wo sie ist."

Johann fand selber, dass seine Argumente nicht stichhaltig waren. Aber er wollte dieses geile Luder wieder sehen. Seit er sie hier im Büro sitzen gesehen hatte, konnte er nicht mehr gut schlafen.

Er wollte es ihr besorgen. So sehr, wie es noch keiner mit ihr gemacht hatte. Er verzog das Gesicht. Er hielt es nicht mehr aus. Er würde schon noch herausfinden wo sie sich versteckt hielt. Sie musste bei diesem Kerl sein. Doch die Wohnung war leer. Er war schon einige Male dort gewesen. Die Hausverwalterin gab selber an, dass er seit Wochen nicht mehr da gewesen war.

Entweder waren die beiden noch in Vietnam, oder sie hatten sich in Wien versteckt. Er würde sie schon finden. Und dann... Seine Hose wölbte sich etwas nach vor. Er warf einen kurzen Blick darauf. Die Hose war so weit, dass es nicht auffiel.

52

Klaras Kopf tauchte in der Hüttentür auf. Sie strahlte.

„Hallo ihr zwei! Bea, was hältst du davon, wenn wir heute einen Frauentag machen?" rief sie Bea fröhlich zu.

Hinter ihr tauchte Theo auf. Er war im Tennisoutfit.

„Wie wäre es mit einem Match, Peter, und anschließend einem Männertag?" Er war sich sicher, dass Peter gerne seine Herausforderung annehmen würde.

„Weißt du eigentlich Theo, wie lange ich nicht mehr Tennis gespielt habe? Das sind bestimmt... lass mich nachdenken... mehr als sieben Jahre, oder so. Ich hatte damals einen Arbeitskollegen mit dem ich regelmäßig gespielt habe, aber der hat dann seinen Job gewechselt und ist nach Salzburg gezogen."

Theo machte eine wegwerfende Handbewegung.

„Das ist wie mit dem Radfahren. Das verlernt man nicht. Du bist zwar nicht mehr in Übung, aber schauen wir mal, was sich noch retten lässt."

Peter freute sich sehr, dass ihn sein Schwager zu einem Match einlud, doch dann gab er zu Bedenken.

„Mein Schläger ist aber in meiner Wohnung. Können wir da vorher noch vorbeischauen?" fragte er ihn.

Theo schüttelte den Kopf.

„Daran habe ich schon gedacht. Ich hab zwei, also kannst du einen von mir haben."

Bea sah Klara noch immer etwas misstrauisch an. Klara beachtete sie aber gar nicht, sondern räumte drei Plastiktüten auf dem Tisch aus. Darinnen befanden sich alle möglichen Köstlichkeiten, die ein Samstagbrunch so richtig unwiderstehlich machte.

Getrocknete Tomaten, Sardellenringe, Prosciutto und drei verschiedene Käsesorten, dazu eine Salatgurke und frischen, knackigen, gelben Paprika. Natürlich war auch für knuspriges Gebäck gesorgt. Während die Damen den Tisch deckten, machte Peter unterdessen den Kaffee.

„Aber...", begann Bea. Sie war unsicher.

„Was... aber, Bea. Willst du nicht in die Stadt? Wir gehen ein wenig bummeln, Schaufenster schauen und Kaffee trinken. Das wird bestimmt lustig. Wenn du möchtest, dann können wir auch ins Kino gehen. Aber heute gehört der Tag uns."

Klara spürte Beas Angst, doch sie wollte sich nicht darauf einlassen. Bea musste einmal einen Tag raus und Peter auch, sonst würden sie noch verrückt werden in dieser kleinen Hütte.

Klara schaute kurz von Bea zu Peter und wieder zurück.

Sie waren jetzt seit Wochen ununterbrochen zusammen. Konnte sich da nicht etwas entwickeln? Außerdem schliefen sie im selben Bett. Aber da war auch noch Mai?

Klara beschloss, nachher ein paar vorsichtige Fragen zu stellen.

„Aber vielleicht erkennt mich jemand in der Stadt?" gab Bea zu bedenken.

„Papperlapapp. Du setzt eine Kappe und eine Sonnenbrille auf. Die Haare steckst du hoch. Außer Mario brauchst du niemanden zu fürchten, und das wäre schon ein verdammtes Pech, wenn wir ausgerechnet dem in die Arme laufen würden. Aber nun komm schon: NO RISK, NO FUN!"

Bea nickte. Sie hatte recht. Zwanzig Quadratmeter mit Peter zu teilen war nicht einfach.

Sie plauderten zwar viel und hatten oft Spaß zusammen, aber manchmal fühlte sie sich wie ein eingesperrtes Tier. Auf der anderen Seite, war sie das nicht schon immer? Nur in einem größeren Käfig?

Bea riss sich zusammen: „Danke Klara. Ich freue mich. Ich freue mich wirklich."

Nach dem Essen, bei dem alle vier fröhlich plauderten, verließen sie das Häuschen. Klara schloss sorgfältig die Tür ab.

Bea und Klara schlenderten die Mariahilfer Straße entlang. Sie gingen stadteinwärts. Bea gefiel es, die neueste Mode in den Schaufenstern zu bewundern. Klara freute sich, dass ihre Idee so gut einschlug.
„Möchtest du etwas kaufen?" fragte Klara.
Bea schüttelte hastig den Kopf.
Sie genoss es, die schönen Kleidungsstücke zu bewundern, doch hätte sie diese mit ihren letzten Ersparnissen nicht kaufen wollen. Es machte ihr nichts aus. Sie spürte, dass sie das irgendwann einmal machen konnte.
Eine Weile später saßen sie in einem Café. Zuerst wollte Klara auf einem Tischchen im Freien sitzen, aber der Wind war doch etwas zu kühl, um gemütlich etwas zu trinken.
Nun saßen sie neben einer großen Glasfront und beobachteten die Leute beim Vorbeigehen. Bea machte das besonders viel Spaß, denn das hatte sie in ihrem Leben selten getan.
„Wie verstehst du dich mit Peter?" riss sie Bea aus ihren Gedanken.
„Mit Peter? Gut, wieso?" fragte sie irritiert.
„Naja, Peter war immer ein sehr schwieriger Mensch. Er hat sich nie viel Gedanken gemacht, wie es anderen geht. Ich glaube, er hat sich wirklich zu seinem Vorteil verändert."
Bea nahm einen Schluck, dann fragte sie:
„Was ist eigentlich damals mit dieser Julia passiert?"
Klara hob die Augenbrauen und zuckte die Achseln.
„Damals hat Peter fast nicht mit uns gesprochen. Er hat sich nicht in mein Leben gemischt, und ich durfte auch nicht an seinem teilhaben. Ich habe Julia nur ein paar Mal gesehen, doch ich wusste, dass sie ihn eines Tages verlassen würde, denn Peter war krankhaft eifersüchtig und behandelte sie nicht besonders gut."
Bea sah hinaus auf die Straße.
„Das kann ich mir gar nicht vorstellen. Peter gibt mir das Gefühl, dass er für alle nur das Beste möchte. Er kümmert sich wirklich ganz

lieb um mich. Ich bin ihm sehr dankbar für alles, was er für mich tut. Und natürlich euch auch."

Sie senkte beschämt den Blick.

Klara spürte, dass sie Bea noch mehr fragen konnte, ohne das Gefühl in ihr zu erwecken, dass sie sie ausspionieren wollte.

„Und was sagt Peter über Mai?" wollte sie wissen.

„Ich glaube, er wird bald wieder zu ihr fahren", meinte sie und schluckte.

„Warum glaubst du das?" fragte Klara neugierig.

„Weibliche Intuition!" gab ihr Bea knapp zur Antwort.

Klara merkte, dass sie zu weit gegangen war und wechselte das Thema.

Klara erzählte von ihrer Kindheit. Sie erzählte von Peter, wie er begonnen hatte sich zu verändern als er in den Journalismus einstieg. Klara erzählte ihr, wie sie Theo auf der Uni kennen lernte. Bea wollte wissen, wie sie sich verliebt hatten, sie wollte vom ersten Kuss bis zum heutigen Tag alles wissen. Sie heftete ihren Blick gespannt an Klaras Lippen.

Als diese endlich eine Pause machte, sagte Bea leise.

„Ich habe keine Ahnung, wie es ist, wenn man in einen Mann verliebt ist."

Bea klang ziemlich traurig. „Ich glaube, ich werde es auch nicht mehr erfahren in meinem Leben."

Klara musste lachen.

„Ach, Blödsinn. Du bist doch noch jung. Dein Leben hat sich vor ein paar Wochen total geändert. Jetzt musst du dich erstmal an deine Freiheit gewöhnen, dann machst du eine Ausbildung, suchst dir einen Job, und dann geht's los! Willkommen im Leben!"

Ausbildung? Job? Sie hatte Angst davor, was, wenn sie jemand fragen würde, was sie die letzten Jahre gearbeitet hatte? Was sollte sie schon sagen. Ich war eine Nutte?

Bea rümpfte die Nase.

„Was macht dir denn solche Sorgen, Bea?" wollte Klara wissen.

„Ach, ich weiß auch nicht. Aber wenn ich keinen Job bekomme, was dann?"

„Du bekommst einen, ganz sicher. Du bist eine hübsche, eine sogar sehr hübsche junge Frau, und wir werden dir alle dabei helfen."

Sie nickte schwach, lächeln wollte sie noch immer nicht.

„Ich weiß schon, was ich bei einem Vorstellungsgespräch anziehen werde", erzählte sie plötzlich Klara und riss diese aus ihren Gedanken.

„Das beige Kostüm, das von deiner Freundin. Und dazu das rosa Top, oder meinst du, dass das zu weit ausgeschnitten ist?"

Klara überlegte kurz und rief sich die Kleidungsstücke ihrer Freundin ins Gedächtnis. Dann nickte sie.

„Nein, ist es nicht. Das ist sogar eine sehr gute Idee. Damit siehst du sicher bezaubernd aus", gab sie ihr zur Antwort. Eine Weile sprachen sie noch über Mode, dann bezahlten sie und standen schließlich wieder auf der Straße.

Mittlerweile hatten auch Peter und Theo ihr Match beendet, nahmen in einem Lokal Platz und bestellten zwei große Gläser Apfelsaft.

Peter drehte das Glas in seiner Hand.

„Früher hätte ich mir sicher ein Bier bestellt", er hob das Glas hoch, „aussehen tut es fast genauso, aber schwindelig wird man nicht davon", er prostete seinem Schwager zu.

„Kannst du mir einen Gefallen tun, Theo?" er sah ihn ernst an. Theo nickte.

„Ich möchte meine Wohnung verkaufen. Ich möchte nicht mehr dahin zurück. Kann ich eventuell noch eine Weile hier bleiben, solange, bis das Buch geschrieben ist, dann suche ich mir eine neue Wohnung."

Theo war nun etwas neugierig.

„Und Bea? Nimmst du sie dann mit in deine neue Wohnung?"

Peter überlegte einen Augenblick.

„Ich werde ihr helfen, einen Job zu finden. Sie möchte gerne Floristin werden. Glaubst du, dass sie einen Lehrplatz bekommt?"

„Aber mit einer Lehrlingsentschädigung kann sie sich keine Wohnung leisten, wie soll das gehen?" gab Theo zu Bedenken.

Peter sah ihn an, so als hätte er etwas Unglaubliches gesagt.

„Wenn du sie nicht mehr bei dir wohnen lassen willst, dann kann sie eventuell unser Gästezimmer haben, bis sie mit der Lehre fertig ist. Klara wird bestimmt nichts dagegen haben", machte er einen Vorschlag.

Peter schwieg. Theo wartete auf Antwort. Doch als er noch länger nichts sagte, fragte ihn Theo.

„Möchtest du weg von Wien?" Er spielte auf Hanoi an.

Peter zuckte die Achseln.

„Ich weiß es nicht", kam seine knappe Antwort.

Theo hatte das Gefühl, dass Peter darüber reden wollte, also fragte er weiter.

„Was empfindest du für Bea?"

Peters Gedanken schwirrten in seinem Kopf durcheinander. Nach einer Weile sagte er: „Bea ist mir sehr ans Herz gewachsen. Ich habe sie sehr, sehr gern."

Theo war nicht zufrieden mit dieser Antwort.

„Und wie steht sie zu dir?"

„Ich glaube sie mag mich auch, aber eher so wie einen Bruder, oder wirklich gute Freunde. Aber sie würde sich sicher nie in mich verlieben", erklärte er Theo.

„Und warum nicht?" Theo verstand nicht, wie Peter zu diesem Schluss kam, das war eine unsinnige Behauptung.

„Bea sagt selber, dass sie noch nie in ihrem Leben in einen Mann verliebt gewesen ist, dass sie sich das gar nicht vorstellen kann. Sie wurde ihr ganzes Leben nur von ihnen ausgenutzt. Ich kann sie gut verstehen. Ich habe sie auch noch nie angerührt, das würde ich nie machen."

Theo sah ihn verständnisvoll an.

„Aber da kann sich doch noch etwas entwickeln, oder?"

Peter grinste.

„Ich verstehe mich wirklich gut mit Bea, und ich bin dankbar für diese Freundschaft, aber dabei wird es bleiben."

Theo verstand.

„Und Mai?" wollte er jetzt wissen.

„Theo!" rief Peter erstaunt aus, „ich wusste gar nicht, dass du so neugierig bist. Oder hat dich meine Schwester als Spion angeheuert?" Theo lachte.

„So gut du deine Schwester kennst, fragt sie dich diese Sachen ohnehin selber. Da brauchst du nicht mehr lange darauf zu warten, glaube mir."

Peter nickte. Theo hatte recht. Peter wusste, sobald Klara einmal mit ihm alleine war, würde sie ihn wie eine Zitrone ausquetschen.

„Vorläufig möchte ich nur, dass du mir hilfst meine Wohnung zu verkaufen. Ich möchte auf jeden Fall einen großen Balkon in der neuen Wohnung haben, das ist mir sehr wichtig."

„Ich habe einen guten Freund, der Immobilienmakler ist. Wenn du willst, werde ich ihn in deiner Angelegenheit befragen. Er wird dir sicher Sonderkonditionen geben."

Peter nickte hocherfreut. „Danke!"

Theo hatte noch immer keine befriedigende Antwort auf seine Frage erhalten, deshalb bohrte er noch einmal nach.

„Was machst du jetzt wegen Mai?"

„Ich weiß es wirklich   mit mir nach Wien", er machte eine kurze Pause, „aber was, wenn es ihr hier nicht gefällt? Was, wenn sie keine Arbeit bekommt, was, wenn sie als Ausländerin beschimpft wird, wenn sie traurig ist?"

Peter machte ein verzweifeltes Gesicht.

„Und du? Möchtest du in Vietnam leben?" fragte Theo.

Peter schüttelte energisch den Kopf.

„Ich kann mir das nicht vorstellen. Der Lärm, die Hitze, die Lebensgewohnheiten. Es ist nicht meine Welt. Ich meine, es ist wunderschön, es ist ... interessant. Aber..."

Er hatte das Gefühl, als könnte er es nicht so richtig erklären, aber Theo meinte, er verstünde schon.

„Und wenn du sie einfach fragst, ob sie mit dir kommt?"

„Du meinst, ich soll noch einmal zu ihr fliegen?" fragte ihn Peter und sah ihn mit traurigen Augen an.

Theo nickte.

„Nur so kannst du erfahren, ob sie auch ein Leben mit dir möchte, nämlich hier in Europa."

„Aber vielleicht bringe ich sie damit nur in eine unglückliche Situation. Ich meine, sie hat mir gesagt, dass sie Hanoi liebt. Sie hat mir gesagt, dass sie ihre Eltern nicht alleine lassen möchte. Ich würde ihr Leben zerstören."

Theo schaute ihn verständnisvoll an.

„Du machst dir wirklich Gedanken darüber, nicht?"

Peter verdrehte die Augen. „Tag und Nacht zerbreche ich mir den Kopf. Aber ich komme auf keinen grünen Zweig."

„Gut. Beim Wohnungsverkauf helfe ich dir. Ihr könnt so lange ihr wollt, in unserem Gartenhaus bleiben. Naja, im Winter wohl nicht, denn Heizung haben wir keine eingebaut", scherzte Theo.

Das Thema Frauen war damit abgehakt. Theo wusste, dass Peter seine Entscheidungen alleine treffen musste, und er ihm nicht einmal einen Rat geben konnte.

Peters Gedanken schweiften zu Julia. Theo hatte sie fast gar nicht gekannt. Er hatte sie vielleicht zweimal gesehen. Arme Julia! Jetzt ging es ihr so schlecht, wie ihm damals. Komisch. Wie das Leben so spielte.

Sie hatte sich wirklich gefreut, ihn zu sehen. Vielleicht würde er sie wieder einmal besuchen. Vielleicht.

Am Abend trafen sich alle vier wieder im Schrebergarten der Familie Dr. Klara und Theo Führlinger. Sie saßen noch lange vor der Hütte und tranken eine Flasche Wein, Sauvignon, 2005. Klara und Bea hatten sich gemeinsam in eine Decke gehüllt. Es war eine klare Nacht.

Keiner der vier sah die dunkle Gestalt, die in einiger Entfernung stand und sie heimlich beobachtete.

53

Klara kam ab diesem Zeitpunkt regelmäßig zweimal die Woche, um Bea zu einem Frauennachmittag einzuladen. Ein Kinobesuch mit Klara war für Bea eine ganz große Sache gewesen. Bei einer Komödie lachten sie beide Tränen und lachten auch später im Café noch über die komischen Szenen, die sie sich gegenseitig in Erinnerung riefen.

Mario hatte sie ein paar Mal in ein Pornokino mitgenommen, aber nur, damit sie etwas daraus lernen konnte.

Mario nannte das eine Studieneinrichtung. Bea sah darin eine berufliche Fortbildung. Für sie war es nicht sonderlich spannend. Sie empfand nichts dabei. Weder Abscheu noch Lust. Es war ihr egal, und Mario war zufrieden, dass sie ein paar Verhaltensmuster der Profiliga übernahm.

Mittlerweile waren hundert Seiten der Biographie geschrieben. Das Buch sollte Beas Lebensgeschichte und Lis Schicksal erzählen. So, wie es wirklich war.

Bea erzählte von ihrer Kindheit und von ihrer Jugend, wo alles begann. Emotionen kamen hoch, manchmal erzählte Bea unter Tränen, manchmal mit Wut und Aggressionen. Peter schrieb alles nieder.

Danach lasen sie gemeinsam das Geschriebene, ehe sie für den jeweiligen Tag die Arbeit beendeten. Meistens waren sie zufrieden, manchmal überarbeiteten sie den Text einige Male, bevor sie den Laptop schlossen.

Peter hatte das Gefühl, dass es Bea sehr wohl tat, sich ihr Leben von der Seele zu reden.

Eines Abends war es besonders schlimm. Bea erzählte, wie sie sich als knapp Siebzehnjährige in Mario verliebt hatte. Er hatte sie um den Finger gewickelt, hatte ihr ein schönes Leben versprochen, schlief mit ihr. Er spielte ihr vor, sich in sie verliebt zu haben. Daraufhin folgte sie ihm nach Wien. Sie war erleichtert von Amsterdam wegzuziehen. In Wien stellte ihr Mario seine Freunde vor. Bereits kurz nach der Übersiedlung nach Österreich schlug er Bea vor, mit einem von ihnen zu schlafen, denn er würde ihm noch einen Gefallen schulden. Bea fand das etwas eigenartig, sie hatte sich die Liebe anders vorgestellt, aber sie überwand sich dazu, um ihm zu gefallen.

Es war hart, als sie feststellte, dass sie nicht die Einzige war, der Mario etwas vorspielte und sie brach einen Streit mit ihm vom Zaun. Er schlug sie, und drohte ihr, sie umzubringen. Bea hatte große Angst. Ab diesem Zeitpunkt war sie seine Gefangene, nicht mehr seine Geliebte, und sie hatte nicht den Mut auszubrechen. Sie hatte nicht die Kraft und das Selbstvertrauen, ihr Leben alleine in die Hand zu nehmen. Und nach und nach gab sie auf.

Sie fand sich mit ihrer Rolle ab.

Das zu erzählen, fiel ihr besonders schwer. Zwischendurch fing sie immer wieder an zu weinen.

„Geht es noch?" fragte Peter ab und zu und warf ihr besorgte Blicke zu.

„Möchtest du eine Pause machen?" schlug er manchmal vor.

Bea aber wollte weitermachen. Sie spürte instinktiv, dass sie damit ihre Vergangenheit aufarbeiten konnte.

Als es einmal ganz schlimm war, und Bea gar nicht mehr aufhören wollte zu weinen, legte Peter den Arm um sie und drückte sie an sich. Anfänglich sträubte sie sich etwas dagegen, doch da sie spürte, dass Peter einfach nur für sie da sein wollte, ließ sie sich fallen und weinte bitterlich an seiner Schulter.

Mitte Mai begann Peter sich umzuhören und Kontakte zu ehemaligen Bekannten zu knüpfen, die ihm eventuell behilflich sein konnten, um das Buch auf den Markt und in Folge unter die Leute zu bringen.

Manchmal fuhr Bea mit in die Stadt. Manchmal blieb sie alleine im Häuschen.

Eines Abends war Peter besonders lange unterwegs. Es war schon dunkel, als Bea plötzlich etwas vor der Türe hörte. Das waren eindeutig Schritte gewesen.

Sie hatte aber Peters Auto nicht kommen hören.

Beas Herz klopfte laut.

Sie schlich schnell zur Tür und kontrollierte, ob diese abgesperrt war. Gott sei Dank, das war sie!

Als sie den Vorhang einen Spalt zur Seite schob, sah sie gerade noch einen Schatten, der um die Ecke bog. Ihr Herz raste wild. Alle Ängste, die sich in den letzten Wochen etwas gelegt hatten, trafen sie nun mit voller Wucht.

Bea wurde fast verrückt vor Angst.

Ach, hätte sie nur ein Handy, könnte sie nur Peter anrufen, könnte sie nur...

Als Peter eine halbe Stunde später kam, fand er Bea in einem bemitleidenswerten Zustand vor. Sie lag zusammengerollt auf dem Bett und wimmerte. Bea war mit ihren Nerven am Ende.

Peter konnte sich nicht erklären, wer das gewesen sein konnte, doch Bea beteuerte ihm, dass es mit Sicherheit Mario war.

„Mario hätte bestimmt die Tür eingetreten, meinst du nicht?" versuchte ihr Peter mit Logik zu erklären.

„Kein Mensch hätte dich hier schreien hören. Das hätte er garantiert gemacht, aber vielleicht war es nur ein Obdachloser, der eine Hütte zum Schlafen gesucht hat. Hier findet uns keiner, Bea, das kannst du mir glauben."

Peter brauchte eine ganze Weile, um Bea zu beruhigen. Er hielt ihre Hand noch, als sie bereits eingeschlafen war.

54

„Du immer reden willst mit mir über Mai, Peter", beschwerte sich Li lautstark.

„Du sie rufst an, und selber sprichst mit Mai, dann du weißt, wie es ihr geht." Peter seufzte.

„Ich möchte, dass es ihr gut geht. Vielleicht ist es ein Fehler, wenn ich mich andauernd melde."

Li sagte nichts dazu.

Warum auch. Peter wusste, dass sie recht hatte.

„Ich kann aber derzeit sowieso nicht weg von hier. Ich muss zuerst das Buch fertig schreiben", rechtfertigte sich Peter.

Bea schmunzelte.

„Du streitest aber oft mit Li", stellte sie fest.

„Sie kann ganz schön nerven", beschwerte sich Peter.

Peter hörte nur ein lautstarkes: „Bah, ist nicht so, Peter!"

Er ignorierte sie.

Bea und Peter saßen gerade im Schatten auf der Terrasse und tranken einen Eiskaffee, den Bea liebevoll mit viel Schlagsahne und Eiswaffeln zubereitet hatte. Der Laptop stand schon wieder „startbereit". Es machte Spaß im Garten zu schreiben. Der Himmel war strahlend blau.

„Hast du noch immer Angst wegen gestern?" wollte Peter wissen.

Bea sah sich um. Jetzt hatte sie Peter wieder daran erinnert, dass am Vorabend eine Gestalt um das Haus geschlichen war, und sie bekam eine Gänsehaut.

„Es war so unheimlich. Ich hatte das Gefühl, jemand schnürt mir die Kehle zu. Ich war so froh, dass du endlich gekommen bist, sonst wäre ich vor lauter Angst gestorben", gab sie ihm zur Antwort.

Peter sah sie nachdenklich an.

„Es war bestimmt ganz harmlos", er beugte sich über den Laptop. Sicher war er sich jedoch nicht.

Sie schrieben den ganzen Nachmittag. Peter war extrem stolz auf die Tagesleistung. Es waren fünfunddreißig Seiten, die sie an diesem Tag getippt hatten.

Bea fing gerade damit an, zu beschreiben, wie Li zu ihnen ins „La Nuit" gestoßen war. Bea konnte sich gut an diesen Tag erinnern. Es war sehr kalt draußen, der Wind pfiff um die Ecken und es regnete in Strömen. Li hatte ein verstörtes Gesicht und war ganz nass. Bea konnte nicht genau erkennen, ob es Tränen waren, die ihr Gesicht glänzen ließen, oder ob es vom Sturm kam.

Sie standen sich am Eingang gegenüber. Mario schob Li vor sich her und Erwin lachte sie plump aus. Dann nahmen sie ihr den Mantel. Li griff noch schnell danach, denn sie wollte das sie umhüllende Kleidungsstück nicht abgeben. Aber es half ihr nichts.

Mario befahl Bea, sie ins Zimmer hinauf zu bringen und ihr den Hausbrauch zu erklären. Danach wollte er sie besuchen. Sie solle sich aber vorher noch duschen, wies er Beatrice an, denn von der anstrengenden Reise sei sie bestimmt sehr verschwitzt.

„Li ganz verrückt war vor Angst, an diesem Tag", mischte sich Li in die Erzählungen von Bea.

„Das glaub ich dir gerne", murmelte Peter.

Es war ihm nicht sehr wohl dabei, dass Li ihnen zuhörte. Gerade jetzt, wo Bea alle Einzelheiten ihrer Ankunft und der ersten Zeit im Puff erzählte.

„Was glaubst du ihr gerne, Peter?" wollte nun auch Bea wissen.

Peter teilte ihr mit, was Li gesagt hatte.

Li brachte sich immer mehr in die Geschichte ein und erzählte das Erlebte auch von ihrer Warte aus. Peter fand die Situation teilweise sehr spannend und dann wieder unheimlich. Li schrieb quasi ihr eigenes Buch. Die Geschichte ihres viel zu kurzen Lebens.

Aber von diesem Abend an, wollte Bea nicht mehr alleine in der Hütte bleiben. Sie hatte einfach zuviel Angst. Das ging einige Tage gut. Peter und Bea fuhren ein paar Mal gemeinsam in die Stadt. Peter machte seine geschäftlichen Besuche, derweilen er Bea bei Klara im Büro ablieferte.

Klara hatte aber nicht immer Zeit, um sich um Bea zu kümmern, doch Bea saß dann ganz geduldig in einer Ecke der Kanzlei und las in den herumliegenden Zeitschriften.

Wahrscheinlich hatte Peter recht, und es war nur ein Obdachloser, der versuchte in irgendeiner Hütte sein müdes Haupt zur Ruhe zu legen.

Klara saß an ihrem Schreibtisch und war über ein Schriftstück gebeugt, das sie aufmerksam las. Bea ging leise auf sie zu.

„Darf ich dich schnell etwas fragen?" sagte sie leise, fast demütig.

Klara hob den Kopf. „Was?" fragte sie kurz angebunden.

„Ich, ich brauche ein bisschen Geld. Ich möchte irgendwo einen Job machen, ich weiß nicht, vielleicht kann ich ein paar Mal bei jemanden putzen oder so. Ich möchte mir ein Handy kaufen, denn weißt du, so, wie das jetzt bei Peter und mir läuft, funktioniert das nicht. Ich komme mir lästig vor. Ich störe euch und ich benehme mich einfach kindisch. Aber wenn ich...", Bea schluckte, „wenn ich ein Handy hätte, dann könnte ich im Häuschen bleiben, dann würde ich mich wohler fühlen."

Klara verstand. Sie überlegte einen Augenblick:

„Lass mich bitte ganz schnell hier fertig machen. Wir gehen etwas trinken und besprechen das."

Bea ging an ihren Platz zurück.

Eine halbe Stunde später saßen sie in einem kühlen Gastgarten unter einem großen Kastanienbaum. Gastgärten wie dieser waren rar in der Stadt, und an Tagen, wo Klara eine gute Idee brauchte, kam sie hier her und holte sich Energie bei diesem wunderschönen alten Baum.

„Wie weit seid ihr mit dem Buch?" fragte sie Bea, nachdem sie einen großen Schluck kühlen Mangosafts genommen hatte.

„Hundertachtzig Seiten haben wir schon", bekam sie zur Antwort.

„Und wie weit seid ihr mit den Erzählungen? Ich meine, wie viele Seiten werdet ihr ungefähr noch schreiben?"

Bea zuckte die Achseln.

Sie hatte keine Ahnung, wohin sie die Erzählungen noch führen würden. Jetzt hatten sie gerade ein Kapitel über andere junge Mädchen geschrieben, die Mario nach Tirol bringen ließ. Bea kannte sie alle, aber Bea hatte nie etwas dagegen unternommen. Was hätte sie auch tun sollen? Aber jetzt, da sie das Geschehene wieder durch den Kopf gehen ließ und die Bilder wie ein Film an ihr vorbeizogen, hatte sie ein schlechtes Gewissen, dass sie das alles geschehen ließ, ohne irgendetwas zu verhindern. Obwohl? Hätte sie es verhindern können?

„Ich weiß es nicht", gab sie nach einer Weile zur Antwort.

„Sollen wir dir Geld leihen, bis ihr das Buch veröffentlicht habt, dann kannst du es uns ja zurückgeben."

Bea sah sie erschrocken an, so als hätte sie ihr ein unanständiges Angebot gemacht. Dann schüttelte sie energisch den Kopf.

„Nein! Auf gar keinen Fall. Was, wenn wir nicht ein einziges Exemplar verkaufen? Dann habe ich einen Haufen Schulden."

Klara konnte sie gut verstehen, dass sie dieses Angebot nicht annehmen wollte.

„Kennst du niemanden, der eine Putzfrau sucht? Wenigstens für ein paar Stunden die Woche. Dann hätte ich nicht so ein schlechtes Gewissen Peter und euch gegenüber. Außerdem könnte ich mir dann ein Telefon kaufen."

Klara ließ ihren Blick über den vollen Gastgarten gleiten. Es war herrlich hier. Sie sog die frische Luft ein. Klara liebte diesen Baum, der ihnen angenehmen Schatten spendete.

„Hm. Lass mich einmal überlegen."

Bea schaute in ihr Glas. Eine Fliege war in den Mangosaft gefallen. Sie strampelte um ihr Leben. Bea überlegte kurz, dann griff sie mit dem Zeigefinger tief hinein, denn es war nur mehr halb voll, und konnte schließlich nach einiger Mühe das kleine Wesen befreien. Komisch, dachte sie, Mario erschlug jede Fliege. Aber eigentlich sahen sie doch richtig süß aus. Und sie beobachtete das Insekt, wie es sorgfältig mit den Vorderfüßen seinen Kopf reinigte, und dann mit den Hinterfüßen seine nassen Flügel wieder glatt strich.

„Ich werde mich umhören", meinte Klara. Dann griff sie in ihre Handtasche und holte den Schlüsselbund hervor.

„Aber bis dahin hätte ich eine ganz große Bitte", umständlich löste sie einen Schüssel aus dem Haufen heraus und legte ihn vor die erstaunte Bea.

„Unsere Garage ist voller Staub und Spinnenweben. Aus dem Fenster auf der Seite kann man schon gar nicht mehr hinaussehen. Seit Monaten nehme ich mir vor dort sauber zu machen, habe es aber aus Zeitmangel einfach noch nicht geschafft. Kannst du mir bitte helfen? Ich gebe dir zehn Euro in der Stunde, ist das OK?"

„Das kann ich nicht machen, Klara. Da liege ich euch wieder auf der Tasche! Und genau das wollte ich nicht mehr!"

Wie konnte ihr Klara nur so etwas vorschlagen?

Klara sprach jetzt mit sanfter Stimme zu ihr.

„Du kannst das auf jeden Fall annehmen. Schau, ich müsste mir sowieso jemanden nehmen, der das an meiner Stelle macht, denn ich komme einfach nicht dazu. Also ist es doch egal, wem ich Geld dafür gebe. Und da gebe ich es schon lieber dir, als irgendeiner Fremden, verstehst du das?"

Bea schüttelte noch immer ganz zaghaft den Kopf.

„Aber", begann sie. Doch weiter kam sie nicht.

„Aber was?" Klara sah sie streng an.

„Das kann ich nicht", sagte Bea.

„Was kannst du nicht? Putzen?" Klara wollte sie provozieren.

„Nein! Natürlich kann ich putzen, aber..."

„Ich wäre wirklich irrsinnig froh darüber, Bea. Außerdem wäre da noch die Terrasse, die unbedingt geschruppt gehört, denn sie ist noch voller Flecken vom Winter. Der Steinboden gehört alle drei Jahre eingelassen, damit er so richtig schön zur Geltung kommt. Du siehst, ich habe wirklich eine Menge Arbeit für dich. Bitte lass mich nicht im Stich."

Die Bitte von Klara klang so ehrlich, dass sie Bea nun etwas offener ansah.

Sie musste sich den Vorschlag noch einmal durch den Kopf gehen lassen.

Klara verstand, dass es nicht ideal war für Bea, aber im Moment fiel ihr auch nichts anderes ein. Abgesehen davon wäre sie tatsächlich froh gewesen, wenn Theo nicht wieder den Aufwand mit der Terrasse hätte und sie selbst sich die Drecksarbeit in der Garage ersparen konnte.

Bea schwor sich unterdessen, dass sie die Arbeit für Klara natürlich machen, aber dafür auf keinen Fall nur einen Cent annehmen würde. Schließlich wohnte sie schon seit Wochen auf deren Kosten in einem Häuschen im Grünen. Und Peter sorgte die meiste Zeit für Lebensmittel. Noch dazu hatte ihr Klara viel zum Anziehen geschenkt. Kam gar nicht in Frage, dass sie sich von ihnen auch noch bezahlen ließ! Bea war froh, dass sie sich bei Klara und Theo endlich revanchieren konnte.

„Das ist nur vorübergehend, OK?" riss sie Klara aus ihren Gedanken, „ich kenne viele Leute. Ich werde dir schon Arbeit besorgen, bis du mit der Floristenlehre anfangen kannst."

Bea lächelte matt.

„Glaubst du wirklich, dass ich das schaffe?" fragte sie.

„Was? Eine Lehre?" Klara wusste nicht genau, was sie meinte.

Bea nickte.

„Aber natürlich!" Klara war voll und ganz davon überzeugt.

Sie konnte sich diese hübsche, schlanke Frau wirklich gut in einer Gärtnerei vorstellen. Sie brauchten nur eine passende Stelle für sie.

55

Die Tage vergingen schnell und Ende Mai war es sehr heiß in der kleinen Hütte. In der Nacht ließen sie oft das Fenster ganz offen, damit etwas kühle Luft hereinströmen konnte. Doch Bea sah immer wieder mit mulmigem Gefühl durch das offene Fenster in den Nachthimmel, denn sie dachte oft an die Gestalt, die ums Haus geschlichen war.

Klara hatte Bea mittlerweile an eine Freundin vermittelt und Bea konnte einmal in der Woche drei Stunden putzen. Sie war froh, dass sie wenigstens an diesen Tagen mit einem großen Einkaufskorb voller Lebensmittel heimkommen konnte.

Und Peter freute sich mit ihr.

Sie war ihm mittlerweile sehr ans Herz gewachsen.

Er sah Bea kurz von der Seite an. Wäre sie nicht vielleicht doch die perfekte Frau für ihn? Sie verstanden sich großartig, ihnen wurde nie langweilig, sie hatten sich immer viel zu erzählen. Bea führte den „Haushalt", sofern man es in der Hütte so nennen konnte, sie war bescheiden, freundlich und fast immer gut gelaunt. Sie hatte so eine angenehme, ruhige Art, dass es eigentlich gar nicht möglich war, mit ihr zu streiten.

Peter wusste, oder vielmehr spürte, dass auch Bea ihm gegenüber eine große Sympathie hegte, aber dennoch merkte er, dass sie ihn auf Distanz halten wollte, oder musste.

Peter hatte oft das Bedürfnis, sich in der Nacht einfach umzudrehen und Bea in die Arme zu nehmen. Er hätte sie gerne an sich gedrückt, ihre Wunden in seiner Umarmung geheilt.

Er fürchtete aber, dass sie sich bedrängt fühlen, und wie ein wildes Tier ausbrechen würde. Er würde damit ihre Freundschaft zerstören.

Bea sah ihn fragend an.

„Was hast du denn gerade gedacht", sie grinste ihn an.

Peter wurde verlegen. Er hatte sie wohl zu lange angesehen.

Sie schrieben eifrig an ihrem Buchprojekt. Die Tage vergingen wie im Flug. An den Tagen, wo Bea putzen ging, war Peter ganz unruhig. Er wollte weiter schreiben, er wollte ihre Erzählungen hören, in ihren Schilderungen eintauchen, die ihn bis ins Mark erschütterten, und ein Gefühl tiefer Zuneigung in ihm auslösten, wenn er daran dachte, was diese Frau mitgemacht hatte, und wie sie das nun wegsteckte und als abgeschlossenen Teil ihres Lebens betrachtete.

Es machte nur den Anschein als wären die Trümmer in Beas Seele weitgehend aufgeräumt, in Wahrheit musste sich Bea eingestehen, dass diese Demütigungen und Qualen, die sie mehr als die Hälfte ihres Lebens eingesteckt hatte, keine Heilung erfahren würden. Die Erinnerungen würden verblassen und die Schmerzen nachlassen. Tatsächlich aber quälten sie in der Nacht Albträume, und wie gern hätte sie sich an Peter gekuschelt und sich Trost geholt, aber sie fürchtete, dass er sie wegen ihres Lebens, das sie geführt hatte, wegstoßen würde. Sie wollte nicht mit ihm schlafen, sie sehnte sich nur nach seine starken Armen in denen sie in Geborgenheit einschlafen könnte.

Sie waren seit Wochen beisammen und ergänzten sich prächtig. Jeder hatte seinen Aufgabenbereich im Haushalt, der automatisiert erledigt wurde.

Mit Peter konnte sie gar nicht streiten, er war so nett. Er war gar nicht kompliziert, so wie Klara immer meinte. Er war zuvorkommend und höflich.

Er sorgte für sie, obwohl er dazu gar keine Veranlassung hatte. Sie war eine Nutte. Er hätte sie auch auf der Straße stehen lassen können. Vielleicht mochte Peter sie?

Aber da war ja auch noch Mai. Wenn er doch nur reden würde. Wenn er nun doch von hier wegzog, zu ihr?

Sie würde es verstehen. Mai war eine junge, sehr liebe Schönheit. Sie hatte nicht Beas Vergangenheit und würde ihm sicher viele Kinder schenken.

Was hatte Bea denn schon zu bieten?

„Was denkst du gerade?" fragte sie Peter und riss sie aus ihren Gedanken.

Bea errötete bis hinter die Ohren. Sie hatte ihn wohl zu lange angeschaut.

Es wurde wärmer, und mit den angenehmen Temperaturen kamen nachmittags immer mehr Leute in ihre Gärten. Vor allem an den Wochenenden war viel los. Der Duft von frisch gegrilltem Fleisch lag über den Gärten und man hörte fröhliches Lachen, aber manchmal auch Zank und Streit. Die Leute konnten es wohl nicht einmal am Wochenende lassen, sich in die Haare zu kriegen, dachte Peter und schüttelte stumm den Kopf.

Genauso, wie diese Spießer war er auch selbst gewesen.

Dankbar sah er Bea an.

„Gut, dass wir nicht streiten", sagte er zu ihr und strich ihr über die Hand.

Wie elektrisiert zuckte Bea zusammen. Es war ein seltsames Gefühl, sie kannte das nicht, es war neu.

Ein Kribbeln in der Magengegend, schien ungeduldig zu sagen: „Bitte noch einmal!" Und sie wünschte sich, dass er noch einmal ihre Hand nehmen würde. Aber Peter traute sich nicht.

Bea und Peter waren froh, wenn es am Montag wieder ruhiger wurde. Es kamen nur hin und wieder Leute um ihre Blumen zu gießen, ansonsten war nicht viel los.

Li meldete sich nicht mehr so oft. Sie gab nur manchmal ihren Senf dazu, wenn sie am Buch weiter arbeiteten. Peter freute sich, wenn er sie hörte und erzählte Bea haargenau, was sie gesagt hatte. Oft lachten sie gemeinsam über Lis unschuldige, naive Art.

56

„Mein Freund hat die perfekte Wohnung für dich, Peter", war Theos Begrüßung am Telefon, „er würde deine dafür verkaufen und du müsstest nur dreißigtausend Euro draufzahlen."

„Wie groß ist sie, beziehungsweise in welchem Bezirk liegt die Wohnung?" fragte Peter aufgeregt.

„Fünfundneunzig Quadratmeter groß mit einer kleine Terrasse auf der Süd-West-Seite und ein Gästezimmer. Das Wohnzimmer reicht über zwei Etagen und ist ein Traum. Ich habe sie mir schon angesehen. Sie ist im zweiten Bezirk, und von der Terrasse siehst du in einen ruhigen Park. Wenn du willst, kannst du sie dir noch heute ansehen. Du müsstest dich nämlich schnell entscheiden, da sie auch noch ein anderer haben möchte."

Überlegungen waren hier überflüssig!

„Bea, würdest du mitfahren?" er drehte sich nach ihr um.

Bea nickte: „Gerne."

„Ist halb drei in meinem Büro für dich in Ordnung?" wollte Theo wissen.

„Perfekt. Wir werden da sein", verabschiedete sich Peter.

Bea wusste nicht, wie sie reagieren sollte. Sie hatte keine Ahnung, was aus ihr werden würde, wenn Peter in eine neue Wohnung zog. Sollte sie alleine hier in der Hütte bleiben? Aber da hatte sie viel zu viel Angst. Sie war den Tränen nahe.

Peter konnte sehen, was in Bea vorging.

Er hatte gar nicht vor alleine von hier weg zu gehen.

„Kommst du mit mir in diese neue Wohnung?" fragte er sie freundlich. Bea sah ihn an.

„Aber das bringt doch nichts. Ich muss mich endlich alleine durchschlagen", stotterte sie, „du willst doch sicher auch wieder einmal eine Freundin haben oder so, und ich störe nur."

Bea fing an zu weinen. Das war es gar nicht, was sie sagen wollte. Es waren Worte, die sie nur sagte, weil sie meinte, er wolle so etwas hören. Warum konnte sie nicht einfach sagen, dass sie bei ihm bleiben möchte... für immer.

„Bea. Hör mir zu! Ich habe dir versprochen, dass ich für dich da bin, bis du einen ordentlichen Job hast. Das Buch haben wir in Kürze fertig. Dann schicken wir es an einen Verlag, so etwas dauert. Wir müssen sicher damit rechen, dass es ein halbes Jahr dauert, bis es gedruckt wird. Dann wird es an Buchhandlungen verteilt, usw. Das braucht noch Monate bevor wir damit etwas verdienen können. Und in der Zwischenzeit suchen wir zwei Arbeit. Du und ich. Bis dahin kannst du auf jeden Fall bei mir wohnen bleiben. Bitte."

Was hatte er nur? Warum konnte er nicht einfach sagen, dass er sich gar nicht mehr vorstellen konnte, dass sie nicht ständig da war.

In seiner Nähe. Er hatte sie richtig lieb gewonnen. Am liebsten hätte er sie jetzt an sich gedrückt. Für immer... .
Aber dazu hatte er viel zu viel Angst.

Die Wohnung war tatsächlich ein Traum.
Das Wohnzimmer hatte ein riesiges Fenster, man konnte schon fast sagen, eine Glasfront und man blickte auf ein paar Bäume, und eine winzige Grünfläche, die zwischen den grauen Häusern wie eine Oase wirkte.
Die Terrasse war in Wirklichkeit keine Terrasse sondern ein großer Balkon, aber das war egal. Er war groß.
Die Fußböden waren in der Küche und im Vorraum aus dunklem Stein und in den anderen Räumen lagen Holzböden, die frisch abgeschliffen waren. Auch das Badezimmer war neu renoviert worden und sehr, sehr hell. Die riesige Badewanne ließ Peter kurz die Fantasie mit ihm durchgehen, als er beim Hinausgehen Beas Haare mit der Nase streifte und einen tiefen Atemzug nahm, und er fragte sich, ob sie jemals mit ihm ein Bad nehmen würde.
„Gefällt dir die Wohnung?" wandte sich Peter beim Hinausgehen an Bea.
Klara hörte aufmerksam hin.
„Sie ist wirklich wunderschön," meinte Bea fast ehrfürchtig.
Klara und Theo wechselten einen Blick.

57

Als Bea und Peter, nach einem Essen und den langen „Planungsgesprächen" mit Klara und Theo, in der Dämmerung zum Gartenhaus zurückfuhren, bog plötzlich ein roter VW-Golf ums Eck, der hektisch den Rückwärtsgang einlegte und ihnen den Weg frei machte.
„Irgendwie ist mir der bekannt vorgekommen", sagte Peter.
Bea hatte ihm aber keine Beachtung geschenkt.
„Der rote Golf steht öfter am Weg oben, wird wohl jemand sein, der auch eine Hütte hier hat", meinte Bea achselzuckend.
Peter holte eine Flasche Sekt aus dem Kühlschrank, nachdem er seine Sachen abgelegt hatte.
„Lass uns feiern! Morgen sind die Papiere fertig, dann werde ich unterschreiben und bald können wir von hier wegziehen."

„Vor Mario brauchst du keine Angst mehr zu haben. Er hat uns hier nicht gefunden und von der neuen Wohnung hat er keine Ahnung. Außerdem hat ihn die Polizei auch nicht ausfindig machen können. Der ist wahrscheinlich schon längst über alle Berge, irgendwo in Südamerika."

„Das glaube ich auch", gab Bea erleichtert zurück.

Vor Mario hatte sie eigentlich wirklich keine Angst mehr.

Peter stellte zwei Sekt- und zwei Wassergläser auf den Tisch vor der Hütte. An diesem Abend war es ganz ruhig. Es war Dienstag. Kein einziger Städter war hier draußen aufgekreuzt.

Er ging noch einmal hinein holte eine Kerze und zündete sie an. Er wollte es irgendwie romantisch haben.

„Bist du traurig, wenn wir von hier wegziehen?" fragte er scherzhaft, und Bea lachte.

„Naja, nicht wirklich. Nach einer Weile wird es doch ziemlich eng hier", sagte sie augenzwinkernd, „außerdem fühle ich mich manchmal wie in einem Käfig. Es gibt hier nichts, außer Blumen und einen Fernseher. Ich möchte unter Menschen gehen. Klara hat mir gezeigt, wie das geht. Es ist einfach. Es sieht mich auch keiner komisch an. Niemand kennt meine Vergangenheit, ich bin einfach nur ich."

Peter sah sie lange an. „Du bist einfach nur du! Und du bist ein sehr, sehr lieber Mensch."

Peters Gesicht war nicht weit von Beas entfernt. Die Schattenbilder, die die Kerzenflamme machte, spielten auf seinem Gesicht. Bea schluckte.

Schnell nahm sie ihr Glas und prostete ihm zu.

Ein Kuss wäre schön gewesen, dachte sie, doch hätte er zu mehr verpflichtet?

Sie saßen noch lange vor der Hütte und hörten nicht, dass der rote Golf kurz vor Mitternacht wieder in Richtung Hauptstraße abbog.

Peter lag noch lange wach. Er hatte sich vorgenommen, dass er am nächsten Morgen mit Mai telefonieren wollte, um ihr von seiner neuen Wohnung zu erzählen, und davon, dass er sich entschieden hätte, nicht von Wien wegzugehen. Aber er glaubte ohnehin nicht, dass sich Mai irgendwelche Hoffnungen gemacht hatte. Sie hatten schon oft miteinander telefoniert und Mai war immer fröhlich gewesen und guter Dinge.

Sie hatte ihn nie gefragt, wann er wieder kommen würde.

Er würde sie nie vergessen.

58

Zwei Tage später, an einem bewölkten Donnerstagnachmittag klappte Peter strahlend den Laptop zu.

„Geschafft!" Er ließ einen übermütigen Schrei los.

„Es ist fertig! Bea, es ist fertig! Wir sind super! Du, ich und Li!"

„Heißt das nicht, Bea, Li und ich?" fragte Li lästernd.

„Ach Li, komm schon. Du bist ein Geist. Den darf man ruhig am Schluss nennen", scherzte er.

„Darf man nicht. Ich Mädchen bin, immer noch", keifte sie.

Peter grinste. Man konnte sie ganz leicht auf die Palme bringen.

„Ihr wirklich fleißig ward, großes Kompliment!" sagte Li.

„Danke, Li. Bea, sie hat uns gelobt", wandte er sich an sie und zwinkerte ihr fröhlich zu.

„Danke, Li", sagte nun auch Bea.

„Hast du sie nun endlich lieb, du Dummkopf?" fragte ihn Li plötzlich.

Peter war auf so eine Frage überhaupt nicht gefasst. Er wusste nicht, was er sagen sollte.

„Was hat sie denn gesagt", wollte Bea wissen, da er ganz blass wurde. Peter fiel nichts dazu ein.

„Du noch immer bist großes Feigling", schimpfte sie.

„Und?" drängte Bea.

Peter wurde ganz heiß.

„Peter liebt Bea, Peter liebt Bea!" sang Li wie ein kleines Kind, das ein großes Geheimnis herausgefunden hatte.

„Halt den Mund!" äffte Peter. Er war wirklich zornig. Wie konnte sie ihn nur so in Verlegenheit bringen.

Bea sah ihn verwirrt an.

„Was hat sie denn gesagt?" wollte sie wieder wissen.

Peter sah Bea eine Weile schweigend an.

Warum nicht die Wahrheit sagen? fragte er sich.

„Li meint, dass ich in dich verliebt bin", sagte er und biss sich gleich auf die Lippen. Er hielt die Luft an, und wartete gespannt auf ihre Reaktion.

Beas Herz setzte kurz aus.

Ihre Augen begannen zu brennen, ihre Mundwinkel zuckten.

Peter bereute bereits, dass er etwas gesagt hatte, es war bestimmt ein Fehler. Jetzt würde sie nicht zu ihm ziehen, jetzt hatte er alles vermasselt.

Bea konnte noch immer nichts sagen und Peter ließ sie nicht aus den Augen.

Da rann eine kleine Träne aus ihrem linken Augenwinkel langsam am Rande ihres Nasenrückens zu ihren Lippen. Dort wurde sie abgelenkt und lief ihren schönen Lippenkonturen entlang, bis sie im Mundwinkel verschwand.

Peter hatte den ganzen Weg der Träne mit seinen Augen verfolgt.

Jetzt neigte er sich näher zu ihr, und als sie ihn nicht wegstieß, küsste er ihre Nase. Bea hielt sich ganz ruhig. Nur nicht aufhören! ging es ihr durch den Kopf.

Bea streckte ihr Kinn nach vor.

Instinktiv spürte Peter, dass er sie nun küssen durfte.

Langsam, ganz langsam näherte er sich ihrem Gesicht. Peter hatte Angst, dass sie es sich doch noch anders überlegen könnte.

Dann berührten seine Lippen die ihren. Peter hatte das Gefühl, als würde ihm die Luft geraubt. Es wurde ihm fast schwindelig.

Bea spürte die Wärme seiner Lippen und ein Kribbeln ging durch ihren ganzen Körper, ein Kribbeln, dass sie in ihrem Leben noch nie verspürt hatte. Dann wurde ihr ganz warm und sie fühlte, wie sich ihr Herz öffnete.

Er küsste sie ganz zärtlich, nicht fordernd, und Bea schmolz in seiner Umarmung dahin.

„Na endlich", hörte Peter Li sagen.

Peter löste sich kurz von Bea und grinste.

Bea sah ihn fragend an.

„Li wollte uns schon lange miteinander verkuppeln. Jetzt ist sie zufrieden", erklärte er ihr.

Bea lehnte ihren Kopf in den Nacken und spürte seine starken Arme, die er um sie gelegt hatte. Sie konnte sich gar nicht daran erinnern, sich je in ihrem Leben so wohl gefühlt zu haben, und sie sagte es ihm auch.

Peter umarmte sie daraufhin ganz fest, drückte sie immer wieder an sich.

„Ich werde immer für dich da sein, Bea", flüsterte er ihr ins Ohr.

Bea schob ihn ein Stück von sich weg, um ihm in die Augen zu sehen und legte ihren Zeigefinger auf seine Lippen.

„Sag so etwas nicht. Kein Mensch weiß, was sein wird. Ich bin irrsinnig dankbar für diesen Augenblick. Ich bin das erste Mal in meinem Leben so richtig glücklich. Ich wünsche mir noch ganz, ganz viel Zeit mit dir, aber du musst nichts versprechen, OK?"

Peter nickte stumm.

Er würde sie heiraten, bestimmt. Irgendwann, nicht heute, nicht morgen, nicht im nächsten Monat. Aber irgendwann, das wusste er.

Er lächelte.

„Ich hab dich sehr, sehr lieb, Bea", wieder drückte er sie.

Wieder küssten sie sich lange. Doch Peter hielt sich etwas zurück. Er wollte nicht, dass die Küsse zu leidenschaftlich wurden. Irgendwie spürte er, dass sie noch nicht bereit war, mehr zu wollen. Er hatte fast das Gefühl, als müsste er so vorsichtig mit ihr sein, wie mit einer Jungfrau. Er wollte sie auf keinen Fall verschrecken. Sie würden noch so viel Zeit miteinander verbringen. Er wollte ihr die Welt zeigen.

Zufrieden überdeckte er ihr Gesicht mit Küssen.

Bea lächelte selig. Ihr Herz schlug schnell und wollte sich gar nicht mehr beruhigen. Ach, wenn doch dieser Augenblick nie vergehen würde!

Mittlerweile stand die Sonne schon tief am Horizont. Es war bereits nach acht Uhr abends. Die Zeit war viel zu schnell vergangen.

Erst jetzt merkten sie, dass sie Hunger hatten. Doch Bea wollte sich nicht aus der Umarmung lösen, auch Peter wollte sie gar nicht mehr loslassen.

Sie saßen vor der Hütte und sahen den Sonnenuntergang an.

„Ich freu mich so sehr auf die neue Wohnung mit dir. Freust du dich auch?" fragte er Bea, obwohl er die Antwort genau kannte. Aber er konnte es nicht oft genug hören.

Bea nickte und lächelte.

„Du hast gar keine Ahnung, wie sehr ich mich freue. Und ich kann es mit Worten gar nicht ausdrücken. Ich fühle mich, als wäre ich der glücklichste Mensch auf dieser Welt. Und DU bist Schuld daran", sie zwinkerte ihm zu.

Plötzlich wurde sie ernst und sah ihn durchdringend an.

„Aber, aber was ist mit Mai?" fragte sie ihn ängstlich.

„Während du mit Klara geplaudert hast, habe ich sie heute angerufen und von der neuen Wohnung erzählt, und ich habe ihr gesagt, dass ich nicht nach Vietnam kommen werde. Ich habe ihr auch erzählt, dass ich dich liebe und dass ich mit dir mein Leben verbringen möchte, aber dass du noch nichts davon weißt", gab er zu.

„Wirklich?", fragte Bea und hatte das Gefühl, jemand würde auf ihr Herz drücken.

„Wirklich", bestätigte Peter, „und weißt du was?"

„Was?" wollte Bea wissen.

„Sie ist gar nicht böse, im Gegenteil. Sie hat mir alles Gute gewünscht und gesagt, dass sie gespürt hat, dass wir zwei zusammengehören. Ich soll dir übrigens ganz liebe Grüße ausrichten," Peter küsste ihre Nase.

„Da bin ich aber froh", seufzte Bea.

Sie brauchte kein schlechtes Gewissen zu haben.

Bea lehnte ihren Kopf an Peters Schulter und kuschelte sich noch etwas tiefer in seine Arme. Irgendwie wäre es jetzt schön, mit ihm zu schlafen. Liebe zu machen? Wäre sie überhaupt dazu im Stande? Sie kannte nur Sex.

Peter gab ihr einen dicken Kuss auf die Wange und sog ihren Duft ein. Sie roch so gut.

Bea lächelte selig. So wohl, so gut, so geborgen, so unglaublich! War das die Liebe?

Sie beobachteten, wie die Sonne am Horizont verschwand. Beas Magen knurrte noch immer, doch es war ein angenehmes Knurren. Sie wandte sich wieder Peters Gesicht zu. Sie wollte mehr von diesen Küssen, diesem unglaublich gutem Gefühl. Sie konnte ihr Glück gar nicht fassen und konnte nicht genug davon bekommen.

Irgendwann, mitten in der Nacht fielen sie todmüde ins Bett, aber keiner fand einen tiefen Schlaf.

Immer wieder wachte einer auf und küsste den anderen. Peter drückte seinen Körper nur leicht an den ihren. Bea war froh, dass sie ihn spüren konnte, dabei aber keinerlei Anstalten machte, sie auszuziehen. Sie liebte dieses Gefühl des Kuschelns. Sie liebte alles an ihm.

59

„Ich soll dir von Theo ausrichten, dass du den Vertrag heute Abend noch unterschreiben kannst, dann bekommst du vom Makler die Schlüssel. Aber er hat leider erst abends nach acht Uhr Zeit. Sonst kannst du dir die Schlüssel auch morgen holen, wie du möchtest", quasselte Klara aufgeregt ins Telefon.

Peter fuhr sich mit der freien Hand über das Gesicht. Er hatte gar keine Ahnung, von was seine Schwester sprach.

„Was?" fragte er deshalb ins Telefon.

„Hast du noch geschlafen?" wollte Klara wissen.

„Hm", nickte Peter

„Es ist halb eins", kam Klaras Antwort etwas vorwurfsvoll, aber dann hatte sie einen Verdacht. Vielleicht...

„Wirklich?" Peter riss die Augen auf. Er warf einen Blick auf das Bett. Bea rührte sich unter der Decke. Dann warf er einen Blick aus dem Fenster. Es war ein strahlend schöner Junitag.

„Also noch einmal, Bruderherz", scherzte sie übermütig, „du kannst heute Abend die Schlüssel zur neuen Wohnung haben, wenn du unterschreibst. Der Makler ist um 20.30 Uhr dort und erwartet dich, ist das OK?"

„Natürlich!" jetzt hatte Peter verstanden, „das ist großartig!"

Bea stützte sich auf beide Ellenbogen und sah ihn verschlafen an.

„Und weißt du was, Schwesterherz!" rief er freudig ins Telefon.

„Was?" wollte nun Klara selbstverständlich wissen.

„Bea und ich haben gestern das Buch fertig geschrieben. Ich werde es heute zum Verlag bringen. Ich habe einen alten Kumpel, der weiß bereits Bescheid, dass ich komme. Bea und ich haben gestern", er wusste jetzt nicht genau, was er sagen sollte, „noch etwas gefeiert".

Er zwinkerte Bea vielsagend zu.

„Aber das erzählen wir dir später", fügte er noch geheimnisvoll hinzu.

Klara freute sich, denn sie kannte der Stimme ihres Bruders an, dass er völlig verwirrt und verliebt war. Und sie konnte Bea verdammt gut leiden. Zufrieden legte sie auf.

„Aber jetzt frühstücken wir erst einmal ausgiebig. Gestern Abend haben wir ganz auf das Essen vergessen. Hast du Hunger, mein Schatz?" fragte Peter.

Mein Schatz!

Nie hätte sich Bea träumen lassen, dass sie je von jemand so genannt werden würde. Das kannte sie nur aus Filmen.

Bea duschte ausgiebig. Sie fuhr mit dem Duschgel die Konturen ihrer Brüste entlang. Sie sehnte sich plötzlich nach Peters Händen. Wie würde es wohl sein, wenn ihr Busen von liebenden Händen berührt werden würde? Wie sehr hatte sie es immer gehasst, wenn irgendwelche Typen meinten, man könnte ihren Busen ausquetschen wie eine Zitrone.

Ihr klarer Auftrag war, vorzutäuschen, ihr Stöhnen wurde daher meistens so interpretiert.

Wieder fuhr sie zärtlich über ihren Busen.

Er liebte sie! Er liebte sie!

Sie konnte es kaum glauben. Letzte Nacht war ein Wahnsinn gewesen. Seine Küsse waren wie Streicheleinheiten. Er hatte in einer Nacht ihre Seele wachgeküsst.

Eilig trocknete sie sich ab, dann band sie das Handtuch um ihren Körper und stieg aus der Dusche.

Peter warf ihr einen aufmunternden Blick zu. Das Frühstück war schon fast fertig. Nur weiche Eier musste er noch kochen.

Peter wollte sich gerade wieder umdrehen, da ließ Bea das Handtuch fallen.

„Jetzt hab ich von der Liebe gekostet und ich möchte mehr!" flüsterte sie.

Peter schluckte.

War das jetzt eine Aufforderung?

„Ach dummer Peter, wann hörst du endlich auf zu denken, und folgst deinen Gefühlen?" meldete sich Li.

Li störte ihn aber in diesem Augenblick. Aber sie hatte recht. Er beschloss, sie zu ignorieren, denn das war definitiv eine Aufforderung.

Er ging einen Schritt auf Bea zu. Ihr Körper war eine Augenweide. Selbst die kleine Wölbung des Bäuchleins schien eine Perfektion zu sein.

Beinahe schüchtern nahm er sie in die Arme. Dann glitten seine Hände langsam ihren nackten Rücken entlang, bis sie auf Hüfthöhe Halt machten, um ihren Unterleib fest an seinen zu drücken. Bea spürte eine harte Wölbung an ihrem Schambein. Sie bewegten sich ein paar Schritte rückwärts zum Bett, ohne ihre Umarmung dabei zu lösen.

Bea war aufgeregt. Sie konnte es kaum erwarten. Es war so neu, so aufregend.

Hinterher lagen sie lange eng umschlungen im Bett. Keiner wollte den anderen loslassen.

„Du warst mein erster Mann, weißt du das?" flüsterte Bea.

Er verstand. Sie tat ihm leid.

„Ich liebe dich, Bea, und es ist mir egal, was du vorher gemacht hast. Vergiss deine Vergangenheit. Denk nicht mehr daran. Ich liebe dich, so wie du bist, und das wird immer so sein", zärtlich streichelte er über ihre Nase.

„Und ich liebe dich auch", sagte Bea, doch dann überkamen sie ihre Gefühle, sie war so aufgewühlt.

Bilder der Gewalt, der Grausamkeit überfielen sie förmlich. Sie konnte sich nicht helfen. Schlimme Erinnerungen wurden wach. Es schmerzte.

Peter hielt sie einfach nur im Arm, während er wartete, dass Bea wieder zu weinen aufhörte.

„Irgendwann wird es vorbei sein, dann hast du deine Vergangenheit verarbeitet. Und ich werde dir dabei helfen, soweit es in meiner Macht steht", er wischte die Tränen aus ihrem Gesicht weg, ganz vorsichtig, bis er alle nassen Streifen entfernt hatte.

Keiner sollte ihr mehr weh tun. Keiner! Dafür würde er sorgen.

60

„Wo ist Bea?" empfing ihn Klara und Peter trat in ihre Wohnung ein.

„Sie sagte, dass ich alleine in die Stadt fahren solle. Den Mann vom Verlag kennt sie auch nicht, und die Schlüssel kann ich alleine holen, meinte sie. Sie wollte in der Zwischenzeit packen, damit wir morgen schneller übersiedeln können. Außerdem möchte sie die Hütte blitzblank putzen. Du kennst sie ja, sie will sie dir in perfektem Zustand zurückgeben", erklärte Peter.

„Der Makler hat eben erst angerufen. Er verspätet sich um mindestens eine Stunde. Er meinte, dass er zu uns nach Hause kommt, denn er ist erst spät von München weggefahren", informierte ihn Klara.

Peter sah auf die Uhr.

„Ich weiß nicht, soll ich Bea so lange warten lassen? Ich muss sie zumindest anrufen, dass ich später komme, sonst macht sie sich Sorgen."

„Du kannst den Schlüssel auch morgen bei uns abholen. Den Vertrag kann ich aber nicht für dich unterschreiben", schlug ihm Klara vor.

„Ich frag Bea, was ich machen soll", antwortete Peter und wählte Beas Nummer.

Klara wollte unbedingt wissen, was vorgefallen war. Sie spürte, dass Peter anders war, doch er ging in ein anderes Zimmer, um zu telefonieren.

„Ich soll mit den Schlüsseln heimkommen", strahlte Peter.

Klara sah ihn neugierig an.

„Willst du mir etwas sagen?" fragte sie ihn.

Peter grinste. Er konnte sein Glück nicht mehr länger verbergen und ließ Klara daran teilhaben.

Theo kam nach Hause.

„Na? Manuskript schon abgegeben, Schwager?" fragte er fröhlich und klopfte Peter freundschaftlich zur Begrüßung auf die Schulter. Peter nickte.

„Ich bin mir sicher, dass es ihnen gefallen wird. Es ist ein brisantes Thema."

„Keine Frage", bestätigte Theo.

„Wo ist Bea?" wollte er wissen und blickte sich suchend um.

„Sie wollte packen, damit wir morgen mit dem Umzug beginnen können", erklärte er nun auch seinem Schwager.

Klara bereitete noch schnell ein Abendessen, da sie sowieso noch auf den Makler warten mussten. Sie saßen gemütlich beisammen, als er endlich kurz vor zehn Uhr völlig gestresst auftauchte. Gegen ein

Gläschen Wein und ein paar Spaghetti war er nicht abgeneigt, und so dauerte es noch eine Weile, bis Peter die Schlüssel und den Vertrag in Händen hielt.

Beim Heimfahren ließ er das Telefon ununterbrochen läuten, doch Bea hob nicht ab. Sie schlief doch nicht etwa um 23 Uhr schon? Hatte sie nicht auf ihn gewartet? Mit jedem Summton wurde Peter nervöser. Mit quietschenden Reifen bog er in die Gartensiedlung ein.

61

In einer kleinen Bar am Hafen saß ein dicker Mann und schlürfte seinen Cappuccino. Seine Augen streiften den Horizont entlang. Die Sonne ließ das Meer in seinem schönsten Blau erstrahlen und er sog die salzige Luft in seine Lungen.

Er lehnte sich zufrieden zurück, dann griff er automatisch in seine Hosentasche, doch diese war leer.

Mist, hatte er ganz vergessen. Er wollte nicht mehr rauchen.

Der Mann lächelte seinem Cappuccino zu.

Der Kellner näherte sich ihm und fragte: „Desidera qualcos´altro?"

„No, grazie", er wollte nichts mehr, kam in wienerischem Italienisch aus seinem Mund.

Erwin hatte seinen Cousin nicht gefunden, aber egal, es hatte sich etwas Besseres ergeben.

Im Zug nach Neapel lernte er einen Mann kennen, der noch dicker war als er, was die beiden von den anderen Fahrgästen unterschied. Sie waren sich auf Anhieb sympathisch. Der Mann war Künstler. Er war ein gebürtiger Deutscher, der ein Haus in Neapel besaß, und nur alle zwei Monate in seine Wahlheimat Italien reiste. Zu seinem Entsetzen, erzählte er Erwin gleich zu Beginn ihrer Unterhaltung, hatte vor Kurzem sein Hausmeister gekündigt, der sich um alles kümmerte, während er im Ausland war.

Erwin hatte natürlich diese Gelegenheit beim Schopf gepackt und wusste nun, wo er wohnen konnte. Die Aufgabe, auf das Haus aufzupassen, war nicht allzu anspruchsvoll. Vor allem musste er sich um den Garten und die vielen Zimmerpflanzen kümmern, die Auffahrt sauber halten und Neugierige abweisen.

Erwin hatte dem Künstler beinahe alles aus seinem Leben erzählt, abgesehen von den kriminellen Botendiensten, die er für ein

Puff machte. Er hatte ihm auch von seinem Cousin erzählt, und dass er hier ein neues Leben anfangen wollte. Der Künstler war beeindruckt, von soviel Courage und überließ ihm dann bereitwillig diesen Job.

Erwin beschloss, in seinem neuen Leben, als erstes den Alkohol und das Nikotin zu streichen. Ferner wollte er abnehmen und attraktiver aussehen.

Über ein Dach über dem Kopf musste er sich Gott sei Dank keine Sorgen mehr machen. Bis auf Weiteres würde er diesen Job machen. Irgendwann würde er dann vielleicht eine Ausbildung beginnen, oder sich etwas suchen, wovon er gut leben konnte. Aber solange er nicht gut italienisch sprechen konnte, hatte er sowieso keine Chance.

Zufrieden griff er nach der Tasse. Fast zwei Monate war er jetzt hier. Italienisch verstand er schon ziemlich gut. Auch sein Arbeitgeber war mit ihm sehr zufrieden. Er erfüllte alle Anforderungen, die dieses wundervolle Haus, in dem er sich noch dazu sehr wohl fühlte, mit sich brachte.

Der Garten blühte in voller Pracht, und das kleine Zimmer, das er bewohnte, erfüllte alle seine Ansprüche.

Er brauchte im Moment nicht mehr.

Jeden Tag stand er früh auf, um alle Pflanzen zu gießen, bevor es zu heiß wurde, um in den Garten zu gehen.

Er hatte die Leidenschaft zum Spazierengehen entdeckt. Und er zwang sich, viel Gemüse und Obst zu essen, was viel einfacher war als in Österreich, denn hier, mit diesem Klima, schmeckten diese Lebensmittel tausendmal besser.

Nun trank er den letzten Schluck. Er hatte nicht viel Geld in seiner Tasche. Aber es war ihm egal. Es reichte für ein bescheidenes Leben. Er war froh, dass er in einer schönen Villa wohnen konnte. Es war die beste Gegend der Stadt. Was fehlte ihm schon?

Er musste vor niemanden Angst haben, sich für nichts rechtfertigen. Erwin war zufrieden.

Obwohl! Zum Kaffee war das Verlangen nach einer Zigarette riesengroß.

Nein Erwin! schalt er sich selbst, wenn du jetzt mit einer Zigarette anfängst, dann kannst du wieder nicht aufhören, und dann kommt der Alkohol ins Spiel, vergiss es!

Erwin wusste, dass er auf seine innere Stimme hören musste. Er wollte nicht wieder alles aufs Spiel setzten, nicht jetzt, wo er schon so weit gekommen war. Aber es war schwierig. Er hatte noch ein großes Stück Arbeit vor sich.

62

Es war schon fast finster, als jemand an die Hüttentür klopfte.

„Peter, hast du den Schlüssel vergessen?" fragte Bea, sprang erleichtert vom Tisch auf, wo sie gerade ein Buch las, um sich die Wartezeit zu verkürzen, und stürzte zur Tür um sie aufzuschließen.

Mit einem gewaltigen Ruck flog die Tür auf und noch ehe Bea etwas tun konnte, stand ein schwarz gekleideter, mit einem Strumpf über dem Kopf maskierter Mann, mitten im Raum. Die Tür hatte er sofort wieder hinter sich zugeschlagen.

Bea wich zurück. Aus ihrer Kehle kam kein Laut.

Die schwarze Gestalt lachte höhnisch.

Beas Herz raste, sie bekam kaum Luft. Was sollte sie bloß tun?

Der Mann wandte sich noch einmal zur Tür und drehte den Schlüssel um. Bea saß in der Falle.

„Jetzt gehörst du mir, Süße", sagte er mit verstellter Stimme.

Er ging gespielt gelassen auf sie zu.

„Komm mir ja nicht zu nahe!" fauchte sie ihn an. Bea hatte ihre Stimme wieder gefunden. Sie würde sich von diesem Mann nichts gefallen lassen. Sie war schon mit ganz anderen fertig geworden.

„Was willst du hier?" Sie versuchte Zeit zu gewinnen.

Er kam ihr immer näher und lachte höhnisch.

„Ich werde es dir besorgen, du Schlampe, so, wie es dir noch keiner besorgt hat!"

Sein Lachen ließ Bea erschaudern. Wo war nur Peter? Warum war er noch nicht zuhause?

„Mario?" fragte sie vorsichtig.

Nun war er bei ihr und griff hart nach ihrem Handgelenk und drückte zu. Bea ging in die Knie. Der Schmerz durchfuhr ihren ganzen Arm.

„Verschwinde!" fauchte sie ihn an.

Doch er drückte noch fester zu. Bea wimmerte.

Mit der freien Hand riss ihr der Unbekannte die dünne Bluse vom Leib. Die Nähte, die trotz des feinen Stoffes nicht so einfach zerreißen wollten, hinterließen eine blutige Stelle auf ihrem linken Schlüsselbein, und ein paar Knöpfe sprangen mit einem hellen, fast lustigen „Klack" gegen die Kühlschranktür und auf den Boden.

Bea schrie auf. Sie schlug nach ihm, doch der Mann war viel zu stark. Mühelos hielt er ihre Hände fest, drängte sie rückwärts und warf sie grob aufs Bett.

Den kurzen Sommerrock hatte er in ein paar Sekunden entfernt. Bea wand sich und versuchte immer wieder nach ihm zu schlagen, doch er war ihr um Vieles überlegen.

Er legte sich mit seinem ganzen Gewicht auf sie und sein unregelmäßiger, schneller Atem war dicht an ihrem Ohr. Sie wandte angeekelt den Kopf ab.

Bea spürte seine Erregung und war vor Angst wie erstarrt. Sie wusste nicht mehr, was sie tun sollte. Wie oft hatte sie ein Mann gewaltsam genommen. Wie oft hatte sie es einfach über sich ergehen lassen. Aber immer hatte sie diese Männer gekannt. Sie wusste, wen sie hassen konnte. Doch diese Gestalt mit der Maske flösste ihr mehr Furcht und Ekel ein, als alles andere.

Sie versuchte ihn zu beißen, doch er schlug ihr hart ins Gesicht.

„Stell dich nicht so an, du Hure!" schrie er sie an.

Er schob seine Hose ein Stück hinunter und spreizte mit seinen Knien ihre Beine. Wild drang er in sie ein. Es schmerzte. Bea verlor fast den Verstand.

„Macht doch Spaß, du scheiß Nutte!" keuchte er, während er immer wieder hart zustieß. Die Hände hielt er ihr mit eisernem Griff fest.

Bea drehte den Kopf zur Seite. Sie konnte sein ekelhaftes Stöhnen nicht mehr aushalten. Der Hass zerstellte ihr Gesicht.

Wer war er nur? Wer war dieses Tier?

Ihr Unterleib schmerzte, Tränen rannen über ihr Gesicht, doch der Unbekannte bewegte sich unbeirrt rhythmisch auf ihr auf und ab.

Peter! Sie schluchzte, während sie wartete, dass das Martyrium endlich ein Ende hatte.

Das Stöhnen wurde lauter, seine Bewegungen brutaler, Bea jammerte.

„Halts Maul! Bist wohl nichts mehr gewöhnt, was?" höhnte er.

Bea schnellte vor und biss ihn durch die schwarze Mütze, die er über das Gesicht gestülpt hatte, in die Wange.

Der Mann schrie auf. Er ließ ihre Hände los und schlug ihr brutal ins Gesicht.

Bea griff blitzschnell nach vor und riss dem Mann die Maske weg. Sie erstarrte.

Der Mann sah sie hasserfüllt an.

„Das hättest du jetzt nicht tun sollen", sagte er in gefährlichem Ton, und hörte nicht mehr auf, den Kopf zu schütteln.

Bea war wie betäubt. Sie biss die Zähne zusammen. Er ließ von ihr ab und zog sich die Hose hinauf.

Bea blieb auf dem Bett liegen. Was sollte sie bloß tun? Warum verschwand er nicht einfach?

„Warum?" fragte sie ihn und rappelte sich auf.

Der Mann wurde nervös.

„Weil du eine verdammte Nutte bist. Nur blöd, dass du jetzt weißt, wer ich bin", sagte er und sah sich im Raum um.

Er griff nach einem Küchenmesser, das neben der Spüle lag.

63

Peter hatte Bea nicht erreichen können. Von weitem sah er, dass kein Licht mehr bei ihr brannte. Sie musste also doch schon schlafen. Aber Peter war noch immer beunruhigt, vor allem, als er sah, dass die Tür einen Spalt offen war. Er griff nach dem Lichtschalter. Es roch komisch. Peters Herz schlug hart gegen den Brustkorb.

Das Licht erhellte den kleinen Raum.

Peter war wie erstarrt. Er konnte nicht einmal schreien. Er wich ein Stück zurück und schlug sich den Kopf hart am Türstock an.

Bea lag am Boden.

Ihr nackter Körper war von Blut verschmiert. Peter taumelte. Jetzt wusste er, was dieser Geruch war.

Er ließ sich auf die Knie fallen und beugte sich rasch über sie, aber er konnte keinen Atem mehr spüren. Auch beim Griff an ihre Kehle war kein Puls mehr zu fühlen.

Bea war tot.

„Warum?" schrie Peter in die Stille, heiße Tränen liefen aus seinen Augen.

„Warum?" brüllte er noch einmal.

Eine unsichtbare Kraft schien ihm seine Brust eindrücken zu wollen. Es schmerzte bei jedem Atemzug. Peter hielt Beas Hand. Sie war kühl.

„Nein, nein, bitte!" schluchzte er.

Er merkte gar nicht, dass auch an seinen Händen und seiner Hose Blut klebte. Sanft streichelte er über ihre schönen Haare.

„Bea, bitte! Warum? Ich liebe dich", er küsste ihre Hand, drückte sie fest.

Wie in Trance wippte er mit dem Oberkörper hin und her. Er verstand die Welt nicht mehr.

Doch plötzlich wurde ihm bewusst, dass er etwas tun musste. Er blieb neben der Leiche knien und wählte Klaras Nummer.

„Bea ist tot, Bea ist tot!" schluchzte er ins Telefon.

„Peter. Bleib wo du bist. Wir kommen sofort", sagte sie, ihre Stimme zitterte.

Peter legte seinen Kopf an ihre Brust und weinte.

Immer wieder schluchzte er laut auf. Warum? Warum?

Wer konnte so etwas tun?

Er wollte doch auf sie aufpassen.

Er hatte versagt.

Leise flüsterte er immer wieder:

„Ich liebe dich, Bea. Ich liebe dich. Es tut mir so leid, es tut mir so leid."

Peter schien es vor Schmerz die Brust zu zerreißen.

Er hatte keine Ahnung, wie lange er so neben Bea am Boden kniete, aber er war sehr froh, als die Tür aufging und Klara und Theo hereinstürmten.

Kurz darauf hörte er Sirenen und sah Blaulicht durch die Fenster scheinen.

Klara wollte ihm auf die Beine helfen, doch er wehrte sie ab, er wollte Bea nicht loslassen. Er hatte versprochen auf sie aufzupassen.

Erst die Polizei zog ihn von der Leiche weg und ein Beamter drückte ihn mit sanfter Gewalt auf einen Stuhl.

Peter schluchzte noch immer. Klara konnte kein Wort sagen. Sie wagte nicht einmal einen Blick auf die Leiche. Theo hielt sie in den Armen.

Ein Polizist warf Peter einen misstrauischen Blick zu.

„Warum haben Sie das getan?" fragte er ihn.

Peter riss die Augen auf und sprang vom Sessel.

„Das war nicht ich, ich habe sie hier gefunden, als ich nach Hause fuhr", war seine Antwort. Er konnte es nicht fassen.

Klara stellte sich schützend vor ihren Bruder.

„Wer sind Sie?" wollte der Polizist nun von ihr wissen.

Klara stellte sich vor und der Beamte schaute sie von oben bis unten an.

„Wir werden das wohl alles auf dem Revier klären. Sie kommen vorläufig alle mit", befahl er.

Peter wischte sich mit dem Handrücken über das Gesicht, er hatte zu weinen aufgehört.

„Was ist passiert, Peter?" wollte Klara wissen.

„Ich weiß es nicht. Ich hatte so ein komisches Gefühl als ich von dir weg gefahren bin. Ich hab zwanzig Mal angerufen, Bea ist nicht ans Handy gegangen. Da bin ich wie ein Irrer hier hergefahren. Vielleicht hat sie Mario gefunden?" Peters Gesicht verzog sich vor Hass zu einer Grimasse, „dieses Schwein!"

Plötzlich kam Leben in die kleine Hütte. Alle redeten aufgeregt durcheinander, andere, die noch vor der Tür nach Spuren suchten, kamen in die kleine Hütte gelaufen. Der Raum schien aus allen Nähten zu platzen.

Klara wurde auch aufmerksam.

Sie hatten Bea ein wenig auf die Seite gedreht, da sah man auf den Fußboden drei Buchstaben, die Bea mit ihrem Blut kurz vor ihrem Tod geschrieben haben musste.

„Was heißt das?" fragte ein junger Polizist ganz aufgeregt.

„POI", entzifferte ein anderer.

„Was heißt POI?" wollte wieder ein anderer wissen.

„P O I. Das ist vielleicht eine Abkürzung für etwas. Können Sie sich vorstellen, was das zu bedeuten hat?" richtete ein Beamter die Frage an Peter.

Peter stand langsam auf. Er hatte das Gefühl, dass seine Beine nicht mehr zu ihm gehörten, doch sie trugen ihn brav zu der Stelle, an der Bea noch immer lag.

Er kniete wieder nieder. Auf dem Boden konnte auch er die drei Buchstaben lesen, die ihnen ein Rätsel aufgaben.

Theo beugte sich ebenfalls über die kleine Gruppe. Auch er konnte noch immer nicht fassen, das Bea nicht mehr bei ihnen war. Peter tat ihm unendlich leid. Endlich hatte er seine Liebe gefunden. Alles schien gut zu werden, und jetzt das...

„Poison, Pointner, poi – italienisch: dann, keine Ahnung...", begann der junge Polizist.

„Power of ...I ? Das kann wohl so ziemlich alles heißen", mutmaßte ein anderer kopfschüttelnd. Peter O. I.

Was sollte das heißen?

Ihm waren die drei Buchstaben egal, er wollte Bea wieder haben. Er wollte, dass das nur ein Traum war, ein Albtraum.

Peter schloss die Augen.

Ach, LI. Li, warum nur? Warum habt ihr mir das angetan? Warum sie? Warum Bea?

Wer war es? Hilf mir, bitte, bitte, liebe Li.

Doch Li schien ihn nicht zu hören.

64

Die Leiche von Beate Stumpinger wurde in einen kühlen Aluminiumsarg verfrachtet, ohne dass sich Peter noch einmal von ihr verabschieden konnte. Peter hatte das Gefühl als würde er nie wieder in seinem Leben lachen können.

Auf dem Polizeirevier ging es ziemlich turbulent zu. Peter hatte keine Ahnung, dass hier auch in der Nacht so viele Personen arbeiteten.

Neben denen die hier ihren Dienst schoben, hingen noch ziemlich düstere Gestalten herum. Ob es Obdachlose, Drogenabhängige oder Kriminelle waren, konnte Peter nicht ausmachen, außerdem interessierte es ihn sowieso nicht.

Peter, Klara und Theo wurden in einen Raum gebracht, der ziemlich karg eingerichtet war. Außer ein paar Stühlen und einem Schreibtisch mit einem Computer stand hier nichts herum.

Peter ließ sich kraftlos auf einen Stuhl fallen. Seit die Polizisten wussten, dass Peter zum Tatzeitpunkt bei seiner Schwester war, waren sie ihm etwas freundlicher gesinnt. Aber natürlich war es ihre Aufgabe die Aussagen aller Anwesenden aufzuzeichnen und zu überprüfen.

Die Beamten hatten schnell herausgefunden, dass es sich um die Prostituierte handelte, die im März noch die Chefin des „La Nuit" gewesen war, und die dann spurlos verschwand.

Sie wurde damals von Inspektor Johann Emser einvernahmt. Man konnte sich noch gut an den Fall „Li" erinnern.

Auch Herr Mag. Peter Brauner wurde damals verhört. Er hatte doch Kontakt mit der jungen Asiatin? Und seit März lebte die eben Verstorbene mit dem Herrn Magister unter einem Dach?

Aha, er wollte sie beschützen? Vor wem? Vor Mario? Warum?

Der Beamte zog bei diesen Fragen eine Augenbraue hoch, die zwei, die hinter ihm standen, grinsten. Ja, ja, aufpassen. Ihr Grinsen wurde immer dreckiger.

Peter wurde wütend. Er kochte innerlich. Diese Trottel hatten doch gar keine Ahnung. Für die waren Nutten doch bloß Abschaum.

Aber Bea... sie war so zerbrechlich. Sie war sensibel. Sie wurde dazu gezwungen. Jetzt hätte ihr Leben erst begonnen!

Und irgendjemand hat es so übel zerstört.

Er wollte so gerne alleine sein. Er wollte mit Li sprechen. Er hielt es hier nicht mehr aus. Vielleicht konnte ihm Li etwas sagen. Wo war Bea jetzt? Wieder kämpfte Peter mit den Tränen.

„Was hätte ich denn für ein Motiv?" verteidigte sich Peter noch einmal, als ihm einer der Beamten wieder vorwarf, dass er selbst sie ermordet hatte.

„Vielleicht wollte sie weg von Ihnen und sie ließen sie nicht gehen?" versuchte einer Peter ein Motiv zu geben.

Peter schaute ihn verächtlich an.

„Ich habe sie nicht getötet. Ich habe mich drei Monate um sie gekümmert und sie wäre mit mir in eine neue Wohnung gezogen. Sie wollte sich einen Job als Floristin suchen, ich wollte ihr dabei helfen."

„Gekümmert?" spottete der kleine dicke Polizist, der bis dahin nicht sehr viel gesagt hatte, und machte eine obszöne Bewegung.

Klara sah den Hass in Peters Augen und befürchtete, dass er diesem Kotzbrocken von Polizisten an die Gurgel ging, also mischte sie sich ein und erzählte, was Peter und Bea in den letzten Monaten gemeinsam gemacht hatten. Sie erzählte, dass sie in Hanoi gegen die Minderjährigenprostitution gekämpft hatten und ziemlich erfolgreich waren.

Der älteste der drei Polizisten, den Peter noch am sympathischsten fand, sah Peter nachdenklich an.

„Aber wer könnte es sonst gewesen sein? Wer hätte außer diesem Mario ein Motiv? Zufall war es wohl sicher keiner", stellte er nüchtern fest.

„Aber wie soll Mario gewusst haben, wo wir uns versteckt hielten? Vielleicht hat er uns in der Stadt zufällig gesehen und ist uns gefolgt?" gab sich Peter selbst zur Antwort.

Dann überlegte er einen Augenblick.

„Bea ist seit ein paar Wochen ein roter VW-Golf aufgefallen, der oft oben am Wegrand parkte. Aber ich hielt ihn für einen Besitzer eines Gartenhäuschens", fiel Peter plötzlich ein.

„Haben Sie sich das Autokennzeichen gemerkt?" fragte der kleine Dicke mürrisch.

Peter schüttelte den Kopf.

„Ich weiß nur, dass es ein Wiener Kennzeichen war. Aber wahrscheinlich ein harmloser Zufall, denn Bea hätte Mario sicher sofort erkannt, außerdem hätte der nicht so lange gewartet, und mir sofort den Schädel eingeschlagen."

Der Ältere nickte, „das nehme ich auch an."

„Außerdem hat Bea gesagt, dass sich Mario vermutlich ins Ausland abgesetzt hat. Er hat genug Kontakte. So wichtig war Bea auch wieder nicht für ihn", mischte sich Theo ein.

„Wir werden überprüfen, ob einer der Besitzer der Schrebergärten einen roten VW-Golf besitzt", informierte sie der Polizist, dann erhob er sich schwerfällig.

„Die Tatwaffe wurde sichergestellt. Das Opfer wird obduziert. Es wird eine Weile dauern, bis wir den genauen Todeszeitpunkt wissen. Außerdem wird davon ausgegangen, dass das Opfer vergewaltigt worden ist. Sie werden sich einer DNA-Analyse unterziehen müssen, es wird ihnen doch nichts ausmachen, oder?" Er blickte Peter durchdringend an.

Peter schüttelte den Kopf.

„Es macht mir nichts aus. Ich habe Bea nichts angetan. Ich habe sie sehr geschätzt. Wir sind uns sehr nahe gekommen in letzter Zeit, und ...", Peter redete nicht weiter.

Er hatte den zynischen Blick des dicken Polizisten gesehen. Es hatte keinen Sinn denen etwas zu erklären.

„Sie werden die Stadt nicht verlassen", befahl ihm ein Polizist, bevor er hinter Theo und Klara das Revier verließ.

„Glaubt ihr mir?" fragte Peter, als sie wieder zuhause saßen, und sah von einem zum anderen. Klara schaute ihn ungläubig an.

„Abgesehen davon, dass du gar keine Zeit gehabt hast, um diese gräuliche Tat zu begehen: ja, ich glaube dir. Ich habe doch gesehen, was dir an dieser Frau liegt. Und... ehrlich gesagt, ich war sehr glücklich für dich. Ich habe Bea wirklich auch sehr, sehr gern gehabt...", Klara versagte die Stimme.

Theo legte einen Arm um ihre Schulter. Im Trösten war er nie besonders gut gewesen. Er fühlte sich so machtlos. Immer hatte er auf irgendetwas einen Rat, einen Vorschlag, eine Idee.

Aber jetzt?

Keiner brauchte einen Rat oder eine Lösung.

Theo schnürte es auf einmal die Kehle zu. Was wäre, wenn jemand seiner Klara so etwas antun würde? Wie würde er sich dann fühlen? Würde er diesen Schmerz überhaupt aushalten? Peter tat ihm sehr leid. Er drückte Klara fester an sich.

„Was mag wohl dieses P O I heißen?" fiel Klara plötzlich wieder ein.

Peter zuckte die Achseln.

„Ich weiß es nicht. Ich habe keine Ahnung, was sie mir damit sagen wollte."

Peter fühlte sich so unglücklich. In Gedanken versuchte er sich ein Lächeln von Bea vor seine Augen zu zaubern. Er wollte ihre Stimme hören. Er wollte sie berühren.

Nie wieder! Nie wieder! ging es ihm durch den Kopf.

Es war schon hell draußen, als Peter eine Dusche nahm und in Klaras Gästebett fiel. Der Kopfpolster war nass geweint, bevor er in einen kurzen, unruhigen Schlaf fiel.

65

4. Juni 2008

Gestern Abend hat sich in einem Schrebergarten in der Nähe von Wien eine Tragödie abgespielt. Die Prostituierte Beatrice S., die die Chefin des im März geschlossenen Bordells „La Nuit" war, wurde am Abend von ihrem Wohnungsgenossen Peter B. mit sieben Messerstichen getötet, vorgefunden. Peter B. scheint ein Alibi zu haben, die Polizei ermittelt weiter. Der flüchtige Zuhälter Mario M. könnte mit diesem Fall etwas zu tun haben, doch ist sein Aufenthaltsort nicht bekannt. Mario M. wird beschuldigt minderjährige Asiatinnen zur Prostitution gezwungen zu haben. Der Fall wurde bekannt, als sich im März diese Jahres „Li", ein fünfzehnjähriges Mädchen aus Vietnam, das Leben nahm.

Mario legte die Zeitung aus der Hand. Er starrte zum Fenster hinaus. Der Sommerregen rieselte an die Scheiben.
„Was ist?" fragte ihn die blonde Frau, die ihm einen Kaffee hinstellte. Sie war nur spärlich bekleidet, und ihre langen Beine kamen durch die Stöckelschuhe, die sie zum Negligé trug. gut zur Geltung.
Mario schüttelte den Kopf.
„Nichts!" sagte er, griff nach ihrem Po und zog sie zu sich.
Er würde sich schon wieder ein neues Standbein aufbauen. Wozu brauchte er Beatrice? Er hatte ja jetzt sie. Mario versuchte ein Lächeln.
Beatrice konnte ihm nun nichts mehr anhaben. Gut so!

66

Peter wählte mit zitternden Fingern Mais Nummer. Was sollte er ihr eigentlich sagen?
Mai war nicht zuhause. Er würde es später versuchen.

Mittlerweile waren ein paar Tage vergangen. Peter wohnte noch immer bei seiner Schwester. Er hielt es alleine nicht aus. Er hatte sogar überlegt die Wohnung gleich wieder zu verkaufen, denn er wollte ohne Bea da nicht leben.

Aber Klara hatte recht. Es war eine traumhafte Wohnung, so schnell würde er so eine nicht wieder finden.

Abends saßen alle drei zusammen. Theo nahm sich in den letzten Tagen mehr Zeit für Klara und seinen Schwager. Obwohl er nicht sehr gesprächig war, war er trotzdem gerne mit ihnen zusammen. Klara war ihm sehr dankbar dafür.

Peter brauchte einen Job. Er war Journalist. Er hatte das im Blut. Aber er wollte nicht mehr auf derselben Schiene weiterarbeiten, wie er es vor Lis Tod getan hatte.

Er wollte positiven Journalismus betreiben, Gutes schreiben, nicht mehr Leute verhetzen und verhöhnen. Aber was? Was wollten sie hören, lesen?

„Schreib doch über die Liebe?" schlug ihm Li plötzlich unerwartet vor.

Peter lächelte. Li! Endlich hörte er wieder von ihr.

„Li. Wo hast du die ganze Zeit gesteckt? Ich hätte dich so sehr gebraucht", seine Stimme versagte beinahe.

„Mich? Brauchen? Wozu?" fragte Li fröhlich.

„Wozu? Ich bin so traurig, dass ich es kaum aushalte. Oft denke ich, ich werde verrückt. Warum hat das alles passieren müssen?" fragte er sie.

„Was, passieren?" Li konnte ihm offensichtlich nicht folgen.

„Na, das mit Bea!" rief er aus.

„Ich verstehe Peter nicht", Lis Stimme klang fragend.

Peter stutzte. Hatte Li nichts mitbekommen?

„Bea ist tot. Ein Wahnsinniger hat sie vergewaltigt und getötet, weißt du das nicht?" Peter wartete gespannt auf Antwort.

„Ist nicht tot, deine Bea", sagte Li etwas trotzig.

Peter wurde etwas ungeduldig.

„Keine Ahnung, Li. Tot oder nicht tot, auf alle Fälle ist sie nicht mehr bei mir und ich vermisse sie so sehr."

„Peter! Peter! Du sehr egoistisch bist. Bea gehört nicht dir. Du musst auch glücklich ohne sie sein", sagte Li schulmeisternd.

„Ich kann aber gerade nicht glücklich sein, Li. Ich leide. Und außerdem muss ich immer daran denken, was sie sich mitgemacht hat. Sie hatte bestimmt furchtbare Angst, und ich war nicht da, um sie zu beschützen. Das macht mich noch verrückt", erklärte ihr Peter.

„Aber warum dir jetzt Kopf darüber zerbrechen. Es ist doch vorbei. Und jetzt Bea wirklich glücklich ist, verspreche ich dir", sagte Li sanft.

Peter versuchte, geduldig mit Li zu sein. Er merkte, dass sie es nur gut meinte, aber es tat alles so schrecklich weh, dass er einfach nicht in der Lage war, sich von ihr trösten zu lassen.

Bea ging es gut! Na sicher!

Aber sie war nicht mehr auf der Erde und er hätte ihr ein schönes Leben geboten. Sie hätte endlich ein normales Leben führen können. Sie wäre eine angesehene Frau geworden. Vielleicht hätten sie sogar Kinder gehabt. Und jetzt?

Alles zerstört! Warum konnte ihn Li einfach nicht verstehen?

„Verlust schmerzt immer, das verstehe ich schon, Peter, aber das Leben geht weiter, immer weiter. Und du musst versuchen, dein Glück zu finden. Es liegt in dir. Gib dir noch Zeit. Du kannst traurig sein, ist erlaubt. Aber nicht für immer. Es wartet bestimmt andere Frau auf dich", Li versuchte lieb zu sein.

„Ich will aber keine andere Frau", protestierte Peter lautstark und erschrak selbst vor seiner Unbeherrschtheit.

„Lass Zeit vorbeigehen, dann wird auch für dich wieder schön", riet sie ihm neunmalklug.

Er wusste, dass die Zeit alle Wunden heilte, aber jetzt wollte er einfach nichts davon hören, also wechselte er das Thema.

„Was hast du vorgeschlagen? Ich soll über die Liebe schreiben?" fragte er nachdenklich.

„Warum nicht? Ist Thema, das alle macht glücklich", gab sie fröhlich zur Antwort.

„Aber ich kann doch nicht bei einer Zeitung über Liebe schreiben?" gab er zu Bedenken.

„Nicht arbeiten bei Zeitung. Du viel Spaß hattest mit Schreiben von Buch. Bea hat dir geholfen, aber auch alleine kannst du super schreiben", erklärte sie ihm.

Peter grübelte.

„Du meinst, ich sollte noch mehrere Bücher schreiben?" fragte er sie und fand den Vorschlag ganz akzeptabel.

Li nickte.

„Was?" Peter wartete noch immer auf Antwort, da er Lis Nicken naturgemäß nicht sah.

„Ja!" sagte Li triumphierend.

„Du hast super Schreibmethode, du kannst sicher auch sein furchtbar witzig. Leute mögen so etwas. Du wirst guten Erfolg haben", Li kicherte.

„Ehrlich?" Peter war noch nicht überzeugt.

„Mein Wort von Ehre!" gab Li zurück.

Peter war noch immer unsicher.

„Du meinst wirklich, dass ich das kann?" fragte er noch einmal.

Li seufzte.

„Ich nicht darf sagen dir, was du sollst machen. War nur klein Vorschlag", kicherte sie.

Also gut, sie wusste es angeblich. Warum Li nicht vertrauen?

„Genau! Du endlich hast begriffen. Vertraue! Es hat alles Sinn, was passiert und es ist alles wichtig, damit du lernst welchen Sinn Leben für dich hat. Jede Erfahrung macht stärker dich und besseren Mensch aus dir. Du schon viel gelernt hast in letzter Zeit", Li schien stolz auf ihn zu sein.

Peter dachte nach. Sein Leben hatte sich wirklich um hundertachtzig Grad gedreht. Und er war heilfroh, dass es nun in eine andere Richtung ging.

„Li. Eines verstehe ich nicht", begann er wieder.

„Was? Peterle?" fragte Li lachend.

„Warum kann ich mit dir sprechen und nicht mit Bea? Ich möchte sie so gerne hören", Peter hielt die Luft an und wartete gespannt auf Lis Antwort. Irgendwie stellte er sich vor, dass Li den Telefonhörer an Bea weitergab, oder so ähnlich...

„Weil es ist nicht gut für dich", antwortete sie.

Peter hatte so etwas in der Art befürchtet.

„Du nie würdest kommen los von deiner Freundin. Du würdest sitzen bleiben in deiner Vergangenheit und Trauer um sie, verstehst du?" Li redete mit ihm wie mit einem kleinen Kind.

Peter nickte. Natürlich verstand er.

„Kannst du sie sehen?" wollte er weiter wissen.

Li lachte.

„Kannst du sie sehen, oder mit ihr sprechen?" fragte er noch einmal.

„Du bist neugierig, sehr neugierig", war die einzige Antwort, die sie darauf gab.

Dann läutete das Telefon. Es war Mai.

Mai hatte von Anfang an gespürt, dass zwischen Bea und Peter etwas Besonderes war. Sie hatte sich damals Illusionen gemacht. Sie wusste, dass es mit Peter und ihr nichts werden würde. Sie waren auch zu verschieden. Und außerdem mochte Mai Bea und sie war glücklich als sie hörte, dass die beiden zueinander gefunden hatten.

Dementsprechend schockiert war Mai, als Peter ihr mit zitternder Stimme erzählte, was passiert war.

Peter schlug vor, dass sie ihn besuchen kommen sollte, bereute es aber umgehend.

„No, Peter. I would only be a consulation for you, and this is not good for both of us", antwortete sie ihm.

Gut, sie hatte recht, sie wäre nur ein Trost für Peter, aber sein Herz würde noch immer Bea gehören. Peter war ihr dankbar, dass sie ihn verstand, und sie klang auch nicht verletzt oder traurig. Peter hatte sie dafür sehr, sehr lieb.

„The police is good in Austria?" wollte Mai wissen.

Es knarrte in der Leitung. Peter verstand nur „Pol".

Er sprang wie von einer Tarantel gestochen auf und saugte das eben gehörte in sich ein. Pol, pol, pol... Beas Nachricht, konnte dass statt einem I nicht doch ein L sein.

„Li, kannst du mir helfen?" fragte er sie, bevor er den Raum verließ. Er musst sofort zu Klara und Theo.

„Wobei Hilfe du brauchst?" fragte sie scheinheilig.

„Du weißt genau, was ich dich fragen will!" gab er schroff zur Antwort.

„Nein, ich dir nicht kann helfen in so Fall", sagte sie ruhig.

„Aber nur, ob wir auf der richtigen Spur sind, oder nicht", sagte er ungeduldig. Sie wusste es doch genau, wer es war, warum sagte sie es ihm nicht.

„Ich nicht kann sagen, wer getötet hat Bea. Ich nicht darf eingreifen in Menschensache", verteidigte sie sich.

„Du brauchst doch nur ja oder nein zu sagen", bettelte er.

Sie schwieg.

Klara sah ihn mit zusammengekniffenen Augen an.

„Polizei, meinst du?" sagte sie nach einer langen Pause.

„Naja, da werden wir es etwas schwer haben", meinte sie weiter, „die Polizei wird keine Freude mit uns haben, wenn wir ihnen sagen, dass einer aus ihren Reihen eventuell eine ehemalige Prostituierte auf dem Gewissen hat", gab sie weiter zu bedenken.

„Aber es wäre doch möglich", meinte Peter, „müssen die nicht jede Spur verfolgen, die sich ihnen bietet?"

Klara wiegte den Kopf hin und her.

„Sie werden eine Spur nicht verfolgen, wenn da keine wirklichen Anhaltspunkte sind. Außerdem: wer weiß, wie wichtig ihnen die Aufklärung dieses Falles wirklich ist. Wenn es eine angesehene Politikerin wäre, dann würde das ganze Land nach dem Mörder suchen, verstehst du?" erklärte ihm Klara.

Natürlich wusste er, was sie meinte, aber wenn nicht die Polizei sich darum kümmern wollte, dann würde er sich ein wenig umsehen, ganz sicher.

„Hast du einen Verdächtigen?" fragte ihn Klara.

67

Julia saß Peter gegenüber. Das Kind lag im Kinderwagen daneben und schlief ganz ruhig. Gerade hatten sie Essen bestellt.

„Ich brauche dringend jemanden zum Reden. Ich halte es alleine nicht mehr aus, und meiner Schwester will ich auch nicht dauernd in den Ohren liegen."

Julia nickte.

Peter hatte ihr schon am Telefon erzählt, um was es ging.

Julia wusste zuerst nicht, was sie von Peters Anruf halten sollte, aber dann wurde ihr bewusst, dass er sie wirklich nur als „gute Freundin" sehen wollte.

„Wie kann ich dir helfen, Peter?" fragte sie ihn freundlich, nachdem der Kellner wieder in der Küche verschwand.

„Indem du mir einfach nur zuhörst. Ich bin seit zwei Wochen in der Wohnung meiner Schwester. Ich wollte sie heute Abend von meinem Anblick befreien", erklärte er ihr und schnitt eine erbärmliche Grimasse.

„Aber ich dachte, du hättest dir eine neue Wohnung gekauft?" fragte ihn Julia.

„Habe ich auch. Aber ich wollte dort mit Bea einziehen. Ich schaffe es momentan nicht, dass ich alleine in der großen Wohnung bin. Ich glaube, ich würde die ganze Zeit nur heulen. Klara sagt, ich kann bei ihnen bleiben, solange ich will. Ich werde schon darüber hinwegkommen." Fragend sah er sie an.

Er würde doch darüber hinwegkommen, oder?

„Wie lange hast du Bea gekannt?" wollte Julia wissen. Sie wollte einfach etwas fragen, denn es entstand eine unangenehme Stille.

„An dem Abend, als ich Li getroffen habe, habe ich sie zum ersten Mal gesehen. Danach traf ich sie auf dem Polizeirevier wieder", Peter sagte absichtlich nicht das Wort Bordell. Er kam sich vor Julia etwas blöd vor. Julia war immer so moralisch. Doch nun interessierte sie die Geschichte doch sehr. Noch dazu, wo ihr Peter von Li erzählte, und davon, dass er sie nicht angerührt hatte.

Sie sah Peter eine ganze Weile nachdenklich an.

Eigentlich war er gar nicht mehr wieder zu erkennen. Peter machte sich plötzlich Sorgen um andere. Er kümmerte sich um Menschen, die ihn eigentlich gar nichts angingen. Er hatte keinen Ordnungszwang mehr, und er war liebenswert geworden.

Er war auch hübscher geworden, fand Julia. Er hatte zwar stark abgenommen und unter seinen Augen waren tiefe, schwarze Ringe, aber seine Augen hatten einen ganz anderen Ausdruck. Sie hatten einen weichen Glanz. Das Harte, Zielstrebige, Egoistische war daraus entschwunden.

„Warum siehst du mich so komisch an?" fragte er sie unvermittelt. Julia fühlte sich ertappt.

„Entschuldigung, das wollte ich nicht. Aber du bist so anders", erklärte sie.

„Wie anders?" fragte er und wollte jetzt wirklich wissen, was sie damit meinte.

„Naja. Alles", mehr fiel ihr nicht ein. Sie lachte verlegen.

Julia wollte das Thema wechseln. Es war ihr peinlich. Sie hätte ihn nicht so anstarren sollen.

„Nachdem du sie am Polizeirevier wieder getroffen hast, was passierte dann?" sie schloss an ihre ursprüngliche Frage wieder an. Peter überlegte.

„Sie hat mir sehr leid getan. Die Polizisten haben sie nicht gut behandelt. Sie hatte Angst in das Haus zurückzugehen und sie hatte Angst vor der Polizei. Bea hatte Li sehr gern. Sie war wie eine kleine Schwester."

„Und warum hat sie diesen Zuhälter nicht selbst bei der Polizei angezeigt?" fragte Julia verständnislos.

In diesem Moment bereute Peter, dass er über das Ganze mit Julia gesprochen hatte.

Peter versuchte ihr zu erklären, dass es für Bea lebensgefährlich gewesen wäre.

„Aber sie hätte doch jederzeit aussteigen können. Keiner kann mich zwingen, etwas zu tun, was ich nicht will. Sie hätte einfach nur in eine andere Stadt fahren, und sich eine Arbeit suchen können."

„Arbeit suchen", äffte Peter, „hast du eine Ahnung, wer dich nimmt, wenn du keinen ordentlichen Wohnsitz und keine Ausbildung hast?"

Julia sah, dass Peter litt, sie wollte ihn nicht weiter aufregen, außerdem hatte er wahrscheinlich recht. Sie hatte wirklich keine Ahnung.

„Diesen Mädchen wird jahrelang Angst eingejagt, und ihnen immer wieder eingetrichtert, dass sie alleine nicht lebensfähig wären. Bea hat das geglaubt. Sie hätte sich nie getraut, das Haus und all die anderen Mädchen zu verlassen. Irgendwie waren sie ihre Familie. Sie hat nichts anderes gekannt."

Julia starrte auf ihre Hände.

„Das Schlimme ist, dass ich gehört habe, wie die Polizisten mit ihr geredet haben. Sie hatten keinen Funken Respekt. Sie haben sie verhöhnt und lüstern angemacht. Es war schrecklich. Und als wir dann aus dem Revier draußen waren, habe ich sie zum Essen eingeladen. Sie traute sich nicht einmal etwas bestellen. Sie konnte es sich

gar nicht vorstellen, dass sie wirklich jemand nur zum Essen einlud."
Er machte eine Pause.

„Li hatte Brandwunden an den Oberschenkel. Sie war nicht immer willig gewesen. Wer macht so etwas? Das sind doch keine Menschen, oder?"

Julia sah ihn mit großen Augen an. Schön langsam verstand sie, warum Peter sich so für diese Frauen einsetzte.

„Entschuldige Peter. Ich hatte keine Ahnung", es tat ihr von Herzen leid.

Eine Weile schwiegen beide.

„Weißt du? Ich habe mir auch nie Gedanken über Prostitution gemacht. Ich hatte es auch nie nötig", jetzt musste er doch ein wenig verlegen grinsen.

„Aber ich war immer der Meinung, den Nutten würde das Spaß machen, sonst hätten sie einen anderen Job. Aber ich dachte nicht, dass so viele Frauen ganz unschuldig in dieses Milieu hineingeraten. Frauen, deren Selbstwert so sehr untergraben wird, dass sie wirklich meinen, alleine nicht durchs Leben zu kommen. Mädchen, deren Eltern drogenabhängig sind, oder Alkoholiker waren. Mädchen, die ohne Liebe aufgewachsen sind, die von ihren Eltern misshandelt wurden, oder einfach welche, die von zuhause weggelaufen sind", er machte eine kleine Pause. „Oder solche wie Li, die von zuhause weggelockt werden, mit dem Versprechen, ein besseres Leben führen zu können, als in ihrer Heimat. Studium! Kohle! Alles wird ihnen versprochen, nur um sie jungfräulich an irgendwelche Kerle zu verkaufen, und dann in einem Puff dahinvegetieren lassen", Peter schnaubte verächtlich.

Julia nickte. Peter hatte bestimmt recht.

Sie war froh, als der Kellner das Essen brachte.

Der Kinderwagen rührte sich, und man vernahm ein sanftes Quietschen daraus. Peter reckte den Hals.

Julia seufzte und legte das Besteck aus der Hand.

„Es ist wie verhext. Immer wenn ich zu Essen anfangen will, wird Johanna munter", sagte sie und streckte sich nach dem Baby, das sie schließlich auf ihren Schoß platzierte. Doch das war dem Kind nicht genug. Nun fing es wirklich an zu schreien.

Julia wurde ganz rot im Gesicht. Es war ihr peinlich. Die Leute fingen schon an, sie anzuschauen.

Peter rückte seinen Stuhl zurück und stand auf. Er ging um den Tisch herum und griff nach dem Baby.

Julia sah ihn fragend an.

„Nun gib schon her. Dann kannst du einmal in Ruhe essen. Mein Essen ist sowieso noch so heiß, dass ich mir nur die Zunge daran verbrenne", meinte er und streckte ihr die Hände entgegen.

Julia gab ihm zögernd die kleine Johanna.

Noch nie hatte er so ein kleines Kind im Arm gehabt. Es sah ihn mit großen Augen an und saugte heftig an seinem Schnuller.

Peter ging mit Johanna am Arm zwischen den Tischen hin und her. Julia war es ein wenig unangenehm. Die Leute beobachteten Peter, aber er hatte nur Augen für das Baby. Wie niedlich die kleinen Fingerchen waren, die jetzt seinen Zeigefinger fest umschlossen hielten.

Würde er auch irgendwann einmal ein Kind haben? Er war Mitte Dreißig. Eigentlich wäre es an der Zeit.

Julia aß hastig auf. Sie wollte Peter das Kind wieder abnehmen. Es war ihr peinlich.

Nun aß Peter sein Essen in aller Ruhe. Julia setzte sich wieder ihm gegenüber. Johanna starrte ihn an.

Peter machte Grimassen und winkte der Kleinen zu, bis sie so sehr lachte, dass ihr der Schnuller aus dem Mund fiel.

Nachdem Peter sein Essen beendet und die Rechnung bezahlt hatte, verließen sie rasch das Lokal.

Da ein schöner, sonniger Tag war, hatte Peter noch große Lust, mit den beiden einen Spaziergang zu machen.

Sie fuhren bis nach Mödling, wo die Luft etwas frischer, und der Tag noch etwas sonniger war, und fanden einen schönen Waldweg, den Julia mit dem robusten Kinderwagen fahren konnte.

Peter und Julia fingen an, über alte Zeiten zu sprechen. Julia erzählte ihm noch einmal genau, wie es mit ihr weiterging, nachdem sie vor ihm „geflüchtet" war.

Peter kam es vor, als redete sie von einem ihm völlig unbekannten Menschen. War er wirklich so gewesen?

Um kurz nach sechs Uhr setzte er Julia und Johanna wieder zuhause ab. Sie hatten ihn wirklich hervorragend von seinem Kummer abgelenkt.

68

Peter wurde zwei Tage später erneut auf die Polizeistation beordert. Er hatte keine Ahnung, warum sie ihn brauchten und ob oder wie intensiv an der Aufklärung des Mordfalles gearbeitet wurde.

Klara, Theo und er überlegten immer wieder, wie sie den Mörder von Bea überführen könnten. Peter war mittlerweile sogar ein paar Mal am Schrebergarten vorbeigefahren, doch den roten VW-Golf hatte er nie mehr gesehen.

Nun stieg er die drei Treppen hoch zum Polizeikommissariat. Er hatte ein mulmiges Gefühl im Bauch. POI, POL ...

„Nehmen Sie doch Platz, Herr Mag. Brauner", sagte ein älterer Polizist, den er noch nie gesehen hatte, und bot ihm einen Sessel gegenüber seinem Schreibtisch an.

„Sie wissen nicht, warum Sie hier sind?" begann er und sah Peter über seine Brille hinweg an.

Peter schüttelte mit Nachdruck den Kopf.

„Nachdem Sie ein, sagen wir näheres Verhältnis zu der Ermordeten hatten, nehmen wir an, dass Sie noch am ehesten wissen, ob Frau Stumpinger irgendwelche Verwandte hatte. Es geht um ihre paar Habseligkeiten. Diese wurden im Gartenhaus Ihrer Schwester sichergestellt und würden jetzt an ihre Eltern oder Verwandten gehen. Außerdem sind die Angehörigen, sofern wir welche finden, noch nicht über Ihren Tod informiert. Das haben wir, sagen wir einmal so, etwas verabsäumt", erklärte der Polizist.

„Verabsäumt?" fragte Peter ärgerlich und hob die Augenbrauen.

Der Polizist nickte.

„Nein, ich habe keine Ahnung, ob es irgendwo Verwandte gibt. Aber sie ist in Bad Radkersburg in der Steiermark geboren, mehr weiß ich nicht."

Die Tür ging auf und ein anderer Polizist kam herein, ging schnurstracks auf sie zu und legte eine Akte auf den Schreibtisch, ohne ein Wort zu sagen. Peter blickte auf und sah in das Gesicht von

Johann. Dieser Johann! Dieser unsympathische Beamte, mit dem er einmal eine unangenehme Unterhaltung hatte. Peter schnürte es die Kehle zu. Er hatte ein unbeschreiblich beklemmendes Gefühl, seine Anwesenheit nahm ihm fast die Luft.

Erst jetzt bemerkte dieser Peter. Er hielt in seiner Bewegung inne und grinste.

Dieses hinterfotzige Grinsen! Peter wäre am Liebsten aufgesprungen und hätte ihm ins Gesicht geschlagen.

„Ah! Wen sieht man denn da?" frotzelte er, bevor er sich auf dem Absatz umdrehte und wieder hinausging.

Peter räusperte sich.

„Hat man den roten VW-Golf schon gefunden?" fragte er sein Gegenüber, um sich selbst von Johanns Anblick abzulenken.

Dieser schob die Brille noch etwas tiefer auf die Nase und schaute oben drüber.

„Leider", sagte er, „wir haben alle Besitzer der Schrebergärten durchgecheckt. Keiner fährt so ein Auto. Es muss also jemand gehören, der kein Grundstück dort besitzt. Es war aber sicher kein Zufall, dass dieser Wagen dort stand. Vielleicht ein Freund dieses Zuhälters?"

Peter schwieg. Er glaubte nicht daran. Kurze Zeit später stand er wieder auf der Straße, und atmete tief durch.

Dieser Johann! Er sah ihn immer noch vor sich. Dieses dämliche Grinsen. Dieser .... Ihm fielen nicht die richtigen Worte ein.

„Nix gut, Johann!" meldete sich nun Li.

„Das kannst du laut sagen", murmelte Peter missmutig.

Es beruhigte ihn, Lis Stimme zu hören.

„Was machst du jetzt?" fragte sie ihn.

Peter zuckte die Achseln.

„Ich weiß nicht", meinte er, „am liebsten würde ich jemanden zusammenschlagen!"

„Du aber heute sehr aggressiv bist, von was kommt das?" wollte sie wissen.

„Ach, mich hat dieser Typ so aufgeregt. Ich weiß auch nicht, wieso. Er provoziert mich, und er hat Bea schlecht behandelt."

„Aha!" war alles, was sie dazu sagte.

„Aha! Ist das alles, was du dazu sagst?" fragte er ungeduldig.

Li gab keine Antwort. Peter ging weiter. Er war in Gedanken versunken. War Bea damals nicht so verstört gewesen, nachdem sie dieser Johann einvernommen hatte? War es nicht er gewesen, der ihr soviel Angst eingejagt hatte?

Peters Gedanken jagten durch seinen Kopf. Johann hatte sie beschimpft, er hatte sie schlecht behandelt, lüstern angesehen. Peter hatte Bea geschworen, der Polizei nicht zu sagen, wo sie war, denn sie hatte ein ungutes Gefühl.

Konnte dieser Johann... ?

Konnte der etwa etwas damit zu tun haben?

Es war etwas verfroren, einen Polizisten des Mordes zu verdächtigen, ging es ihm durch den Kopf, aber... er hatte so ein ungutes Gefühl.

Zuhause erzählte er Klara und Theo von seinem Verdacht. Klara sah ihren Mann lange an.

„Meinst du, dass sie die DNA-Analyse auch mit der von Johann vergleichen würden, wenn wir der Polizei diesen Verdacht mitteilen?" fragte sie ihn.

Theo verschluckte sich am Wasser, das er gerade trinken wollte.

„Das kann ich mir nicht vorstellen. Wenn es außer uns niemanden gibt, der sich vorstellen kann, dass ein Polizist darin verwickelt sein könnte, dann wird sich keiner die Finger verbrennen, und glaub mir, dieser Johann würde sicher alles tun, um das zu verhindern", meinte er sarkastisch, nachdem er wieder Luft bekam.

„Das ist schon klar", warf Peter ein, „aber dann muss ich mir etwas einfallen lassen, um an seine DNA zu kommen."

„Und wie willst du das machen?" fragte ihn Klara neugierig.

„Du spazierst hinein, fragst, wo der Schreibtisch von diesem Johann ist, nimmst einen seiner Bleistifte die er angegriffen oder abgesabbert hat, sagst, sie sollen ihn auf DNA-Spuren untersuchen, weil du denkst, er sei der Mörder, und spazierst wieder hinaus?"

Peter sah sie böse an.

„Ich weiß noch nicht, wie ich es machen werde, aber ich lasse mir schon etwas einfallen", sagte er trotzig und wechselte das Thema.

Aber Klara war noch nicht ganz fertig mit ihrer Fragerei.

Peter schaute sie an, ohne sie auch nur wahrzunehmen. Er dachte an Bea. Dieser Johann hätte sie am liebsten noch in seinem Büro ausgezogen und gevögelt. Aber das war noch lange kein Grund sie umzubringen. Auf der anderen Seite hätte er sie nicht vergewaltigen können ohne dass sie ihn erkannt hätte.

„Es war Johann", sagte Peter tonlos und starrte vor sich hin.

„Warum glaubst du das?" fragte Klara noch einmal.

„Ich spüre es", meinte Peter tonlos.

„Sei vorsichtig, Bruderherz. Einen Menschen kannst du nicht des Mordes bezichtigen, nur weil er dir extrem unsympathisch ist. Was hätte er denn davon gehabt, Bea umzubringen?"

Peter sah sie traurig an.

„Du hättest hören sollen, wie er mit ihr gesprochen hat. Er sagte, sie gehöre einmal ordentlich durchgefickt, und er stellte sich dafür bereitwillig zur Verfügung. Er hat sie gedemütigt und ausgelacht. Bea hat ihn nur verächtlich angesehen. Er hatte absolut keinen Respekt vor ihr. Nach dem Verhör bin ich mit Bea Essen gegangen. Sie war total verstört."

„OK, Peter, das ist schlimm. Das sehe ich auch so, aber bitte versteife dich nicht darauf, dass er sie deswegen umgebracht hat, versprich mir das, sonst muss ich mir um dich auch noch Sorgen machen", schloss Klara nun endgültig mit diesem Thema für diesen Abend ab, erhob sich und machte sich auf den Weg ins Badezimmer, um sich die Zähne zu putzen.

Peter blieb noch ein wenig in Gedanken versunken auf der Couch sitzen, ehe er zu Bett ging.

69

In den folgenden Tagen hielt sich Peter viel in der Nähe der Polizeistation auf. Er setzte sich in das kleine, etwas heruntergekommene Kaffeehaus, das sich auf der anderen Straßenseite, genau gegenüber dem Haupteingang, befand.

Peter hatte seinen Laptop jetzt immer mit dabei. Er wollte Bücher schreiben, so wie Li und Julia es ihm vorgeschlagen hatten. Bücher. Aber über was? Über Liebe? Aber er konnte keinen Anfang für einen Roman finden, und verwarf jede Idee.

Aber egal. Im Moment ging es wohl eher darum, dass er eine Ablenkung und eine Beschäftigung fand, um das Existenzielle wollte er sich später kümmern.

In dieser Woche war Johann nicht zum Dienst erschienen. Peter fragte sich, ob er wohl Urlaub hatte.

Er setzte sich gleich neben die Eingangstür an einen kleinen Tisch am Fenster. Durch den Vorhang hatte er etwas Deckung.

Er saß oft schon vormittags auf seinem Platz hinter der Tür und blieb bis zum Mittag. Am Abend, bevor die Polizisten Schichtwechsel hatten, setzte er sich noch einmal in das Café.

Und am achten Abend kam schließlich Johann mit einem Kollegen zum Dienst. Peter war ganz aufgeregt, als er ihn sah.

In all den Tagen hatte Peter genügend Zeit gehabt, einen Plan zu schmieden. Er wollte nach Dienstschluss Johann folgen, damit er wusste, wo er zuhause war, und um sich dort ein wenig umzusehen.

Mittlerweile hatte er herausgefunden, um welche Uhrzeit die Dienstwechsel stattfanden, und Johann musste wohl an diesem Tag vierundzwanzig Stunden Dienst machen. Also würde Peter am nächsten Abend hier bereit stehen, um ihm zu folgen. Das Auto parkte er gleich um die Ecke, in einer Seitengasse.

Es war Klara überhaupt nicht recht, was Peter vorhatte. Vielleicht war etwas dran, an Peters Theorie, noch dazu, wo er so steif und fest daran hielt?

Aber dann war dieser Johann bestimmt nicht ungefährlich.

Theos Rat, einen Detektiv zu engagieren, konnte er nichts abgewinnen, Johann machte ihm keine Angst.

Das, was er für diesen Mann empfand, verstand er selbst nicht so genau. Eigentlich fand er ihn bemitleidenswert.

Wie konnte ein Mensch nur so gefühllos und abgestumpft werden?

Er wollte diese Gedanken verjagen. Wie konnte er bloß Mitleid mit diesem Ekel haben? fragte er sich.

Jetzt meldete sich Li wieder, während Peter gerade seinen Laptop einpacken und zahlen wollte.

„Li, ich kann jetzt nicht mit dir sprechen, der Kellner kommt gleich wieder", flüsterte er.

„Du bist gar nicht Mann von großem Einfall. Nimm doch deine Handy und rede hinein. Egal, ob du mich hörst von deinen Telefon oder von anderswo," gab sie ihm einen freundschaftlichen Tipp.

„Du bist gar nicht so dumm, mein Kind", hänselte er sie und griff nach seinem Telefon.

„Und?" fragte Li, „Neuigkeiten?"

Peter gefiel dieser geschäftliche Ton von Li. Er lachte.

„Nein, meine Kleine. Nix Neues", gab er zur Antwort.

„Aber du doch morgen Abend folgst dem Johann nach Hause?" fragte sie.

„Ja. Das werde ich machen. Aber warum fragst du mich, wenn du sowieso alles weißt?" wollte Peter wissen.

„Ich gerne mit dir rede, weißt du?" sagte Li und lachte.

„Aber du weißt doch ganz genau, was passieren wird, oder? Du brauchst meine Informationen nicht", rechtfertigte er sich.

„Das ist etwas, was nicht stimmt, Peter", wies Li ihn zurecht.

„Wie meinst du das? Es ist doch alles vorbestimmt, oder?" fragte er ungläubig.

„Nein. Stimmt nicht ganz", berichtigte ihn Li.

Der Kellner kam und Peter zwickte das Telefon zwischen seiner Wange und der Schulter ein, damit er die Hände frei hatte um aus seiner Brieftasche das Geld für einen großen gespritzten Apfelsaft und einen Caffelatte zu nehmen.

Als der Kellner wieder weg war, nahm Peter den Laptop und ging „telefonierend" aus dem Café.

„Wie meinst du das?" fragte er sie draußen auf dem Gehsteig.

„Schau Peter. Alles, was du machst, ist deine Entscheidung. Es gibt zwar einen Weg für dich, aber was du daraus machst, ist alleine deine Sache. Wenn du meinst, dass du dich jetzt werfen musst vor einen Zug, dann ist das deine Entscheidung, und nur deine. Dann nimmt dein Leben anderen Lauf", erklärte sie eifrig.

Peter lachte schallend.

„Dann nimmt mein Leben gar keinen Lauf mehr, Li, dann bin ich nämlich tot", lachte er noch immer.

Etwas ernster sagte er.

„Ich verstehe schon, was du meinst, Li. Ich könnte mir zum Beispiel jetzt einen Detektiv nehmen, so wie Theo gesagt hat, oder aber ich kann mich selber auf die Lauer legen und Johann beobachten. Das ist alleine meine Entscheidung. Es kann etwas passieren, oder auch nicht."

„Genau, Peter", Li freute sich, dass Peter verstand.

„Und weißt du?" fragte sie plötzlich mit sanfter Stimme.

„Was?" wollte Peter wissen.

„Es auch war alleine Entscheidung von Bea, dass sie nicht mitgefahren ist mit dir, an diesem Abend. Sie wollte bleiben in der Hütte, verstehst du?"

Peter gab es einen Stich in der Brust. Warum fing sie bloß damit an?

„Ich will nicht darüber reden, Li, es tut mir weh, bitte lass es, OK?" erklärte er ihr.

Li schwieg.

„Hat Bea gewusst, dass sie sterben muss?" wollte Peter dann nach einer Weile doch wissen. Seine Kehle fühlte sich trocken an und wurde durch eine unsichtbare Hand zusammengedrückt.

„Nur ihre Seele hat gewusst, Beas Körper nicht. Aber sie nicht zufällig ist alleine geblieben."

„Aber warum?" rief Peter jetzt etwas lauter aus. Er konnte immer noch nicht verstehen, warum sie gerade jetzt sterben musste, da, wo ihr Leben endlich eine Wendung genommen hätte.

„Warum, warum? Ihr Menschen nicht immer könnt haben Antwort auf jede Frage. Es ist so, wie es ist, basta!" Li sagte es sehr bestimmt.

„Li?" fragte er plötzlich in versöhnlichem Ton, „warum hast du dich eigentlich umgebracht? Ich hätte dir doch geholfen."

„Ja. Aber du nur hättest mir geholfen. Aber andere Mädchen wären nicht beachtet worden von dir und Welt. So, alle waren schockiert und haben Mitleid gehabt mit Mädchen Li. Sie wird nicht so schnell vergessen. Und anderen kann auch geholfen werden", erklärte sie ihm.

„Aber,..." fing er an. Vermutlich hatte sie recht.

Endlich war er bei seinem Auto. Er legte den Laptop auf den Rücksitz und stieg mit dem Handy am Ohr ein.

Da klopfte plötzlich jemand auf das Autodach. Peter fuhr zusammen. Er schaute beim Fenster hinaus und sah in das grinsende Gesicht von Johann.

„Na? Neues Stammlokal?" spottete er.

Er ließ den Hörer sinken und funkelte ihn durch das offene Autofenster an.

„Gut beobachtet, Herr Kommissar", gab er so cool wie möglich zurück, startete sein Auto und fuhr los, ohne ihn noch eines Blickes zu würdigen. Aber sein Herz schlug wie verrückt.

„Li? Was soll ich jetzt machen?" wollte er wissen.

„Warum?" fragte sie scheinheilig.

Peter riss beinahe die Geduld. Warum tat sie bloß immer so, als ginge sie das alles nichts an?

„Du mach das, was du tun willst oder spürst, dass du tun musst", gab ihm Li den Rat.

Peter war so schlau wie vorher. Aber sie hatte schon recht. Er wollte die Sache durchziehen. Und jetzt erst recht!

70

Klara zögerte zuerst etwas, als Peter sie fragte, ob sie ihm ihr Auto leihen könnte.

Theo saß steif bei Tisch und schwieg. Auch er fand die Idee von Peter nicht gerade atemberaubend.

Er versprach, nur hinterher zu fahren, um zu sehen, wo dieser Kerl wohnte, und ob er einen roten Golf fuhr.

Klara willigte schließlich ein, und als Theo den Raum verließ, um sich einen Tee zuzubereiten, setzte sich Klara ganz aufgeregt neben ihren Bruder auf die Couch.

„Du musst mich mitnehmen", sagte sie und grinste.

„Was?" Er hatte nicht so recht verstanden.

„Ich will mitfahren. Ich muss auch wissen, ob dieser Bursche was mit dem Mord zu tun hat. Ich bin so neugierig!" Klara stemmte beide Hände in die Seiten und sah ihn aufmunternd an.

„Du darfst aber Theo nichts verraten, er macht sich große Sorgen. Theo ist immer so übervorsichtig. Aber wir kommen ihm auf die Spur. Bitte! Bitte sag ja! Ich halt es sonst nicht mehr aus!"

Peter grinste. So kannte er seine Schwester aus der Kindheit. Genauso! Sie wollte immer und überall dabei sein. Sie hielt es nicht aus, wenn andere ein Geheimnis hatten. Klara war ihm gerade unheimlich sympathisch. Ihre Augen glänzten.

„Natürlich, Schwesterherz!" sagte er und küsste sie auf die Wange.
Sie hörten Theo zurückkommen.
Klara legte einen Finger auf ihren Mund und machte: „Sch!"

Johann Emser verließ gemeinsam mit dem Kollegen, mit dem er am
Vortag das Hauptquartier betreten hatte, das Gebäude und sie nah-
men in einem silberblauen BMW Platz, der in einiger Entfernung vom
Beobachtungsstandpunkt von Klara und Peter, geparkt war.
Peter hatte den Platz so gewählt, dass sie in die umliegenden
Straßen gut einsehen konnten. Nun startete er den Motor. Johann
kannte das Auto von Klara nicht und sie saßen beide angespannt da-
rinnen und folgten in sicherem Abstand dem BMW. Nach etwa zwan-
zig Minuten hielt das Auto im 16. Bezirk vor einem kleinen Haus.
Es war wirklich klein, und es hatte auch einen kleinen Garten, der
winzig war.
Das Garagentor war geschlossen.

Klara und Peter fuhren an ihnen vorbei und parkten zwei Seiten-
straßen oberhalb des Hauses. Sie warteten, bis Johann drinnen war.
Peter notierte die Adresse.
„Was jetzt?" fragte Klara.
Peter sah sich um. Es sah so aus, als hielten sich noch andere
Personen in diesem Haus auf. Sollte er etwa Frau und Kinder haben?
Peter wendete das Auto und fuhr etwas näher heran.
Klara sah Kinderschuhe vor der Haustüre stehen, und an der seit-
lichen Hausmauer lehnte ein Rad. Der Rasenmäher stand achtlos auf
der winzigen Rasenfläche.
„Ich möchte in die Garage schauen", sagte Peter plötzlich.
„Bist du verrückt!" fuhr ihn Klara an.
„Es ist völlig hell, und das bleibt so bis zehn Uhr. Du kannst
nicht einfach hinlaufen und das Garagentor öffnen. Das würde er
bestimmt mitbekommen. Dann hättest du alles versaut!" schimpfte
sie weiter.
Peter wusste, dass es kein Argument dagegen gab.
„Wir wissen jetzt, wo er wohnt, das ist schon einmal etwas!"
sagte Klara in beruhigendem Tonfall. Peter nickte abwesend.

Er würde wieder zurückkommen, wenn Klara schlief, wenn es finster war. Die Garage hatte ein kleines Seitenfenster. Es würde reichen, wenn er nur durch dieses kleine Fenster sah.

Um Mitternacht war Theo endlich im Bett. Peter lauschte. Es war kein Laut mehr zu hören. Rasch und leise zog er sich an.
Klara hatte immer eine Taschenlampe in der ersten Lade des Küchenschranks, gleich neben dem Kühlschrank.
Mit klopfendem Herzen griff er danach. Gut, sie lag da.

Der Berg in Richtung Wilhelminenschloss war ziemlich steil. Er fand, dass der Motor seines Autos einen Höllenlärm in der idyllischen Straße machte, also blieb er ein paar Häuser unterhalb von Johanns Wohnsitz stehen.
Mittlerweile war es ein Uhr morgens, die meisten Fenster waren schon dunkel, nur vereinzelt brannte noch Licht.
In Johanns Haus schienen alle bereits zu schlafen. Gut so! Johann hatte schließlich Dienst gehabt!

Peter drückte die Klinge des Gartentürchens leise herunter. Es spießte ein klein wenig, aber dann gab es nach und ging lautlos auf. Er sah sich noch einmal um. Außer ihm war kein Mensch mehr auf der Straße.
Gebückt rannte er die paar Meter durch den Garten bis zum Fenster der Garage. Er hielt die Taschenlampe direkt an das Glas und schaltete sie ein.
Er erstarrte.

71

Beim Frühstück rückte Peter nervös auf seinem Sessel hin und her. Am liebsten hätte er Klara von seiner Entdeckung erzählt.
Was sollte er als nächstes tun? Sich in der Nachbarschaft umhören? Aber wer wusste in der Stadt schon über seinen Nachbarn Bescheid? fragte er sich.
Es war auf jeden Fall einen Versuch Wert. Er musste nur warten, dass Klara und Theo sich auf den Weg ins Büro machten.

Peter fuhr diesmal mit der Straßenbahn in Richtung Wilhelminenberg. Er wollte sich zu Fuß an das Haus herantasten. Eine Kappe und Sonnenbrillen schienen zwar nicht unbedingt die perfekte Tarnung zu sein, aber waren sicher besser als gar nichts.

Auf dem Weg kam ihm allerdings noch eine viel bessere Idee. Er wählte die Nummer von Klaras Büro.

„Kannst du mir bitte die Telefonnummer von Johann besorgen? Ich meine nicht seine Handynummer, sondern kannst du bitte eruieren, ob er eine Festnetznummer hat?"

Klara fragte nicht lange nach, was er damit vorhatte, sondern gab lediglich zur Antwort:

„Ich hänge mich gleich ins Netz und ruf dich sofort zurück!"

Drei Minuten später hatte Peter bereits die Festnetznummer der Familie Emser Johann. Tatsächlich war Johann verheiratet. Peter konnte es fast nicht glauben. Arme Frau!

Nachdem er ein schattiges Plätzchen gefunden hatte, wo er auf keinen Fall gesehen werden konnte, machte es sich Peter dort bequem und stellte sich darauf ein, lange warten zu müssen.

Doch es ging erstaunlich schnell, dass sich bei dem beobachteten Objekt etwas rührte. Der Herr des Hauses trat vor die Tür. Ein kleiner Junge vermutlich, vielleicht war es auch ein Mädchen, kam hinterher und winkte fröhlich.

Hinter ihm erschien eine Frau, die das Kind wieder ins Haus zurückbrachte und die Tür hinter sich schloss. Johann machte sich auf den Weg in die Stadt. Zu Fuß. War ja klar.

In der Garage stand nämlich kein Auto!

Als Johann außer Sichtweite war, wählte Peter die Nummer der Familie Emser. Eine nette Frauenstimme antwortete.

Peters Herz schlug ihm bis zum Hals. Aber er sagte sich, dass nichts passieren konnte. Einen Versuch war es wert.

„Ich rufe wegen Ihres roten Golfes an, den Herr Emser verkaufen will. Wie viel möchten Sie dafür?" fragte er dann ziemlich cool, was ihn selbst überraschte.

Einen Augenblick war es ruhig am anderen Ende der Leitung.

„Den hat mein Mann bereits verkauft, gerade letzte Woche... aber... warum wissen Sie überhaupt, dass wir das Auto verkaufen wollten?"

Sie schien wirklich erstaunt und neugierig zu sein, es schwang kein Misstrauen in ihrer Stimme mit. Deshalb wagte sich Peter erneut vor.

„Ach, er hat es kurz einmal erwähnt. Ich bin nur ein Kollege, hab es irgendwie mitbekommen, dass er den Wagen nicht mehr will", log Peter.

„Das ist aber komisch", meinte seine Frau, „Johann hat mir extra erklärt, dass er in der Arbeit nichts sagt, wegen dem Auto, weil er keine Rivalitäten unter den Kollegen wollte. Er meinte, jeder würde sich um das Auto reißen."

„Ist nicht so wichtig", lenkte Peter ab, „er hat ihn also letzte Woche verkauft."

„Ja, ins Burgenland, glaube ich. Aber ich verstehe ihn sowieso nicht. Er hat mir immer vorgeschwärmt, wie gut der Golf geht, er war regelrecht vernarrt in das Auto", erklärte sie nichtsahnend weiter.

Die Ahnungslosen sind die besten Informanten, dachte Peter und versuchte freundlich den Informationsfluss zu stoppen.

Das Auto würde ihm sowieso nichts bringen. Aber er wusste jetzt, dass Johann einen roten Golf gefahren hatte und dass er ihn ganz plötzlich verkauft hat.

„Danke, Frau Emser, und entschuldigen Sie nochmals die Störung", schloss Peter das Gespräch.

Es hatte sie nicht gestört.

Er wählte sofort Klaras Nummer.

„Schlauer Peter", lobte Li.

Klara hob ab. „Ja?" fragte sie ganz gespannt. Sie wusste ja nicht, was Peter im Schilde führte.

„Ich hab ihn. Jetzt bin ich mir ganz sicher, dass es Johann war. Er hat einen roten Golf, allerdings hat er den ganz zufällig letzte Woche verkauft."

Peters Gesicht brannte. Irgendwie konnte er es kaum fassen. War er wirklich dem Mörder auf der Spur? Er sah Bea ganz deutlich vor sich.

Er ging den Berg hinunter. Auf einer Bushaltestelle ließ er sich auf das Wartebänkchen fallen. Bea! Er vermisste sie so sehr. Es war schon fast vier Wochen her. Peter seufzte.

Kein Mensch war in der Nähe. Nur Autos fuhren ständig an ihm vorbei. Manche bergauf, manche bergab. Wie im richtigen Leben.

Doch Peter hatte das Gefühl, dass es bei ihm vor allem bergab ging. Nur ganz selten war es bergauf gegangen. Er fand den Vergleich sehr akzeptabel.

Das Leben war eine Straße. Und verdammt viele Kurven waren darin. Jetzt musste er unwillkürlich lächeln.

„Deine Gedanken gehen richtigen Weg", meldete sich Li.

Peter musste jetzt wirklich lachen.

„Ich hab gewusst, dass du dich einklinkst, wenn ich über das Leben nachdenke. Schön langsam weiß ich ja, was dich interessiert, Li."

Li grinste vermutlich auch.

„Warum kann nicht einmal etwas funktionieren, in meinem Leben?" fragte er sie.

„Tja. Viel von dem was Peter schon erlebt hat, hast du dir selber getan. Nicht andere waren Schuld an Unglück von dir", sagte sie mit Strenge in der Stimme.

„Klugscheißer!" murmelte Peter und versuchte, sie aus seinen Gedanken zu vertreiben.

„Willst du nicht hören, solche Sachen, stimmts?" fragte sie aber weiter.

Peter ignorierte sie.

„Aber du kannst lernen aus deinen Fehlern", blieb Li hartnäckig.

Peter ignorierte sie weiter.

„Warum du bist jetzt böse auf mich? Ich nichts habe gesagt, was Peter nicht kann hören und mit mir reden", Li klang bemitleidenswert.

Wäre sie jetzt neben ihm und ein Mensch, dann hätte sie jetzt bestimmt angefangen zu weinen, überlegte Peter. Er seufzte.

„Ja, Li, ich weiß, aber ich will jetzt nicht darüber nachdenken. Ich weiß, dass man aus Erfahrungen lernt, aber ich hab den Sinn noch nicht begriffen, warum Bea sterben musste."

Er hatte es gewusst, dass sie nicht aufgeben würde, ehe er mit ihr sprach. Doch nun ging es weiter.

„Bea ist aber nicht unglücklich, da wo sie ist", sprach Li weiter.

„Li. Es reicht jetzt!" rief Peter und sprang von der Bank auf.

Eine Frau, die etwas weiter weg von ihm stand und offensichtlich auch auf den Bus wartete, schaute ihn etwas skeptisch an und drückte ihre Handtasche fester an sich. Schnell griff er in die Hosentasche und holte sein Handy hervor. Er hielt es ans Ohr.

„Li. Es tut mir weh, wenn du so etwas sagst, verstehst du das nicht?" sagte er jetzt etwas milder.

Doch Li meldete sich nicht mehr.

„Li?" fragte er noch einmal ins Telefon.

Doch Li blieb stumm.

Er ging unruhig hin und her. Das Telefon hatte er noch immer ans Ohr gehalten, aber Li redete nicht mehr mit ihm.

Er fing an, bergab zu gehen, er wollte nicht mehr auf den dämlichen Bus warten. Das Telefon hatte er wieder eingesteckt, aber eine unendliche Wut machte sich in ihm breit. Es schien ihn fast zu zerreißen. Wütend trat er mit seinem linken Fuß gegen eine Gartenmauer, worauf er augenblicklich wimmernd nach seinem Vorfuß griff, denn der Schmerz war wie ein Blitz in seinen Körper gefahren.

Wut und Schmerz schienen sich nicht einig zu sein, wer die Oberhand gewann. Peter ließ sich auf den Gehsteig nieder. Er spürte, wie Tränen in seine Augen traten.

Von unten kam ein sehr junges Liebespaar den Gehsteig entlang geschlendert, und die Frau mit der Handtasche sprang schnell in die offene Bustür ohne sich noch einmal nach ihm umzusehen.

Wie gerne wäre er jetzt ganz alleine hier gewesen, dann hätte er gebrüllt und geweint.

Der Fuß tobte. Die Wut klang schön langsam ab.

Peter blieb noch eine Weile sitzen. Das Paar war schon an ihm vorbeigegangen. Sie waren beide so schüchtern gewesen, dass sie ihn nicht einmal angesehen hatten, beim Vorübergehen. Peter war froh darüber. Langsam rappelte er sich auf.

Er versuchte, auf den Fuß zu steigen. Es war unmöglich.

Peter setzte sich wieder auf den Gehsteig.

Er wollte noch eine Weile sitzen bleiben, und es dann noch einmal versuchen. Aber auch der zweite Versuch scheiterte.

Peter rief Klara an.

Sie hatte einen sehr wichtigen Termin mit einer Kundin und musste dann sofort in den Gerichtssaal zu einer Verhandlung, auf die sie sich wochenlang vorbereitet hatte.

„Peter bitte ruf ein Taxi, wir sehen uns später", war noch alles, was sie sagte, bevor sie auflegte.

Dass Theo bereits seit der Früh eine wichtige Verhandlung hatte, wusste Peter. Nun saß er auf dem Gehsteig am Rande des sechzehnten Wiener Gemeindebezirks und wusste nicht, wen er anrufen sollte. Ein Taxi? Hatte er denn keine Freunde?

Peter starrte auf das Handy.

Er konnte doch schlecht den Typen anrufen, der ihm das Buch verlegen sollte. Aber das war noch einer, der ihm am nächsten stand. Von seinen ehemaligen Arbeitskollegen hatte sich niemand gemeldet. Es war ihnen doch scheißegal was aus ihm geworden war, oder?

Am liebsten hätte er das Handy beiseite geschleudert, aber er hatte sich doch soweit im Griff, dass er wusste, dass er sich mit dieser Aktion nur selber schaden würde.

So biss er die Zähne zusammen und versuchte es ein drittes Mal. Doch auch diesmal war es ihm unmöglich auf das Bein zu steigen.

Er zog den Schuh aus, und es trat unmittelbar Erleichterung ein. Jetzt, wo der Schuh weg war, konnte er sehen, dass der ganze Vorfuß angeschwollen war.

Zögernd wählte er eine Nummer.

„Es ist mir so schrecklich peinlich, Julia, aber ich muss dich bitten mir zu helfen", begann er zaghaft, als sie sich meldete.

Vierzig Minuten musste Peter am Gehsteig sitzen bleiben, bis Julia ihn endlich gefunden und ihm ins Auto hineingeholfen hatte.

Peter verzog das Gesicht.

„Wo hast du denn die Kleine?" fragte er Julia, denn er hatte beim Einsteigen bemerkt, dass der Kindersitz im Foyer leer war.

„Meine Mutter hat gesagt, sie passt auf sie auf, wenn ich dich ins Krankenhaus bringe", erklärte sie ihm.

Peter riss die Augen auf.

„Ins Krankenhaus!" rief er ungläubig.

„Ja, was denkst du denn?" fragte Julia unbeirrt.

„Ich will aber nicht ins Krankenhaus. Ich hasse Krankenhäuser!" rief er noch einmal aus.

Julia verdrehte die Augen. Das erinnerte sie stark an den Peter, den sie gekannt hatte.

„Jetzt hör mal, du Klugscheißer!" sagte sie in bestimmten Ton, „ich fahre dich jetzt in eine Unfallambulanz. Dort wird dein Fuß geröntgt, und dann bekommst du vielleicht einen Gips. Gebrochene Beine heilt man nicht mit Umschlägen oder Haferflockenbrei!"

Wütend sah er aus dem Fenster. Die Menschen und die Autos flogen nur so an ihm vorüber. Wer waren die alle? Ihnen war er doch scheißegal. Allen war er scheißegal. Nur Bea nicht....

Peter wusste, dass seine Wut ihn nicht weiter brachte, ja, er spürte instinktiv, dass sie ihn nur noch mehr nach unten zog. Er hatte das Gefühl, abzustürzen. Ins Bodenlose zu fallen.

Noch immer redete er nicht mit Julia. Er sah beim Fenster hinaus. Dicke Tränen rannen über seine Wangen. Er begann zu schluchzen.

Peter schämte sich vor Julia. Immer mehr wurde sein Körper von den Tränen geschüttelt, er konnte sich einfach nicht helfen.

Julia bog in eine Seitengasse ein und blieb auf einem Parkplatz stehen.

„Schau mich an", bat sie, denn er sah noch immer aus dem Seitenfenster, während er weinte, dass sie seine Tränen nicht sehen konnte.

Er schüttelte nur den Kopf.

Julia griff nach seiner Hand.

„Es ist OK, Peter. Weinen ist OK!"

Jetzt drehte Peter sich ihr zu und sah sie an.

Er sah entsetzlich aus, fand sie. Tiefe Ringe hatten sich unter seinen Augen gebildet. Sie hatte Peter noch nie weinen sehen. Ganz sanft versuchte sie, ihn zu sich zu ziehen, um ihn zu umarmen.

Peter ließ es geschehen, und als sie ihn umarmte, wie man ein kleines Kind zum Trost die Arme um den Körper legt, ließ er sich endlich fallen und weinte und schluchzte den ganzen Schmerz aus sich heraus.

Er vergrub seinen Kopf an ihrem Hals, und sie spürte, wie sich in der kleinen Grube bei ihrem Schlüsselbein ein kleiner See bildete. Sie war sehr berührt von dieser Szene, und sie wartete geduldig, bis das Schluchzen leiser, und immer leiser wurde.

Julias Rücken schmerzte, weil sie wegen des Lenkrads ganz verdreht sitzen musste, aber er sollte nicht merken, dass sie in dieser Stellung beinahe nicht mehr sitzen konnte.

Julia war erleichtert, als Peter seinen Kopf hob.

Er hatte aufgehört zu weinen. Mit dem Handrücken fuhr er sich über sein nasses Gesicht. Er sah Julia an.

Doch plötzlich fing er an zu lachen.

„Ich komm mir so blöd vor", sagte er und verdeckte mit seinem Ärmel das Gesicht.

„Geht es dir jetzt besser?" wollte Julia wissen.

Peter nickte. „Viel besser!" war seine Antwort.

Sie sah seine rot geweinten Augen und wusste auch nicht so recht, was sie jetzt tun sollte.

„Danke!" sagte er und schniefte noch einmal kräftig.

„Weißt du, was mich so wütend macht?" fragte er nach einer Weile. Julia schüttelte den Kopf.

„Weil ich keine Antwort auf meine Fragen habe. Weil ich das Gefühl habe, das Leben lässt mich im Stich. Weil ich mich einsam fühle, weil ich mich nicht geliebt fühle, weil ich das Gefühl habe, ich mache alles falsch. Weil ich endlich das Gefühl hatte, ich bin auf dem richtigen Weg. Endlich hatte ich mich wohl gefühlt in meiner Haut. Und jetzt? Es wurde mir sofort wieder genommen. Ich kann nicht mehr vertrauen."

Traurig blickte er sie an. Peter tat ihr wirklich leid.

„Du hast da sehr viele ‚weils'", stellte sie fest.

„Auf manche Fragen im Leben gibt es keine Antwort. Wir müssen es wohl so nehmen und akzeptieren wie es ist". Kaum ausgesprochen, kam sie sich wie eine alte Schulmeisterin vor.

Aber Peter sah sie an und nickte.

„Vielleicht kann ich das irgendwann einmal", sagte er.

Julia lächelte. Peter lächelte zurück.

Seine ganze Brust fühlte sich noch immer völlig aufgewühlt an. Aber er war wirklich dankbar, dass Julia für ihn da war.

Julia lenkte ihren Wagen weiter in Richtung Krankenhaus.

Tatsächlich war einer von Peters Mittelfußknochen gebrochen.

Peter schämte sich, als er dem Arzt erzählte, wie das passiert war, doch er wollte ihn nicht anlügen und so sagte er ihm, dass er in einem Wutanfall an eine Gartenmauer getreten hatte, genauso wie es war. Warum er allerdings einen Wutanfall hatte, blieb dem Arzt verborgen.

Es dauerte bis Mittag, bis Julia und Peter das Krankenhaus wieder verließen. An Peters Fuß prangte ein weißer Gips.

Er humpelte mit den Krücken zurück zum Auto.

„Wo soll ich dich hinbringen?" fragte sie ihn und starte den Motor. Peter zuckte mit den Achseln.

„Na, wenn du es nicht weißt, wer dann?" neckte sie ihn.

„Naja. Ich wohne noch immer bei meiner Schwester und meinem Schwager. Meine Wohnung kann ich noch nicht beziehen. Aber sie ist wirklich wunderschön."

Er überlegte kurz.

„Möchtest du sie sehen? Ich war seit ‚dem Tag' nicht mehr dort", er wollte nicht „Mord" sagen.

„Ich rufe nur schnell meine Mutter an, ob sie alles im Griff hat, OK?" sagte sie und wählte die Nummer von Zuhause.

Nach einem kurzen Telefonat nickte sie und fragte:

„Wohin, genau?"

Peter griff nach seinem Schlüsselbund. Die Schlüssel hatte er immer dabei. Er fühlte sich unsicher. Vielleicht war es nicht gut, in die Wohnung zu gehen. Womöglich würden alle Emotionen wieder in ihm hochkommen.

Das letzte Mal war er mit Bea vor einem Monat dagewesen.

Julia war wirklich begeistert und gratulierte ihm zu dem genialen Kauf.

Peter ging es wider Erwarten relativ gut in seinem zukünftigen Zuhause. Er konnte sich nicht hängen lassen. Er wollte nicht aufgeben.

„Es ist wirklich sehr schön hier, nicht?" fragte er Julia.

Sie nickte nur.

Peter sah genauer hin. Auch Julia kämpfte wahrscheinlich mit ihrer Vergangenheit, ging es ihm durch den Kopf.

So hatte jeder seinen Teil zu tragen.

Und Peter beschloss an diesem Nachmittag mit der Übersiedlung in das neue Heim in den kommenden Tagen zu beginnen.

72

Johann schien das Bier nicht allzu sehr zu genießen. Sein Kollege sah mürrisch auf die Uhr. Johann machte sich große Sorgen. Seine

Frau hatte ihm erzählt, dass jemand wegen des Autos angerufen hatte.

Aber Johann hatte keinem etwas davon erzählt. Er hatte den Verkauf über einen Cousin erledigt. Johann war sich sicher, dass dieser Journalist etwas mit der Sache zu tun hatte. Dieser Schnüffler! Aber was sollte er mit ihm machen? Umbringen? Irgendwann würde man ihm auf die Spur kommen.

Johann verbrachte nur mehr schlaflose Nächte. Er wollte nicht ins Gefängnis. Er würde seinen kleinen Sohn nie wieder sehen.

Würde er damit leben können, dass sein Vater ein Mörder war?

Johann wischte sich den Schweiß von der Stirn.

Er hatte nicht gewollt, dass das passiert.

Hätte diese Schlampe ihm nicht die Maske vom Kopf gerissen, wäre jetzt noch alles in Ordnung. Sie war Schuld, nicht er.

Er biss die Zähne zusammen.

Und was DER so einen Aufstand machte, nur wegen einer Nutte.

Sie war nur eine Nutte!

Johann schüttelte sich, so als wollte er diesen Gedanken loswerden. Es war nicht einmal toll gewesen. Sie hatte sich nicht geil in seinen Armen gewunden, wie er es sich vorgestellt hatte. Sie hatte alles versaut.

Er wollte doch nur ein wenig Spaß. Er wollte dieses geile Luder einmal haben. Warum hatte sie sich so gewehrt? Für sie war doch so etwas Routine? Oder?

Hätte sie mitgespielt, säße er jetzt nicht in der Scheiße.

Was würde wohl seine Frau dazu sagen?

Es wurde ihm immer heißer.

Ein Schweißtropfen bahnte sich der linken Schläfe entlang einen Weg, bis ihn die Bartstoppeln endgültig stoppten und ihn Johann mit dem Handrücken ärgerlich wegwischte.

Das erste Mal kam ihm jetzt der Gedanke, dass er sich stellen sollte. Aber dann verwarf er den Gedanken gleich wieder.

Seine Kollegen würden ihn nie verdächtigen, da konnte dieser Heini sagen, was er wolle. Außerdem gab ihm seine Frau bestimmt ein Alibi. Abends war er oft noch lange im Garten oder in der Garage. Seine Frau ging früher ins Bett als er.

Sie hätte sicher geglaubt, er wäre zuhause gewesen, während sie schon schlief.

Stattdessen trieb er sich in den Schrebergärten herum, nur um die Nutte einmal so richtig vögeln zu können.

Wie das ausging, hatte er ja gesehen.

Er trank den letzten Schluck aus. Feierabend.

Sein Kollege zahlte und sie gingen zum Auto.

Johann wollte nicht nach Hause. Es machte ihn krank, dass er nichts tun konnte, um die Situation zu verändern.

Seine Gedanken rasten ständig, und das seit einem Monat. Er konnte sie einfach nicht stoppen.

Er saß mit seiner Frau vor dem Fernsehen. Er konnte sich auf nichts mehr konzentrieren. Er hatte Angst.

Er hatte verdammt noch mal beschissene Angst!

73

Der pochende Schmerz im Fuß ließ endlich nach.

Peter hatte das Gefühl, dass der Gips zu eng war. An der Außenseite des Fußes drückte es gewaltig.

Klara hatte ihm einen Sessel zur Couch gestellt und den Fuß liebevoll darauf gebettet. Sie entschuldigte sich hundertmal dafür, dass sie ihn nicht abgeholt hatte.

Doch Peter sagte ihr ungefähr ebenso oft, dass es nicht schlimm sei, und dass ihm dafür Julia geholfen hätte.

Das erste Mal, als sie diese Nachricht hörte, war sie etwas misstrauisch.

„Triffst du dich wieder regelmäßig mit ihr?" wollte Klara wissen. Peter konnte ihrer Tonlage nicht entnehmen, ob sie sich darüber freute oder ärgerte.

„Was wäre wenn?" fragte er und sah sie auffordernd an.

„Du kommst von einer Scheiße in die andere, Bruderherz!" mahnte sie.

OK. Sie war damit also nicht einverstanden.

„Warum?" fragte er jetzt trotzig, obwohl er gar nicht vor hatte, sich öfter mit Julia zu treffen. Für ihn war dieser Fall einfach abgeschlossen.

„Julia hat dich verlassen. Von einem Tag auf den anderen. Und jetzt hat sie noch dazu ein ganz kleines Baby. Sie wird dich vermutlich wieder so schnell verlassen, wenn ihr irgendetwas nicht passt. Nur Gulasch schmeckt aufgewärmt besser!"

Peter fand die Diskussion einerseits witzig, andererseits nervte sie ihn.

„Du kannst dich wieder beruhigen, Schwesterherz. Ich glaube, ich muss mich erst von dem Schock erholen, dass ich Bea verloren habe. Ich vermisse sie wahnsinnig."

Klara ging auf ihn zu und streichelte ihm zärtlich über den Kopf. Sie wollte ihn nicht aufregen. Außerdem wusste sie, dass sein Herz noch immer schwer war.

„Wie kann ich die Polizisten dazu bringen, dass sie die DNA von Johann überprüfen?" wechselte Peter abrupt das Thema.

Klara setzte sich ihm gegenüber.

„Also das mit dem Bleistift oder sonst was von seinem Schreibtisch hast du dir hoffentlich aus dem Kopf geschlagen."

Peter nickte.

„Sie würden gleich alles abwürgen, wenn ich ihnen sage, dass ich einen Polizisten verdächtige. Das glaubt mir kein Mensch."

„Ich dir würde schon glauben, Peter", meldete sich Li.

Peter grinste selig. Klara sah ihn verwirrt an.

„Was gibt es da zu grinsen?" fragte sie ihn.

„Ach nichts!" sein Grinsen wurde immer breiter.

„Hast du jetzt den Verstand verloren?" fauchte sie ihn an.

Peter grinste weiter. Wie gerne würde er ein paar Worte mit Li wechseln. Klara konnte ihn nicht verstehen.

Und je wütender sie schaute, desto lustiger fand es Peter und musste nur noch mehr grinsen.

„Du deine Schwester machst voll mit Wut!" Lis Stimme klang besorgt. Peter lachte. Klara spuckte bereits Gift und Galle.

„Du lachst mich aus!" rief sie. „Ich will dir helfen, und du lachst mich aus!"

Sie war wirklich wütend.

„Ich lache dich nicht aus", Peter versuchte sich vergebens zu verteidigen.

„Du lachst über Li, nicht über Klara", sagte Li ganz schlau.

Peter gluckste. Er konnte sich kaum mehr halten.

„Ich kann es dir nicht sagen", lachte Peter weiter.

Li lachte auch.

„Was kannst du mir nicht sagen?" fragte Klara und stemmte beide Fäuste in ihre Hüften, was ihr im Sitzen nicht so gut gelang. Sie sah etwas lächerlich aus, wie sie so wütend auf der Couch saß und ihn anfunkelte.

„Du würdest es vermutlich nicht verstehen", er wurde wieder ernst und zuckte hilflos mit den Achseln.

Klaras linkes Auge verengte sich, sie schien ihn mit dem rechten zu fokussieren.

„Was würde ich nicht verstehen?" fragte sie. Ihr Blick wurde immer skurriler, fand er. Fast hatte er Angst vor seiner Schwester. Sie schaute so, als würde sie ihn umbringen wollen.

„Würde sie?" fragte er und blickte zum Plafond?

„Du kannst jemand anderen verarschen!" rief Klara, sprang auf und rannte hinaus in die Küche.

Peter konnte die Reaktion seiner Schwester nicht verstehen. Warum war sie bloß so empfindlich? Stöhnend erhob er sich und humpelte ihr nach ins nächste Zimmer.

Klara hatte ihm den Rücken zugewandt und trocknete Geschirr ab, das ohnehin schon von alleine trocken geworden war.

Wütend schleuderte sie jetzt das Geschirrtuch zur Seite und drehte sich zu ihm um.

„Ich weiß nicht, aber ich bin so wütend!" rief sie.

Peter starrte sie an. Irgendetwas war ihr wohl heute über die Leber gelaufen. Er näherte sich langsam. Sie stand in der Mitte der Küche und ließ beide Arme lustlos an ihrer Seite herunterhängen.

Peter umarmte sie. Eine ganze Weile standen sie so da.

„Ich habe dich nicht ausgelacht, Klara, wirklich nicht", versuchte er es erneut.

Klara nickte. Es war auch nicht das, was sie so aus der Fassung gebracht hatte. Sie war einfach…

„Ich weiß nicht, aber es ist einfach alles zuviel gewesen, in letzter Zeit. Ich mach mir über alles Sorgen. Ich arbeite viel, ich möchte dir so gerne helfen, und weiß nicht wie… Theo hat so viel um die

Ohren, dass wir fast gar keine Zeit mehr miteinander verbringen. Ich fühle mich einfach miserabel."

„Und ich störe euch auch noch in eurer Zweisamkeit, wenn Theo endlich einmal zuhause ist", ergänzte Peter. Er verstand.

Klara senkte ihren Blick. Sie schämte sich.

„Du darfst das nicht falsch verstehen, Peter. Ich freue mich irrsinnig, dass du bei uns bist, ehrlich. Aber auf der anderen Seite...", sie konnte nicht weitersprechen.

Peter verstand sie gut.

„Ich weiß, was du meinst, und ich habe mir gerade heute überlegt, dass ich anfangen werde, mein Leben wieder auf die Reihe zu bekommen. Lass mir noch zwei Wochen Zeit, dann seid ihr mich endlich wieder los", schloss er.

„Aber ich will dich doch gar nicht loswerden", stöhnte sie.

Er hatte sie bestimmt falsch verstanden.

„Nein, ich habe dich nicht falsch verstanden, Klara. Ich weiß, dass du mich gerne bei dir hast, aber jetzt ist es einfach wieder Zeit, dass ich hier ausziehe, und es ist total OK für mich. Im Gegenteil, ich habe mich entschieden und ich freue mich wirklich sehr auf meine neue Wohnung."

Klara sah ihn fragend an.

„Du meinst das wirklich ehrlich, nicht?" Sie legte den Kopf etwas schief und beobachtete ihn.

Peter nickte und nahm sich vor, seine Schwester und ihren Mann so oft wie möglich einzuladen.

„Aber ich möchte dich noch um etwas bitten", sagte er und ließ sie wieder los.

Klara wartete geduldig auf seine Frage.

„Ich brauche jemanden, der mir hilft die Wohnung wirklich gemütlich und nett einzurichten." Peter sah sie auffordernd an. Klara begann zu strahlen. Wohnungseinrichtung! Wow!

Sie liebte so etwas. Außerdem hatte sie einen besonders guten Geschmack, fand Peter.

Einer Frau würde so etwas um ein Vielfaches leichter fallen, als ihm. Und Julia wollte er nicht fragen. Das war zu privat. Er wusste, dass Klara bereits im Geiste mit dem Einrichten angefangen hatte. Er fand das lustig. Frauen!

Er humpelte wieder auf die Couch zurück und Klara folgte ihm mit langsamem Schritt und besorgtem Blick.

Sie ließ sich wieder auf ihren Sessel sinken.

„Aber was kannst du mir nicht sagen?" übermannte sie nun wieder die Neugierde. Peter wusste momentan nicht, wovon sie sprach. Er sah sie fragend an.

Doch dann fiel ihm ein, dass er eine Bemerkung gemacht hatte, dass er ein Geheimnis hatte, was er ihr nicht sagen konnte. Warum hatte er das bloß getan? Er wollte ihr nichts von Li erzählen. Sie würde denken, er sei völlig übergeschnappt.

„Und?" löcherte sie ihn weiter und durchbohrte ihn mit ihrem starren Blick.

„Und was?" fragte Peter. Auf keinen Fall würde er sein Geheimnis preisgeben. Auf gar keinen Fall!

„Gibt es da nicht etwas, das du mir sagen möchtest?" fragte sie auffordernd, die Augen zu zwei kleinen gefährlichen Schlitzen geformt. Peter schüttelte den Kopf.

Aber er kannte seine Schwester, sie würde nicht so schnell aufgeben. Mist! Was sollte er ihr nur sagen?

„Du nicht hast Idee, was du ihr sonst sagen könntest?" meldete sich Li.

Peter schüttelte wieder den Kopf. Er hütete sich davor, jetzt wieder zu grinsen, aber er freute sich, dass sich Li in die Unterhaltung mischte.

„Lass dir einfallen, wie du kannst diesen Johann übereinfangen", sagte sie.

„Überführen, heißt das!" sprudelte es aus ihm heraus.

Klara sah ihn erstaunt an.

„Wie?" fragte sie. Peter sah sie erschrocken an. Li hatte ihn also wieder einmal soweit gebracht, dass er nicht nachdachte, ehe er etwas laut sagte.

Doch der Vorschlag von Li gefiel Peter. Er wollte das Thema wechseln. Und diesen Johann aufs Glatteis zu führen, darüber konnten sie jetzt gut sprechen.

„Naja, wir müssen einen Plan aushecken, um diesen Johann zu überführen, meinst du nicht?" Klara hob die Augenbrauen.

„Natürlich! Aber wie?"

Peter dachte angestrengt nach. Er konnte schlecht einen Gegenstand aus Johanns Haus stehlen.

„Ich habe DIE Idee!" rief Klara aus und gesellte sich zu ihrem Bruder auf die Couch, um alle Einzelheiten ihres Plans durchzusprechen. Aber eigentlich war es eine ganz einfache Sache, und es brauchte gerade eine Minute um auszureifen. Peter war zufrieden. Ja, so konnte es eindeutig funktionieren!

74

Li schien aufgeregter zu sein als Peter. Sie fragte ihn immer wieder, wann er endlich den Plan mit Klara durchführen wollte. Es war kaum eine halbe Stunde her, als er mit Klara auf der Couch gesessen war. Das mit der „Zeit" im Jenseits war eben so eine Sache....

Jetzt machte er sich einmal Gedanken darüber, wie viel Geld er für die Einrichtung seiner Wohnung ausgeben wollte oder konnte. Er wäre gerne in ein Möbelgeschäft gegangen und hätte sich dort umgesehen, aber mit seinem Gipsbein machte das ziemlich sicher keinen Spaß. So nahm er einen Zettel zur Hand um sich einmal aufzuschreiben, was er überhaupt alles benötigte.

„Li, lass mich einmal über etwas anderes nachdenken. Das ist auch wichtig für mich. Für den Plan brauchen wir den richtigen Zeitpunkt. Klara und ich werden am Abend dort hinfahren", erklärte er ihr ungeduldig.

„Aber warum erst fahren am Abend? Warum nicht jetzt?" fragte sie weiter.

„Du hast wohl nicht richtig zugehört", sagte Peter und legte den Kugelschreiber weg. Wie konnte er sich jetzt auf die Möbel konzentrieren, wenn ihn Li dauernd störte?

„Natürlich ich habe verstanden euren Plan. Li nicht ist dummes Mädchen!" sagte sie empört.

„Das habe ich auch nicht behauptet, Li. Aber wir können Johann erst nach Dienstschluss erwischen, verstehst du?" erklärte er ihr ganz langsam.

„Du brauchst nicht reden mit Li, wie mit uralter Oma. Ich bin nicht stutzig von Begriff!" Jetzt war Li wirklich zornig.

„Ich weiß, dass du bist intelligentes Mädchen!" verspottete er sie. Er wollte sie zur Weißglut bringen.

Li schnaubte.

„Lach du nur, du dummer Peter!" sagte sie und schwieg.

„Ach komm schon, Li! Sei nicht gleich so beleidigt. Nun red schon mit mir!" sagte er in sanftem Ton, nachdem sie nicht mehr antwortete. Er wollte sie nicht wirklich beleidigen, und jetzt tat es ihm leid, dass sie nicht mehr mit ihm sprach.

Ein paar Minuten später probierte er es wieder.

„Li! Bitte sprich mit mir. Ich mag es, wenn du mit mir redest" ... Doch nichts! Li schien verschollen.

Peter tat es jetzt irrsinnig leid.

Li war doch sonst nicht so sensibel. Außerdem hatte sie ihn schon viel öfter an der Nase herum geführt.

Nein, nicht SIE! ER war der Arme!

Jetzt konnte sich Li nicht mehr halten. Sie platzte hervor.

„Du also wirklich gern mit Li redest?" fragte sie nicht ohne Stolz.

Li war immer für irgendwelche Überraschungen gut.

Peter verdrehte die Augen. So etwas Kindisches!

„Natürlich, Li!" sagte er, und freute sich, dass das nur ein Scherz gewesen war, dass Li nicht ernstlich böse auf ihn war.

„Dann du und deine Schwester fahren am Abend in die Stadt?" fragte sie.

Peter griff nach seinem schmerzenden Bein.

„Ich denke schon!" sagte er.

„Was hier heißt, dass du denken schon! Natürlich ihr heute fahrt dahin", meinte sie, nicht ohne eine gewisse Drohung in ihrer Stimme. Peter seufzte.

„Aber es kann doch auch morgen oder übermorgen sein, oder?" versuchte er es zaghaft.

„Li weiß ganz sicher, dass Johann hat heute Dienst!" sagte Li ernst.

„Aha!" war alles, was Peter darauf sagen konnte.

„Was hier heißt AHA!" fragte sie ungeduldig.

Peter genoss es, dass sie gerade nicht wusste, auf was Peter hinauswollte.

„Du darfst mir doch solche Informationen gar nicht geben, oder?" fragte er triumphierend.

Li gab nicht sofort Antwort. Peter war gespannt.

Während er geduldig wartete griff er nach seinem Bein. Er zog etwas an der kleinen Zehe, denn er hatte das Gefühl, als wäre sie eingeklemmt. Es trat sofort eine Erleichterung ein, die aber seines Erachtens dann doch eher minimal war, denn schon nach einer halben Minute war der Schmerz wieder derselbe.

„Ich dir nichts habe verraten, was du nicht auch hättest wissen können", meinte Li.

„Das hat aber lange gedauert", scherzte Peter.

Li nahm es nun mit Humor und sagte:

„Was anderes jetzt ist mir nicht eingefallen."

Peter wollte an diesem Abend das Haus auf keinen Fall mehr verlassen. Der Tag hatte ihm genug Scherereien eingebracht, und er war auf keine neue Herausforderung neugierig.

Außerdem tobte sein Bein noch immer.

Klara war nach dem Mittagessen wieder ins Büro zurückgefahren. Sie würde sicher erst spät nach Hause kommen.

Doch als Klara kurz nach sechs die Wohnungstüre aufsperrte und sich ihm in unheimlich guter Laune näherte, wusste er, dass er keine Chance hatte.

75

Johann verließ das Revier mit ein paar Kollegen. Der Tag war sehr heiß gewesen. Erst jetzt fiel Johann ein, dass seine Frau und sein Sohn auf der Donauinsel schwimmen waren. Vermutlich würden sie erst jetzt ihre Sachen wieder zusammenpacken.

Alle hatten ihren Spaß und genossen den Sommer, nur er nicht!

Johann presste die Lippen zusammen. Er wollte nicht mehr mit seinen Kollegen auf ein Bier gehen. Er wollte auch nicht nach Hause. Er wollte... Keine Ahnung, was er wollte. Auf die Frage nach einem Feierabendbier, schüttelte er energisch den Kopf.

„Nein! Ich will nach Hause. Mir ist nicht gut", er machte ein Gesicht, als würde ihm schlecht sein.

„Was ist mit dir in letzter Zeit? Mach doch eine Gesundenuntersuchung. Du wirkst immer müde und unausgeglichen. Oder stimmt es zwischen dir und deiner Frau nicht?" fragte Herbert etwas unsensibel und berührte ihm am Arm.

Johann hielt es nicht aus, dass Herbert seinen Oberarm umklammerte. Er nahm seine Hand und entfernte die von Herbert etwas grob. „Vielleicht", sagte er kurz angebunden.

Herbert hatte doch keine Ahnung. Er sah ihn mürrisch an.

„Komm schon, ich fahr dich heim!" meinte Herbert, denn er hatte das dringende Bedürfnis, Johann zu helfen, der in Wahrheit einfach nur seine Ruhe wollte.

„Ich fahre mit dem Bus!" fauchte er ihn unfreundlich an.

Herbert wich einen Schritt zurück.

„Na gut, ist schon in Ordnung, ich habe es nur gut gemeint!" verteidigte er sich, drehte sich um und ging zu seinem Auto. Die anderen Kollegen, die schon auf Herbert gewartet hatten, nahmen ihn in ihre Mitte und gingen in Richtung Stammlokal.

Von der Ferne sah er ihn noch einige Male den Kopf schütteln.

Johann stand noch eine Weile alleine auf dem Gehsteig und sah ihnen nach. Keiner schien ihn zu verstehen.

Wie auch! Keiner von denen hatte jemanden umgebracht.

OK, umgebracht vielleicht, aber nur aus Notwehr.

Aber er beging einen richtigen Mord. Auf der anderen Seite hatte er es ja nicht vorgehabt. Dann wäre es Totschlag, oder? überlegte er, und wich gerade noch fluchend einem Hundewürstchen aus.

Was würde er wohl auf Vergewaltigung und Totschlag bekommen? Fünfzehn Jahre? Oder mehr? Johann graute.

Er wollte nicht nach Hause.

Johann ging und ging. Er wollte nur weg. Weg von seinen Kollegen, weg von seiner Familie. Am liebsten wäre er nie wieder heimgegangen.

Er merkte nicht, dass ihm ein Auto in sicherem Abstand folgte.

Doch Klara gab sich Mühe, ihm unauffällig zu folgen, und nach einer Weile verloren sie ihn restlos aus den Augen. Johann war irgendwo in eine Seitengasse abgebogen, in die Klara nicht fahren konnte. Sie wurde mit dem Auto auf eine viel befahrene Straße geleitet, der sie eine Weile folgen musste, um wieder zu dem Punkt zu gelangen, wo sie ihn das letzte Mal gesehen hatten. Doch von Johann war jetzt weit und breit keine Spur mehr. Peter ärgerte sich. Sein Fuß fühlte sich jetzt noch viel geschwollener an, als am Nachmittag. Er wollte an diesem Tag sowieso nicht mehr Jagd auf Johann machen. Hätten Klara und LI nur auf ihn gehört, dann säße er jetzt in aller Ruhe vor dem Fernseher und lagerte sein Bein hoch.

Klara fluchte und fuhr noch einmal um den Block. Doch Johann blieb verschwunden, obwohl kein „Beisl" weit und breit zu sehen war. Wo war er bloß hingekommen?

76

Julia saß etwa um die gleiche Zeit bei ihrer Mutter in der Küche. Johanna war schon eingeschlafen. Aber den ganzen Nachmittag war das Kind unruhig gewesen. Sie machte sich Vorwürfe, weil sie dachte, dass es vielleicht davon käme, weil sie ihr kleines Baby am Vormittag im Stich gelassen hatte.

Bei dieser Vermutung musste ihre Mutter herzlich lachen und meinte:

„Aber Kind! Du brauchst dir doch keine Sorgen zu machen, wenn du die kleine Johanna drei Stunden bei mir lässt. Länger war das ja wohl nicht. Ich kann sehr gut auf kleine Kinder aufpassen. Du und dein Bruder seid die besten Beispiele dafür! Ihr seid immerhin erwachsen geworden."

„Ich habe immer sofort ein schlechtes Gewissen. Ich denke mir, dass ich keine gute Mutter bin", sagte Julia nachdenklich.

Julias Mutter schüttelte energisch den Kopf.

„Du bist eine Spitzen-Mutter, glaub mir! Hör auf, dir immer und überall ein schlechtes Gewissen zu machen, das bringt dich nicht weiter. Wenn ich auf Johanna aufpassen soll, dann sag es mir, wenn ich nicht will, oder wenn ich etwas anderes vorhabe, dann werde ich es dir ehrlich sagen, OK? Ich freue mich, wenn ich die Kleine einmal ein Weilchen für mich alleine habe."

Julia sah ihre Mutter zweifelnd an.

„Aber du tust ohnehin schon so viel für mich. Ich weiß gar nicht, wie ich dir das danken soll. Ohne dich wäre ich schlichtweg verloren!" Julia sah ihre Mutter so verzweifelt an, dass diese ihre Hände nahm und fest drückte.

„Schau nicht so verzweifelt, Julia! Ich glaube, du brauchst öfter ein paar Stunden für dich alleine. Ich bin immer gerne bereit für

Johanna, das verspreche ich dir. Also,...", sie tat so, als würde sie angestrengt nachdenken.

„Was hältst du davon, wenn du nächste Woche einfach einmal ins Kino gehen würdest, oder essen?" fragte sie auffordernd.

Julia sah sie fragend an. Da war doch irgendetwas im Busch, so gut kannte sie ihre Mutter schon.

„Mit wem sollte ich denn schon ins Kino gehen?" fragte sie argwöhnisch.

„Tja, ich weiß auch nicht, mit einer Freundin, oder so", antwortete ihre Mutter unverfänglich, „oder ruf Peter an, der würde bestimmt gerne etwas mit dir unternehmen. Wie geht es denn übrigens seinem Bein?"

Julia machte ein trotziges Gesicht.

„Seinem Fuß wird es heute nicht sehr viel anders gehen als gestern. Und ich rufe ihn bestimmt nicht an, und frag ihn, ob er mit mir ausgeht", Julia sagte das so energisch, dass ihre Mutter merkte, dass es besser war den Mund zu halten.

Julia schwieg und tat so, als würde sie sich die Zeitung ansehen, die neben der Kaffeetasse lag.

„Würdest du dich gerne mit ihm treffen?" brach ihre Mutter schließlich das Schweigen.

Julia blickte von der Zeitung auf. Irgendwie hatte sie schon mit einer Frage in dieser Art gerechnet.

Sie sah ihrer Mutter in die Augen. Dann hob sie die Schultern und ließ sie wieder fallen. Sie machte ein ratloses Gesicht.

„Keine Ahnung!" war alles, was sie hervorbrachte.

Ihre Mutter sah sie genau an. Sie beobachtete ihren Blick und ihre Haltung. Sie wurde nicht ganz schlau aus ihrer Tochter.

Julia kannte diesen prüfenden Blick ihrer Mutter und fühlte sich seltsamerweise ertappt.

„Naja, vermutlich schon", gab sie schließlich zu.

„Kannst du dir vorstellen, dass er sich wirklich geändert hat?" fragte sie, ehrlich daran interessiert.

Julia blickte an ihrer Mutter vorbei und beim Fenster hinaus. Die Apfelbäume im Garten blühten schon lange nicht mehr. Doch jetzt konnte man die kleinen Früchte bereits erkennen, die ganz grün und in großer Zahl an den Ästen baumelten. Julia dachte an den gestrigen Vormittag, als sie Peter ins Krankenhaus brachte. Sie dachte an den verletzlichen Peter, der weinen konnte wie ein kleines Kind. Sie dachte an den Schmerz, den sie in seinen Augen gesehen hatte und sie dachte daran, wie weich er geworden war.

Peter hatte sich verdammt noch mal, wahnsinnig verändert!

Julia hielt es nicht aus, ihrer Mutter zu verschweigen, was am Vortag vor sich gegangen war. Sie erzählte ihr, wie er in ihren Armen geweint hatte, wie ein kleines Kind, und wie sie sich nicht rühren getraut hatte, nur damit er weinen konnte, bis er all den Schmerz losgeworden war. Und sie hatte gefühlt, wie es ihm dann besser ging.

„Aber er hat wegen einer anderen Frau geweint, Mama, nicht wegen mir!" sagte sie dann zum Schluss. Ihre Mutter überlegte.

„Aber er hat ein weicheres Herz bekommen. Peter war immer dieser aalglatte Journalist. Ich hab ihn irgendwie gemocht, aber das letzte Mal, als ich ihn gesehen habe, war er mir so richtig sympathisch. Egal, ob er wegen einer anderen Frau geweint hat, es spricht auf alle Fälle für ihn", sagte sie nachdenklich. Julia war dieses Gespräch irgendwie unangenehm.

„Und wer weiß, wie oft er sich deinetwegen in den Schlaf geweint hat. Deswegen ist er doch überhaupt letztes Mal gekommen, nicht? Um über eure Beziehung zu reden, oder?" fragte sie ihre Tochter.

Julia spielte noch immer mit der Zeitung. Mittlerweile bog sich die halbe Zeitung zu einer Rolle zusammen.

„Ja, natürlich! Er hat gesagt, dass er jetzt endlich abgeschlossen hat", sagte Julia in hartem Ton.

„Aber ihr habt euch wieder gesehen, und ihr seid euch noch immer sympathisch. Wer weiß, was noch daraus entstehen kann", sagte ihre Mutter wie beiläufig.

„Ach Mama, hör schon auf!" Julia stand so schnell auf, dass der Sessel nach hinten kippte und mit einem großen Krach auf den Boden landete.

Julias Mutter konnte sich nur einen Reim auf diese Reaktion machen, nämlich, dass sie recht hatte, und Julia noch immer etwas für Peter empfand.

77

Ein paar Tage später hatten Klara und Peter die Polizeidienstpläne annähernd durchschaut:

Es gab zwölfstündige Nachtdienste, kurze und lange Tagdienste, Wochenenddienste und Vierundzwanzigstundendienste.

Ein normaler Tagdienst dauerte zwölf Stunden und ein paar Sonderdienste wurden auch eingeteilt, was sich ihrer Kenntnis aber entzog.

Klara und Peter waren bereits fünf Tage umsonst zum Quartier gefahren, denn an allen fünf Tagen blieben sie erfolglos.

Ob er wohl Urlaub hatte? fragten sie sich.

„Wenn ich wenigstens diesen blöden Gips nicht hätte, dann könnte ich...", begann er.

„Könntest du was?" fragte ihn Klara gereizt.

„Ach, dann wäre ich schon lange zu seinem Haus gefahren und hätte ihn dort beobachtet. Aber das werde ich jetzt trotzdem tun", meinte er seufzend.

„Du machst keinen Blödsinn, verstanden?" sagte sie in bestimmten Ton.

„Nein! Mach ich nicht", gab er ungeduldig zur Antwort und schaute weiter zum Fenster hinaus.

Bei der nächsten Gelegenheit fuhr Klara rechts ran. Sie stellte den Motor ab.

„Weißt du was, Peter. Ich kenne dich. Du gibst nämlich jetzt nicht auf. Ich weiß genau, was du vorhast", sie sah ihn scharf an. Peter räusperte sich.

„OK. Dir kann ich wohl nichts vortäuschen, Schwesterherz. Ich werde zu seinem Haus gehen, und wenn er es verlässt, werde ich ihm folgen, egal, wohin er geht", gab er resigniert zu.

Klara nickte.

„Gut. Weißt du was? Dann nehme ich mir ein paar Tage frei. Ein paar wichtige Termine muss ich einhalten, den Rest kann ich verschieben. Ich fahre gemeinsam mit dir dahin. Du kannst ihm ja nicht einmal davonlaufen, wenn er dich ertappt. Wer weiß, wozu dieser Mann imstande ist. Ich hab einfach Angst um dich."

Er selbst hatte, zugegeben, auch Angst.

Aber er wollte, dass es endlich vorbei war. Es schien, als täte die Polizei gar nichts mehr in diesem Fall. Vielleicht verglichen sie die DNA mit irgendwelchen Verbrechern, die gerade auf freiem Fuß waren, aber die waren es nicht.

Bestimmt nicht! Peter war sehr froh, dass er die Geschichte nicht alleine durchziehen musste. Er war überhaupt sehr, sehr froh, dass es seine Schwester gab.

Beim Nachhausefahren sprachen sie über die Schlafzimmermöbel, die sie am nächsten Tag beim Tischler bestellen wollten, aber Peter war mit seinen Gedanken nicht ganz bei der Sache.

Klara hatte ihm schon bei der Badezimmerausstattung und der Kücheneinrichtung geholfen. Im Wohnzimmer hingen schon die Vorhänge, die den Raum in einem strahlenden Gelb erscheinen ließen, wenn die Sonne darauf schien.

Die Couch sollte in drei Tagen geliefert werden. Im Wohnzimmer fehlten nur noch die Bücherregale.

Peter liebte Bücherregale. Er ließ sie von einem Tischler extra anfertigen. Sie reichten bis zur Decke hinauf und waren aus einem hellen Birkenholz.

Auf dem Balkon standen weiße Gartenmöbel. Eigentlich hätten ihm braune Rattanmöbel besser gefallen, aber er entschied sich dann doch für die einfachere Variante, die nicht so aufwändig in der Pflege war: der weiß lackierte Tisch und die vier Sessel im Jugendstil machten sich gut auf seiner Terrasse.

Was noch fehlte, waren pflegeleichte Pflanzen, aber davon gleich ein ganzer Haufen.

Er wartete auf die Möbellieferanten, saß auf der Terrasse und bestaunte den Sonnenuntergang. Er freute sich wirklich schon auf das Übersiedeln. Es wurde Zeit. Zeit für Veränderung.

78

Klara und Peter beschlossen, das Wochenende noch vorbeigehen zu lassen. Li nörgelte, warum er nicht endlich seinen Plan durchziehen wollte, aber Peter erklärte ihr immer wieder, dass sie Johann nicht antreffen würden. Doch Li ließ dieses Argument nicht gelten. Auch nicht, dass sich Peter nicht so gut mit den Krücken fortbewegen konnte.

„Aber Li, ich tu doch schon alles, was in meiner Macht steht, diesen Kerl zu stellen!", verteidigte sich Peter.

„Nicht genug!" meckerte Li.

Peter riss nach einer Weile die Geduld.

„Ich kann nicht laufen, ich fahr jeden Tag zu dieser verdammten Polizeidienststelle und dieser Idiot kommt nicht, was soll ich noch machen?" schnauzte er sie an.

„Ich sehe, dass du willst machen alles gut, aber du im Zweifel bist", meinte Li.

„Ich bin im Zweifel, wie meinst du das?" fragte er sie ungeduldig.

„Du oft denkst, dass du bist auf Weg zu Rache, aber das bist du nicht", sagte sie. Peter zog die Stirn in Falten.

Er verstand sie nicht.

„Natürlich will ich Rache!" verteidigte er sich.

„Nein! Rache ist nicht selbe wie Gerechtigkeit!" wies ihn Li zurecht.

„Wie meinst du das?" fragte er sie.

„Ich meine Rache hilft niemanden. Schadet nur Peter selber! Gerechtigkeit ist aber gute Sache. Johann muss sich werden bewusst, dass hat gemacht ganz schlimme Sache. Darf nicht zerstören ein Leben", erklärte sie.

Peter wusste, was sie meinte. Er kämpfte wirklich oft mit dem Gedanken an Rache, und fühlte sich dabei sehr, sehr miserabel.

„Rache ist ein schlechte Schwingung. Es ist ein Gefühl, das ist ganz, ganz negativ, ist nicht gut für dich", erklärte sie weiter. „Hab schon verstanden", meinte Peter ärgerlich.

„Dann ist gut. Du nicht willst weiter darüber reden?" fragte sie.

„Auf keinen Fall!" sagte er nur. Li schwieg.

Am Montagmorgen hatte sich Klara freigenommen und machte sich gegen halb neun mit Peter auf den Weg zu Johanns Haus.

Ein paar Straßen weiter oben parkten sie das Auto und setzen sich ein paar Häuser entfernt am Straßenrand ins Gras. Man würde sie auf diese Entfernung nicht erkennen können, aber sie würden sehen, wenn Johann das Haus verließ. Doch bis Mittag blieb alles ruhig. Keiner kam und keiner ging.

Peter wusste nicht mehr, wie er sitzen sollte. Immer wieder stand er auf und humpelte ein paar Meter.

Er wurde zunehmend ungeduldiger. Klara versuchte ihn abzulenken. Sie erzählte ihm Geschichten aus der Kanzlei, die ihn einigermaßen zu interessieren schienen. Aber dann sprang er doch wieder auf und gab sein Missfallen kund, indem er fluchte und Johann alle möglichen Namen schimpfte.

Es war nach zwölf, als Klara es nicht mehr aushielt, sie musste dringend auf eine Toilette. Peter übrigens auch.

„Sollen wir für heute aufgeben?" fragte er Klara.

„Schon wieder aufgeben, Peter?" schalt Li. Peter seufzte.

Heute war er nicht zu irgendwelchen Spielchen aufgelegt.

Peter bemühte sich, nicht laut zuantworten.

‚Li, mir geht es momentan nicht gut. Ich möchte nicht, dass du mich jetzt auch noch fertig machst. Du weißt wohl am Besten, dass Johann nicht zuhause ist. Aber nein! Du kannst es mir ja nicht sagen!' fauchte er im Stillen. Er war wirklich zornig.

„Es tut mir leid, dass ich nicht kann euch helfen. Du musst eben mehr Geduld haben!"

Jetzt platzte Peter der Kragen.

„Wer hat denn hier keine Geduld!" schrie er.

Klara wich vor Schreck zurück. Peter sah sie erschrocken an. Verdammt! Konnte Li ihn in solchen Situationen nicht einfach in Ruhe lassen. Er wandte sich an Klara und versuchte diese Bemerkung irgendwie zu bagatellisieren.

„Ist doch wahr, Klara, nicht! Wir haben eine Menge Geduld. Ich dreh gleich durch, wenn dieser Kerl nicht endlich auftaucht!"

„Du klingst aber nicht gerade sehr geduldig, Peter. Wenn man halb durchdreht, dann ist man nicht mehr geduldig", gab sie ihm nach einer kurzen Pause sarkastisch zur Antwort.

„Wir gehen", er erhob sich mühsam, wohl zum fünfzigsten Mal.

Klara stand auch auf.

„Weißt du was?" begann er wieder. Klara sah ihn fragend an.

„Wir spazieren jetzt ganz langsam an seinem Haus vorbei. Vielleicht liegt die Zeitung vor der Tür, oder wir sehen sonst irgendwie, ob sie in Urlaub sind, oder so. Dann gehen wir irgendwo etwas essen. Und dann kommen wir noch einmal hier vorbei, denn wir müssen sowieso das Auto holen. Vielleicht ist mittlerweile jemand von der Familie nach Hause gekommen."

Klara war mit seinem Vorschlag einverstanden.

Nachdem sie in einem kleinen Beisel in Ruhe zu Mittag gegessen hatten, kehrten sie wieder zum Haus zurück. Und es rührte sich noch immer nichts.

Es war nach drei Uhr, als sie nach Hause kamen.

Peter hatte am Wochenende ein paar Schachteln mit seinen Sachen angefüllt, die er jetzt mit Klara in seine Wohnung bringen wollte. Auf den Weg dahin kaufte er Kaffee und Milch. Er wollte mit seiner Schwester den ersten Kaffee in seinem neuen Heim trinken.

Es war ein schöner Julitag und auf der Terrasse war es ziemlich heiß. Sonnenschirm hatte er noch keinen. Doch er nahm sich vor, einen solchen am nächsten Tag zu besorgen.

Der verdammte Gips drückte nicht mehr auf seinen Fuß, sondern auf sein Gemüt.

Wenn er wenigstens Autofahren könnte! Dann könnte er alleine einkaufen fahren. Er könnte sich Pflanzen besorgen, einen Sonnenschirm, mit den Schachteln hin und her fahren, um sein Zeug zu übersiedeln....

Peter war sehr unzufrieden. Alles ging ihm zu langsam.

Klara merkte, was in Peter vor sich ging.

„Ich habe die ganze Woche Zeit! Wir werden das schon noch alles erledigen. Und diesen Johann erwischen wir auch.

Er wird irgendwann wieder auftauchen. Er ist jetzt schon fast zwei Wochen weg. Dann kommt er bestimmt vor dem Wochenende zurück. Eine normale Familie macht im Durchschnitt im Sommer zwei Wochen Urlaub, entweder am Meer oder an einem See. Mit dem Kleinen sind sie bestimmt nach Italien oder Kroatien gefahren", schlussfolgerte Klara. Peter blieb nachdenklich.

„Meinst du, es hat die nächsten Tage gar keinen Sinn, das Haus zu observieren?" fragte er vage. Klara zuckte die Achseln.

„Doch. Wir werden einfach ein paar Mal vorbeischauen, um zu sehen, ob sich etwas verändert hat. Vielleicht im Garten, oder irgendwelchen Pflanzen, der Dreiradler von dem Kleinen", sagte sie und fuchtelte mit den Armen in der Luft herum.

„Und diese Woche werden wir es auch schaffen, dass wir die Wohnung fertig machen, einverstanden?" versprach sie ihm.

Peters Gesicht verzog sich zu einem seligen Lächeln.

Was würde er wohl ohne sie machen? Und nie wieder in seinem Leben würde er den Kontakt zu ihr abreißen lassen. Sie hatten Jahre verschwendet, wertvolle Zeit verstreichen lassen.

Erst jetzt merkte er, wie wichtig und wie wunderschön es war, eine Familie zu haben.

Seit er nun wieder engeren Kontakt mit ihr hatte, und das seit März, war sie noch viel schöner geworden. Peter fand, dass sie sich sehr verändert hatte. Ihre Gesichtzüge waren weicher, noch weiblicher geworden. Sie sah frisch aus. Ihre Frisur war flotter, ja, Peter fand sogar, dass sie einige Kilo verloren hatte. Er fand, sie sah schlanker aus.

„Hast du eigentlich abgenommen?" fragte er sie unverwandt.

Klara zog ihr Sommerkleid zurecht und sah an sich hinab. Selbst beim Sitzen hatte sie nur ein ganz kleines Bäuchlein.

Klara strahlte. Sie nickte.

„Danke. Ich bin froh, dass man das merkt", sagte sie.

„Und wie hast du das gemacht?" fragte er.

Klara zuckte die Achseln, und machte ein unschuldiges Gesicht.

„Keine Ahnung! Ich hab einfach nicht über mein Gewicht nachgedacht. Du hast mich die letzten Monate so sehr in Trapp gehalten, dass ich gar nicht mehr auf die Waage gestiegen bin. Ich hab einfach gegessen, was mir geschmeckt hat, und gar nicht nachgerechnet, wie viele Kalorien ich zu mir genommen habe", sagte sie nachdenklich.

Peter sah sie lange an.

„Ich habe einmal einen Artikel von einem Psychologen gelesen, der behauptet, dass man nur dick wird, wenn man mit schlechtem Gewissen isst. Wenn man nämlich beobachtet, dass manche Leute wirklich alles in sich hineinstopfen, ohne auch nur ein Gramm zuzunehmen, und andere wiederum schon alleine bei dem Gedanken an ein Stück Schokolade ein Kilo mehr auf die Waage bringen, dann glaub ich schon, dass an dieser Theorie etwas dran ist, das alles am Unterbewusstsein liegt", meinte er.

Klara wog den Kopf leicht hin und her.

„Ich weiß nicht!" meinte sie.

„Aber genau das hast du ja jetzt selber bewiesen. Du hast die letzten Monate gar nicht über das Essen nachgedacht. Du hast nicht Kalorien gezählt, und nur gegessen, wenn du wirklich Hunger hattest. Du hast weder Sport betrieben noch gefastet, und trotzdem ist das Fett von selbst geschmolzen", versuchte er ihr zu erklären.

Bei dem Wort „Fett" zuckte Klara merklich zusammen.

„Wie viele Kilos hast du denn abgenommen?" fragte er sie neugierig.

„So etwas fragt man eine Dame nicht!" empörte sich Klara.

„Ach was! Du bist doch keine Dame, du bist meine Schwester!" neckte er sie.

Klara überlegte, sie sah in den strahlend blauen Himmel über ihnen.

„Naja, es sind so zwischen fünf und sechs Kilo, glaub ich", sagte sie jetzt. Peter machte ein beeindrucktes Gesicht.

„Kompliment!" sagte er und nahm einen Schluck Kaffee.

„Man weiß viel zu wenig über die Psyche, das wäre auch etwas, was mich interessieren würde. Aber ich bin schon ein bisschen zu alt, um noch ein Studium zu beginnen", fuhr er fort.

Klara schüttelte den Kopf. „Zu alt ist man nie!"

„Naja, aber ich bin doch schon einen etwas höheren Lebensstandart gewohnt. Ich weiß nicht, ob ich mich wieder in einer Studentenbude wohl fühlen würde", sagte er und sah durch die Terrassentür in seine Traumwohnung. Klara verstand.

Er wurde sich gerade bewusst, dass das ein sehr feierlicher Augenblick war. Der erste Kaffee auf seiner Terrasse! Ein wahrlich historisches Ereignis. Er setzte Klara darüber in Kenntnis. Sie fühlten sich beide pudelwohl.

Nie wieder wollte sie Zeit ohne ihren Bruder verbringen. Auch sie grämte sich in Gedanken an die verschwendeten Jahre.

Aber wahrscheinlich musste alles so kommen, bevor sie endlich Frieden schließen konnten und sich nun auch so toll verstanden.

Klara lächelte ihn an.

„Ich bin so froh, dass wir uns jetzt so gut verstehen, versprich mir, dass sich das nie mehr ändern wird, OK?" flüsterte sie fast ehrfürchtig.

Peter grinste über das ganze Gesicht.

„Tut mir leid, Schwesterchen, aber mich wirst du nicht mehr so schnell los", er beugt sich zu Klara und gab ihr einen herzhaften Kuss auf die Wange.

79

„Ich habe zwar kein besonders großes Auto, aber ich könnte dir ein paar Schachteln in die neue Wohnung bringen. Aber natürlich nur, wenn du willst, dass ich dir helfe", sagte sie und Peter merkte, wie sie verlegen und unsicher wurde.

Irgendwie genoss er diese Situation. Er wusste genau, wie sie sich fühlte. Eine Weile kostete er die Stille am Telefon noch aus.

Er war gerade mit Klara in einer Gärtnerei, um sich Pflanzen für die Terrasse auszusuchen. Eigentlich wollte er eine riesengroße Palme, aber die redeten ihm die Verkäuferin und Klara wieder aus, da er diese im Winter irgendwo unterbringen müsste. In den Keller konnte er sie nicht stellen und im Wohnzimmer wäre sie auch hinderlich. Außerdem war der Topf so groß und so schwer, dass man sie nur mit vier Personen transportieren konnte.

Schweren Herzens wandte er sich einem blühenden Oleander zu. Der Topf war nur halb so groß, wie der, der Palme. Aber auch der Oleander hatte eine ordentliche Größe und würde der Terrasse einen mediterranen Touch geben. Man würde sie locker zu zweit ins Vorhaus bringen können, in dem der Oleander den Winter gut überstehen würde. Peter war zufrieden.

Fürs Wohnzimmer fanden sie ein paar wunderschöne Pflanzen. Er kaufte dazu Übertöpfe, die gut zu seiner Einrichtung passten.

Peter konnte sich nicht richtig auf das Telefonat konzentrieren, denn er spürte, dass Klara ihn nicht aus den Augen ließ, obwohl sie so tat, als würde sie sich mit der Verkäuferin unterhalten.

Frauen waren wirklich neugierige Dinger, ärgerte sich Peter.

„Natürlich kannst du mir helfen, wenn du willst. Dann bekommst du auch einen Kaffee bei mir auf der Terrasse", schloss er das Gespräch.

Julia wollte am nächsten Morgen um neun bei ihm sein. Peter teilte ihr mit, dass er in der Wohnung auf sie warten würde.

„Wer war das?" wollte Klara wissen, als sie wieder ins Auto stiegen. Die Pflanzen ließen sie sich vom Gärtner liefern, da dieser einen größeren Wagen besaß.

„Wer?" stellte sich Peter dumm.

„Du willst es mir nicht sagen?" durchschaute ihn Klara.

„Auch wenn ich es dir nicht sagen möchte, du würdest vermutlich so lange fragen, bis ich es nicht mehr aushalte, und gestehe", sagte er, während er mühsam ins Auto einstieg.

Klara sah ihn scharf an.

„Da hast du ausnahmsweise recht!" Jetzt musste sie lächeln.

Er kannte sie wirklich schon sehr gut.

„Julia", gab er knapp zur Antwort.

Klara hatte es vermutet. Klar war es Julia. Sie wusste nicht, ob das gut oder schlecht war. Er wusste es auch nicht.

Klara hatte mittlerweile ihre Kontakte zum Magistrat spielen lassen, aber es gab keinen Hinweis darauf, dass Johann Emser die Stadt verlassen hatte, oder aus dem staatlichen Dienst ausgetreten war. Er war noch immer an diesem Wohnsitz gemeldet. Kein Umzug. Vermutlich doch nur Urlaub!

„Da fahren wir am Nachmittag vorbei. Wahrscheinlich hat sich nichts geändert", Klara spürte die Resignation in seiner Stimme.

„Du wirst sehen, Kleiner. Es wird sich bald etwas tun. Wenn sie auf Urlaub sind, dann kommen sie Ende dieser Woche zurück, und dann haben wir ihn, jetzt gib mir ja nicht auf!"

Peter gab ihr keine Antwort.

„Dann fahre ich eben morgen ins Büro. Ich habe Arbeit genug. Wenn dir Julia hilft, dann ist das deine Sache. Du musst wissen, was gut für dich ist. Mich entlastet es natürlich ein bisschen, und ich kann morgen eine Menge erledigen. Am Spätnachmittag treffen wir uns wieder, ist das OK?"

Klara wartete nicht lange auf Antwort, sie wusste, dass er es so wollte.

Punkt neun Uhr läutete Julia bei Peters Wohnung, doch es machte ihr niemand auf. Unruhig lief sie vor dem Haus auf und ab. Sie läutete noch einmal. Doch auch diesmal summte der Türöffner nicht. Julia sah auf die Uhr.

Fünf nach neun. Sollte sie ihn am Handy anrufen?

Julia war sehr nervös. Hätte sie ihn nicht anrufen sollen?

Sie kam sich blöd vor.

Am liebsten wäre sie auf der Stelle umgekehrt und wieder nach Hause gefahren. Aber ihre Mutter hatte sich so liebevoll um Johanna gekümmert, dass sie den Eindruck hatte, sie würde es genießen, einen halben Tag ihr Enkelkind ganz alleine für sich zu haben. Und so war es auch.

Julia läutete noch einmal. Nichts.

Hatte er nicht gesagt, dass er noch immer bei seiner Schwester wohnt? Vielleicht war er in einen Stau geraten? Aber dann hätte er sich doch bestimmt bei ihr gemeldet. Oder war sein Akku leer? Oder hatte sie ihn missverstanden? Hätte sie ihn von der Wohnung seiner Schwester abholen sollen? Nein. Bestimmt nicht. Sie hatten sich hier verabredet.

Es war zwanzig nach neun. Seltsam!

Er war doch sonst immer so penibel pünktlich!

Aber vielleicht war es ihm einfach zu unwichtig, sich mit ihr zu treffen. Julia überlegte. Sollte sie einfach wieder nach Hause fahren? Sie fühlte sich unglücklich. Sie stieg von einem Bein auf das andere und konnte sich nicht entscheiden, wie sie reagieren sollte. 09:22 informierte sie ihr Handy.

Julia ging zur nächsten Straßenecke und sah sich dort um. In der Querstraße sah sie ein kleines Café. Es sah etwas heruntergekommen aus, aber sie entschloss sich doch kurzerhand hinein zu gehen und sich einen Cappuccino zu bestellen. Den wollte sie in Ruhe trinken. Dann würde sie noch einmal läuten, und wenn er dann noch immer nicht öffnete, dann würde sie einfach wieder nach Hause fahren. Sie würde ihn aber auf keinen Fall noch einmal anrufen, beschloss sie.

Peter drehte sich genüsslich im Bett um. Er spürte, wie seine Haare zu Berge standen. Er hatte nicht gut geschlafen. Erst in den frühen Morgenstunden – er hatte den Vögeln bei ihrem Morgenkonzert zugehört – fiel er in einen tiefen Schlaf.

Er streckte sich und gähnte herzhaft.

Dann drehte er sich wieder zum Fenster. Es war offensichtlich wieder ein strahlender Sommertag draußen. Was hätte er dafür gegeben, an die alte Donau zu fahren, und dort ausgiebig zu schwimmen? Aber mit diesem blöden Gips!

Peter ärgerte sich und wurde dadurch munter.

Schlaftrunken griff er zum Wecker und holte ihn zu sich ins Bett. Er brauchte eine Weile, bis er die Ziffern lesen konnte.

Mit einem Schlag war er wach. Zwanzig nach neun!

Schnell sprang er aus dem Bett, stolperte aber über seinen eigenen Gipsfuß und landete unsanft auf dem gesunden Knie.

Fluchend rappelte er sich wieder auf. Nun war er wirklich wach. Er rieb sich das schmerzende Knie, dann suchte er verzweifelt nach seiner kurzen Hose.

Er konnte nur diese eine Hose anziehen, die war weit genug, um den Gipsfuß hindurchzuzwängen.

Er wühlte in der Wäsche, die er am Abend achtlos zusammen mit einigen Handtüchern auf den Boden geworfen hatte. Gleichzeitig wunderte er sich, dass er diese Unordnung gemacht hatte.

Endlich fand er sie unter einem Handtuch und schlüpfte hinein. Im Kasten lag nicht mehr viel Wäsche, denn das meiste hatte er schon in seine Wohnung gebracht. Er schlüpfte in ein frisches T-Shirt und humpelte dann ins Badezimmer um sich die Zähne zu putzen, doch in der Tür drehte er sich noch einmal um, denn ihm fiel ein, dass es egal war, ob man aus dem Mund stank, wenn man telefonierte. Zähneputzen konnte er nachher immer noch, aber es ging um Sekunden, die vielleicht entschieden, ob Julia noch da war, oder nicht.

Aber wahrscheinlich hatte sie ohnehin nicht so lange auf ihn gewartet. Er wählte rasch die Nummer. Dabei fiel ihm auf, dass er sie noch immer auswendig wusste, seit damals. Sie hatte die Nummer nie gewechselt. Er wartete mit klopfendem Herzen.

„Ja?" hörte er eine ihm vertraute Stimme.

„Hallo Julia. Hör mal, es tut mir schrecklich leid, aber ich habe mich verschlafen. Das ist nicht typisch für mich, das weißt du, aber ich habe schrecklich schlecht geschlafen, und habe anscheinend den Wecker nicht gehört. Bist du noch da?" fragte er zaghaft.

„Ich bin am Telefon", sagte Julia, und wusste, dass sie ihm damit die Frage nicht wirklich beantwortet hatte.

„Nein, ich meine, bist du noch immer in der Herzogstraße?" fragte er.

Julia ließ sich ein wenig Zeit, dann sagte sie: „Neeiinn".

Peter ließ den rechten Arm sinken, mit dem er sich gerade am Kopf gekratzt hatte. Verdammt. Sie hatte nicht gewartet.

Julia aber konnte ihn doch nicht so lange auf die Folter spannen und sagte: „Nein. Ich bin nicht in der Herzogstraße, sondern auf der Querstraße im Café Valentino."

Peter atmete aus. Er hatte gerade den Atem angehalten.

„In zwanzig Minuten bin ich da, beweg dich nicht von der Stelle!" rief er ins Telefon und legte ab.

Hastig putzte er sich die Zähne, ließ die Zahnpastatube offen und verließ ohne sich die Haare zu frisieren das Haus.

Erst im Lift fiel ihm auf, dass er vergessen hatte, sich zu kämmen. Er fluchte, spuckte in die Hände und strich sich die verlegten Haare glatt. Dann musste er unwillkürlich grinsen. Was für ein Theater! Was tat er da eigentlich?

In der Straßenbahn hatte er einige Minuten Zeit zu überlegen. Er wollte herausfinden, warum er so reagiert hatte. War es ihm nur peinlich, jemanden warten zu lassen, denn das war so gar nicht seine Art, oder war es eher, weil er Julia warten ließ. Hatte er Angst, dass sie wieder verschwinden würde? Peter konnte seine Gefühle nicht wirklich ordnen. Allzu viel Zeit blieb ihm nicht zum Nachdenken, denn er musste die Straßenbahn schon wieder verlassen. Er steuerte auf das kleine Café Valentino zu. Seine Handflächen waren schweißnass. Er konnte es sich nicht erklären.

Julia saß ganz in der Nähe des Eingangs mit dem Rücken zur Tür, was er für sehr merkwürdig hielt. Kein Mensch fühlte sich wohl, wenn er nicht sah, wer den Raum betrat. Aber warum nicht? Er zuckte unwillkürlich die Achseln. Julia las in einer Zeitung, erst als er neben ihrem Tisch stand, hob sie den Kopf.

„Hallo!" sagte sie und lächelte.

Würde er auch lächeln, wenn man ihn um eine dreiviertel Stunde versetzt hätte? überlegte er.

„Es tut mir wirklich sehr leid, Julia", begann er unsicher.

„Ist schon gut. Kannst ja nichts dafür", entschuldigte sie ihn und zuckte die Achseln, ohne zu lächeln aufzuhören.

„Naja, ich habe es tatsächlich nicht vorsätzlich getan. Darf ich mich setzen", fragte er und zog gleichzeitig einen Stuhl heran, ohne auf ihre Antwort zu warten.

Die Kellnerin kam herbei und fragte nach seinem Wunsch.

„Ich möchte eigentlich gleich die Rechnung dieser Dame zahlen", meinte er und zückte die Brieftasche.

„Ich möchte dir gleich zeigen, was sich in der Wohnung alles verändert hat", sagte er aufgeregt.

Julia war es angenehm. Sie hatte lange genug in diesem stickigen, nach altem Rauch riechenden Lokal verbracht.

Kurze Zeit später standen sie auf dem Gehsteig in der Sonne.

„Die Vormittagssonne im Sommer mag ich am meisten", sagte Julia und nahm einen tiefen Atemzug um die noch frische Sommerluft in ihre Lungen aufzusaugen.

Peter sah sie verstohlen von der Seite an.

Sie trug ihre langen, blonden Haare heute offen. Ihm war noch nie aufgefallen, dass sie so lange waren. Sie reichten ihr fast bis zur Taille. Oder waren sie früher nie so lange gewesen? Julia merkte Peters Blick und wurde verlegen. Sie war sehr froh, dass Peter sich endlich in Bewegung setzte. Erst nachdem er die Haustüre aufgesperrt hatte, und er ihr galant den Weg freimachte, redeten sie wieder miteinander.

Das Wohnzimmer war vom Sonnenlicht durchflutet. Die gelben Vorhänge verzauberten das Licht in eine wahre Orgie für das Auge. Die weiße Couch mit den blauen und pinken überdimensionalen Kissen taten das Ihre zum Schauspiel der Farben. Julia war begeistert.

Peter war stolz. Stolz auf Klara.

Alleine hätte er so etwas nicht ausgesucht.

Und keiner würde ihn mehr aus dieser Wohnung vergraulen können. Sie gehörte ihm, ihm ganz alleine.

Peter machte einen kleinen Rundgang mit Julia. Er zeigte ihr das Badezimmer, das bis auf die Duschkabinenwände schon fertig war. Die Küche, in der nur mehr das Geschirr fehlte, das noch immer in Schachteln verpackt in Klaras Keller stand, und das Schlafzimmer, deren Möbel erst in zwei Wochen kommen würden.

Im Wohnzimmer fehlten noch immer die bis zur Decke reichenden Bücherregale, auf die sich Peter schon sehr freute.

Peter machte Kaffee und begleitete Julia auf die Terrasse. Er rückte ihr einen Stuhl zurecht, den Julia gleich entzückt betrachtete. Jugendstil hätte sie ihm gar nicht zugetraut, gestand sie. Sie war begeistert.

Seit dem Vorabend standen nun auch schon die Pflanzen überall, die der Gärtner geliefert hatte. Aber sie waren noch nicht alle auf dem richtigen Platz. Julia versprach ihm dabei zu helfen, für jede Pflanze das passende Eck zu finden.

Klara kam um drei Uhr nachmittags und schaute sich das Ergebnis an. Fünf Mal war Julia mit dem Auto zwischen Klaras und seiner Wohnung hin und her gefahren. Sie hatten Schachteln mit Geschirr und Bücher, einen Bügelladen und eine Wäschespinne, zwei Klappsessel, eine Stehleiter und Handtücher transportiert. Julia half ihm anschließend noch die Sachen an ihren Platz zu räumen. Das Geschirr verstaute Peter selber. Er wollte nicht die klassische Mann-Frau Rollenaufteilung haben. Doch eigentlich wäre es einfacher gewesen, Julia die Sache mit der Küche zu überlassen, denn alle zwei Minuten hatte Julia eine Frage, als sie die Kartons auspackte.

Julia war noch da, als Klara anläutete. Sie hatte Peters Schwester das letzte Mal an Weihnachten vor sieben oder acht Jahren gesehen, es war ein Pflichtbesuch gewesen und Julia hatte sich überhaupt nicht wohl gefühlt. Es war ihr unangenehm mit diesem Rechtsanwaltspärchen an einem Tisch zu sitzen. Peters Hauptbeschäftigung bestand darin andauernd sarkastische Witze zu machen und Klara sah ihn die ganze Zeit mitleidig an. Julia fand Klara nicht besonders nett.

Sie war nervös, als ihr Peter aus der Küche zurief, Klara die Tür aufzumachen.

Klara war genauso aufgeregt. Sie hatte Peters Freundin das letzte Mal vor sieben oder acht Jahren an Weihnachten gesehen. Es war eine Pflichteinladung. Und Peter war arroganter denn je und ließ seinem blöden Sarkasmus freien Lauf. Klara konnte sich noch gut daran erinnern. Sie hatte sich sehr geärgert und sich geschworen, Peter nicht so schnell wieder einzuladen, oder zumindest nicht an Weihnachten.

Seitdem hatte sie Julia nicht mehr gesehen. Eigentlich war sie ihr nicht unsympathisch gewesen, aber so gut konnte sie sich auch nicht mehr an sie erinnern. Julia hatte sich damals aus der Unterhaltung ziemlich heraus gehalten.

„Hallo", lächelte Klara sie an und kam ihr mit ausgestreckter Hand entgegen. Julia schüttelte sie mit festem Griff und lächelte freundlich zurück. So strahlend und schön hatte sie Klara gar nicht in Erinnerung gehabt.

Klara ging es genauso.

Ihre langen blonden Haare fielen locker über ihre Schultern und umrahmten das blasse, schöne Gesicht, das Klara an eine Elfe erinnerte.

„Ist lange her, als wir uns das letzte Mal gesehen haben", sagte Julia nun fröhlich. Sie hatte sofort ihre Sicherheit wieder zurück gewonnen. Klara war ihr auf Anhieb sympathisch. Sie ließ alles Vergangene unmittelbar los.

„Ich habe gehört, du hast eine kleine Tochter, ist sie auch hier?" fragte Klara und sah an ihr vorbei ins Wohnzimmer.

„Nein!" lachte Julia, „mit Johanna hätten wir heute nicht soviel geschafft. Sie ist ein paar Monate alt und kann ziemlich anstrengend sein. Meine Mutter passt auf sie auf."

Dann sah sie auf die Uhr und fügte rasch hinzu: „Ich habe übrigens gesagt, dass ich vor halb fünf zuhause bin. Ich werde dann wohl bald aufbrechen müssen."

Peter kam aus der Küche. Soeben hatte er die letzte Tasse, die er zuvor abgewaschen und so vom Staub befreit hatte, in den Kasten gestellt. Nun war auch alles Geschirr an seinem Platz.

„Hallo, Schwesterherz!" rief er schon in der Tür.

„Wollt ihr etwas trinken?" fügte er noch hinzu.

Er hoffte insgeheim, dass Klara einen Kaffee mochte, denn außer Wasser hatte er sonst nichts anzubieten.

„Hast du einen Kaffee für mich, ich hab heute noch keinen gehabt?" fragte sie postwendend. Peter grinste. Na, geht ja!

Während Peter den Kaffee machte, gingen Klara und Julia auf die Terrasse. Erst als die sengendheiße Nachmittagssonne auf sie schien, griff sich Klara an die Stirn.

„Jetzt hab ich doch glatt...", weiter sprach sie nicht, drehte sich auf den Absatz um und ließ Julia einfach alleine auf der Terrasse stehen.

Julia sah ihr etwas verwirrt nach. Peter hörte die Tür ins Schloss fallen und kam ins Zimmer gehumpelt.

„Was ist passiert?" fragte er angespannt.

Julia hob die Achseln und sah ihn fragend an.

„Habt ihr gestritten?" wollte er wissen.

Julia schüttelte verwirrt den Kopf. Sie konnte noch immer nichts sagen. Hatte sie etwas falsch gemacht?

So standen beide auf dem Balkon und starrten auf die Eingangstür, ohne etwas zu sagen. Schon läutete es.

Peter humpelte, so gut es eben ging, rechts an der Couch vorbei, er hätte fast das Gleichgewicht verloren, und riss die Tür auf.

Klara stand wieder in der Tür und grinste. Sie hielt einen riesengroßen Sonnenschirm im Arm und sah so aus, als könnte sie ihn keine Minute länger halten. Sie war krebsrot im Gesicht. Peter griff rasch nach der Stange, hielt sie ganz schräg, um damit durch die Tür zu kommen und brachte, das in Nylon verpackte Teil, gleich auf den Balkon.

„Im Auto ist noch der Ständer, wo du ihn hineinstecken kannst. Aber der ist aus Stein, und ich kann ihn unmöglich tragen", keuchte sie, und hielt Peter auffordernd die Autoschlüssel hin.

„Ich stehe genau vor der Tür", sagte sie triumphierend, weil sie den besten Parkplatz erwischte.

„Danke! Du bist einfach die Beste!" er fiel ihr um den Hals.

Ein paar Minuten später saßen alle drei unter dem großen Schirm. Er war viereckig und aus Leinen. Die Streben und die Stange waren aus Holz. Genauso einen wollte Peter kaufen.

Es war richtig gemütlich auf der Terrasse. Selbst die Pflanzen hatten eine ganz andere Wirkung im Schatten des Sonnenschirms. Und es war nicht mehr unerträglich heiß, sondern richtig angenehm.

Sie plauderten ungezwungen miteinander und Peter sah es gerne, dass sich Klara und Julia offensichtlich blendend verstanden.

Doch plötzlich sprang Julia auf. Sie hatte auf die Uhr gesehen. Es war knapp nach vier.

„Ich habe meiner Mutter versprochen, dass ich um halb fünf zuhause bin. Jetzt muss ich mich aber wirklich beeilen", sie gab beiden einen Kuss auf die Wange und Peter begleitete sie zur Tür.

„Danke. Du hast mir heute wirklich sehr, sehr geholfen", begann er. Julia lächelte, „gern geschehen!"

Sie drehte sich in der Tür noch einmal um und winkte.

Er hätte noch gerne etwas gesagt, aber er wusste nicht, was.

Dann kehrte er zu Klara auf die Terrasse zurück.

Nachdenklich nahm er einen Schluck Wasser. Er spürte den Blick seiner Schwester und wich ihm aus.

„Ich hatte sie gar nicht so nett in Erinnerung", sagte sie.

Peter zuckte zusammen. So, genau das, wollte er jetzt nicht!

Er wollte nicht mit Klara über Julia sprechen!

„Fahren wir dann zu Johann?" fragte er, um abzulenken, was sich anhörte, als wollte er einen alten Freund besuchen.

Klara verstand. Er wollte also nicht mit ihr über Julia sprechen.

„OK. Alles klar! Ich habe verstanden", sagte sie und klang etwas beleidigt. Peter seufzte. Typisch Frauen!

„Ich will jetzt nicht über sie reden. Ich wüsste auch nicht was", sagte er resignierend.

„Naja. Du findest sie offensichtlich noch immer sehr sympathisch, das hat man gemerkt. Und sie dich auch", gab sie ihren weiblichen Kommentar ungefragt dazu.

Peter verdrehte die Augen. Er klammerte sich an sein Glas.

Wenn man zu Frauen sagt: Nein, ich will nicht darüber reden! scheint das irgendwie eine Aufforderung zu sein, es doch zu tun.

„Ja, Klara, ich finde sie sehr nett. Ja, Klara, ich finde sie auch wunderschön, noch viel schöner, als sie damals war. Ja, Klara, ich verstehe mich gut mit ihr. Nein, Klara, weiter ist nichts", er versuchte auf diese Weise, alle ihre Fragen zu beantworten, doch das reichte natürlich bei weitem nicht aus.

„Aber kannst du dir nicht vorstellen, dass sich zwischen euch wieder etwas entwickeln könnte?" bohrte sie weiter.

Peters Innerstes schnürte sich zusammen. Er dachte kurz an Bea. Er hatte Gewissensbisse, denn irgendwie hatte er schon auch daran gedacht.

„Stört es dich, dass sie ein Kind hat?" wollte Klara weiter wissen.

Natürlich würde das die Sache nicht leichter machen, aber er wusste ja nicht einmal welche Gefühle er Julia gegenüber wirklich hatte.

„Ich will nicht darüber reden, weil ich selber nicht genau weiß, was ich will, OK? Ich habe keine Ahnung, ob das Liebe werden könnte oder nicht. Bitte akzeptiere das, ja?"

Peter sagte das in so einem eindringlichen Ton, dass Klara wusste, dass es keinen Sinn mehr hatte, weitere Fragen zu stellen. Er wusste es wirklich selber nicht.

Kurz vor halb sechs standen sie wieder auf ihrem Beobachtungsposten schräg oberhalb Johanns Haus.

Es hatte sich nichts verändert.

80

22. Juli 2008
Hamburg

Auf der Reeperbahn, der bekanntesten, deutschen Sexmeile, hat gestern eine Großrazzia stattgefunden.
Die bis dahin geheim gehaltene Großaktion der Polizei war sehr erfolgreich.
Aufgrund der letzten Ereignisse in Österreich, wo sich ein fünfzehnjähriges, vietnamesisches Mädchen das Leben nahm, und zwei weitere minderjährige Mädchen in Tirol in Sicherheit gebracht werden konnten, hat sich auch die deutsche Polizei vermehrt auf die Zwangsprostitution minderjähriger Mädchen konzentriert.
Gestern wurden drei Asiatinnen und zwei Russinnen, die allesamt jünger als sechzehn Jahre waren von der Polizei in Gewahrsam genommen.
Ihre Identität wird derzeit überprüft, dann werden die Mädchen in ihre Heimat zurückgebracht.
Ein Verein, der neu gegründet wurde, und der sich um diese Mädchen kümmern will, wird die Eingliederung in ihrer Heimat unterstützen. Eine Ausbildung wird ihnen zugesichert.

25. Juli 2008
Prag

Zwei Zuhälter wurden wegen Nötigung Minderjähriger zur Prostitution verhaftet. In drei Bordellen konnten fünf Mädchen ausfindig gemacht werden, die unfreiwillig vom Ausland eingeschleppt wurden.
Einer Bande von Schleppern ist die Polizei bereits auf der Spur.
Hinweise aus der Bevölkerung werden gerne entgegengenommen.

26. Juli 2008
Paris

Der illegalen Prostitution, beziehungsweise der Prostitution Minderjähriger wird die Regierung vermehrt den Kampf ansagen, versprach gestern ein Sprecher der Regierung.

Zwei Mädchen wurden diese Woche aus einem Bordell in der Nähe des „gare de l´ouest" befreit. Beide Mädchen waren kaum älter als vierzehn Jahre. Die Polizei ist schockiert. Die Mädchen kommen aus Polen und werden zu ihren Eltern zurückgebracht. Eine Organisation wird sich um den psychischen Zustand der Mädchen kümmern und ihnen eine gute Ausbildung finanzieren. Ein Spendenkonto wurde für verschleppte Mädchen eingerichtet. Wir bitten die Bevölkerung ihnen zu helfen, ein neues Leben aufzubauen.

(Kto. 01000-3450000)

Klara stöberte im Internet. Sie fand einige Artikel zu diesem Thema. Anscheinend war Lis Tod wirklich nicht umsonst gewesen.

„Li sehr glücklich ist", meldete sich Li eines Abends.

Peter saß gerade gemütlich auf seiner Terrasse und las in einem Buch.

Er schlief schon die zweite Nacht in seiner Wohnung.

Er hatte zwar noch kein Schlafzimmer, aber auf der Couch schlief man großartig.

Klara und Peter waren schon zwei Tage nicht bei Johann gewesen. Sie wollten erst nach dem Wochenende wieder nachsehen.

Also beschloss er zu genießen. Er wollte etwas Zeit für sich alleine haben. Außerdem brauchte er Zeit zum Nachdenken.

Peter legte das Buch zur Seite.

„Warum bist du glücklich, Li?" fragte Peter.

Eigentlich hatte er lange nichts von ihr gehört. Fast hatte er gemeint, dass sie nicht mehr da sei, aber sie hätte sich sicher bei ihm verabschiedet, hoffte er.

„Ich nicht einfach so weggehe von dir. Natürlich ich mich verabschieden von meinem lieben Freund", sagte sie empört.

Peter lächelte. Ja, das war seine Li!

„Aber warum bist du glücklich?" fragte er noch einmal.

„Du hast gelesen Artikel, die hat alle gesammelt deine liebe Schwester", sagte sie. Jetzt verstand er.

„Ja, das ist großartig, Li", stimmte er ihr zu.

„Glaubst du, dass wird nie wieder geben, Mädchen, die müssen machen Sex mit ekligen Männern?" fragte sie naiv.

Peter musste unwillkürlich lachen. Sie war einfach süß.

„Li. Es wird immer Ungerechtigkeiten geben, solange es Menschen gibt, und es wird immer wieder einmal vorkommen. Aber ich glaube, dass sich die Regierungen momentan wirklich sehr bemühen, das Problem in den Griff zu bekommen, und vielen Mädchen wird so ein Schicksal erspart bleiben. Aber ich glaube nicht, dass es nie wieder vorkommen wird. Das ist zu schwierig. Und es gibt immer wieder böse Menschen, denen es egal ist, wie sehr andere leiden."

Er dachte eine Weile nach.

„Aber vielleicht kommen manche Mädchen frei, weil sich die Polizei jetzt verstärkt darum kümmert. Es wird auf alle Fälle noch einiges passieren. Und wir haben eine große Welle in Bewegung gesetzt, Li."

„Jedes einzelne Leben, das gerettet wird, ist gute Sache", sagte Li. Peter musste zustimmen.

„Warum hast du dich so lange nicht gemeldet, Li?" wollte Peter wissen.

„Was ist lange?" fragte Li.

Peter überlegte.

„Ich habe dich vermisst. Ich weiß nicht genau, wie lange das war, aber früher hast du jeden Tag mit mir geredet, und jetzt meldest du dich vielleicht einmal in der Woche", irgendwie war er beleidigt.

„Ich habe nicht Ahnung, wie oft das ist. Du weißt ja, dass bei mir es nicht gibt das Zeit", erklärte sie ihm.

„Hast du denn nie so etwas wie Tag und Nacht?" fragte er nun neugierig.

„Nein", sagte sie.

„Schläfst du gar nicht?" wollte er wissen.

„Nein", gab sie kurz zur Antwort.

„Aber was machst du denn den ganzen Tag?" wollte er nun wissen.

„Aber wenn es nicht gibt Tag, was fragst du mich dann so eine komische Frage?" sagte Li ungeduldig.

„Bei uns es nicht gibt einen Tag. Es IST einfach. Ich BIN einfach. Es ist alles so wie es ist", sagte sie weiter.

Peter war mit dieser Antwort gar nicht zufrieden.

„Aber du musst doch irgendetwas tun, oder?" sagte er etwas verzweifelt.

Warum verstand sie ihn bloß nicht!

„Ich muss gar nichts tun. Ich bin einfach hier. Ich rede zum Beispiel mit meinem Peter", lachte Li.

„Aber das machst du ja auch so selten. Was ist mit der restlichen Zeit!" rief er aufgebracht.

„Aber wenn es nicht gibt Zeit, wie soll ich dann Zeit schlagen tot?" jetzt war Li endgültig am Rande ihrer Geduld.

Peter sagte nichts mehr. Er verstand es einfach nicht.

„Ich dich trotzdem haben furchtbar gern, mein Menschenfreund!" sagte sie nach einer Weile.

Peter grinste. „Ich dich auch, Li!"

„Und was ist jetzt mit deiner neuen Freundin Julia?" fragte sie nach einer kurzen Pause.

Peter setzte sich aufrecht. Was sollte nun das schon wieder?

Es war ihm extrem unangenehm. Außerdem hatte er das Gefühl, als würde Bea zuhören. Vielleicht steckten die zwei unter einer Decke und Li sollte ihn für Bea ausfragen.

„Bea nichts hat zu tun mit Frage von Li. Ich will wissen, ob du hast jetzt neue Freundin", sagte sie.

Peter wurde etwas ärgerlich.

„Li, ich mag das nicht, wenn du so doofe Fragen stellst. Du weißt genau, was ich denke. Und du kennst genau mein Chaos, das gerade in meinem Hirn abläuft. Ich habe nämlich keine Ahnung, was ich will oder nicht will, ob ich verliebt bin, oder nicht verliebt bin, ob ich meine Ruhe will, oder mein Leben mit jemand teilen will. Ich habe absolut keine Ahnung!"

„Ich glaube aber schon, dass sie dich sehr gern hat", sagte sie, ohne dass sie Peter um ihre Meinung gefragt hatte.

Peter hatte das Gefühl, als wollte Li schon wieder verkuppeln.

„Natürlich würde ich nicht sagen ein Sterbeswörtchen!" sagte sie. Li lachte!

Natürlich nicht!

„Du bist eine richtige Plaudertasche, Li! Das hältst du ja gar nicht aus", neckte er sie.

„Natürlich ich kann Geheimnis für mich behalten", sagte sie empört. Peter stellte sie sich im Geiste gerade vor, wie sie die Hände in die Hüften stemmte, sich vor ihn hinstellte und wie ein trotziges Kind aufstampfte.

„Nein, Li. Du redest einfach zu gerne", zog er sie weiter auf.

„Gut. Dann Li sagt gar nichts mehr zu dir!" fauchte sie.

Sie würde sich schon wieder melden.

Er nahm das Buch wieder zur Hand und schlug die Seite auf, wo er aufgehört hatte zu Lesen.

„Wie jetzt geht weiter mit Johann?" sagte sie, nachdem er den ersten Satz gelesen hatte.

Plaudertasche! dachte er und schlug das Buch wieder zu.

„Morgen ist Sonntag. Jetzt müsste er vermutlich aus seinem Urlaub zurück sein, oder?"

Das „oder" sagte er absichtlich.

Vielleicht wusste sie etwas und würde sich verplappern.

„Ich mich noch nie habe verplappert. Du weißt genau, dass ich dir nicht helfen kann. Ich dir nicht kann sagen, wer wo ist, und wer was macht", Li war wirklich schockiert.

81

Am Sonntagabend waren sie endlich erfolgreich.

Die Garage war offen. Ein silberner Ford stand darinnen und die Haustüre war einen Spalt offen.

Peters Herz raste. Auch Klara schien sehr nervös zu sein.

„Glaubst du, dass sie schon gestern zurückgekommen sind, oder erst heute?" fragte sie ihn.

Peter schüttelte den Kopf. Das war eigentlich unwichtig.

Sie saßen lange im Gras und beobachteten das Haus.

Nach zirka einer Stunde öffnete sich die Tür und Johann kam heraus. Er ging zur Garage, und suchte etwas in seinem Auto. Mit einer kleinen Tasche ging er ins Haus zurück und schloss die Tür hinter sich.

OK, sie hatten ihn gesehen, mehr nicht.

Es war ein lauer Abend, und Peter wollte nicht so schnell aufgeben. Doch es war ihm etwas peinlich, weil er wusste, dass Klara sich sicher etwas Besseres vorstellen konnte, als stundenlang ein Haus anzustarren.

„Können wir noch ein bisschen bleiben?" fragte er sie nach einer Weile. Die Sonne war bereits untergegangen. Es war gegen halb zehn. Klara nickte.

„Klar doch, vielleicht verlässt er das Haus heute noch!" war ihre Antwort.

Und genau so war es.

Sie warteten keine zwanzig Minuten, da trat Johann vor die Tür. Er blieb kurz auf der Schwelle stehen und sah aufmerksam nach links und rechts.

Ob er das wohl immer so machte? fragte sich Peter. Er konnte doch nicht ahnen, dass er beobachtet wurde, das war unmöglich!

Johann ging die Straße hinunter. Peter und Klara folgten ihm in einem großen Abstand. Sie gingen eingehackt, damit sie den Eindruck erweckten, sie seinen ein Liebespaar, denn wenn sich Johann umdrehen sollte, würden sie stehenbleiben, und so tun, als ob sie sich küssten, hatten sie verabredet.

Johann bog nach einer Weile in eine Seitenstraße ein.

Peter hatte bereits Schmerzen im Bein.

„Wo geht dieser Idiot eigentlich hin? Mir tut schon alles weh", meckerte er.

Klara zog ihn ohne Kommentar mit sich fort. Ein kleines Beisel war sein Ziel. Auf dem Gehsteig standen einige Tische und Sessel, wo er Platz nahm.

Peter ließ sich an der Hausmauer entlang zu Boden gleiten. Er konnte keinen Meter mehr gehen. Die Fußsohle und das ganze Bein brannten wie Feuer. Jetzt begann es auch noch zu jucken unter dem Gips.

„Jetzt hör endlich auf zu jammern, wo wir so nah dran sind", schimpfte Klara. Sie stand noch immer am Eck und spähte auf den Gastgarten. Sie ließ Johann nicht aus den Augen.

Nachdem er sein drittes Bier bestellt hatte, setzte sich nun auch Klara auf den Boden.

Peter spähte nun ums Eck. Er hatte Klara eine Weile abgelöst.

Ein alter Mann kam ihnen entgegen. Er sah sie misstrauisch an. Wie konnten diese jungen Leute nur hier auf dem Boden lungern. Hatten die denn gar keinen Anstand mehr?

„OK. Und was tun wir, wenn er wieder geht?" fragte nun Peter etwas verunsichert.

Klara überlegte.

„Er muss wohl oder übel hier wieder vorbei. Aber wir müssen zum Beisl. Wir brauchen sein Glas!"

Peter sah auf die andere Straßenseite.

„Er hat sich gerade sein drittes Bier bestellt. In der Zwischenzeit könnten wir um den nächsten Häuserblock herumgehen und von der anderen Seite zum Lokal kommen. Bis dahin braucht er sicher, um es auszutrinken", schlug er vor.

Klara hielt es für eine gute Idee.

So schnell es Peter möglich war, querten sie zwei Seitengassen und waren schließlich wieder auf derselben Straße, aber am gegenüberliegenden Straßeneck, von wo aus sie ihre Beobachtungen fortsetzten.

In der Zwischenzeit war Johann schon beim vierten Bier. An seinen Tisch gesellte sich ein Trinkgenosse. Er unterhielt sich angeregt mit diesem Mann, der so aussah, als würde er jeden Tag sein Geld in dieses Beisl tragen.

Peter hatte sich sofort wieder auf den Boden gesetzt, Klara spähte ums Eck. Sie beobachtete jede seiner Bewegungen.

Um Mitternacht machte Johann noch immer keine Anstalten zu gehen. Klara fror bereits. Der Boden wurde immer kühler. Auch Peter fröstelte, aber sie dachten nicht daran, jetzt aufzugeben. Sie waren so knapp dran.

„Vielleicht gibt es eine Hintertür?" flüsterte Peter.

Klara wandte ihren Kopf. Sie ließ Johann kurz aus den Augen.

„Was soll ich mit einer Hintertür?" fragte sie ungeduldig und spähte wieder ums Eck.

„Naja, dann könnten wir den Wirt fragen, ob er uns das Glas von seinem Gast gibt. Wir können es ihm ja abkaufen!" Im gleichen Moment, wo er das sagte, wusste er, dass es ein dummer Vorschlag war.

Klara sah ihn an und rümpfte die Nase.

„Alles klar!" sagte Peter. Er schloss die Augen. Sie mussten wohl noch ausharren.

Nach einer halben Stunde wechselten sie sich ab. Klara lehnte sich an die Hausmauer und schloss die Augen. Peter schaute ums

Eck. Nach kurzer Zeit schmerzte bereits der Nacken. Er hatte einen riesigen Durst.

Johann war mittlerweile bei seiner siebenten „Halben" angelangt. Er musste ja schon richtig betrunken sein. Er hatte eine Frau und ein Kind. Dieses Ekel. Dem war es wohl egal, wenn er stinkend und betrunken zu ihr ins Bett kroch.

Um halb drei wurde Peter aufgeregt.

„Er zahlt! Klara! Er zahlt!"

Mittlerweile waren nur mehr Johann und der andere Kerl im Gastgarten. Alle anderen Stühle waren leer.

Klara war nun wieder auf den Beinen.

Es dauerte noch ein paar Minuten, ehe sich Johann erhob, den letzten Schluck Bier hinunterschüttete und das Glas auf den Tisch stellte. Peter hielt es genau im Auge. Es war das Glas auf der rechten Seite. Links saß der andere.

Nur das richtige Glas erwischen! ging es ihm durch den Kopf.

Johann wankte in die andere Richtung davon.

Klara zog einen Fünf-Euro-Schein aus der Tasche, den sie sich extra eingesteckt hatte, und rannte los. Auf keinen Fall wollte sie, dass die Kellnerin das Glas vor ihnen wegräumte.

Peter humpelte hinter ihr her. Er hüpfte teilweise nur auf einem Bein, denn da war er schneller.

Klara hatte den Tisch erreicht. Die Kellnerin war noch immer drinnen. Sie stürzte sich auf den Tisch, der betrunkene Kerl sah sie völlig verstört an.

„Entschuldigung", keuchte sie, „ich brauche das Glas, würden Sie das bitte der Kellnerin geben?" und warf einen 5-Euro-Schein auf den Tisch.

Der Mann sah sie verwirrt an, und nickte erst, als Klara und Peter an ihm vorbei waren.

Klara hielt das Glas triumphierend in Händen. Sie schwenkte es wie einen Pokal. Johann war allerdings jetzt vor ihnen, die Kellnerin wussten sie kurz hinter ihnen.

Sie wechselten die Straßenseite. Gott sei Dank standen hier ein paar Bäume, und unter ihnen parkten viele Autos. Sie versteckten sich hinter einem Lieferwagen und warteten eine Weile, bis Johann einen kleinen Vorsprung hatte.

Es war nun alles egal. Das Bierglas mit den Spuren darauf hielten sie triumphierend in der Hand.

Theo würde das Restliche morgen erledigen. Er würde den DNA-Beweis beantragen. Der Täter hatte aus diesem Glas getrunken! Er musste keinen Namen nennen, und das war gut so.

Peter hielt das Glas die ganze Fahrt mit einem Taschentuch fest. Klaras Abdrücke waren egal, aber er wollte keine Spuren darauf hinterlassen. Er achtete penibel darauf, dass er den Rand nicht berührte, wo Johann getrunken hatte.

Klara nahm das Glas mit in ihre Wohnung, wo sie es dem schlaftrunkenen Theo triumphierend überreichte.

Theo ließ die beiden am Morgen ausschlafen, und machte sich mit dem Glas bewaffnet, alleine auf den Weg ins Büro.

82

Am 1. August um 8.30 Uhr blieb ein Streifenwagen vor Johann Emsers Haus stehen. Widerstandslos und mit gesenktem Haupt ließ er sich von seinen Kollegen abführen. Er wusste, dass er die nächsten Jahre ohne seine Familie im Gefängnis verbringen würde.

Seine Frau brach weinend hinter ihm zusammen. Ein Psychologe kümmerte sich anschließend um Frau Emser.

83

Peter saß alleine in seiner Wohnung. Seit Wochen regnete es zum ersten Mal. Der Himmel war dunkelgrau und ließ erahnen, dass er an diesem Tag die Sonne sicher nicht mehr durchlassen wollte.

Klara rief ihn schon um halb zehn Uhr an, um ihm aufgeregt die Nachricht der Festnahme von Johann Emser mitzuteilen.

Es hatte so sehr abgekühlt, dass er fror. Nun ging er ins Schlafzimmer und holte sich einen Pullover, den er fröstelnd überzog.

Zuerst hatte er sich sehr über die Nachricht gefreut, aber nun fühlte er sich miserabel und konnte sich nicht erklären, warum. War es nicht das, was er seit mehr als zwei Monaten wollte? Hatten sie nicht endlich den Schuldigen gefunden?

Doch er empfand keine Befriedigung. Er fühlte sich leer. Leer und einsam. Er hatte zwar den Mörder, aber Bea konnte er nicht wieder zurück haben.

Er vermisste sie mehr denn je. Aber in seiner Erinnerung verblasste bereits ihr Bild. Er bemühte sich sehr, ihr Lächeln in sein Gedächtnis zu rufen. Ihre Stimme konnte er sich beinahe nicht mehr vorstellen. Er war traurig. Traurig, dass Bea so ein schlimmes Ende hatte.

Was steckte da für ein Sinn dahinter?

Er war richtig froh, als er Lis Stimme vernahm.

„Li!" rief er freudig, „wie geht es dir?"

„Immer geht es Li gut, du weißt", antwortete sie prompt.

„Li, ich bin so froh, dass ich dich höre", sagte er erleichtert.

„Du bist sehr einsam, mein Freund", sagte sie einfühlsam.

„Ich kann es fast nicht ertragen", sagte er traurig.

„Du musst endlich wieder anfangen, dein Leben in Hand zu nehmen", schlug sie ihm vor.

OK, das war Li. Li, der Klugscheißer. Er musste lächeln.

Es ging ihm schon besser.

„Was soll ich tun?" fragte er neugierig.

„Warum du nicht arbeitest endlich an einem Buch", sagte sie.

„An einem Buch?" wunderte er sich, so als hätte er von der Idee noch nie etwas gehört.

„Du bist guter Schreiber. Die Leute werden sich reißen um deine Bücher", sagte sie in wichtigem Ton.

Peter runzelte die Stirn.

„Aber ich weiß ja gar nicht, was ich schreiben soll", verteidigte er sich, nicht zum ersten Mal.

„Folge deinem Herzen und du wirst gute Dinge bringen in Papier", widersprach sie ihm.

Peter dachte nach. Vielleicht sollte er wirklich auf Li hören. Schließlich hatte sich herausgestellt, dass sie immer recht hatte.

Dann dachte er an das Buch, dass er gemeinsam mit Bea geschrieben hatte. Seit einigen Wochen war es nun bei dem Verlag, und das Lektorat hatte sich noch immer nicht bei ihm gemeldet.

„Meinst du, dass ich Erfolg damit haben werde?" fragte er sie interessiert.

„Mein weiser Freund", begann sie, „du musst nur glauben an dich selber, dann wird alles in Erfüllung gehen, was du dir wünscht."

Peter musste lächeln. Was täte er nur ohne sie?

„Ich werde nicht mehr lange bei dir sein", sagte sie nun in ernstem Ton.

Peter richtete sich abrupt auf. „Was?" rief er.

Li blieb ernst.

„Ich kann dir nicht genau sagen, was wird passieren mit Li, aber Li hat seltsames Gefühl, glaube, dass du mich bald nicht mehr wirst brauchen."

Peter schüttelte entsetzt den Kopf.

„Das ist nicht wahr, Li. Ich brauche dich. Du darfst mich nicht verlassen!" Panik war in seiner Stimme.

Li musste lachen.

„Ich werde immer in deinem Herzen sein. Du bist sehr wichtig für mich geworden, und du hast viel Wirkungen gemacht für mich."

Li klang fröhlich, aber Peter verstand sie nicht.

„Was meinst du damit?" fragte er sie.

„Du schon hast geholfen vielen armen Mädchen, die genau so waren wie Li. Du nicht hast Erahnung, die Zahl an jungen Frauen, die wegen Peter jetzt sind wieder frei", sagte sie stolz. Peter verstand.

„Li, wirst du wirklich nicht mein ganzes Leben bei mir sein?" fragte er und er fühlte die Verzweiflung, die in ihm hochstieg.

Sie gab nicht sofort eine Antwort, also fuhr er fort:

„Wenn du mich auch noch verlässt, dann bin ich ganz einsam, das halte ich einfach nicht aus."

„Du schon viel hast ausgehalten", sagte sie fröhlich.

„Aber...", er wusste nicht, was er darauf sagen sollte.

„Ich brauche dich", flüsterte er.

„Ich weiß, aber du musst lernen mit Leben fertig werden. Du kannst nicht immer reden mit toten Leute, wie Li... oder denken an Bea. Das Leben geht weiter", versuchte sie ihn zu trösten.

Li lachte fröhlich.

„Irgendwann wir treffen einander wieder!" rief sie.

Peter wusste, was sie meinte. Vielleicht war da etwas dran.

Oder: natürlich war da etwas dran! Aber wann würde das sein?

„Wenn ich mich jetzt umbringen würde? Würden wir uns dann wiedersehen?" fragte er sie.

Li schnaubte.

„Wage es ja nicht! Du dummer Peter!" sie war ernsthaft zornig.

Peter beschwichtigte sie.

„Es tut mir leid, Li. Das wollte ich nicht sagen. Natürlich werde ich das nicht tun. Schon alleine wegen Klara nicht."

Li schien wieder etwas beruhigt.

„Weißt du was, Li? Ich werde das tun, was du mir vorgeschlagen hast. Ich werde Bücher schreiben. Ich denke, ich habe sogar große Lust dazu. Und wenn du sagst, dass ich das gut kann, dann vertraue ich dir", sagte er versöhnlich.

„Guter Peter", sagte sie und war dann nicht mehr zu sprechen.

84

Sein Laptop hatte „den Geist aufgegeben", kurz nachdem er das Buch mit Bea beendet hatte.

Nun wollte er einen Neuen kaufen und mit dem Schreiben beginnen. Ein Anflug von Euphorie erfasste ihn plötzlich.

Schriftsteller!

Professioneller Autor zu werden, das hatte ihn in seiner Studentenzeit schon gereizt, doch er wusste nicht, wie er es anstellen sollte. Als Journalist schrieb er immer nur kurze Artikel, was ihm leicht fiel. Doch einen ganzen Roman zu schreiben, konnte er sich nicht vorstellen. Aber vielleicht brauchte er einfach nur damit zu beginnen. Und wenn Li sagte, er schaffte es, dann würde er es wirklich schaffen!

Er hätte so gerne mit Klara über sie geredet, doch er traute sich nicht. Sie würde ihn für völlig übergeschnappt halten. Aber wenn er es so machen würde wie bei Bea? Ihr Beweise liefern? Dinge sagen, die er gar nicht wissen konnte?

Aber er spürte, dass es nicht gut war. Irgendetwas hinderte ihn daran. Also verwarf er den Gedanken wieder und betrat einen Laden, indem nur Mobiltelefone und Computer verkauft wurden.

Zwei Stunden ließ er sich beraten, ehe er den für ihn passenden Laptop aus dem Geschäft trug. Nun stand er wieder auf der Straße. Er fühlte sich leer, ruhelos.

Der Laptop bereitete ihm Freude, aber nicht in dem Ausmaß, wie er gehofft hatte. Er wollte und konnte jetzt nicht zurück in die Wohnung.

Er wusste, dass ihm jetzt nichts einfallen würde. Er wollte mit jemanden reden. Klara hatte viel zu tun im Büro und Theo war auf einem Seminar.

Peter nahm sein Handy in die Hand und starrte darauf. Regentropfen fielen auf das Display. Zuerst drei, dann waren es zehn. Er zögerte, dann wischte er das Gerät an seinem Pullover ab und steckte es wieder ein.

In der nächsten U-Bahnstation nahm er es erneut in die Hand.

Er wählte Julias Nummer.

„Ja?" fragte sie langgezogen.

„Ich brauche jemanden zum Reden. Hast du Zeit?" fragte er.

Im Hintergrund hörte er ein Baby weinen und bereute bereits, dass er sie gestört hatte.

„Ich...", sagte sie, dann übertönte sie das Geschrei des Kindes.

„Ich kann nicht weg, meine Mutter ist nicht da", rief sie ins Telefon. Peter schwieg. Klar doch! Keiner hatte Zeit für ihn!

„Ist schon klar", sagte er, und große Enttäuschung schwang in seiner Stimme mit.

„Wenn es dich nicht stört, dann kannst du ja bei mir vorbeikommen", schlug sie vor und hoffte, dass Johanna mit dem Geschrei aufhören würde.

„Wenn du nichts dagegen hast?" Er brauchte nicht lange nachzudenken.

Er hatte Babygeschrei immer gehasst, aber der Drang sich mit einem vernünftigen Menschen unterhalten zu können war größer als die Angst vor der Unbeholfenheit dieses kleinen Kindes, also sagte er zu. Eine halbe Stunde später läutete er an ihrer Tür. Julia öffnete ihm. Sie hatte die Haare ungeordnet auf dem Hinterkopf zusammen gesteckt und einzelne Haarsträhnen fielen über ihr Gesicht.

Tiefe Augenringe ließen vermuten, dass sie die letzte Nacht nicht viel geschlafen hatte.

„Du siehst nicht gut aus", sagte er beim Eintreten, und zog die Schuhe ohne Aufforderung aus.

„Danke! Das ist das Letzte, was ich hören wollte", sagte sie und eilte ins Zimmer zurück, in dem Johanna noch immer schrie.

„Was hat sie denn?" wollte Peter wissen und folgte ihr unsicher ins Wohnzimmer. Vielleicht war es doch keine so gute Idee, hierher zu kommen.

Julia ließ sich neben der Kleinen aufs Sofa fallen. Sie nahm das Kind wieder in den Arm und wiegte sie hin und her.

„Ich kann nicht mehr", sagte Julia und sah ihn hilfesuchend an.

„Was ist los?" fragte er sie.

„Ich weiß nicht. Ich glaube sie bekommt einen Zahn. Sie hat fast die ganze Nacht nicht geschlafen", erklärte sie.

„Und ich auch nicht", fügte sie noch hinzu, was überflüssig war.

„Das merkt man", sagte er und setzte sich neben die beiden.

Das Kind hatte ganz rote Augen. Das kleine Gesichtchen war nass vor Tränen. Peter sah sie aufmerksam an.

„Gib sie mir", sagte er und streckte die Hände nach Johanna aus. Julia sah ihn erstaunt an.

Auch Peter staunte über sich selber. Doch dann hielt er das kleine Mädchen in den Armen und stand auf. Er sah in die großen braunen Augen und wiegte die Kleine hin und her. Sie sah ihn neugierig an und saugte gierig an ihrem Schnuller. Einen Augenblick war sie ganz ruhig. Ihre Bäckchen waren dunkelrosa und sie fühlte sich heiß an.

„Hat sie Fieber?" fragte er Julia besorgt.

„Ein bisschen. Aber das ist normal, wenn ein Baby Zähne bekommt", sagte sie erschöpft.

Peter setzte sich in Bewegung. Gerade wollte sie wieder anfangen zu schreien, da summte Peter ein Liedchen, das er noch aus seiner eigenen Kindheit kannte. Seine Großmutter hatte es immer gesungen, wenn er traurig war, oder sich verletzt hatte.

Johanna entschied sich, nicht zu weinen.

Er ging rund ums Sofa, summte und wiegte sie.

Julia sah ihn neugierig an. Johanna weinte nicht.

Julia beschloss, es zu genießen, dass nicht sie mit dem Kind hin und her gehen musste und ließ sich entspannt auf das Sofa zurückfallen. Peter hörte nicht auf zu summen.

Nach ein paar Minuten war die Kleine in seinen Armen eingeschlafen.

Er fühlte sich merkwürdig stolz. Es war sein Verdienst, dass sie aufgehört hatte zu weinen. Doch er traute sich nicht, sie aus den Armen zu legen.

Also summte er und ging weiter auf und ab.

Als er wieder einen Blick auf Julia warf, fiel ihm auf, dass auch sie eingeschlafen war.

Leise schlich er zum gegenüberliegenden Armsessel und ließ sich langsam darin nieder. Johanna seufzte und legte ein Händchen auf seine Brust. Er rutschte ganz tief in den Sessel hinein, um der Kleinen eine angenehme Liegefläche auf seinem Brustkorb zu bieten. Dann lehnte er den Kopf zurück und schaute zum Plafond. Was tat er bloß hier?

Doch dann fand er es ziemlich angenehm. Die Kleine wärmte seine Brust und atmete gleichmäßig, während Julia auch zufrieden auf dem Sofa schlief.

Peter machte die Augen zu.

Erst als die Haustüre ins Schloss fiel, wachte er wieder auf.

Julias Mutter stand in der Tür. Sie starrte ihn erstaunt an.

Peter legte einen Zeigefinger auf den Mund und sah sie flehend an. Sie lächelte und verließ auf Zehenspitzen das Zimmer.

Peter lächelte auch. Es war so friedlich im Raum.

So etwas hatte er schon lange nicht mehr gespürt.

Es war halb sechs, als ihn Julia zart an der Schulter rüttelte. Julia deutete ihm an, dass sie das Baby in die Wiege legen wollte. Peter schüttelte den Kopf.

„Sie wacht sonst wieder auf", flüsterte er.

„Aber du musst das nicht machen", Julia sah ihn durchdringend an. Es war ihr peinlich, dass sie eingeschlafen war.

„Ist OK", versicherte er ihr und streichelte über den Rücken des Babys.

Julia stand hilflos neben ihm.

Er deutete ihr, sich wieder zu setzen.

Irgendwie fand er es angenehm, dass dieses kleine Wesen auf seiner Brust lag. Es beruhigte ihn. Sie fühlte sich warm an und er fühlte sich geborgen.

Er war sich nicht sicher, ob es für ihn oder für das Baby angenehmer war. Er schloss noch einmal die Augen. Er wollte seine Ruhe. Es war ihm gerade egal ob es Julia unangenehm war oder nicht. Er genoss es. Er genoss es wirklich.

Vielleicht war das sogar besser als mit jemanden zu reden. Es war sogar das Beste, was er in letzter Zeit erlebt hatte. Er horchte auf jeden Atemzug der Kleinen. Manchmal seufzte sie zufrieden, dann musste er lächeln.

Eine weitere halbe Stunde später rieb sich Johanna die Augen.

Julia eilte sofort herbei und streckte die Arme nach ihr aus.

„Soll ich sie dir jetzt abnehmen?" fragte sie unsicher.

Peter schaute auf das Kind. Jetzt sah sie ihn an und saugte zufrieden an ihrem Schnuller. Sie ließ ihn nicht aus den Augen.

Es war ihm irgendwie unheimlich, denn er konnte sich keinen Reim darauf machen, was sie dabei dachte.

Er hob sie in die Höhe und reichte sie Julia. Diese nahm sie dankbar in die Arme und gab ihr einen dicken Kuss auf die Wange.

„Na, wie geht's meiner kleinen Prinzessin?" fragte sie die Kleine.

Das kleine Mädchen musste lächeln und der Schnuller fiel zu Boden.

Peter bückte sich und legte ihn auf den Tisch. Normalerweise hätte er so ein ekeliges Ding nicht angegriffen, aber der war ja von Johanna!

„Sie ist jetzt auch nicht mehr so heiß. Ich glaube, dass sie kein Fieber mehr hat. Das Schlafen hat ihr gut getan", stellte Julia fest.

„Es war auch sehr angenehm für mich", gab er zu und lächelte Julia an. „Ehrlich?" fragte sie.

„Ich hatte schon so ein schlechtes Gewissen", gestand sie ihm.

„Aber ich hätte es ja nicht getan, wenn ich nicht gewollt hätte. Warum hat immer jeder ein schlechtes Gewissen? Das bringt doch keinem etwas!" fing er an zu philosophieren.

Julia wiegte den Kopf hin und her.

„Es ist irgendwie in uns drinnen, uns Gedanken zu machen, wenn jemand etwas für einen tut", stieg sie in die Diskussion ein.

„Aber vielleicht nur deshalb, weil irgendwer jemanden nur einen Gefallen tut, um den anderen zu imponieren, ohne dass er es von sich aus und gerne tut. Oft tut jemand nur etwas, um dafür wieder eine Gegenleistung zu bekommen, die er dann oftmals doch nicht bekommt und dem anderen ein schlechtes Gewissen bereitet, nur weil der nicht dazu bereit ist, ihm diesen Gefallen zu tun."

Julia hob die Augenbrauen.

„Aha!" Sie wusste, wie ein schlechtes Gewissen entsteht.

„Und ich freue mich, dass du ein wenig schlafen konntest und dass ich dir helfen konnte. Und das ist ehrlich gemeint. Ich brauche keine Gegenleistung", beendete er dieses Thema.

„Danke Peter", sagte sie nur kurz.

Johanna ließ ihn noch immer nicht aus den Augen.

„Ich glaube, dass sie jetzt gleich Hunger bekommen wird. Nimmst du sie bitte noch einmal kurz, ich mache ihr schnell etwas zu essen", sagte sie und reichte ihm die Kleine.

Den Schnuller hatte sie noch immer nicht im Mund, und er konzentrierte sich auf die kleinen Pausbacken und das Schmollmündchen. Mit den kleinen Händchen griff sie ihm plötzlich auf die Nase. Ganz zart nur. Er war erstaunt. Er hatte noch nie so kleine Händchen gesehen. Sie waren so pummelig. Ein anderes Wort fiel ihm dazu nicht ein. Er betrachtete die kleine Menschenhand ganz genau und verglich sie dann mit seiner großen Männerhand. Schon erstaunlich!

So saßen sie ein paar Minuten zusammen und musterten sich gegenseitig. Dann betrat Julia wieder den Raum. Johanna streckte gleich die Händchen nach ihr aus und ließ Peter links liegen.

„Willst du einen Kaffee Peter?" fragte plötzlich Julias Mutter, die nur den Kopf bei der Tür herein steckte.

„Nein danke! Davon hab ich heute schon genug gehabt. Ein Glas Wasser wäre wunderbar, danke", gab er zurück.

Der Kopf verschwand wieder und gleich darauf brachte sie ihm ein großes Glas eiskaltes Wasser. Peter leerte es beinahe in einem Zug.

Johanna war davon so abgelenkt, dass sie den Löffel gar nicht sah, der vor ihrem Mündchen auf Einlass wartete.

„Du faszinierst sie", stellte Julia lachend fest.

Peter zwinkerte dem Mädchen zu.

„Naja, ich bin ja auch ein faszinierender Mensch", scherzte er.

Nachdem der Brei gegessen war, holte sich Julias Mutter das Kind und meinte, sie würde ein wenig mit ihr nach draußen gehen, um frische Luft zu schnappen.

Julia hatte den Verdacht, dass ihre Mutter sie unbedingt alleine lassen wollte. Das widerstrebte ihr aber.

Sie fand Peter wirklich nett. Er hatte sich unheimlich geändert, aber sie wollte sich den Beziehungskram ersparen.

Peter dachte ähnlich.

Es war ihm wohl aufgefallen, dass Julias Mutter ihn nur allzu gerne hier sah. Sie dachte sicher, dass Julia wieder einen Partner brauchte. Vor allem einen Mann der ihr half das Kind großzuziehen.

Es entstand eine unangenehme Stille zwischen ihnen.

Julia unterbrach sie als erstes. Aber auch Peter wollte gerade in diesem Moment etwas sagen. Sie begannen zu lachen.

„Du hast gesagt, du brauchst jemanden zum Reden. Das ist schon ein paar Stunden her, brauchst du noch immer wen?" fragte sie.

Peter wiegte den Kopf hin und her. Es ging ihm zwar viel, viel besser, aber es konnte nicht schaden, doch noch darüber zu reden.

Also erzählte er Julia die ganze Geschichte mit Johann. Er erzählte ihr, wie er Johann das erste Mal im Polizeirevier gesehen hatte, auf welche Art und Weise er mit Bea gesprochen hatte. Diese Respektlosigkeit!

„Ich war so aggressiv. Am liebsten hätte ich ihn verprügelt. Aber das hätte wohl niemanden etwas gebracht", überlegte er.

Dann schilderte er Julia die endlosen Stunden, die er mit Klara vor Johanns Haus verbracht hatte, und warum er sich den Fuß gebrochen hatte, wusste sie ja. Schließlich hatte ihn Julia ins Krankenhaus gebracht.

Julia wusste Bescheid, aber sie ließ ihn einfach reden. Sie spürte, dass er alles ein weiteres Mal loswerden wollte. Und es sprudelte nur so aus ihm heraus.

Und schließlich und endlich berichtete er ausführlich von dem Abend, an dem Klara und er das Glas, aus dem Johann getrunken hatte, entwendet hatten, um der Polizei den DNA-Beweis zu liefern. Und von der Verhaftung.

Peter war fertig mit dem Erzählen. Sie spürte, dass er kein Statement von ihr wollte.

Nach einer Weile fuhr er fort.

„Das Komische ist, dass ich keine Befriedigung verspüre. Ich habe mir oft vorgestellt, wie sie diesen Kerl verhaften und ins Gefängnis bringen. Aber jetzt empfinde ich nichts mehr."

Julia überlegte.

„Bist du traurig, weil du keine Rachegefühle mehr hast?" fragte sie mit gerunzelter Stirn.

Peter sah sie mit großen Augen an.

Waren es die Rachegefühle, an denen er festgehalten hatte?

Er zuckte die Achseln. Vielleicht?

„Es hat mir Bea nicht zurückgebracht", stellte er traurig fest.

Julia konnte ihn in diesem Fall gut verstehen.

„Vergiss Johann einfach. Er bekommt seine gerechte Strafe. Es ist ohnehin nicht gut, wenn du Gefühle wie Hass und Rache in dir trägst. Aber Bea wird für immer in deinem Herzen bleiben", sagte sie verständnisvoll, aber nicht ohne einen stechenden Schmerz in ihrer Brust zu fühlen.

Sie griff sich unwillkürlich ans Herz. Es hatte ihr gerade weh getan, was sie mit ihren eigenen Worten formuliert hatte. Aufmerksam sah sie ihn von der Seite an. Peter starrte zum Fenster hinaus.

Sie war sich nicht klar darüber was sie für diesen Mann empfand. Aber vielleicht wusste es ihr Herz?

„Weißt du. Ich bin traurig, weil das Bild von ihr schon verblasst. Und ich habe nur drei Fotos von ihr. Die hat Klara gemacht, als wir in der Hütte waren. Ihre Stimme kann ich schon nicht mehr hören. Am Anfang habe ich noch ganz deutlich wahrgenommen, wie sie klang. Ich hatte sie in meinen Ohren. Aber schön langsam verschwindet das alles. Ist das normal?" fragte er zum Fenster hinaus. Aber dann drehte er sich zu ihr um und sah ihr tief in die Augen.

Julia sah, wie sie sich immer mehr mit Wasser füllten und wie die Tränen plötzlich überquollen und ohne Halt bis zum Kinn rannen. Er wischte sie nicht weg.

Julia glaubte daran, dass es einen Sinn machte, dass man einen geliebten Menschen nicht immer lebendig halten konnte in seinen Gedanken.

Das würde einen sonst mit der Zeit zerstören. Es war wichtig, dass die Erinnerungen verblassen, sonst würde man ja immer in der Vergangenheit weiterleben. Das wäre nicht gut. Aber sie wollte ihm das nicht sagen, außerdem fühlte sie, dass er es in diesem Moment nicht hören wollte, und damit hatte sie recht.

Peter erwartete keine Antwort. Er hatte sie sich bereits hundertmal selber gegeben, und es wäre dieselbe gewesen, wie die von Julia.

Es tat einfach nur gut, dass jemanden da war, der ihm zuhörte.

Eine Weile saßen sie schweigend da.

Peter wusste nicht mehr, was er sagen sollte.

Es ging ihm jetzt besser.

„In einer Woche bekomme ich den Gips herunter. Du kannst dir gar nicht vorstellen, wie sehr ich mich darauf freue. Dann kann ich mich endlich einmal so richtig kratzen", lachte er und wechselte damit das Thema.

Julia grinste auch. Sie hatte als Kind einen Gips. Es war auch Sommer gewesen. Sie erinnerte sich mit Grauen daran.

„Gehst du dann mit mir einmal schwimmen?" fragte er und sah sie auffordernd an.

Julia zögerte. Peter verstand.

„Natürlich nur mit Johanna. Wir sind schließlich jetzt Freunde, Johanna und ich", sagte er nicht ohne Stolz.

Julia lächelte.

„Gute Idee. Auf die alte Donau? Wie damals?" fragte sie.

Peter nickte, „wie damals."

Es entstand abermals eine peinliche Stille.

Zu ihrer glücklichsten Zeit waren sie im Sommer immer an die alte Donau gefahren. Sie hatten einen Lieblingsplatz unter einem alten Baum. Der Platz zwischen den Büschen und dem Wasser war ziemlich knapp, deshalb war dort fast immer frei.

Keiner der beiden ging nun näher auf diesen Vorschlag ein. Jeder machte sich seine eigenen Gedanken. Doch es entstand eine seltsame Vertrautheit zwischen ihnen.

Peter merkte, dass es Zeit war zu gehen. Er stand auf.

„Danke, dass du mir zugehört hast", sagte er und reichte ihr die Hand.

Julia nahm sie und stand auch auf.

„Danke, dass du mir Johanna eine Weile abgenommen hast, und dass ich ein wenig schlafen konnte", lächelte sie ihn an.

Peter nickte zufrieden, „hab ich gerne gemacht, ehrlich."

„Und außerdem ist deine Tochter wirklich eine ganz, ganz Süße!" fügte er noch hinzu.

Julia war dankbar. Sie freute sich, dass er sie mochte.

85

Es regnete beinahe vier Tage lang. Peter hatte es sich in seiner Wohnung richtig gemütlich gemacht. Er ging nur zum Einkaufen hinaus.
Klara hatte er auch schon lange nicht mehr gesehen. Sie telefo-
nierten nur kurz miteinander. Peter teilte ihr mit, dass er mit dem
Schreiben begonnen hatte.

So gut ihn Klara kannte, wusste sie, dass er jetzt Ruhe brauchte.
Peter saß tatsächlich stundenlang vor seinem Laptop.

Nie hätte er gedacht, dass so viele Worte einfach so aus ihm
heraussprudeln würden. Er hatte mit einem, für ihn, genialen Satz
sein Buch begonnen und seitdem musste er nicht mehr nachdenken,
was er schreiben sollte. Die Sätze schrieben sich wie von alleine. Die
Handlung passierte während des Schreibens. Er hatte kein Konzept,
keine Vorstellung, in welche Richtung sich sein Buch entwickeln
würde. Er schrieb einfach darauf los. Und er merkte, dass es gut war.

Eine Woche später wurde er vom Gips befreit.

Die Haut darunter roch fürchterlich. Er bekam eine Schiene und
musste versprechen den Fuß noch sehr zu schonen.

Die ersten Schritte taten schrecklich weh. Er war sich nicht sicher, ob es nicht doch besser gewesen wäre, noch eine weitere Woche
den Gips zu haben.

Nach einer Weile und vielen Schritten wurde es besser. Er humpelte allerdings stark.

Klara hatte ihn in die Ambulanz gebracht und begleitete ihn nun
wieder nach Hause.

Peter ließ ihr die ersten Seiten seines Romans lesen. Klara war
begeistert.

„Das liest sich wirklich wunderbar Peter. Man kann ja gar nicht
aufhören. Weiter so", sie strahlte.

„Ich bin wirklich sehr stolz auf dich. Du schaffst das!" Klara
schien tatsächlich vor Stolz fast zu platzen.

Peter war das peinlich.

„Danke, Schwesterchen!" sagte er und gab ihr einen Kuss auf die
Wange.

Erst nach dem fünfzehnten August wurde es endlich wieder heiß.
Der Sommer war zurückgekehrt. Bis dahin war Peter sehr fleißig ge-

wesen. Er war zufrieden mit sich selbst. Das Einzige was ihm nicht so sehr gefiel, war, dass ihm das Arbeitsamt schön langsam auf den Leib rückte.

Peter war sich jetzt absolut sicher, dass er in kein normales Arbeitsverhältnis zurückkehren wollte. Er wollte für keine Zeitung mehr schreiben, auch wenn im Moment das Einkommen fehlte. Bevor er mit Einnahmen aus dem Buchprojekt rechnen konnte, verging bestimmt noch ein Jahr.

Mit dem Wohnungskauf und der Einrichtung war all sein Erspartes drauf gegangen. Er war sozusagen „pleite".

Nun wollte ihm auch das Arbeitsamt das Arbeitslosengeld streichen. Schließlich war er schon fast ein halbes Jahr ohne Job. Peter schwitzte, als er das behördliche Schreiben zur Seite legte. Er wusste nicht, ob es wegen des Briefes, oder der Hitze war. Es war erst zehn Uhr. Er hatte gerade gefrühstückt und sich die Post vom Vortag angesehen.

Das einzig Sinnvolle, was man an so einem heißen Tag tun konnte, war, Baden gehen, dachte er und schüttete den letzten Rest Kaffee in den Abguss.

Da fiel ihm Julia ein. Er hatte ihr doch versprochen, mit ihr und der Kleinen an die alte Donau zu fahren.

Aber irgendwie hatte er Angst davor.

Was würde sie sagen, wenn er zu „ihrem Plätzchen" unter dem Baum ging? Oder würde sie enttäuscht sein, wenn er absichtlich einen anderen Badeplatz wählen würde? Er war sich unsicher.

Mit dem Handy in der Hand ging er unruhig in der Wohnung auf und ab. Er trat auf die Terrasse, prüfte den Himmel, der wirklich wolkenlos war, und ging zurück ins Wohnzimmer.

Er wählte Julias Nummer. Niemand hob ab.

Enttäuscht legte er sein Handy auf den Couchtisch.

Sollte er Klara fragen, ob sie mit ihm schwimmen ging?

Aber die hatte gerade wieder einen schwierigen Fall an der Angel. Sie fand bestimmt keine Zeit zum Schwimmen.

Er beschloss es später bei Julia noch einmal zu versuchen.

In der Zwischenzeit ging er einkaufen und nahm den neuen Stapel Post mit der ganzen Werbung mit hinauf in die Wohnung.

Ein einziger Brief war dabei! Genervt sah er auf den Stoß.

Den Brief öffnete er, ohne auf den Absender zu achten.

Dann stieß er einen Schrei aus.

Mit beiden Händen hielt er das Schreiben in Händen und las es zweimal aufmerksam durch. Dann griff er zum Handy.

„Klara, Klara! Ich hab Antwort vom Lektorat!" brüllte er ins Telefon. Klara hielt den Hörer ganz schnell von ihrem Ohr weg.

„Ja super! Was, wie, wann, wo? Erzähl schon!" sagte sie aufgeregt und ließ sich den Brief vorlesen.

„Toll!" Ihre Stimme überschlug sich vor Begeisterung.

„Aber kannst du dir das vorstellen! Die wollen als Erstauflage 10.000 Stück drucken. Sie sind begeistert von meinem Buch!" rief er. Doch dann fügte er mit leiser Stimme hinzu: „Was heißt hier, mein Buch. Es ist eigentlich Beas Verdienst. Es ist IHR Buch. Ohne sie wäre es nie zustande gekommen."

Klara hatte so etwas befürchtet.

„Sie wird sich bestimmt mit dir freuen. Ihr habt soviel geschafft. Und mit diesem Buch erreichst du noch einmal tausende von Menschen, die sich mit diesem Thema beschäftigen. Vielleicht wird damit noch ein paar Mädchen geholfen. Dann hat es seinen Zweck erfüllt!" sagte sie sanft.

Peter war wieder etwas beruhigt. Er hatte auch das Gefühl, dass sich Bea mit ihm freute. Sie war wieder sehr präsent in seinem Herzen. Und es war eine Mischung aus Schmerz und Freude. Er war dankbar für die Zeit, die er mit ihr verbringen durfte. Er hatte eine ganze Menge durch sie gelernt. Nie wieder in seinem Leben wollte er Vorurteile haben. Er wollte keinen Menschen mehr für irgendetwas verdammen.

Kurz nach ein Uhr rief Julia zurück. Sie entschuldigte sich etliche Male, weil sie nicht erreichbar war, und erklärte ihm in allen Einzelheiten, warum es ihr nicht möglich war, früher zurückzurufen.

„Du bist mir keine Rechenschaft schuldig, Julia", sagte er und unterbrach den Redefluss.

Julia hörte auf zu reden und bemerkte plötzlich, wie eigenartig sie reagiert hatte. Sie errötete heftig und war froh, dass es Peter nicht sehen konnte.

„OK. Warum hast du angerufen?" fragte sie.

„Ich wollte dich fragen, ob ihr zwei mit mir an die alte Donau fahren möchtet, zum Schwimmen", erklärte er ihr.

Julia wollte. Doch sie brauchte mindestens noch eine Stunde, um für Johanna und sich alles zusammen zu packen.

„Ich hole euch um zwei Uhr von zu Hause ab", sagte Peter und legte auf. Julia stand noch eine Weile mit dem Handy in der Hand da und überlegte, ob sie nicht zu schnell ja gesagt hatte. Sie war noch nie mit der Kleinen Schwimmen gewesen. Sie hatte keine Ahnung, ob es ihr überhaupt gefallen würde. Vielleicht war ihr das Wasser zu kalt, oder vielleicht waren zu viele Leute dort, oder es war ihr zu heiß.

Als sie all diese Befürchtungen ihrer Mutter schilderte, lachte diese nur und wandte sich wieder dem Abwasch zu.

„Du kannst dich ja mit Johanna hier bei mir vor der Außenwelt verstecken, wenn du Lust hast. Dann wirst du alt und grau, noch bevor du bis hundert zählen kannst. Ich würde einen harmlosen Badetag genießen", sagte sie schließlich.

Julia rümpfte die Nase. Sie wusste genau, dass ihre Mutter sie am liebsten mit diesem „neuen" Peter verkuppeln mochte.

Julia ging in ihr Zimmer und suchte ihren Bikini. Letztes Jahr hatte sie ihn kein einziges Mal getragen. Sie war schwanger gewesen, und unglücklich. Sie konnte sich nicht erinnern überhaupt einmal schwimmen gegangen zu sein, nicht einmal mit ihrer besten Freundin. Es war ein schreckliches Jahr gewesen.

Sie kramte eine große Badetasche hervor, wollte keine Erinnerungen mehr hochkommen lassen, stopfte zwei große Badetücher hinein und eine Decke zum Unterlegen. Dann holte sie einen Rucksack für die Sachen von Johanna. Sie kochte noch schnell heißes Wasser für die Thermoskanne, packte Fläschchen, Milchpulver, Schnuller, Windeln und Feuchttücher ein. Von einer Freundin hatte sie Schwimmflügel geschenkt bekommen. Sie erschienen ihr allerdings viel zu groß für die zarten Ärmchen von Johanna. Aber vielleicht täuschte das auch nur.

Den Kinderwagen hatte sie schon zusammengeklappt und vor das Haus gestellt. Peter würde mit Klaras Auto kommen.

Sie hatte noch mehr als dreißig Minuten Zeit, um mit ihrer Mutter einen Kaffee zu trinken. Belustigt sah sie ihre Tochter an, die sich endlich mit roten Wangen setzte.

„Nervös?" fragte sie absichtlich, um sie zu reizen.

Julia schüttelte energisch den Kopf, schlürfte an ihrem Kaffee und sah ihrer Mutter absichtlich nicht in die Augen.

„Nein. Es ist nur das erste Mal, dass ich so einen großen Ausflug mit Johanna mache. Ich hoffe, es gefällt ihr, und sie brüllt nicht die ganze Zeit. Sonst können wir gleich wieder einpacken", Julia machte sich darüber ernsthaft Sorgen.

Auf der anderen Seite hatte sie Peter ja schon einmal phänomenal beruhigt. Sie war damals sogar auf seiner Brust eingeschlafen.

„Ihr werdet sicher einen schönen Nachmittag haben. Hör endlich auf, dir Sorgen zu machen", tadelte ihre Mutter.

Julia nickte. Sie wusste, dass sie recht hatte.

Pünktlich läutete es an der Haustüre. Peter packte Johanna mitsamt dem Kindersitz in Klaras Auto. Als er die Kleine anschnallte und sich den Kopf an der niedrigen Autotür stieß, beschloss er, sobald es finanziell ging, sich einen Wagen zu kaufen, der etwas höher war, und in dem man bequemer so einen Kindersitz installieren konnte.

Doch gleich darauf bekam er vor seinen eigenen Gedanken einen Schrecken. Kinder! Er hatte nie an Kinder gedacht, und er wollte auch irgendwie keine. Er hatte noch nie einen richtigen Gedanken daran verloren.

Doch als Johanna ihn nun triumphierend ansah, und beim Lächeln den Schnuller verlor, empfand er das zweite Mal in seinem Leben Zuneigung zu so einem kleinen Geschöpf. Er streichelte zärtlich über die weiche, runde Wange, dann schloss er die Tür.

Julias Mutter hatte die Szene von der Haustür aus beobachtet. Johanna hatte das Herz dieses Mannes in Windeseile erobert.

Sie lächelte zufrieden, winkte ihnen zu, und ging dann wieder ins Haus. Auch sie hatte an diesem Tag noch etwas vor.

Vielleicht hätte sie ihnen vorschlagen sollen, ohne Johanna schwimmen zu gehen. Vielleicht wären sie sich näher gekommen. Aber sie traf sich auch mit einem guten Freund. Vielleicht kämen sie sich ja heute etwas näher? Ein kribbelndes Gefühl stieg in ihr hoch. Nein! Heute nahm sie ihrer Tochter die Kleine bestimmt nicht ab! Lange genug hatte sie immer nur an das Wohl der anderen gedacht. Nun war endlich sie an der Reihe! Sie hatte sich vorgenommen, endlich zu Leben anzufangen! Endlich!

Rasch schüttelte sie das schlechte Gewissen ab.

Sie brauchte doch um Himmels Willen keines zu haben, sagte sie selbst zu sich. Doch sie war zu feige gewesen, um ihrer Tochter von ihrem Rendezvous zu erzählen. Sie verschob das Gespräch auf den Abend.

86

Peter war als Journalist kein Unbekannter gewesen. Er hatte sich bei vielen Leuten in der Stadt einen Namen gemacht. Nicht immer den Besten, aber immerhin, man kannte Mag. Peter Brauner.

Der Verlag wollte seine Bekanntheit für die Werbestrategie nützen. Peter wollte als Autor aber vor allem ein großes Bild von Bea und Li auf dem Umschlag haben. Er selbst gab sich daher als Co-Autor an. Lis Selbstmord war noch nicht allzu lange her, die Leute konnten sich noch gut daran erinnern, das war verkaufstechnisch sehr gut.

Peter war die ganze Strategie nicht wirklich sympathisch. Er hatte das Gefühl, man würde sein Buch nur wegen des Unglücks von Bea und Li kaufen. Und seinem Gegenüber schien das auch noch recht zu sein. Er hatte überhaupt kein Mitgefühl für Peter. Für ihn zählte nur der Erfolg.

Peter war froh, als er endlich wieder auf der Straße stand.

Lesungen zu halten, hatte er strikt abgelehnt. Er wollte nicht die spannendsten Stellen aus seinem Buch heraussuchen und den Leuten zum Besten geben. Das hätte er nie zustande gebracht. Bea hatte gemeinsam mit ihm das Buch geschrieben. Er konnte sich noch so gut an die langen Abende erinnern, als sie gemeinsam im Gartenhaus saßen, und Sätze formulierten.

Nie im Leben würde er das den Leuten präsentieren. Es verkaufte sich entweder durch Werbung, oder nicht.

Ein paar Wochen später gingen die ersten Bücher über den Ladentisch. Kurz darauf bekam er einen Anruf vom Verlag. Die Leute hatten ihnen die Lektüre nur so aus den Händen gerissen. Es wurde sofort begonnen, eine weitere Auflage zu drucken.

Peter war sehr aufgeregt, als er es Klara mitteilte. Er war zu ihr ins Büro gekommen, denn sie hatte sehr viel zu tun. In letzter Zeit war sie sowieso sehr zurückhaltend gewesen. Sie hatte ihn kaum angerufen, geschweige denn in seiner Wohnung besucht. Und als er jetzt vor ihr saß, machte er sich ernsthaft Sorgen.

„Du siehst sehr blass aus, Schwesterherz", stellte er besorgt fest. Sie nickte nur und meinte: „Ich war kaum draußen, diesen Sommer. Bin nicht zum Schwimmen gekommen, hatte einfach zuviel zu tun."

„Ihr arbeitet euch hier noch zu Tode, und für was?" schimpfte er, „du bist über dreißig. Eigentlich denkt man in diesem Alter daran, eine Familie zu gründen, und ihr lebt nur für dieses blöde Büro", er war wirklich sauer.

Sie sah aus, als würde sie sich jeden Moment übergeben.

Klara sah ihn ernst an. Er hatte ja recht. Außerdem ging es ihr wirklich nicht gut.

„Weißt du was, Peter, du hast gewonnen. Ich nehme mir den restlichen Tag frei. Es geht mir nämlich wirklich nicht gut. Vielleicht brauche ich einfach nur etwas frische Luft. Würdest du mit mir spazieren gehen?" fragte sie ihn und zeigte ihm endlich lächelnd ihre strahlend weißen Zähne.

„Nur, wenn du vorher mit mir einen Salat isst", sagte er ernst, „sonst brichst du mir noch ab."

Klara hatte tatsächlich noch mehr Gewicht verloren. Die meiste Zeit des Tages war ihr übel. Sie hatte überhaupt keinen Appetit mehr. Theo war es auch schon aufgefallen, aber er hatte sich nicht die Zeit genommen, es zu hinterfragen. Mit Klaras Antwort, es gehe ihr gut, gab er sich zufrieden.

„Du lässt eine Gesundenuntersuchung machen. Morgen!" befahl Peter, während sie sich in einem Restaurant auf zwei Stühlen niederließen. Klara sah ihn böse an.

„Das lasse ich mir aber von dir nicht sagen!" schimpfte sie zurück.

„Aber ich SAGE es dir nicht! Das ist ein Befehl!" fauchte er. Klara ließ sich resignierend in den Sessel zurückfallen.

„Sehe ich wirklich so schrecklich aus?" fragte sie.

Peter nickte.

„Du bist kreidebleich. Und du lächelst fast nicht mehr. Ich trau mich nicht einmal von meinem Erfolg zu reden. Da hab ich ein schlechtes Gewissen, weil ich das Gefühl habe, ich müsste mich um dich kümmern!" Klara senkte den Blick.

„Ich weiß nicht, was es ist. Vielleicht bin ich traurig, weil du nicht mehr bei uns wohnst."

Peter hatte sie aber gleich durchschaut. Sie fing herzlich an zu lachen. Sie klang fast wieder wie die alte Klara. Peter atmete erleichtert auf.

„Aber mit Theo verstehst du dich schon gut, oder habt ihr Probleme?" fragte er sicherheitshalber. Er wusste, dass sie eine sehr innige, gute Beziehung hatten. Klara wehrte ab.

„Nein. Theo hat sicher nichts damit zu tun, es sei denn..." sie machte eine theatralische Pause.

Peter horchte auf. Sie sah ihn mit einem geheimnisvollen Lächeln an.

„Was?" fragte Peter ungeduldig.

„Es sei denn, ich bin schwanger, dann hat Theo doch etwas damit zu tun", lächelte sie.

Peter brauchte eine Weile, damit er die Worte richtig verstand. Klara lachte nun laut los.

„Ich werde Onkel?" fragte Peter freudig.

„Ganz sicher ist es noch nicht, aber ich habe übermorgen einen Termin bei meinem Frauenarzt. Der Test war positiv!" sagte sie lachend.

Peter war irgendwie sauer. Er hatte sich so große Sorgen gemacht, und Klara hatte ihn offensichtlich die ganze Zeit an der Nase herumgeführt. Er sagte ihr, was er dachte.

„Tut mir wirklich leid, Peter. Den Schwangerschaftstest habe ich erst gestern gemacht. Ich habe lange nicht gewusst, warum mir so übel ist. Irgendwie habe ich die Möglichkeit einer Schwangerschaft verdrängt. Aber jetzt freue ich mich wahnsinnig!" Klara strahlte.

Peter freute sich für sie und Theo. In ihrem Stress hatte sie tatsächlich alle Symptome einfach verdrängt. Wollte nicht wahrhaben, dass sich ihr Körper verändert hatte und ein wenig Ruhe gebraucht hätte. Sie erklärte Peter, dass sie noch einiges aufarbeiten wollte, und dann eine Assistentin für Theo suchen würde, die sie im Büro vertreten würde. Allerdings durfte sie nicht zu hübsch und nicht zu jung sein, fügte sie lachend hinzu.

Peter war wirklich froh. Ihm fiel ein Stein von Herzen.

Er dachte kurz an Johanna. Die beiden würden einmal gut miteinander spielen können.

Klara schien Peters Gedanken gelesen zu haben.

„Du kennst dich schon aus mit kleinen Kindern, dann kannst du mir ja so einige Tipps geben", sagte sie.

Peter dachte mit Schrecken daran, dass er schon über zwei Wochen nichts mehr von sich hören lassen hatte. Er war so sehr beschäftigt mit seinem neuen Buch, bei dem er mittlerweile schon mehr als hundertfünfzig Seiten geschrieben hatte.

Er griff nach seinem Handy. Doch dann gab er die Hand wieder weg. Er würde sie nach dem Essen anrufen. Er wollte in Ruhe mit Julia telefonieren.

Seit dem Schwimmen an der alten Donau Mitte August hatten sie sich nur dreimal getroffen. Einmal gingen sie auf ein Eis, da war auch Johanna mit dabei und zweimal lud sie Peter in die Stadt zum Essen ein.

Jetzt war der zwanzigste September und die Nächte wurden immer länger. Draußen konnte man nur mehr am Nachmittag sitzen, wenn die Sonne schien, am Abend wurde es schon bald sehr kühl.

„Johanna ist wirklich süß", sagte er „und ich glaube wirklich, dass ich ganz gut umgehen kann, mit Kindern."

„Und was ist mit Julia?" fragte Klara nun neugierig.

„Ich weiß es nicht", sagte er nachdenklich.

„Was weißt du nicht?" fragte sie. Wie konnten sich die Männer immer nur so undeutlich ausdrücken.

„Ich habe sie wirklich gern, ich fühle mich auch sehr wohl in ihrer Gesellschaft, aber...", er konnte es nicht erklären.

„Ist es wegen der Kleinen?" fragte Klara.

Peter schüttelte den Kopf.

„Auf keinen Fall. Die ist so süß, du müsstest sie einmal sehen. Nein! Johanna muss man einfach mögen. Das ist nicht das Problem."

Klara runzelte die Stirn.

Peter rollte das Eck des Tischtuches nervös hin und her.

„Ich denke, diese aufgewärmten Geschichten sind einfach nicht gut", sagte er dann zögernd.

„So ein Blödsinn!" rief Klara aus.

„Entweder du liebst sie, oder du liebst sie nicht. Du musst dir nur klar darüber werden, und dann kommt es noch darauf an, was sie für dich empfindet. Aber mit diesen albernen Sprüchen aus Großmutters Zeit hörst du bitte sofort auf!" schimpfte sie. Peter lächelte unsicher.

„Du liebst sie doch noch, oder?" fragte Klara nach einer Weile und sah ihn durchdringend an. Sie achtete auf jeden seiner Gesichtszüge. Seine Mundwinkel zuckten. Er brachte kein Wort heraus.

„Ja oder nein?" fragte Klara. Peter hielt ihrem Blick stand.

„Ich weiß es nicht. Ich weiß es wirklich nicht. Wahrscheinlich habe ich Angst davor", sagte er dann.

„Ach, dann mach dir keinen Stress. Außerdem gibt es noch genug andere Frauen!" sagte Klara und beobachtete seine Reaktion auf ihren Vorschlag.

„Ich will aber keine andere!" kam prompt.

Klara schmunzelte. Na eben! Kein Kommentar!

87

„Gratuliere meinem Peter", sagte Li. Ihre Stimme klang anders als sonst.

„Danke, meine Li!" gab Peter zur Antwort.

„Du viele Bücher hast schon verkauft, von meiner Freundin Bea", fuhr sie fort. Peter zuckte zusammen.

Er freute sich am Erfolg, aber gleichzeitig war es das Letzte, was Bea getan hatte, und außerdem war es ein schlimmes Thema.

Vielleicht würde sich die Meinung der Leute zum Thema Prostitution ändern.

„Freut sie sich auch?" fragte Peter unsicher.

„Bestimmt!" gab sie zur Antwort.

„Du bist heute komisch, Li", stellte er fest.

„Li immer ist komisch, wenn es geht um Meinung von Peter", versuchte sie etwas fröhlicher zu klingen.

Doch Peter konnte sie nicht täuschen.

„Was ist, Li?" fragte er ängstlich.

„Ich heute das letzte Mal zu Peter sprechen", sagte sie leise.

Peters Herz schien einen Augenblick auszusetzen.

„Nein, Li! Du kannst jetzt nicht gehen. Was soll ich nur ohne dich machen?" fragte er.

Peter war von der Couch aufgesprungen. Ein dicker Kloß saß in seinem Hals. Er spürte, dass sie keinen Scherz machte.

„Warum? Li, warum?" fragte er wieder.

„Li große Aufgabe hat gehabt, mit Peter. Sie hat müssen geben acht auf dich, und helfen dir bei Kampf. Ich sehr stolz bin auf mich. Finde, dass ich habe sehr gut gemacht, nicht?" fragte sie, doch ihre Fröhlichkeit klang gespielt.

„Li, kannst du nicht doch noch etwas bleiben? Ich weiß nicht, was ich ohne dich tun soll", aber er wusste, dass es keinen Sinn hatte.

„Ich kann nichts machen gegen große Bestimmung. Du bist jetzt so weit, dass du nimmst Leben wieder in deine eigene Hand. Wir haben verbracht große Menge an Zeit zusammen, und für Li war ganz großartige Erfahrung. Li ist sehr gewachsen", kam es mit viel Stolz aus der linken Ecke neben der Terrassentür.

Peter stand knapp daneben und starrte auf die weiße Mauer. Er versuchte krampfhaft irgendetwas zu erkennen, eine Gestalt, eine Bewegung. Wenigstens einen Windhauch.

„Li!" rief er wieder verzweifelt.

„Peter, du mir versprichst, dass nicht bist traurig. Ich bin doch immer noch da, aber du mich kannst nicht mehr hören. Meine Mission ist vorbei. Doch Li nicht wird vergessen ihren Peter", damit machte sie es noch schlimmer.

Peter rannte vor der Balkontür hin und her. Er versuchte, Zeit zu gewinnen.

„Nein Li. Erzähl mir, wohin du gehst. Erzähl mir mehr davon. Was passiert mit dir. Geht es dir gut? Was machst du dann, wenn ich dich nicht mehr höre?"

Lis Lachen klang hell und wunderbar.

„Peter. Kleiner, dummer Peter. Ich bin immer hier. Ich werde beschützen dich", antwortete sie sanft.

„Wirst du ein Schutzengel?" fragte sie Peter ungläubig.

„Nein!" sie lachte nun herzhaft.

„Du kannst nennen wie du willst, ich immer sein werde bei dir." Peter schluckte. Er hatte sich meistens darauf verlassen können, dass sie mit ihm gesprochen hatte, wenn er an sie dachte.

Abends, wenn er im Bett lag und nicht schlafen konnte, unterhielten sie sich des Öfteren. Nie besonders lange, aber Peter war anschließend immer beruhigt eingeschlafen. Er hatte sich so sehr an sie gewöhnt, dass er es sich einfach nicht vorstellen konnte, dass sie ihm nie wieder eine Antwort geben würde. Nie wieder!

„Peter, ich dir danke für alles, was du für Li, für meine Familie, und für alle Mädchen getan hast. Und für Bea natürlich. Danke!" sagte sie.

„Li, nein! Ich brauche dich!" Peter schluchzte auf.

Er machte eine flehende Geste zu der Wand hin.

„Du mich nicht mehr brauchst, wirklich! Besser so für dich. Du dich hast immer verlassen auf meine Meinung. Du musst hören auf dich, Peter. Lernen zu vertrauen, was du fühlst in dir, OK?" Li sprach ganz langsam. Sie wollte, dass er ihr zuhörte.

Peter nickte. Tränen liefen über sein Gesicht.

Er ging ein paar Schritte rückwärts und setzte sich auf den Rand der Couch, die weiße Wand ließ er nicht aus den Augen.

„Li? Bist du noch da?" fragte er zaghaft.

„Ja, Peter", antwortete sie.

„Ich danke dir auch, dass du immer für mich da warst. Ich kann mir einfach nicht vorstellen, dass ich nicht mehr mit dir reden werde", gestand er. Sein Körper wurde von den Tränen geschüttelt.

„Lässt sich da gar nichts ändern?" fragte er mit dem letzten Hoffnungsschimmer.

„Nein, Peter. Du wirst kommen großartig ohne mich aus, ist nur Gewöhnung. Und wenn du Fragen hast an Li, dann höre auf dein Herz", Peter hatte das Gefühl, als würde sie ihm zärtlich über den Kopf streicheln. Schnell griff er mit der Hand auf seine Haare, doch da war nichts.

„Li!" rief Peter, „Li!"

Doch es war das letzte Mal, dass er ihre Stimme gehört hatte.

Peter blieb bis zum nächsten Morgen auf der Couch liegen.

Er hatte solange geweint, bis er eingeschlafen war.

Im Traum hatte er Li in einem weißen Kleid über eine Wiese laufen sehen.

So wie damals, als alles begann...

88

Peter sah fürchterlich aus, als er am nächsten Morgen in den Spiegel sah. Er hatte einen Termin beim Verlag. Einige Sachen sollten geändert werden, ehe man mit dem Druck der zweiten Auflage begann. Peter hatte überhaupt keine Lust dazu.

Er wollte Lis Namen rufen, kontrollieren, ob sie wirklich nicht mehr antwortete, aber dann beherrschte er sich, denn er wusste, dass es keinen Sinn hatte.

Mit Klara konnte er auch nicht über Li reden, die wusste von nichts, und hätte ihn nur für übergeschnappt gehalten.

Er verwarf den Gedanken, mit jemanden zu reden.

Peter blickte zum Fenster hinaus. Der Himmel war mit dicken Wolken verhangen, kein Stückchen Blau war zu sehen. Es musste jeden Augenblick zu regnen anfangen.

Er setzte sich mit einer Tasse Kaffee auf die Couch und starrte hinaus in das Grau. Ja, genauso fühlte er sich auch, dachte er.

Er betrachtete den Kaffeerand, den die Tasse auf dem Glastisch machte, doch es störte ihn nicht. Es war egal. Irgendwann würde er ihn wegputzen, aber bestimmt nicht jetzt.

Mit Wehmut dachte er an den Sommer. Wie schön hatte er sich alles vorgestellt. Er wäre mit Bea hier gesessen, die Terrassentüren ganz geöffnet, hätten hinausgesehen auf die Terrasse und gelacht. Vielleicht hätten sie auch Liebe gemacht, hier auf der Couch. Es wäre die Zeit gekommen, in der sie der Liebe wirklich vertraut hätte.

Peter schloss kurz die Augen. Er wollte diese Gedanken verjagen, sie brachten ja doch nichts. Bea kam nicht zurück.

Als er sie wieder öffnete, sah er, dass es zu Regnen begonnen hatte. Kleine Tropfen rannen am Fenster herunter.

Drei Stunden später verließ er zufrieden das Büro des Verlegers. Der Erfolg war unbeschreiblich. Er rief Klara an, um es ihr mitzuteilen, doch ihr ging es gar nicht gut, und so fand er in ihr nicht den richtigen Gesprächspartner.

Er beschloss Julia zu besuchen.

Doch weder am Festnetz, noch am Handy hob jemand ab.

Es ärgerte ihn, dass niemand Zeit für ihn hatte, wo er doch unbedingt jemanden brauchte zum Reden. Er wollte feiern, obwohl ihm nicht wirklich danach zumute war.

Er ging in eine große Buchhandlung. Er wollte ein wenig in den Romanen stöbern. Er wollte wissen, was seine zukünftige „Konkurrenz" so schrieb. Er fand es lustig, sah nach Seitenanzahlen, nach dem Stil, wie jemand eine Konversation führte, schaute wie groß die Schrift war, wie eng der Zeilenabstand. Es interessierte ihn alles brennend.

Manche Bücher zogen ihn sofort an, und er las ein paar Seiten in ihnen, andere legte er sofort wieder zur Seite, ohne auch nur ein Wort gelesen zu haben.

Er fragte sich, nach welchen Kriterien das Gehirn wohl aussuchte, was einem gefiel und was nicht. Er war schon fast zwei Stunden bei den Büchern, als ihn Julia zurückrief.

Sie hörte sich gar nicht gut an, stellte er schon bei der Begrüßung fest, und es fiel ihm auf, dass er immer sensibler wurde. Er hatte das Gefühl, dass er immer gleich erkannte, ob es seinem Gegenüber gut oder schlecht ging.

„Julia, geht es dir nicht gut?" fragte er besorgt.

Am anderen Ende blieb es eine Weile still.

Dann merkte er, dass sie leise weinte.

„Was ist, mein Schatz?" fragte er und wurde sich im selben Moment bewusst, was er da gesagt hatte. Es war ihm peinlich. Er wollte nicht „mein Schatz" sagen, aber irgendwie war es ihm herausgerutscht. Julia weinte noch mehr.

„Ich bin mit Johanna im Krankenhaus. Ich hab sie heute Morgen hierher gebracht", stotterte sie.

„Aber was ist mit ihr?" wollte Peter wissen.

„Ich weiß es nicht!" rief Julia verzweifelt ins Telefon.

Peter überlegte nicht lange.

„Wo seid ihr?" fragte er.

Julia wusste, dass er sofort kommen würde. Sie gab ihm den Namen des Krankenhauses und die Straße durch.

Julia saß zusammengekauert neben ihrer Mutter auf einem Sessel neben einem Getränkeautomaten. Es standen kleine Tische dort, und an der Fensterseite waren Bänke. In der Ecke stand ein großer Ficus Benjamin, der aber die Blätter etwas hängen ließ. Auf einem Tisch lagen eine Menge Zeitschriften.

Peter erinnerte das Bild an amerikanische Filme, in denen die Schauspieler immer darauf warteten, dass ein Arzt durch die Schwingtür kam, und verkündete, dass die Operation des Angehörigen gut verlaufen war. Oder er kam heraus, mit gesengtem Blick und meinte, es täte ihm leid, aber er habe nichts mehr für ihn tun können.

Es war also wirklich so wie im Film, stellte er fest.

Julia schaute auf, als sie Peter sah. Er eilte sofort zu ihr und setzte sich neben sie. Ihre Mutter stand auf und ging ein paar Schritte weiter weg. Sie wollte sich einen Kaffee holen, murmelte sie während sie sich entfernte.

„Nun sag schon, was ist passiert?" fragte er.

Julia sah ihn an, ihre Augen waren geschwollen und rot geweint, sie zitterte am ganzen Körper.

„In der Nacht war sie schon sehr unruhig. Ich hab gemerkt, dass sie Fieber hat. Gegen vier Uhr hat sie angefangen zu weinen und hat sich nicht mehr beruhigen lassen. Meine Mama und ich haben sie abwechselnd getragen. Ich hab ihr etwas gegen das Fieber gegeben, aber es wurde noch schlimmer. Sie hat nur mehr gebrüllt. Um sechs Uhr hat sie aufgehört zu brüllen, aber das war noch viel schlimmer, denn da hat sie nur mehr apathisch in ein Eck geschaut, dann sind wir hier her ins Krankenhaus gefahren. Ich...", sie begann wieder zu weinen, „ich hoffe, sie wird wieder gesund. Ich könnte es nicht ertragen..."

Julia vergrub ihr Gesicht in Peters Hemd, und er streichelte ihr zart über die Haare.

Er umarmte sie und zog sie ganz sanft an sich. Julia ließ es geschehen. Peter wiegte sie sanft hin und her.

„Es wird wieder gut", flüsterte er ihr ins Ohr und gab ihr einen Kuss auf den Scheitel.

Lange saßen sie so da. Julias Mutter hatte sich auf die gegenüberliegende Seite gesetzt und las in einer Zeitschrift.

„Wann haben sie begonnen zu operieren?" fragte Peter nach einer weiteren halben Stunde.

„Ich weiß es nicht mehr genau", Julia sah auf die Uhr.

„Aber ich glaube vor zwei Stunden, oder schon länger", sagte sie dann.

Peter kaute an seinen Lippen herum. Das tat er immer, wenn er besonders nervös war. Es ärgerte ihn, denn es war eine schlechte Angewohnheit. Er kaute so lange daran herum, bis die Lippen zu bluten begannen, und das tat ihm anschließend tagelang weh.

Doch Julias warmer Körper an seiner Brust beruhigte ihn. Johanna war so ein liebes kleines Wesen, sie würde noch nicht von ihnen gehen, da war er sich sicher.

Er streichelte Julia den Rücken. Sie schien es zu genießen, und sie wirkte nun auch wieder etwas ruhiger. Draußen prasselte der Regen nun mit voller Wucht gegen die Fensterscheiben. Es schien schon dunkel zu werden. Der Tag kam Peter verdammt kurz vor. Es schien als trübe das Wetter noch zusätzlich ihre Gedanken.

Es verging eine weitere Stunde, bevor sich eine Schwester den Dreien näherte. Sie sagte, dass sie keine Auskunft geben durfte über die Operation, aber dass sie ihnen sagen sollte, dass der Arzt gleich kommen wird, und ihnen alles mitteilt. Nur soviel konnte sie schon sagen, dass die Operation selber gut verlaufen sei.

Alle drei atmeten auf.

Julia hatte sich nun wieder aus Peters Umarmung gelöst. Sie saß neben ihm und griff nach seiner Hand, als der Doktor den Raum betrat. Er war sehr nett, und setzte sich gleich zu ihnen an den Tisch.

Er versuchte, ihnen in einfachen Worten zu erklären, was mit dem Kind los war, und schilderte ihnen in kurzen Sätzen, was sie bei der Operation gemacht hatten.

Johannas Blinddarm war so sehr entzündet, dass Eiter bereits im Bauchraum gewesen war. Darum hatte das Kind so hohes Fieber und als Folge dessen war sie kaum mehr ansprechbar.

Das Eiter wurde so gut es geht, aus dem Bauch entfernt, jedoch sind Komplikationen nicht ausgeschlossen, doch er meinte, dass ein so kleines, kräftiges Mädchen wie Johanna das schon schaffen würde.

Julia hielt Peters Hand die ganze Zeit krampfhaft fest. Sie konnte und wollte ihn nicht loslassen. Sie hatte solche Angst. Angst, um das Liebste was sie hatte!

Das Mädchen verbrachte die Nacht auf der Intensivstation. Julia durfte nur kurz zu ihr. Johanna schlief noch tief und fest. Die Schwester riet Julia nach Hause zu gehen und zu schlafen. Am Morgen konnte sie dann sofort wieder bei ihrer Tochter vorbeischauen.

Peter fuhr die beiden Frauen mit Julias Auto nach Hause. Julia war froh, dass sie nicht selber fahren musste.

Vor der Haustüre stand Peter unentschlossen herum. Er wusste nicht, ob er noch fragen sollte, ob er noch bleiben durfte, oder nicht. Auf jeden Fall hatte er keine Lust auf seine einsame Wohnung.

Julia zog ihn bei der Hand ins Haus.

„Möchtest du heute bei mir bleiben?" fragte sie ihn, und sah ihn ängstlich an. Peter nickte. Ja, das wollte er.

Die ganze Nacht lag Julias Kopf auf seinem Arm. Er traute sich nicht, sich zu bewegen, denn er hatte Angst, sie würde sich dann von ihm wegdrehen.

Beide hatten ihre T-Shirts angelassen. Es war beiden klar, dass es keinen von ihnen um Sex ging. Es war die Nähe, die sie brauchten. Er streichelte Julia den Rücken, und von Zeit zu Zeit bekam sie einen Kuss auf ihre duftenden Haare. Und in Peter kamen all die Erinnerungen hervor, an die Zeit, in der sie zusammen waren. Er wusste, dass er viele Fehler gemacht hatte, und wenn er so zurück dachte, dann merkte er immer mehr, wie sehr er sich verändert hatte. Er sah die Menschen aus einem ganz anderen Blickwinkel. Er nahm Anteil an deren Leben und machte sich Gedanken über sie.

Er war ein ganz anderer Mensch geworden. Peter musste lächeln. Und um wie viel schöner war das Leben jetzt, da er nicht nur auf sich selber Rücksicht nahm. Er fühlte eine tiefe Dankbarkeit in sich.

Er dachte an Li und Bea. Aber in diesem Moment war er nicht traurig, dass sie nicht mehr bei ihm waren, sondern dankbar, dass er sie kennen lernen durfte, und dankbar, dass er ein Teil ihres Lebens war.

89

Auf der Piazza vor dem Castell Nuovo in Napoli stand ein etwas dicklicher Mann auf der Straße. Die Schule hatte vor Wochen begonnen und der Mann regelte die Kreuzung. Schullotsen waren hier besonders gefragt, denn die Neapoletaner hatten bekanntlich nicht viel Disziplin im Straßenverkehr.

Die Warnweste, die er anhatte, war ihm mittlerweile sogar schon ein bisschen zu weit. Erwin hatte schon fünfundzwanzig Kilo abgenommen. Er wusste, es war noch immer zu wenig, aber er war auf dem besten Weg, um sich noch wohler zu fühlen.

Freundlich nickte er den Kindern zu, die an ihm vorbei fröhlich zur Schule eilten. Gleich würden alle im Gebäude sein. In zehn Minuten fing die erste Stunde an.

Auf der anderen Straßenseite näherte sich eine Frau. Donatella war nicht sehr groß, und auch nicht gerade dünn. Aber ihr rundes Gesicht ließ die Sonne aufgehen. Von weitem winkte sie ihm zu. Erwin strahlte. Donatella hatte eine Wäscherei, nicht weit von der Schule entfernt. Nachdem die Schüler alle in der Schule waren, half ihr Erwin in ihrem Geschäft. Sie hatten sich auch dort kennengelernt.

Donatella war ihm mit ihrer offenen Art sofort sympathisch gewesen. Die Witwe war acht Jahre älter als er, aber das störte ihn nicht.

Ihre erwachsenen Kinder lebten in Rom.

Erwin hatte sich mit ihr angefreundet. Lange waren sie wirklich nur gute Freunde. Donatella half ihm eine kleine Wohnung zu finden, und im Gegenzug half ihr Erwin in der Putzerei, wenn sie jemanden brauchte. Geld verdiente er nicht allzu viel, aber es war ihm egal. Für Alkohol gab er keinen Cent mehr aus. Zum Essen trank er Wasser.

Selbst mit dem Rauchen hatte er endgültig aufgehört, was ihn besonders stolz machte.

Donatella wusste alles aus seinem bisherigen Leben, und trotz allem hatte sie sich in Erwin verliebt. Das hätte er nie für möglich gehalten, und tief drinnen in seiner Seele spürte er, dass er seiner selbst Willen wirklich geliebt werden konnte.

Erwin fühlte sich zunehmend wohler, auch die Freunde seiner Donatella konnten ihn gut leiden. Sein Vorleben blieb ein Geheimnis zwischen ihm und seiner Lebensgefährtin.

Erwin würde sie an Silvester fragen, ob sie seine Frau werden wollte.

90

Mario Matschi taumelte. Er fuhr sich mit dem Handrücken über die brennende Nase. Er hatte dem Dealer sein letztes Geld gegeben. Doch auch die Drogen brachten ihm keine Befriedigung mehr.

Vor zwei Monaten hatte er von Beatrices Ermordung gehört.

Es war ihm nicht egal gewesen.

Irgendwie war sie die Einzige, zu der er eine Bindung hatte. Ihr konnte er alles erzählen, auch wenn sie nicht immer interessiert schien.

Aber damals war die Welt noch in Ordnung. Was war denn nur schief gelaufen, fragte er sich immer wieder.

Er hatte nicht den leisesten Funken einer Ahnung, warum nicht mehr alles beim Alten war. Er versuchte sich mit Drogen und Alkohol abzulenken. Immer seltener hatte er Sex. Selber hatte er keine Mädchen mehr. Seine Freunde wurden immer weniger.

Das Haus in Wien gehörte noch immer ihm, aber er konnte nicht zurück, und keiner seiner damaligen Freunde war bereit, es für ihn zu verkaufen. Keiner nahm das Risiko auf sich, mit der Polizei wieder in Kontakt zu kommen. Also stand es einfach leer.

Mario war in Südamerika, genauso wie es Bea vermutet hatte.

Kein Tag verging, an dem er nicht mit seinem Schicksal haderte.

Am 5. Oktober fand man eine Leiche in einem Fluss in der Nähe von Caracas. Die örtliche Polizei schloss den Akt eines Unbekannten. Es war ein Unfall gewesen.

Mario Matschi war am Leben gescheitert.

91

Julia erwachte in Peters Armen.

„Guten Morgen", flüsterte er, als sie die Augen öffnete, und gab ihr einen Kuss auf die Stirn.

„Danke, dass du bei mir geblieben bist. Ich habe wirklich gut geschlafen", sagte sie und drückte ihn dabei fest an sich.

Peter spürte ihren Busen an seiner Brust. In dem Moment spürte er ein großes Verlangen nach ihr, doch im selben Augenblick hatte er ein schlechtes Gewissen, denn Julia brauchte ihn nur als Freund.

Doch auch Julias Herz schlug etwas schneller. Wie kräftig seine Brust doch war und wie schön es war, in seinen Armen zu liegen. Sie genoss es noch eine Weile, bevor sie sich löste.

Sie sprang leichtfüßig aus dem Bett und zog den Vorhang ein wenig zur Seite.

Es war ein schöner Herbsttag.

Julia hielt noch einen Augenblick inne und schaute ins Freie.

Alles würde gut werden.

„Begleitest du mich ins Krankenhaus?" fragte sie und hoffte auf ein „Ja".

Es kam auch prompt. Auf den Kaffee verzichteten sie, denn Julia hielt es nicht länger aus. Sie musste zu ihrem Baby.

Peter wartete auf der anderen Seite der Glastüre.

Er hatte nicht viel geschlafen, aber so lebendig wie heute fühlte er sich schon lange nicht mehr. Um die Kleine machte er sich riesige Sorgen. Das trübte seine Freude nun doch ein wenig.

Würde er mit Julia sein Leben verbringen? fragte er sich.

Er konnte nichts anderes mehr denken.

Er war sich jetzt sicher, dass er sie noch immer liebte.

Aber diesmal spürte er, dass es anders war. Er würde nie wieder nur aus Egoismus handeln. Er würde Verantwortung übernehmen, Verantwortung für die Beziehung, und für andere.

Diesmal würde es schön werden, ganz bestimmt!

Julia kam wieder lächelnd heraus.

„Ich darf mittags noch einmal zu ihr kommen. Johanna hat mich bereits angelacht, sie hat die Nacht gut überstanden."

Peter zog sie zu sich und umarmte sie wortlos.

Julia drückte sich erleichtert an ihn.

„Hat sie noch Fieber?" fragte Peter.

Julia schüttelte den Kopf.

„Sie bekommt natürlich eine Menge Antibiotika. Sie ist auch noch sehr matt. Du müsstest sehen, wie sie drinnen liegt. Hunderttausend Schläuche und Nadeln. Die arme Kleine. Aber die Schwester meinte, sie wäre jetzt über den Berg."

Peter hielt sie noch immer im Arm und sah sie an.

Julia hielt seinem Blick stand.

Peter beugte sich hinab und küsste sie auf den Mund.

Julia ließ es geschehen.

Dann gingen sie schweigend Arm in Arm aus dem Krankenhaus. Julia sollte um ein Uhr wieder kommen. Bis dahin hatten sie Zeit.

Draußen vor dem Eingang blieb Peter plötzlich stehen. Er zog Julia wieder zu sich heran und sah ihr in die Augen.

Sein Herz klopfte wie wild. Er hatte Angst vor den Worten, die er sagen wollte, aber er wusste auch, dass ihm hier niemand helfen konnte. Das musste er ganz alleine regeln.

„Ich möchte", begann er. Dann korrigierte er sich aber.

„Möchtest du es noch einmal mit mir versuchen?" fragte er und verspürte einen dicken Kloß im Hals.

Julia sah ihn mit großen Augen an, dann nickte sie langsam.

„Mit dem neuen Herrn Brauner würde ich es gerne versuchen", antwortete sie ihm.

Peters Herz schien keinen Platz mehr in seiner Brust zu haben. Es pochte wie wild. Er fuhr ihr wild durch die Haare, und küsste sie immer wieder auf den Mund. Julia musste lachen.

In Gedanken richtete Peter bereits sein Arbeitszimmer für die kleine Johanna ein. Es würde Platz genug geben in seiner Wohnung. Für eine kleine Familie.

92

Klaras Zustand wurde wieder etwas besser. Sie musste sich nicht mehr täglich übergeben, was ihren Alltag sehr erleichterte, denn sie arbeitete nach wie vor in der Kanzlei.

Theo schien vor Stolz zu platzen.

Julia und Peter waren oft bei ihnen zu Besuch. Johanna war wieder vollständig gesund.

Am 31. Dezember um Mitternacht bekamen zwei Frauen einen Heiratsantrag.

Und Peter wusste, dass Li mit ihm zufrieden war.

ENDE

Verlagsverzeichnis schickt gern:

Iatros-Verlag & Services GmbH
Kronacher Straße 39, 96242 Sonnefeld – Gestungshausen
Tel.: (0 92 66) 79 29 002, Fax: (0 92 66) 7929981
www.iatros-verlag.de, info@iatros-verlag.de